U0904881

小倉山房詩文集

〔清〕袁枚 著
周本淳 標校

四

上海古籍出版社

小倉山房續文集卷二十五

坐觀垂釣賦 爲莊念農作

子才子息志塵鞅，棲神玄妙，迴謝軒冕，日事漁釣。過其友莊先生而傲之曰：「子亦知夫釣之樂乎？當子之豨膏棘軸而遨遊于康衢也；吾則琅玕三尺，冰蠶一絲，馳波跳沫，與水爲嬉。當子之僕遬相從、跧莊𨂻踞、參衙府而不得舒也；吾乃投亞九飯，祝一鮒魚，伸眉肆肘，天不能拘。思子之樂，樂不我如。胡不易子之所事，而娛吾之所娛？」

莊先生曰：「不然。吾聞好泅者溺，好獵者驚；當局者誤，旁觀者淸。故五采之藻袞，服之者不見，而見之者耀焉。五音之笙簫，吹之者不聞，而聞之者妙焉。當夫霜竹浮陰，風梧散葉，夕照千里，碧雲一色。水蕩影以鱗鱗，魚浮空而戢戢。乃命童子，坐危石，俯深流，投醜扇以爲餌，削焦銅以爲鉤。或沉或浮，載泳載游。余不持一綫，但瞪雙眸。試操縱之有道，任貪廉之自求。彼得吾不喜，彼失吾不憂。抒瀹觀於物外，何筌蹄之足謀？於是神如東王公之鯉，大如任公子之鰲，年如姜尙父之老，臺如嚴子陵之高，入吾目兮，不過一瞬；當吾坐兮，不過終朝。釣鯉魚而無羨乎尼父，會大都而奚夸夫魚刀！子但知垂釣之樂，而烏知吾坐觀垂釣之逍遥？」

子才子於是嗒然意失，憪然神爽。結葦蠟蘆，投綑釋網。叩舷而歌曰：「巧人之巧，坐而息兮；拙人之拙，垂竿立兮。吾欲作書與魴鯉，慎出入兮；展如之人，大巧而有愚色兮。」

笑賦

陸大夫本無笑疾，養空而遊。所見人士，與己不侔。但覺其蔽，莫測其由。付之一笑，啞啞不休。

則見夫金穴方崩，銅山又起，屢覆前車，仍循舊軌。廣斲雉膏，甘焚象齒。豈知有造必化，無泉不瀉。縱置筦鑰于枕邊，難挈分文于泉下。贈百萬與何人，無一言之報謝。

又見夫捨樂土，趨熱官，自投苦縣，自上危竿。取下千怨，博上一歡。或同謀而異獲，或始笑而終嘆。從高隊者輒碎，泛海泊者大難。然後鶴唳思聞，蓴羹想餐。不已傎乎？

又見禁忌百端，福田是慕。不學顔含，思尋管輅。王莽所信，陰陽小數。治行則黄曆少日，卜葬則青山無墓。見術士而頭低，望神巫而却步。百鬼集于胸中，五行遮其前路。捨王道之蕩平，墮終身于雲霧。

又有蒱博呼盧，葉子作戲。每一登場，如饜止吠。晬子營然，神魂囚繫。屏珍羞以忘餐，置妻孥而若棄。一息尚存，六時不廢。試淸夜以捫心，終不知其何味。

又有丹訣大悟，蒲團小參。受籙自喜，長齋自甘。捨名教之樂地，誦梵咒之喃喃。斬半菽于戚里，揮萬鎰于伽藍。廣陵則妖亂有志，臺城則餓死難堪。凡此千秋之惑，皆由一念之貪。

至于誦習詩、書，曠覽宇宙。何必鈲剞苛碎，淸臚似豆。披膩顔袷，逐康成後。蕉枯骨以死爭，抱陳編而苦鬪。卒之古人不生，長夜不晝。徒相毆于昏黑，終不知誰之勝負。

亦有囿于習而心昏，縛于敎而自束。繩趨溝衷，龜腸蟬腹。理不經于心，見不出于獨，寧顯悖夫周、孔，懼小違于濂、洛。如蠷蝨之藉角作耳，如水母之以蝦爲目。甚至八翼沖舉，一行未讀。相引爲曹，高冠簇簇。方且選才俊而秉鈞軸焉。

若諸人者，紛紛藉藉，究究居居。其氣多滯，其質本愚。雖有盧、扁之藥，不能祛其疾；惠、莊之辨，無以釋其拘。君子洞觀物外，手晤揶揄。不得已而虛舟相値，愧謝不如；拈花無語，舉杯相於。惟畬然與莞爾，不能忍于須臾！

刑部尙書加贈太傅錢文端公神道碑

今天子優禮文臣，稱爲江浙兩大老者，一爲沈公德潛，一爲錢公陳羣。沈年雖高，于公爲後進，受知今上；而公則受知聖祖、世宗，贊國家文明之治，先沈二十餘年。故薨後，天子加贈太傅，賜祭葬，謚文端，崇祀賢良。一切恩禮，較沈爲尤隆。非徒眷舊臣，兼以重先朝也。

公爲錢武肅王十四世孫，高祖富一公，始遷秀水。生而敦敏，愛讀書。母陳太夫人，躬自課督。公貴後，繪夜紡授經圖，皇上題詩獎許。以康熙甲午舉人，辛丑進士，改翰林庶常。世宗登極，召見，曰：「錢陳羣不獨文佳，人亦好。」遂以編修主試湖南。旋遷學士，視畿輔學政。乾隆元年，擢通政司右通政。丁母憂。服闋，補原官。累遷禮、刑兩部侍郎，加經筵講官，充乙丑會試總裁。主江西丁卯、庚午兩科鄉試。壬申，病，上命太醫診視，予告歸里。

公天才警敏，藻思坌湧。每扈從賡歌，帳殿前諸黄門環而伺之，晷刻未移，百韻已就。歸田後，上有吟咏，輒寄示公。絡繹往來，至千餘首。凡國家大禮畢，武功成，公必進雅頌數十章。璽書褒美，賞賚不可紀極。辛未南巡，命閲召試諸生卷。丁丑南巡，命在家食一品俸。壬午南巡，晉刑部尚書銜。乙酉南巡，加太子太傅，賜幼子汝器舉人。辛巳，祝太后七十萬壽，命與九老會，賜杖入朝。辛卯，祝太后八十萬壽，命紫禁城、瀛臺騎馬，偕九老遊香山，圖形內府。上于公若有宿契。每入見，聖心先怡。公亦事君以誠，承顏抗詞，動引書語；頌不忘規，民隱必告。

壬午，公子汝誠典試江南，上先諭總督尹文端公，招公遊攝山，俾父子歡會。聖壽六十，念公老難北行，命沈文愨公往嘉禾，互相勸止。公進竹如意，上批劄云：「未須僧紹之賜，恰致公遠之貢。文而有節，把玩良怡。今賜卿木蘭所獲鹿，服食延年，以俟清晤。」凡此恩意周摯，皆出于尋常控揣之外，寵光湛露，海內榮之。

公雖研深文學，而于政治尤通明。雍正七年，爲陝西宣諭化導使。宣講時，有姦民某，闌入聽講。公異其狀，命遮留之，果邑中捕者。至乾隆十九年，僞稿獄興，公家居矣，密奏姦民主名未立，請緩窮治，以省株連。奉旨嚴飭，俄而諒其誠悃，寵眷如初。

公任天而動，倜儻和易，口汩汩如傾河。汲引後進，酬應翰墨，必躬必親，日不暇給。然能廢心而用形，人人滿所懷以去。而體益聰強，搆宅雙溪之西，春秋佳日，輒偕故人野叟遊桑麻間。常至古杭聖湖，小住信宿。見者或以爲元老，或以爲神仙。

幼有至性。弟死未殮，公抱尸臥，冀温尉使甦。太夫人至，見公身冷如冰，乃哭而止之。官通政使時，以應得己身封典請封外祖母。上許之，遂著爲令。公諱陳羣，字主敬，號香樹，又自號柘南居士。兩娶于俞氏，皆誥封夫人。三代贈如公官。子七人，長汝誠，官刑部侍郎；次汝恭、汝慤、汝豐、汝隨、汝弼、汝器，皆有官秩。女九人。薨年八十九。葬。

銘曰：文思天子張咸英，皋陶、庭堅方降生，爽鳩氏代鳳鳥鳴。奕奕錢公輔聖清，肫然明允吏篤誠。爲士作鑑文持衡，有茅必拔賢必登。義刑義殺廷尉平，惟公折獄能引經。天牢雖空臣疾攖，昧死上疏求歸耕。上帝耆之詩寵行，東門送者車千乘，爭羨白鶴翔蒼冥。誰知在野如在廷，堯醲舜薰時和賡。君臣師友相合幷，四河入海無河名。五年巡狩鑾輿迎，羣臣之中喜見卿。子牟魏闕江湖情，能無銜感涕沾纓！韋孟雖歸王室爭，丹忱足照青史青。傷哉頹光大耋驚，帝猶批勅朞遐齡，寵章雖來臣目瞑。中涓捧祭馳新塋，有晬其容圖殿庭。龜銀後祚隆隆升，實盱實覃多孫曾，公委化矣公永寧。

原任浙江巡撫盧公神道碑

乾隆四年，兵部右侍郎盧公巡撫浙江。枚乞假歸娶，謁公于南衙，一見如舊相識，矜寵甚盛。次年，枚官京師，聞公被劾，天子命內大臣汪札爾往按其事。獄兩月不具。浙之呡呼吸罷市，篡公於頌繫所，舁至吳山神廟中，供餔糗粢盛者，如牆而進。所過處，婦女呼寃躅足，數萬人赴制府軍門，擊鼓保留。制府德公，據實奏聞。天子知公無罪，而又不欲長黔首之刁風也，遣戍軍臺。一時朝野駭公能得民，枚亦疑公果何術以致之。後四十餘年，公子崧以貞石未建，來索銘幽之文。讀其狀，方知公自縣令至任封疆，忠勤惠愛，終始一貫，以故誠能動物，應如肸蠁，初非違道干譽之所能襲取于須臾。宜備書之，抒部民之思，爲大臣之式。

謹按：公諱焯，字光楨，號漢亭，奉天鑲黃旗人。先代從龍，世襲恩蔭。祖崇興，官江西布政使。父承倫，官大理寺少卿。公生而岐嶷，欒欒有才，以功業自期。初知武鄉縣，縣有均徭錢供差費，而遇差仍按里派夫，公革除之；有豪家莊頭，倚勢凌民，公大創之；有巨盜四十餘家，公剿絕之。遷知亳州。州俗好鬬，有白帽、鐵帽諸黨。公擒其魁，餘黨解散。擢知東昌府，署登萊青道，實授河南南汝道。遷按察、布政兩使，巡撫福建。今上元年，調浙江，落職再起，授鴻臚寺少卿，巡撫陝西。再落職，命往巴里坤、哈密協理軍需。事竣，還家。年七十五薨。

公抗爽而和，與人語姝姝然，不衣自煖。然義之所在，赴若江、河之決。武邑災，公開倉賑饑；東昌災，公放隄水入運河，飭各屬開倉賑饑。俱不待報請，便宜行事。浙江海塘恃尖山爲保障，堨工屢圮，公親臨築成。上喜，御製碑文以賜。西陲用兵，湖北奉部檄運歸化城米往軍前。公慮道遠費重，奏請以陝西采買者就近先撥。上嘉之，謂深得大臣敬事之道。

當田文鏡總督河東時，政尚苛嚴，司、道以上，莫敢攖其鋒。東昌一郡，所訪至二十餘案，囚纍纍，獄不能容。公到，登時判遣，囹圄爲空。田心銜之，卒亦無如何也。公爲政，大概以膽決濟其仁心。福建前任撫臣奏建寧田糧較明季少十之五六，部議按畝均攤。公奏請先丈量而後酌增。上許之。丈無虛浮，其事遂寢。鹽販拒捕，有登山者，總督某欲用兵，公止之；而密遣官禽獲首犯，分別杖懲，卽時案結。豫省黄河遷徙無常，兩岸爭地，訟牒僨興。公曉以漲則升科，坍則豁免，一言而訟息。湖州費氏，大族也。有兄公某訟其弟妻李氏之姦，公不忍以曖昧事汚人名節，爲平反之，竟以此獲譴。然有識者，覩公之過，知公之仁。

公揚休玉色，軒軒霞舉。長鬚飄然，望而知爲公輔。從武鄉運餉入都，年才強仕世宗召見，卽賜飯，賜豐貂、墨刻、香珠等物。捧至殿外，又喚入，命開寫年庚具奏。嗚呼！公日後麾旄擁鉞，垂三十年，皆由此時特達之知。然以縣令微員，薦引無人，而簡在帝心，一至于此。雖公之儀狀奏對，必有異乎尋常者，而卽此可想見世宗之聖德如天，求賢若渴矣。遭逢之盛，至今聞者猶爲泣下。

所著有觀津錄、牧亳政略、秉臬中州錄、撫閩撫浙略數十卷。配周氏，以覃恩誥封夫人；副室崔氏，以子貴，誥封宜人。皆以己丑年四月，合葬於拱極山之高原，禮也。子五人，長山，蔭工部主事；次崧，官衞輝太守；次嶠；次[illegible]；次岵。女六人，孫九人。

銘曰：屋漏在上，知者在下。主恩易邀，民口難借。毣毣盧公，氣如春夏。弊絕吏瞿，樂與人化。鏡磨愈皎，衣涅不緇。屢起屢躓，未竟其施。人爲公惜，公獨逌然。委運任化，知我者天。天眷良臣，令終壽考。樹蔭幽宮，鶴歸華表。

經筵講官兵部尚書彭公神道碑

乾隆四十九年六月，兵部尚書彭公薨于里第。遺疏上聞，天子震悼。一時士大夫走位相弔，泣且嘆曰：「先皇帝老臣盡矣，存者惟嵇相國爲先輩，而彭公科尤先。海內望之如晨星孤月，倘假一二年重宴鹿鳴、瓊林，豈非熙朝盛事？而天偏靳之，悲夫！」然公之清節重望，恩榮壽考，于古爲稀。勒之貞珉，備國史之採，不可廢也。其同館後進袁枚受公知五十年，爲按其狀而銘之曰：

公諱啓豐，字翰文。應鄉舉時，芝生庭中，因自號芝庭。先世由江西遷蘇郡之長洲。

祖定求，康熙丙辰會試、殿試俱第一。父正乾，考授州同知。三世皆以公貴，誥贈光祿大夫吏部右侍郎。公貌清羸，長不踰中人，而風骨珊然，如鷺飛鶴翔，凌風欲去。雍正三年，舉于鄉，四年，會試第一，殿試亦第一。大學士張文和公奏科名與而祖同，世宗喜，即召入南書房。七年，充河南鄉試副考官。時未散館，而有是命，皆異數也。十三年，遷左春坊左中允。今上登極之元年，遷侍講。累遷至侍讀學士，通政司左通政，吏、兵、刑三部侍郎，尋授兵部尚書，充經筵講官。兩聖人知公廉明能文章，凡掄才大典，倚公如金鑑。命校順天鄉、會試者三，主直省試者七，視學政者二。經歷滇南、中州、江右、山左、浙西，輶軒所臨，庶士懽迓。其他讀卷殿上，及閱回避、拔貢、教習、朝考、召試諸卷，皆叠次任委，連綿不斷。公亦飭躬齋心，克與上意相副。

從江西還，奏所過宿州，有司賑災不實。又奏請勅各省學臣見督撫毋卑諂，應遵會典儀適。上是之。在浙時奏官河宜開濬，漕費宜遵舊制，毋浮收，本省官出巡應額限役夫毋過千名。任兵部時，奏武職銓補，遲速不均，宜與卓異官均以雙單月輪班間用。奏馳驛官奉使者，有廩給口糧，而夫役俱向驛站借雇。慮開多索濫應之漸，宜停例支，改一馬三夫。上皆可其奏，發部議施行。

當是時，上方嚮用公，適有同部兩侍郎不相中，造蜚語聞上，引公爲證。上問公，公對未聞。上疑有私，降爲侍郎。越二年，以原官休于家。

先是公乞養歸，爲娛奉太夫人，故簣山濬池，蒔花竹，極園林之勝。至是再歸，山水益清幽，樹益茂。公擁萬卷，嘯哦其間，雖大耋，聰強不衰。或春秋佳晨，出遊石湖、寒山，士女皆知兩朝元老，擁觀塞路。

初，公侍內廷時，世宗賞大臣福字，偶未及公，特手書以賜。侍今上泛舟賞花釣魚，命和詩，至二百餘首。所賜珍玩無算。祝皇太后萬壽，與九老會，圖形中禁。金川蕩平，公迎駕山東，進凱歌，恩復尚書銜，與宴。在江南三次迎鑾，皆召見温諭。四十九年，公迎駕跪龍泉莊，上遙望見，即命侍衛扶起，命秋冬北上，與千叟宴。公方感上恩，修安車欲行，未及期，以無疾終，年八十四。

性峭直，稍不可于意，即形詞色，然過後輒不省。慊慊自下，遇布衣文學之士，皆抗禮與鈞。枚弱冠入都，即奇賞之。聞其入彀，特呼車往賀主司得人。晚年猶端書細字，往來唱和尤密。常語人曰：「袁君非徒詩文佳也。聽其議論，如魯公書徹透紙背。」其見知如此。

妻宋氏，誥封一品夫人。子五人，長紹謙，山東桃源同知；次紹觀，翰林侍讀學士；次紹咸，增廣生；次紹升，丁丑進士；次紹濟，尚幼。女三人，其一適常州學士莊公培因，甲戌科殿試第一。孫十二人，皆有科名。曾孫六人。

銘曰：庭實九獻，特達圭璋。簫韶九成，來儀鳳皇。天生彭公，爲世休祥。履星辰上，立日月傍。帝畀玉尺，東度西量。公洗心眼，清儷冰雪。萬蟻戰酣，一燈破黑。拔茅使高，升珠使跳。爛其盈門，八座三貂。抒所藴畜，施于爲政。獬豸爽鳩，屢拜寵命。周官司馬，權重中樞。公靜鎮之，四海宴如。帝謂古賢，七十懸車。卿年已届，可以歸歟。公拜稽首，聖恩優老。臣願歸田，咏歌天保。都人羨公，祖餞盈道。一十七年，烟雲花鳥。臣請主安，帝問卿好。以其餘閒，爲書院師；胡瑗、孫復，歐、范優爲。以其餘福，蔭及孫曾；玉堂蕊榜，綿綿繩繩。齊門之外，新塘之東。百尺華表，萬古清風。

原任湖北巡撫太常寺少卿程公墓志銘

公程姓，名燾，字九峯，號雲軒，系出新安之臨溪。六世祖士麟，遷杭州艮山門外之篦鎮。公生而孤露，家極貧，持缺盎盛淖糜，母子分以療饑。以戊午舉人，補中書軍機處行走，遷武選司主事。引見，以御史用，出爲甘肅洮岷道。奏母老，改江南驛鹽道。遷安徽按察使，再遷布政使。調陝西，巡撫湖北，勇辦獄起，仍降江西布政使。補太常寺少卿，以病免。

公性樸直，粤曳任氣，有所懷，雖權貴前必達其意。任兵部事繁，誤軍機處儤直之期。傅忠勇公語人曰：「九峯久不來，想戀兵部耶？如彼處樂，可不必再來軍機。」公聞之，怫然曰：「兵部、軍機，皆國家事，相公不當分畛域之見。程齋才拙，僅能料簡一處，無分身法。」即遣人往軍機處取直宿行李。忠勇公笑曰：「人言九峯戇，九峯又戇耶？然其言甚正，盍爲我婉留之！」同事者再三云，公始往。

公常言，世之論仕者有二失焉。其一以爲功名可力取也，于是通苞苴，事造請，以求之；其一以爲功名不可以力取也，于是玩時愒日，而百事廢焉。不知不可求者，官也；不可不求者，官之事也。一階級有定數，而可妄冀乎？一斛粟皆君恩，而可素餐乎？以故公所任事，專務先難。從忠勇公傅恆平金川；從大司馬舒公赫德觀兵滇、黔；再從陝甘總督黃公廷桂平定伊犂，經田葉爾拔不、阿克蘇地方，縋行沙度，二萬餘里。心計手畫，不知渴饑，諸大臣倚賴甚重，而上亦因是深知公。爲按察時，六安州有河南祝姓者，詐僞事發，誣引河南竇鬍子。竇不伏，公命脫械，雜長鬚者數人，令祝指認，祝茫然。竇寃遂雪。公又常云：「周道如砥，其直如矢。凡斷案引律，貴得大中。不可上奏畏卻，因其輕，用『雖』字以揚之；欲其重，用『但』字以周內之。」以故公折獄過慎，夜閲決事，比持燭折臂，瞿瞿申旦。勞積疾生，舌本中穿，漸裂以大。醫曰：「此心血竭，火僨興之故也。」竟以不起。年六十四。

先娶金氏，再娶胡氏。子二，長承獻，次楷。孫四人。葬。

銘曰：罬罬而能行者，眞也；隆隆而仍勞者，勤也。無稗政，故能撫其軍也；有仁心，乃以傴其身也。古而不今，嗚呼哉，其人也！

廣東雷瓊道按察使司副使金公墓志銘

乾隆丁巳，予寓薦主金少司寇家。見其從子序倫，知原守濟南被劾歸旗，貌軒偉甚口，與余朝夕狎，宴飮諧謔相得也。已而起廢外用，遂別去。戊戌冬，其子岳爲蜀中司馬，寄信屬余銘墓。余弱冠卽受司寇恩，今老矣，雖其家之一孽息，一童孫，有所誣諉，誼不敢辭，而況君與余素有撫塵之好者哉？

謹按君諱允彝，字序倫，一字懿亭，鑲白旗人。工部侍郎永錫公之孫，宣化府厚庵公之子，行六。年未三十，循例得南豐縣丞，遷兗州府金鄉縣知縣。辦災課最，調宰蓬萊。引見時，奏對詳明，世宗大悅，賜饍，賜豐貂，擢濟南府知府。

君旣世家，又驟受天子恩，以才自負。與按察使唐公綏祖不相中，而唐又總督田文鏡所擢用也，據揭劾奏，卽令唐鞫訊之。考掠至再，君無款詞。當是時司寇公巡撫廣西，密奏此案有寃。世宗命吏部尚書劉於義、刑部侍郎牧爾登會同山東巡撫岳濬覆訊。所劾果虛，僅以失察書吏罷官。

皇上登極，召見，授鎭江府同知，遷廣東南雄府知府，調潮州，再調廣州，擢雷瓊道。未半年，喉痛卒。年五十八。

嗚呼！當田文鏡柄用時，一時文武大臣，望風噎媢，無敢攖其鋒。司寇公爲君叔父，尤當避嫌，而乃毅然飛章入告。世宗不加之罪，竟別簡大臣爲之案覆，以示大公，以昭聖人之無我。有是哉，君臣之際，至於如此！事隔數十年，草茅聞者，猶爲流涕。而在君當年之身受者，更何如也？

君娶夫人楊氏，生子四女二。長子岳，初任廣西羅城令，以于清端公曾宰是邑，故考其遺事，刊板流傳。嗚呼！公之子慕善如是，亦君之庭訓使然耶！葬某。

銘曰：寶劍起矣，直木擠矣；危而後光，能有幾矣？嗚呼金君，樹欒于墳。其毋忘天子之德之仁。

誥授通議大夫陝西按察使秦公墓志銘

余榜中得人最盛，爲銘其墓者，禮部尚書沈文愨公、工部尚書裘文達公而外，惟我陝西臬使秦公。公以甲辰舉人、內閣中書中己未進士，殿試第三人，授翰林院編修。改官九江府知府，調廣信府。服闋引見，再授平陽府知府，特遷西安按察使。在任九年，乞老疾歸，卒于商州旅次，年七十一。

公貌清挺，長身矗立，鬚飄飄若神。與人交，坦中任眞，終始如一。雖以文學受知今上，而未遇時，曾參幕府，習刑名，故歷外任二十餘年，所張施條奏，無不上俞下頌。九江鹽無坐商，零販者必赴省驗收關稅，夫錢浮費無算。公請大府咨撥省商徑赴儀徵買運，抵郡銷售，鹽價以平。玉山縣姦民喻開士與監生朱捷山有仇，造逆匪馬朝柱僞劄，投棄路傍。邑宰某惑之，將興大獄。公星馳訊鞫，雪其寃。長武縣民尙景福等強借籽種，毀胥役廬舍。公審知皆飢民，非盜也，殲厥渠魁，餘皆省釋。貴溪有案相似，參將許承麟將以盜報。公往止之，申辨良久，許不可。公忿而歸。須臾，許求見，長跪謝曰：「頃公所言，老母在屏後悉聞之。責我不聽仁人之言，怒而不食。今我受母命，來承公教矣。」遂徒一人，杖三人，而案以定。律載殺死一家非死罪三人者，斷給財產；殺二人者，不在此例。公奏一家中雖人數不一，然已殺二人，則其中豈無孤寡？倘屍主煢煢無告，而凶犯妻子仍擁厚貲，於義何當？請嗣後凡殺一家非死罪二人者，亦給與罪人財產一半。上深是之，載入則例中。公雖用法寬，然於大猾無所縱。如葭州衙差，大荔、高陵兩縣之積匪某，皆以罪浮于法，特寘重典。

所到處必葺橋梁，崇書院，禁溺女，卹災祲。以故耆民髦士，皆迎拜車前，歌呼祝延。分校乙丑會試，得李因培、張紹渠等，仕至公卿。識拔靈石縣武童何道深，官貴州遊擊，王師征緬時，死錫箔之戰，崇祀昭忠。人嘆公知人之明。性不飲酒，在諸同年席上，專視匕箸者，公與予二人而已。

公諱勇均，字健資，號柱川，爲宋龍圖學士少游先生二十六世孫。族大以豐，簪紱盈門。從堂弟文恭公，亦以丙辰第三人官大司寇。父會榮，前母王氏，母徐氏，俱以覃恩誥封如例。妻徐淑人先公卒。子鼎雲，拔貢生。公歿後，有相傳爲秦中城隍神者。余恐蒙韓昌黎羅池廟記之譏，故不具載云。

銘曰：廉不劌劌，何用不臧！明能恢恢，何弛非張！惟觀察公，星降文昌。初以其耀，照臨玉堂；繼以其餘，施于四方。吏也而良，刑也而祥。橫目冒耏，額手稱慶。帝嘉乃猷，錫以銀黃。天祐有德，俾其壽康。委化順終，葬開原鄉。橫山化臺，宰樹鬱蒼。

原任禮部侍郎齊公墓志銘

乾隆元年秋，余與齊公次風同試博學鴻詞于保和殿。一時士論，僉以實學推公。及榜發，欽取十五人，公果與選。余雖報罷，而公念同徵之誼最殷。後三年，余亦入翰林，作後進，常與公唱和。外出爲令，始與公別。別四十七年，余老矣，遊天台山，公死已久。且葬，其兄周南、弟世南，年八十餘，龐眉扶杖，延予飲其家。抱公詩文集百卷出曰：「先生視此，以志其墓。」嗚呼！當時薦此科者，海內凡二百餘人。而今則在野在朝，屈指無有也。公之遭逢寵遇，升沉禍福，非余後死，其誰知之，而誰表之？

謹按：公名召南，字次風，又號息園。幼而穎敏，讀書十行俱下。年十六，受知于督學何公世璂，充博士弟子，貢入京師，中己酉副車。雍正十一年，督臣程公元章以鴻博薦，授翰林院庶吉士，改檢討。御試高等，超遷至侍講學士，加日講起居注官，充戊辰會試同考官，上書房行走。再遷內閣學士，禮部右侍郎。

公清癯，短身而憑，鄉朴之氣，溢于眉宇。獨能宏搜博覽，記性過人。上于寧古塔得古鏡，未詳款式，問朝臣莫有對者。公引證書史，羅縷具奏。上大悅，顧左右曰：「是不愧博學鴻詞矣。」國家疆域恢宏，烏喇、巴哈，俱置侯尉。又新開伊犂。諸臣奉使者，輒先詣齊侍郎家問路。公與一册，某堠某驛，應宿何所，需若干糧，數萬里外，若掌上螺紋，毫忽無訛。或問曾出塞乎？曰：「未也。」「然則何由知之？」曰：「不過漢書地理志熟耳。」問之讀漢書者，卒亦不解。沈尚書德潛常在上前譽天台石梁之奇，上問公，公曰：「荒山磽确，不足以勞聖駕。」人笑其奏對率易，而上以此益重之。

十四年四月，從上書房歸澄懷園，日昳馬驚，觸大石上，腦涔涔流，昏憒不起。上大驚，命蒙古醫速治。醫刳生牛腹，臥公其中，又取牛腦，乘熱納公額，左右搖，公始蘇。當是時，上方嚮用公，遣皇子及中使問病者不絕于道。又數月，公病少痊，步猶蹣跚，頗忘所記書，不能握筆，又心念老母，乞回籍終養。上慰留再四，然後許之。還浙後，掌教蕺山、萬松兩書院。上三次南巡，公力疾迎駕，皆召見，賞賜優渥。

先是，公有族匪周華者，素不良，公訓誨不悛，遁海外三十餘年。忽因浙撫熊學鵬巡城，遮道獻所著逆書，揭公十大罪。熊奏聞，上誅周華，赦公削職歸里。公身受上特達之知，方恨無涓涯報，而怪民妖言，乃出自近族；悔平時教敕無素，又隱忍不先舉發，以致惡彰于天。自分雖九死罪固當，而上復屈法活之，恩愈重，愧憤愈深，結轖不已，路上疾暴作，還家匝月，竟以不起。年六十六。

嘗言酈道元水經註明于西北，闇于東南，特撰水道提綱三十卷。又歷代帝王表十三卷、後漢公卿表一卷。所修官書，則一統志、明史綱目、續文獻通考、禮記、漢書考證，皆所纂也。

曾祖三仲，祖化龍，父麻俱以公貴，贈如公官。妻張氏封一品夫人。子式遷，國學生。女二人。葬台州花坑之原。

銘曰：天台之山，其高萬有八千。以是鍾靈，生公其間。學識其大，才擅其全。以人視山，幾與齊肩。雖梟獍嚙其後，惡馬蹶于前，而終以受知于天，無損其賢。嗚呼，非我來遊，誰表此阡！嗣後川湜湜，峯綿綿，磅礴鬱積，繼公而生者，其又在何年？

中憲大夫分巡廣東肇羅道衛公墓志銘

己亥夏，枚還武林，晤玉亭衛公于陳莂洲觀察席上。德器粹然，知爲賢者。今春粵遊，路出西江，蔣太史心餘寄聲問公，并云兩賢相覿，必有傾衿之樂。不意到端州，聞公病，旋卽不起。其子琬歸葬中州，乞銘其墓。伏思枚于公爲部民，弟樹于公爲屬吏，令聞懿範，親炙最深。聞公喜枚來，將命家人治具張飲，談十日以蠲夙痾。而不圖願莫之遂，竟殗殜綿延，以至于死。悲夫！豈人生一見，天果靳之耶？然而七十衰翁，萬里忽至，又未嘗非蒼蒼者示之意也？章微闡幽，非枚奚屬？謹按其狀而爲之銘曰：

先生姓衛，諱詣，字玉亭，河南懷慶府濟源縣人。以丁丑進士授工部虞衡司主事，外補山西遼州知州。調解州，再遷浙江台州府知府。薦卓異，受天子知，調湖州府知府，旋遷廣東高廉巡道，調肇羅巡道，兩署按察使。年六十一歲而薨。

公所到有治績。遼州爲山右磽确之地，民藝黍畢多逋蕩。公分別五施，授種棉養蠶法，置機具于堂皇，試男婦紡織，鉤考勤惰。不數年，布絹之利，賴及他郡。

其守台也，嵊縣姦民王開經等篡其邑令吳某至山中，箠辱之，勢甚張。撫軍王亶望會同提督進剿，槍甲齊矣。公時在省，入諫曰："唐、虞之世，治苗民遠方，尚以刑不以兵。嵊縣小醜，毋庸大舉。詣曾至其地會審某案，民頗服。今雖非本屬，願往擒治。"撫軍壯其言，許之。公單騎上山，令人前呼曰："台州知府衛公來。"羣兇素慴公名，咸羅拜。爲首者自反接，送縣令出，且訴所以辱令故。公笑曰："官固不良，然汝等亦當死矣。"皆泣曰："公命之死，如不死也。"遂縛十八人歸，奏斬三人，流二人，釋三十餘人。

湖州北鄉多外省軍犯，張設博局，誘良家子使博，而陰開小典，沒入其衣物。日久黨繁，官吏慮捕之將爲變。公偵知姓名，隱而不發。探知某日賽神儺會，諸匪擁儀從，敷粉墨，呼呶入城。公陰乘輿抵虎穴坐，命諸幹役持繩索伏四門，來者縛之。當即予杖，派往文武衙門充水火夫，給其傭。嗣後城鄉肅清。

公性慈，少所笞督。然義之所在，強直不撓。或大府前論事不合，輒謖然斂袂而起曰："衛某以爲不可。"上游俱嚴憚之。署臬篆時，治獄尤慎，文案稍有踳駁，申旦不寐。致精神越渫，體爲之衰。

先是，公從子諱哲治者，從縣令起家官至大司空，以廉節惠政，名噪淮海間。枚宰沭陽，隸屬下久，所聞多端。公行事，蓋得其家風云。

父乾德，蒙覃恩誥授奉直大夫。母商氏、劉氏封太宜人。妻周氏。子四人，女四人，孫六人。

銘曰：貞廉勿矜，大勇勿爭。矻矻衛公，秉志孤行。爲世甘澤，爲人準繩。東甌西晉，異音同稱。方期大用，神化丹青。何圖星隕，痛我黎烝！儲休啓佑，天道神明。必有禠禧，蔭及孫曾。請看化臺，福草叢生！

巡視臺灣監察御史李公墓志銘

公姓李，諱元直，字愚村，山東高密人。性介而剛，少觥觥有志行，以康熙癸巳進士，入翰林，校丁酉、戊戌兩科鄉會試。乞養八年，服闋仍補原官。雍正七年，改四川道監察御史。

當是時，世宗憲皇帝喜昌言，虛己聽納，羣臣爭上封事。公以天下爲己任，居臺諫僅八月，凡數十章奏，秘，外不能知。而其所最著者，言朝廷都俞多，吁咈少。有堯、舜，無皋、夔。世宗不悅，卽召公幷召大學士朱公軾、張公廷玉等，廷詰云：「有是君，必有是臣。果如汝言無皋、夔，朕又安得爲堯、舜乎？」公免冠謝。良久，世宗謂諸臣曰：「彼言雖野，心亦無他。」次日再召入，諭曰：「汝敢言自好，嗣後仍盡言，毋懼。」會廣南貢荔枝，即賜數枚，以旌其直。

未幾，命巡視福建臺灣監察御史，取時憲書，親爲擇日而行。公感上恩，益奮。甫到即奏增養廉，杜餽遺。再奏番民利弊數十條。上皆是之。先是，臺灣爲海外荒服，巡使者至，自視如客，闔門無所理，高枕臥，事壹聽于道、府，相習爲常。公悉反所爲，又時下所屬，問民疾苦。有司怵其害己，咸嗾于大府。大府以侵官奏，上命議罪，遂鐫三級。家居二十七年卒，年七十三。

公受世宗特達之知，使稍貶其道，和其節，藏器待時，則不數年必大用，用亦必有所建立。而公銳于圖報，信道太篤，不肯須臾從容，致一蹶不起。嗚呼惜哉！然而公之賢，世宗知之，公之過，世宗亦知之。赴闕入見時，世宗謂其同官奚德慎曰：「如李元直者，可保其不愛錢，但慮任事過急耳。」又嘗諭諸大臣云：「甚矣，人之難得也！如李某豈非眞任事人！但剛氣逼人太甚。」嗚呼！知臣莫若君，信矣。然古之豪傑得一知己，即可無憾。而公竟得一知己于君父，則雖不用，老且死，尙何憾哉！宜公晚年說及世宗知遇之恩，未嘗不涔涔泣下也。

初公爲翰林時，與孫公嘉淦、謝公濟世、陳公法交好，以古義相礪切，一時都下有四君子之稱。每談必申旦。及孫公總督兩湖，承審謝公事，瞻狥撫軍，公音問遂疎。長子高以主事簡發山西，未一年，連得大州，公聞不悅。高寓書公甥以自解。其于名義大節，雖密友愛子，不肯苟且如此。

乾隆甲辰，余遊廣西，公第四子憲喬爲岑溪令。讀余文曰：「班、馬儔也。願以先人之狀私于執事。」余重憲喬學行，而于公又爲同館後輩，貞石之文，所不敢辭。

謹按：公父華國，知阜城有善政，阜城人至今祠之。母孫氏，封宜人。先後娶兩王氏、一任氏，皆封宜人。子憲高，庚戌進士，潞安府同知；次憲噩、憲暠、憲喬。四女，四孫。葬某。

銘曰：神羊獄獄，誰折其角！寶劍稜稜，其鋒孰攖。既已試之，又復置之。非廢棄之，將老其才，而徐俟之。雖然幸而藏，得全其光；至今華表，尚有寒芒！

翰林院編修候補御史蔣公墓志銘

心餘蔣君既卒之明年，其孤以狀來曰：「先大父、母傳志，皆先生撰。今先君又亡，將葬。貞石之文，知廉等敢循例以請，亦先君志也。」嗚呼！余前春過西江，君已半體枯，聞余至喜，力疾懽飲。臨別時，手平生事略見示。余知其意，泣而頷之。然私心自揣，余忝廁詞館，先君七科，後死之責，當在君，不在余。即在余，亦未必銘君兩代。而今竟不然矣！然則余之衰，固可想見，而古人之所謂死友者，非君而何？

謹按：君姓蔣，諱士銓，號清容，一字苕生，江西鉛山人。父堅，有奇節獨行，常遊澤州，縛君馬背，行千餘里。甫四歲，母鍾太宜人即屈竹絲作波磔，教之認字。君天稟英絕，有覽輒記。握筆如天馬怒馳，超塵絕迹。丁卯舉于鄉，甲戌考授中書，丁丑成進士，入翰林。散館第一，授編修，充武英殿纂修，分校順天鄉試。居官八年，乞假養母，僑寓金陵。大府聘爲蕺山、崇文、安定三書院山長。君意洒然，有終焉之志。會少宰彭公元瑞召見，天子問蔣某何在，彭以渠母老對。及太宜人薨，君感上恩，入都，京察一等，引見以御史用。旋患風痺，還南昌二年，年六十一卒。

君秀眉長身，兩眸子奕奕如電。諧謔風發，聽者傾靡。胸無單複，不解囁嚅耳語。遇不可於意，雖權貴，幾微不能容。太宜人慮其性剛，勸令歸里。及君再至長安，浮沈舊職，一二知己盡矣。同列皆闒然少年，趨尙寡諧，愈益不自憙。遂有輕死生一晝夜之意，不自珍攝，以致早衰。然其胸中非一刻忘世者。在蕺山時，越中富家池三江閘日久堙廢。君力請于大府，借帑辦治，曰：「事雖非山長責，然食越人粟。則視越人如一家焉。」掃墓鉛山，爲邑人建壩浚渠，以通水利；修母嶺墖以利文風；建棚縣衙，便應試者；請移駐巡檢于西鄉湖坊，瞽不良者。甲戌禮闈落第，上命九卿各保一人，涂少司空將薦君，君讓與孝廉某，以其母老也。有駱生者，負鹽課，客死。君連夜作十三札，飛遞嶺南，俾其孤孀扶六櫬歸。君平素無宿諾，故其言于人也信

初入京師，才名藉甚。諸公卿震若麟鳳，爭先窺覿。裘文達公在上前薦君與彭公爲江右兩名士，以故上屢問君，賜彭公詩并及君。乃二十年來，彭公官至尚書，而君傫然一老詞臣如故也。雖其俄出俄入，自綴官階，旁觀者不能無惜焉。而要知命之所存，君本無心進取。且夫「孝者，所以事君也」；古人一日之養，三公不易。君奉太宜人設教東南，有江山之勝，板輿所臨，海內捧杖擎觴而至者，屨交戶外。高麗使臣餉墨四笏，求君樂府歸。聲聞之盛，天爵之榮，近今未有也。

晚年雖病廢，而神明不衰。左手作字，橫斜入古。所居藏園，水木明瑟。五子七孫，穿花繞膝。而侍死之夕，無雲而雷者三，相傳君生時亦然。嗚呼，其來其去，豈偶然哉！

君才高而心虛，全集皆余商定。偶獻一規，登時立改。常至其家，見供兩木主：曰方伯彭公，曰督學金公。蓋君少時受知最深者。其敦師友之義，死生不易如此。所著古文□卷，詩□卷，銅絃詞二卷，塡詞九種。娶張氏，誥封宜人。子知廉，拔貢生；次知節、知讓，皆舉孝廉。次知白、知重、知簡、知約，尚幼。女一人。以□月□日葬。

銘曰：懸弧白日雷聲起，天若告人生才子。既生不用故何以？人再問天天嘿矣。振古文人多類此，漢之崔、蔡唐之李，吁嗟蔣君毋乃是！平生著述千萬紙，有如月照西江水，萬古暉暉光不已。勝我才華輸我齒，倩我作銘先我死。我敢無言報知己！古書黑石鐫蒿里，兼備他年補國史。

小倉山房續文集卷二十六

大定府知府張君墓志銘

君爲東閣大學士張文和公之子，東閣大學士蔣文恪公之壻。年未冠，卽以鹽務運判來江南。補通州，調泰州，遷淮南監，掣同知，再遷貴州平越府知府，調遵義、大定兩府。年三十八卒。其孤歸柩萬里，走乞余銘。余，文恪公門下士也，與君通家，交最懽，誼所不當辭。謹按其狀而銘之曰：

君諱景宗，字端文，行五，生而角犀豐盈，容貌充充然。常迎駕焦山，皇上召見鏡江樓，曰：「此兒面目頗類伊父。」君喜，益敬勉自奮。通州場戶丁糧例不請蠲；君到時，會豐利場海口淹沒，竟請題免。泰州各場災，所借給倉穀及積年鏉價，一時並徵。君請緩于大府，民力以舒。淮南儀所爲五省引鹽分運處，河淺船滯。君請由瓜洲出江，抵沙漫州，解捆裝戢，掣費驟減。嚴禁船埠乘商之急，匿船居奇，有犯者寘之法。羣船魚貫至。貴州貧瘠，平越爲尤，一切儀仗與馬官莊四十八所，俱取給閭閻。君到免之。上游重君，遇大事必委辦。君亦劬躬圖報，染瘴以卒。

嗚呼！君桀桀大才也。禺莢細務，何足展其猷爲？滇、黔爲文和公二十年開府之所。天子　君往涖其邦，豈無深意！乃竟未繼家風，中道而逝。知君者能無深悼哉？猶記乙未三月，滇州鼠姑花開，君招余偕諸賓從坐小車，穿草徑，張飲吳園。余席間猶舉韓魏公金帶圍故事以相勗。而卒不驗。然吟草盈册，至今爛然。即此可以想見君之風調，有大異乎尋常俗吏之爲矣。

生母郭氏，妻蔣氏，俱蒙覃恩誥封恭人。子三，長世倬，候選主事；次世輔、世恩。女一。以□年月日葬□□。

銘曰：君之初生，夢麟銜衣；君之委化，如驥脱羈。生于華胄，能躭文詞；手握牢盆，能樂丘池。接其外狀，顒卬令儀；叩其淵衷，風月襟期。可惜小試，未竟厥施。盤江渺瀰，黎峨險巇，君魂雖歸，民口有碑。

常德府知府呂君墓志銘

余同年裘文達公奉天子命治幽、兗、揚、豫四州水利最久，最有功。而其所倚恃如左右手者，爲沭陽呂君。君以滕縣主簿，擢至泇河通判、曹州府同知、常德府知府。再以子貴，誥封中憲大夫，山西冀寧道按察司副使。

其起家，故余宰沭陽時守藏吏也。貌嚴冷，瞻視不凡。每執卷侍，有所詢，則鈲劄利病以對，主撮無訛。先君子尤愛偉之，以重客待。君亦感所知，棄吏缺，從余蒞江寧，料簡一切。後三十年，余山居久矣，君忽驅五馬來，慊慊以故吏自居；走哭先君墓下，升堂拜母，贈朱提數笏，留一日裁去。嗚呼！君之吏術，余深知之；君之風義，余身受之。然則銘幽之文，非余奚屬？謹按其狀而銘之曰：

君諱又祥，字瑞龍，一字鳳圖。先世居廣德州，大父六吉公徙沭陽。生四歲而孤。年十七即在官，練習簿書。沭近黃河，多水患，故君于賑災治水事尤精。性沉摯，勇于爲義。循例得縣丞，需次京師，過鄒縣，饑，傾所有濟其氓，竟垂橐歸。家居三年，再過鄭州，水衝官道，行者滅頂。君又以爲己戚，宿旅店，募夫購芻茭竹楗，躬自堵塞。他人行，君始行。已而効力東河，會江南張家馬路災，天子命山東助麥稭五百萬。撫軍楊公慮陸運爲艱，君請藉兗、曹兩郡稭貯單縣之黃岡河，借徐州回空糧船載之，由黃河順流下，直抵張工。楊公壯之，即委君辦。以功借補滕縣主簿。會少司農裘文達公議，開伊家河洩微山湖積水，君贊畫方略，代繪圖入奏。工成，濟寧、滕、沛等五縣涸田皆出。裘公愛其才，常以自隨。越二年，奏調君赴直隸疏淀河淤。天子許之。其時君已通判泇河矣。故事，曹州臨河六堡，皆百姓歲修。君憫之，捐俸開陳家莊引河九百餘丈，分黃奪溜，不需土埽，民以永寧。

常德在楚南，號稱難治。君能除苛解嬈，合郡祝延之。

當君赴任時，余從容置酒，問何時再見。君屈其指曰：「一年。」余疑爲期太速，且官身未必能自由。君笑曰：「先生年三十三而致仕，何緣得自由耶？」已而，果如期乞病歸。余不覺倒冠而迎，驚且歎，重痛飲爲歡而別。嗚呼！卽君出處之際，或久或速，挺然有以自持，則他事之健決可知也已。

君在官時病，醫請以紫團葠補羸。君不可，曰：「葠，貴藥也，未必能濟我命，而可以濟民之命。」以其直施棉衣千餘。考城、滕縣兩主簿某身故，眷屬羈留，君厚卹之，送寧其家。還鄉後，立義學，建棲流所，分餘田贍族人，猶孳孳不倦。人傳君司閘時，天子東巡，御舟抵臨清閘，僅里許，閘板橫石罅中，急，萬夫拔之不起。君禱于神，板忽自躍于水。雖天子神威，百靈効順，而亦未嘗非君之忠誠有以感格云。

卒時年七十。娶吳氏，封恭人。妾李氏。九女二子。長昌際，官冀寧道；次昌會，候選通判。以□年□月□日葬。

銘曰：陳殷置輔，周道爲昭。漢之循良，半出功曹。元叔叉手，長揖三公。亦云計吏，爲世儒宗。矯矯呂君，嚴視正聽。進固才優，退亦力定。餘澤流光，施于公子。觀察如雲，捧日而起。袁安老矣，曾長陰平。不圖後死，竟爲君銘！美無溢詞，書無愧色。匪玄石是勒，將九幽是質。

翰林院檢討李君墓志銘

甲子江南鄉試，余以沭陽令與分校，得士七；而遂捷南宮入翰林者，惟李君一人。君諱英，字御左，一字蘋圃，晚號蠡塘。其先爲南宋忠定公之後，由晉陵徙宜興。父止齋，生三子，君其長也。以甲子舉人、乙丑進士授翰林院檢討，分校壬申鄉、會試，纂修三禮通考等書，補左翼宗學教習。再分派丁丑庶常教習。今族弟鑒任安徽臬使者，君所教也。戊寅，以原官休于家，年七十三卒。

君內行純篤，淵然而靜，人見之，潭潭自遠。衡文心淸目明，無所嫌避。有老友儲學坡主于其家，榜發，卽君所薦，人以爲難。掌教海州、六安州，能張施講說，使聖學大明。士心歸依，遮留再三，或刊碑以紀其德。

與余別久，忽一日擔簦而至，寓山中七旬。每燈下談縷縷，不忍眠。臨行手餅金爲別，曰：「知先生無所需，然英老矣，無幾相見。三十年受恩，藉此微申束脩之意，亦慮自此不繼也。」泣數行去，果不數年而訃至。

當是時，余無子，學坡無子，君亦無子。人疑三人者授受同，家運亦相同。乃今余垂暮生男，而君與學坡則終于無有，且相繼死矣。悲夫！

君書法清勁，得晉人遺意。于詩雖非專家，而清微淡遠之音，自其心流，有不可淹滅者。纂成四卷，將梓而存之。娶黃孺人，生一女，適吳氏，以弟子慶來爲己子。蒙覃恩，贈三代如君官。葬某。

銘曰：嗚呼！自吾之得蠡塘也，若古琴之入耳，若古玉之升堂。雖卽之之日短，而思之之味長。一旦淪亡，天竟予喪！爲銘貞石，以表其藏。

巴里坤中軍遊擊劉君墓志銘

劉君厚夫，雖以武致通顯，而性躭文翰。獮薙之餘，必購晉、唐法書名畫，與三代彝器，斷斷判別，若嗜欲之切于身。官金陵時，與予朝夕游甚狎，亦不自項領謾其儕偶，以故車馬駢轔，戶外之屨常滿。常謂予曰：「小倉山一部婁耳，子居之，則號名勝；守備官百夫長耳，我爲之，便成熱官。遂古以來，人貴自立耳，不在所居之地與位也。」予愛偉其言。亡何，遷任去。別一十有六年。今春，其孤琨送訃乞志幽之文。

余按其狀稱君能事親，能睦宗，能訓卒，能拯人于難。所舉犖犖諸大事，諒無溢辭。然余聞而悲者，君以微罪解職，蒙天子恩召見，而君自戚其衰，頗不樂往。思歸老白下，慮無故人爲伴，時時僂指數當年某某零落殆盡，惟隨園翁尚存，將與卜隣，以終餘年。而竟不可卒得。嗚呼，命矣夫！

君亳州人，諱淳，號厚夫，舉乾隆丙辰武鄉試，選江寧城守營守備，遷肅州都司、鎮番營遊擊，再調巴里坤遊擊，署安西參將。以失察事罷官，歸，過蘭州卒。年六十五。妻李氏，五男二女。長子琨，廩生；次毓琇，候補知縣；次琚，次珙，次珴。三代俱贈如君官。君在遊擊任內，請貤本身封封其叔父聖鑑，大府代奏，詔許之。葬。

銘曰：射一鵠能巧，任百事能了。但小畜于文德，不矜情于壯佼。若而人者，雖靳板之封，亦干城之表！

幔亭周君墓志銘

余好畜金石文字，而讀至篆籀，輒口箝不下。幸金陵有二賢焉：一曰樊君聖謨，一曰周君幔亭。二人者，皆媕雅君子，而周君居近余，以故朝夕見，尤親。得殘碣斷碑，必就正焉。今年十月老病卒，卒時屬其子乞余銘墓。余方悲好古之人稀，前年樊君亡，今年周君又亡，嗣後余于古有疑，將何人之詢而釋然哉？然以余之窾啓寡聞，二十年來，略辨妃豨，未嘗非二君之功。文其幽，所以報也。

謹按：君諱渠，字于平，一字幔亭。孤矯矗立，目眴轉有芒。不諧際人事，而瞿瞿然溺苦于古。受知漕帥楊敏恪公，聘爲清河書院師；再受知曲阜衍聖公，館于府，教其二子。君之學，鈲刓苛碎，窮鑿幽隱，專爲人之所難。造渾天毬拳許，繪長江黄運圖僅尺幅，而星經地維，羅縷畢具。窮六書源流，一波一礫不苟下。嘗登泰岱，遊黄山，鐫名最高巔，手摩搨以歸。古奥蒼秀，宛然開母石闕、太室碑也。草廬數椽，在金陵清涼山下，古梅環之。客至，則捭豚黍，盛以梡嶡，父子琅琅然度所作曲侑賓。或用傳響法，擊鉢數下，室内酒茗蕢胾應聲而出，若竈下婢俱解華嚴字母者然。予戲謂鄭康成家牛觸牆皆成八字，今觀于周君也信。

祖籍福建莆田，父懷臣始遷江寧。九世祖翠渠公刺廣德州，有惠政。乾隆二十四年，州人慕其遺風，爲營祠置產。適君遊廣德，遂主其祭，捧木主以升，亦異數也。所著□□若干卷。三子俱業儒。卒年六十六。葬某。

銘曰：路非古不行，事非古不爭。君今古矣，君其寧！地下古人無數迎！

童二樹先生墓志銘

山陰有隱君子曰童二樹先生，余耳其名，不相識也。今春二月，先生修志揚州，渡江見訪，適余遊天台，未由傾衿。亡何，詩人周春衣來言，先生好余，秋間將再至，余以即往揚州，故寄聲闌之，且約之。及登程，屢爲他事滯留，十月十三日裁至揚，而先生已病亡十日矣。其孤沁抱詩集一，行狀一，泣而言曰：「先人知公將來，喜甚。病中聞叅戶聲，輒疑公至。委化前一日囑曰：『吾神氣綿惙，度無分見袁公。如公至，可將詩與生平事狀付之，則吾目瞑矣。』」嗚呼！古張、范之交，臨終拳拳，彼故結納於生前，宜也。若先生一面缺然，而遺言丁寧鄭重若此，是知己也，死友也，加古人一等也。序其詩，銘其墓，非夫人之爲而誰爲？

謚按：先生名鈺，字二樹，號璞岩，又號借庵。宋慈溪童公亮之後。生而炯介篤誠，潛心古初。棄舉業，專攻詩。家隣女史徐昭華，七歲時，徐抱置膝上，爲梳髻課詩。及長，與劉鳴玉、陳芝圖號越中三子。常往棲鳧村，月中行吟，得一詩，綰襪帶爲一結以記之。比曉入城，數其帶，得二十四結矣。其風趣如此。

受知于河南撫軍阿公思哈、何公煟，聘修志乘，凡一省三十六縣州，分疏總校，條清例嚴。成，無一唇一舌敢掉罄者。所得束脩，除卹戚里外，輒購秦權漢布、法書名畫，橫庋秘閣，相對適然。畫蘭、竹、水石皆工，而尤長於梅。使氣入墨，奇風怒雲，奔赴毫端，海內爭購。有高氏九棺未葬，先生揮十紙助之，須臾盡鬻窀穸以辦。臨終畫一枝留贈，花未點而手已僵。古幹零落，如賦殘形操。嗚呼，可哀也已！

初，先生少疾，夢有道貌者相招，却之乃去。及病甘泉志館，夢其人又來，爲著五銖衣，牽白鶴使騎，各有贈詩，醒猶記錄。嗚呼！死有所歸，今乃於先生見之。卒年六十有二。娶陳氏，生三子、七女。以□年□月□日葬。

銘曰：志觥觥，行踽踽，我欲見之天不許，素車入哭淚如雨。雖然生不與君逢，死乃爲君主。君不見，三尺碣，一抔土，永表幽人萬萬古！

阜寧貢士戴君墓志銘

乾隆甲戌，吾鄉張季庭來言阜寧戴君之賢，余心欽遲之而未見也。旋以權子母事，貸金七百去，未一年折閱殆盡。余疑是訑者言耳。亡何，余負國課，君聞之，奮曰：「我義不負長者。」遂售産以償。今庚子歲矣，君已亡，其子幹來乞余志墓，且告曰：「先生知吾父所以窮乎？吾父粤曳任氣，希通慕大，謂天下事可氣欿取也。棄先世田宅畀諸昆，而以遺逋自屑。家有灘蕩，阜寧産鹽，乃倣管子煮海法，鳩氓設竈，構廬輦粟，費以萬計。滷未乾，而黄河決，蕩爲波濤。繼之疫興，又施醫藥、葬埋，力殫計窮，數千人始焚夯散。驚且憂，遂得狂易之疾。乍痊乍復，遂不起。」嗟乎！乾壯用首，爲善近名，皆道家所忌。君獨兼之，何其知存而不知亡耶？然陽侯之災，百年一逢，而君適丁其躬，毋亦有數存焉，而非人力所能禳耶？卒之危難中猶能信于友，恩于民，善敗者不亂，亦稱古豪矣。

君諱廷瓚，字玉罍，一字融軒。其先從譙縣遷阜寧。生卽赴義若熱，痌瘝拯人。一目眇而斜視。弱冠入學，旋貢于成均，凡邑中修學校，設義學，蠲免灘糧五千頃，皆所倡也。妻徐氏。子二人，皆讀書以善世其家。卒年六十三。葬。

銘曰：蚊蝱墜空，方翺翔而盡其容。虎豹力大，一蹶以凶。戴君行事將毋同！雖然，水滔滔兮，豈其招兮！君子于斯，嘆其遭兮。

郡文學項君莘甫墓志銘

余金陵接士垂四十年，凡工詩、工文、工書、工伎術者，某某可數，而以畫傳者，惟項君一人。君諱穆之，字莘甫，上元庠生。祖適菴公，丹青馳譽，君繼其業，能精心致思，勤摹而廣徵，儀神奪貌，出聖入智，於古名家六法三昧，靡所不窺。天子南巡，諸大府延入畫局，一切名勝圖繪，皆君握管。雖支稟假者，尙數十輩，率皆張目拱手，睨君所爲。或捧生紙立階下，受教勅惟謹。有次子曰思聰，能助父潤色烟墨，君倚之甚力。今秋將婚，染瘵疾亡。君自此孤憤無俚，生意頓盡。又在局不能諳際人事，受人齮齕，性素謇鈍，言吶吶不能出口，而氣紆鬱時傷于心。晨起吮毫，嘔血數升，須臾遽卒。卒前二日，猶詣余有所諈諉。余呼車至局，爲告當事。未及報而君之訃至。嗚呼！君所遭際無甚厄屯，達者觀之殊堪一映，而君竟以憂死，過矣！

雖然，人不死則其筆墨不貴。世之人往往榮古而虐今，常也。今竟喪君身，以貴君畫。或者造物意耶？然當君在生時，踵門者業已嘍嘈難求；惟于余執弟子禮甚恭，故隨索隨獲，因之亦不甚護惜。而今則斷紙零縑，如明月夜光，不可再得矣。悲夫！君事親孝，待弟睦，交朋友信。死之日，知與不知，皆爲流涕。尊人宗香公壽九十餘，君年僅五十六。父子受命不同如此。

娶汪氏，子四人。有方竹軒詩集若干卷。以乾隆四十八年十二月二十一日葬于聚寶門外之宋村。

銘曰：古人有言，死生大矣。君殉亡兒，毋乃太矣！想恃其伎，有不朽者在耶？不然，則是帝玉樓成，召君畫耶？

翰林院編修程君魚門墓志銘

乾隆甲辰秋，魚門之喪歸自秦中。乙巳十二月二日，葬于金陵之馮家山。其老友袁枚哭且奠，爲銘其墓曰：

君程姓，名晉芳，字魚門，一字蕺園。先爲程伯休父之後，祖居新安，治鹽于淮。父遷益，生子三人。長原衡，季沚先，君其仲也。

乾隆初，兩淮殷富，程氏尤豪侈，多畜聲色狗馬。君獨愔愔好儒，罄其貲購書五萬卷，招致方聞綴學之士，與共討論。海內之略識字能握筆者，俱走下風，如龍魚之趨大壑。君不能無用世心，屢試南闈不第，試京兆不第。亡何，鹽務日折閱，而君舟車僕遬覓覺温卷之費，頗不貲。家漸中落，年已四十餘。癸未，天子南巡，君獻賦，召試行在，賦江漢朝宗詩四章。天子嘉之，拔第一，賜中書舍人。再舉進士，改吏部文選司。未幾，天子開四庫館，諸大臣舉君爲纂修，議敘授翰林院編修。分校禮闈，得士若干。

君躭于學，見長几闊案輒心開，鋪卷其上，百事不理。又好周戚友，求者應，不求者或強施之。付會計于家奴，任盜侵，了不勘詰。以故雖有俸，有佽助，如沃雪塡海，負劵山積，勢不能支。乞假赴陝，將謀之中丞畢公，爲歸老計。時酷暑，索逋者呼噪隨之。君已衰老，乘弁棧車，行烈日中，頓撼失食飲節。又聞西陲兵起，氛甚惡，不能無悸，遂病。至中丞署中，一月死。年六十七。嗚呼！

君交滿海內，而與余尤暱。未乞假先致書托覓屋。余喜甚，謂老可不孤。擬某士將向君薦，某處將與君遊，某文字將待君決可否。部署暗定，遲君之來。不料在嶺南，孫中丞補山告君死，時方召食，驚泣至失匕箸。歸舟惘惘，行五六千里不能釋君于懷。念君重仁興義，德施于人，食報未副其量。然又念君所難者科名，而卒晚遇矣；所乏者子嗣，而兒生已五周矣；所樂者書史，而四海九州之秘本，大內之所藏，已目飽矣。且使終于京師，慮所以歸其櫬，恩其遺孤者，恐不能如畢公之周摯而恢宏。然則天之所以報施善人，似無知又似有知。

君秀眉方頤，髯飄飄然左右拂。吟論意得，闊步搖歎，袍褶風生。與人言暖暖姝姝，若恐傷之，雖臧獲無所凌誶。遇文學人愫然意下，敬若嚴師。雖出己下者，亦必推轂延譽，使滿其意。以故京師語曰：自竹君先生死，士無談處；自魚門先生死，士無走處。竹君者，君之座主朱學士筠也。君學無所不窺，經、史、子、集，天星、地志、蟲魚、考据，俱宣究，而尤長于詩。古文醇潔，有歐、曾遺意。所著周易知旨、尚書今文釋義、左傳翼疏、禮記集釋各若干卷，勉行齋文十卷，戢園詩三十卷。

初娶蕭氏，再娶汪氏，俱先君亡。先嗣子瀚，後生子溧。女一人。贈君葬地者，松太巡道章公攀桂；贈葬費者，陝西巡撫畢公沅也。例得附書。

銘曰：天與之氣，春也；玉與之情，溫也。不踐生草，麟之仁也；儀于虞廷，鳳之文也。

秦誓休休，一个臣也。胡爲乎傫其身，客死于秦也？不節之嗟，嗚呼哉，君也！雖然，更千百年士林下馬，而棘刺不生者，君之墳也。

錢太恭人墓志銘

乾隆乙未，詹事府少詹事兼翰林院侍讀學士、上書房行走錢辛楣先生，督學廣東，奔封公喪歸里。服闋後，因太恭人年高，不復起，侍養七年。今秋，太恭人薨于嘉定里第。先生卜葬有日，屬枚銘墓。

枚伏念先生以績學清望，慭伏海內，于二千年金石文字，尤所詳審。枚不文，何能爲役。然此是何如重任，數百里外不他諉，獨通書命枚，或者覽所述作，其亦有以取之耶？知己之感，子姓之誼，均不敢辭。謹按其狀而銘曰：

錢太恭人，黄渡沈姓，生而媞媞，其儀端靜。習禮明詩，少成若性。長勤婦功，勖師以敬。歸我封公，小山中憲。式好無尤，鷄鳴戒旦。旁和槃里，上順尊章。小心精潔，令聞聿彰。饎爨雍爨，虔奉烝嘗。執鍼織袵，罔閒曛黄。煩撋沸酋，衣柔饋香。兩老康娱，戚隣交慶。君姑有疾，恭人如子。夜不弛帶，抑搔診眂。既歿而墍，毀瘠無已。屏斥佛經，恪遵士禮。慮舅神傷，晨夕曲體，稱說家常，俾舅色喜。舅也懽止，婦也勞止。以愛及愛，恩及小姑。姑嬪沈氏，與婿同殂。孤甥捧檄，遠宦黎平。甥有稚女，伶傳難行。恭人留之，撫若孫曾。有娣有姒，如兄如弟。始也居同，後也室異。膢臘歲時，壺飧相繼。何以贈之？縑三纁二。族子彌甥，偶來起居。輒與情款，孔睟孔愉。弄欒爭花，紛其座隅。餘須侮甬，仁心矜哀。曰彼不才，方爲輿儓。何所不容，而督笞哉！以斯懿美，儲休啓佑。大順褫禧，鱗羅輻輳。篤生二子，大昕、大昭。黃室以居，折葼以教。家素食貧，燃糠代膏。紡聲書聲，互答爭高。育成名儒，羽儀聖朝。聖主南巡，大昕獻賦。口銜日光，躬沾湛露。再捷南宮，再登瀛路。嶺海衡文，青宮作傅。嚴、徐抗肩，夔、龍接步。學士詹事，官階崇隆。宜人恭人，重疊晉封。花釵金鏡，其光熊熊。大昭淵雅，天生伯仲。指日速飛，雙丁兩宋。一婿五孫，咸光家衖。人之視之，門楣華重。誰知恭人，大行不加。身膺翟茀，手治枲麻。七纓之衣，二簋之享。熏熏熙熙，就兩家養。可逸勿逸，雖休勿休。曰導穀氣，以消滯留。郗母神明，方希大耋。何圖春秋，止八十一！辛丑重九，厥後五日，離瑜復位，靈萱掩色。卜葬練川，與封公合。鬱鬱佳城，南岸矩角。詹事與杖，垂老膠漆。賞奇析疑，益我知識。詹事益我，實太恭人德；我感德不讓，敬撰銘文。千秋女史，視此貞珉。

袁母韓孺人墓志銘

吾宗有節母曰韓氏孺人。年十九，來歸奉直大夫候選知州柳村公爲簉室，事正室汪宜人甚謹，內無違言。生子一女一。柳村與宜人相繼亡，孺人嶷嶷守志，教其子廷檮事嫡兄廷櫄甚謹，外無違行。既長，爲娶著姓毛氏女爲妻。乾隆四十六年三月，孺人四十生辰，廷櫄、廷檮謀所以壽孺人者，孺人泣曰：「古稱嫠婦爲未亡人，言當從夫而亡也。我昔以撫孤故未亡，則家人雖視我尚存，而我之自視久已亡矣。今曰壽，是逆吾志而增吾悲也。奚可哉！」越兩月，孺人果亡。蘇州巡撫閔公請旌於朝廷，檮以□年□月日將祔葬孺人於□□，先期走幣來請余銘。余宗人也，又舊史氏也，誼與職均不當辭。

銘曰：三星五噣，嘒彼東方。協耀月儀，降於吳閶。姽嫿莊姝，令聞孔彰。吾宗聘之，嬪然成行。克相良人，鈎考家務。場出廩入，圭撮靡悞。嘯不倚楹，織常當戶。金井微行，從無亂步。敬事民母，嫖忽毋虞；煩撋衮裯，漑濯盤盂。丹心寸意，二女同居。人之視之，如婦從姑。一旦溘然，所天不祿。露紟爲瑩，斂簟而襡。曾曾稚子，麻衣葡匐。乃勤撫字，息影高樓。手所拮据，齊縷秦籌。衣不采繢，饍不珍羞。風晨花朝，背人涕流。一十五年，志如一日。教兒受經，爲兒授室。兒有至性，孝行肫肫。設帨之辰，將召樂人，將會宗親。

母曰：「嗚呼，是豈余懷？單凫寡鵠，不集春臺。襂衣雀釵，不稱尊罍。捐汝俗禮，完我心齋。昔我未殉，爲汝童蒙。今汝成立，我事已終。將往九京，告於而翁。」果然是秋，示疾不起。玉女峯傾，婺星沉矣。頗似叔孫，祈死得死。今之良媛，古之君子。卜於剛日，將祔佳城。松兮比貞，水兮比淸。爲衞共姜，爲魯陶嬰。千秋萬齡，旣固且寧。

福建布政使錢公墓志銘

乾隆辛未，天子南巡。先一年，卽頒聖諭，不累民間一草一木。而兩江總督黃廷桂初辦供張，性又嚴急，不能仰體聖意，民有讕言。吾鄉御史錢公據實參奏，天子立召見，問：「汝語從何來？」公云：「風聞奏事，臣之職也。所奏不實，臣之罪也，臣無所辨。若問所從來，臣不敢妄引他人，致塞言路。」上韙其言。黃聞之，頗加斂束，民情大安。

當是時，黃威嚴，有恩眷，公卿百僚無敢攖其鋒者。聞公奏，爭來窺覵，疑必有諤諤不羣之狀。及見公，則謙謹和顏，弱不勝衣，皆大驚，稱爲仁者之勇。枚年十二，卽與公同入郡庠，交好五十四年，故知公爲尤深。

公諱琦，字相人，號璵沙，晚年自號耕石老人。以乙卯舉人、丁巳進士入詞林，轉河南道御史、工科給事中，出爲常鎭道，調江安糧道，陞江蘇按察使，再陞四川布政使。引見，上問公家世，公奏：「臣母八十七歲。」上爲惻然曰：「汝且去。」公謝恩出。未一年，調江西，再調福建。福建雖鄰浙省，而多灘河，難奉板輿。公屢思終養，以受恩深不敢奏，旋奉旨：「錢琦以京堂補用。」公方束裝，又奉旨：「錢琦有老母在家，可卽終養，不必來京。」及服闋入都，公年已七十有五。正思乞休，奏稿繕矣，奉旨：「錢琦年力就衰，着以原品休致。」

嗚呼！公以一介孤寒，旁無援引，而叠膺內外重任，是非公之所望也。養親乞歸，是則公之所望而不敢遽陳者也。皇上于公所不望者，用之以盡其才；于公所不敢自陳者，恩之以副其意。而公遂能事君事親，進退寬然，以其餘年，會耆英而聯洛社，康娛文宴，大耋考終。今之士大夫如公者有幾人哉？然非公四十年之積誠砥行，上下交孚，亦不能格天如是之深也！

公初生時，鄰婦劉氏夢大官張軒蓋，抱一兒，傳呼入室，喈曰：「誤矣，尙在左壁。」俄聞人馬聲嘈嘈，都往公家。及旦，婦來奔告，則公已生。年十五，受知于仁和令胡公作柄。胡每月集諸生會文，公所居渙塘，離縣署廿里許，四鼓卽起，從武林城外，走西湖長堤，候淸波門開。天雨則脫履，踏亂石中，兩踵血流。胡公憐之，留署中讀書。未幾，胡公罷官，公益困。謀生市廛，手一卷偸吟。有族叔某，哀其志，挈以歸，命卒業焉。

公自幼攻苦食淡，于人世紛華名利，視若浮雲。每遷一官得一職，自覺過分，誓以身報主恩，絕無顧忌。常慮不能瓦全，賴皇上屢稱公謹慎，而公亦清而和，坦中率眞，人一望知爲賢者。所遇大府如尹文端公、陳文恭公、阿公爾泰，皆同道爲朋，深加敬禮。卽有一二上游如楊景素輩，風趣格格不合，然知公素行高，書生無他腸，卒亦不能中傷也。

臺灣舊例，生番殺人，地方官處分比熟番加重。公奉命巡臺灣，有彰化生番殺內地兵民，公據實奏聞。總督狥庇武員，奏與公異。上嚴旨責公覆奏。或勸公改前奏以順督臣之意，公不可，曰：「生番殺人，熟番抵命，是以人命爲兒戲也。」執前奏益堅。會斷獄者以生番搶去人頭，不能定案，乃各處剖棺，借新死人頭，以充所殺二十九人之數。滿城哀號，有謀叩閽者。總督聞之，慚悔病死。新督崔公據實上聞，番案始定。而天子亦召公還都。

旋奉命稽查裕豐倉。初涖任，卽有番役李五等橫索倉規。公參奏，奉旨將李五枷示，幷將例設四十名番役盡行裁革。辛丑南巡，有站道旗兵，肆橫瓜州。公觀察常鎭，啓知總督轉奏，上卽命公監斬。

公常自言：「我雖信理而行，然非遭逢聖明，恐一事不能辦，而禍且立至矣！」又常言平生自勉者，惟虛心實力四字。以故聞過必改，有功不矜。集益廣思，芻蕘必采。按察蘇州時，詢余利弊。余陳說十餘條，公次第張施。吳中父老抄所張告示，爭相傳播。訪貪酷吏二人，劾其一，而公已遷，餘一介某得漏網焉。福建災，公方議捐賑，忽訛傳海寇薄城，時已二鼓，將軍約總督用兵。公不可，曰：「現今城外災民數萬，大兵一過，必生事端。倘有寇來，藩司可以折箠笞之。」總督意解。明日再探，果無影響。

戊辰，上考翰林，公欽取二等第八名，以故疊掌文衡。乙丑，分校禮闈。丙子，分校順天鄉試。乙卯，主試江南。皆以得士稱。所取錢文敏公、錢士雲、蔣元益三侍郎，其最著者也。性尤眞摯，人有誣諑，不可者面覆之。已負諾責，則終夕拳拳，必踐之而後卽安。所得淸俸，葬戚里二十餘棺。雅不喜陰陽佛老家言。幼時路遇遠方尼，冒稱皇姑，設法誘衆，公戲作檄討之。流傳至太守魏公處，魏夸公奇童而責逐妖尼。魏諱定國，後爲名臣，巡撫皖江者也。

公見解議論，往往與余相合。余每還杭州，先趨公所。去春，公已殗殜在床，喜余到，猶力疾絮語。及余起程，走別公，公五鼓已亡，體尙溫，未殮，余得承衾一慟。方知公愛余，雖死尙留一面以相待。嗚呼，其可哀也已！

祖世英，父永賢，俱誥贈如公官。初娶魏氏，再娶陳氏，子□人，孫□人。有徽碧堂詩集行世，以某年□月□日葬某。

銘曰：古稱君子，世鮮眞兮。肫肫先生，斯其人兮！懷文抱質，淑厥身兮。不詭不隨，欣可親兮。立朝謇諤，能建言兮。施于四方，民懷恩兮。飄然歸來，賦樂只兮。天若私公，全終始兮。左湖右山，供杖履兮。子孫繩繩，如雲起兮。銘墓者誰？是先生之所喜兮。

小倉山房續文集卷二十七

內閣學士原任直隸總督臨川李公傳

公姓李,諱紱,字巨來,一號穆堂,江西臨川人。少孤貧好學,常負襆被徒步行千里,至徽州、吳門訪求賢豪。江西巡撫郎公廷極見而奇之,厚爲資贈。舉康熙戊子鄉試第一,己丑進士,入翰林。安溪李文貞公、新城王阮亭尚書,俱有國士之目。聖祖知其才,從編修超五級爲庶子,累遷內閣學士、權吏部侍郎,兼副都御史。出爲雲南、浙江兩省主考。再充辛丑會試總裁。被議罷官,出視永定河。

世宗登極,復原官。侍講經筵,眷寵特隆。時九門提督隆科多、撫遠大將軍年羹堯,俱貴顯用事,九卿六曹,唯諾恐後;而公獨與之抗,無所撓屈。出爲廣西巡撫,未二年召爲直隸總督。路過河南,河南總督田文鏡勢方張,冒整飭吏治之名,一疏輒劾十餘員,半皆科目。公乍見,揖未畢,卽厲聲曰:「明公身任封疆,有心蹂踐讀書人,何也?」田不能堪,卽密以公語奏,而公于入覲時亦首劾田之負國殃民,漏三下,猶侃侃未退;退又連章糾之。世宗頗直公言,將斥田,而田亦再劾公乖張數事,遂兩有所持,猶豫未決。會蔡尚書珽得罪，素與公善，忌公者因以朋黨中之。世宗震怒，下公于獄，命直隸、廣西後任督撫，摭公罪狀。二臣希上意，互有奏聞。于是下刑部訊，鞫得應絞者十有七，應斬者六，共死罪二十有四。籍其家，四壁蕭然，夫人所戴釵珥，悉銅器也。世宗知公深，本無意誅公，特惡其倔強，故摧折之，冀稍改悔。兩次決囚，命縛公與蔡珽同至菜市，兩手反接，刀置頸，問：「此時知田文鏡好否？」公奏：「臣愚，雖死不知田文鏡好處。」乃宣旨赦還，仍囚獄中。亡何，世宗傳齊諸王大臣羅列桁楊鉗鋸諸械，召公跪階下，親詰責之，天顏甚厲，辟震殿角。左右股弁，而公奏對如常，但言臣罪當誅，宜速正法，爲人臣不忠者戒。世宗爲之霽威。命赦出獄，纂修八旗志書，在館八年。今上登極，召見，諭曰：「先帝本欲用汝也。」即授戶部三庫侍郎，尋改左侍郎。

公揚休山立，鬚眉偉然，終日無跛倚之容。于古今事宜，朝章典故，口滔滔如傾河　千夫奪氣。又絕少溫顔曼詞與人諧際，以故滿朝文武望而畏之。然愛才如命，以識一賢拔一士爲生平大欲之所存。形迹嫌疑，漠然不計。庚子、辛丑兩科，倣唐人通榜故事，一時名宿，網羅殆盡。而闒茸不第者，至袖瓦石相隨，塡公門幾滿，以此奪職。公終不以爲非。

乾隆元年，詔舉博學鴻詞，公已薦六人矣。格于例限，乃取夾袋中某某名姓于朝房中廣託九卿。有吳江詩人王藻者，尚無薦主。乃交門下士孫副憲國璽薦之。孫有難色。

公大怒，責其蔽賢。孫不得已，長跪謝罪，允薦乃已。次日，其事上聞，以浮躁失大臣體，鐫二級，補詹事府詹事。丁母憂歸，服闋補光祿卿，遷內閣學士。典試江南，闈中得離胸之疾，神氣惝恍，與人言絮絮萬語猶不知所謂。榜發後，中外寂然，謂獨是科爲最公。然所中雋者，名流甚稀。公之神明，亦從此衰矣。還朝乞病，天子命在京調治，卒不痊。許原官歸里，賜詩以寵其行。居家十年，薨，壽七十八。

公憂國如家，勇于任事，不以搀越爲嫌。典試雲南歸，即以其地之鹽銅利弊，作書告知參議李公。巡撫廣西歸，即以泗城改流調土兵法，作書告知總督鄂公。過黃河，即以新舊支河宜添兩壩，作書告知總督齊公。巡漕歸，即以運丁疾苦、閘河事宜，作書告知總督張公。起用未一月，即上疏請停揀選分發之例，以息奔競；寬公罪處分之條，以惜人才；專百官職司之任，以成政化。洋洋數千言。上嘉納之。

公博聞強記，藏書五萬卷，手加丹黃，其宏綱巨旨，都能省記。刑部郎中楊某欲試公，故竄于押赴市曹時，探問經史疑義。公對赭衣白刃，應答如流。楊退而告人曰：「李公眞鐵胎人也。」少好陸、王之學，不喜朱子。有中州貴人某，嘗謂公曰：「陸氏之學，非不高明，然返之吾心，殊多未安，奈何？」公曰：「公總督倉場時，邀寵進羨餘，不知返之于心，可曾安否？」其芒角皆此類也。

初，公撫粵時，安插一罪苗在安隆州。公去，苗遁。後任撫臣，劾公措置不善。世宗命公單身捕賊，不許攜粵中兵役，人皆爲公危。公行至半途，罪苗束手自歸，曰：「吾不可以負李公。」其得夷心如此。

所著穆堂類稿一百五十卷、春秋一是二十卷、陸子學譜二十卷。子四：孝源、孝泳、孝游、孝洋，並登鄉薦。孫棠，以進士官翰林。

論曰：天之生才，若可知，若不可知。以公之志高氣盛，如金鐘大鏞，雖目眯者，亦不陳之庖湢而必登于明堂，此可知者也。乃似遇非遇，居高位不能終三年淹，此不可知者也。使公斂其芒以柔道行之，當必竟其所用。而卒使孤行己意，屢起屢顛，何耶？說者謂頗似公家北海一流。然北海以罪死，而公榮名考終，則其廉儉過之，且遭逢盛世之幸也。余弱冠入都，袖文請業，公極愛李德裕論一篇，大書卷首云：「盡洗唐鑑中腐語，得此痛快淋漓之作，眞『不覺前賢畏後生』矣！」嗚呼！使公得志，其功業亦豈在文饒下哉！

文淵閣大學士太倉王公傳

公諱掞，字藻儒，一字顓菴，江南太倉州人。曾祖錫爵，爲前明宰輔。父時敏，爲本朝太常寺卿。公生而秀整，望之儼然，左目有赤痣。長洲宋文恪公奇之，妻以女。以康熙庚戌進士入翰林，出主山西乙卯鄉試，督學兩浙，加經筵講官，歷遷內閣學士、吏部侍郎。

當是時，廣東南海縣缺，歲入巨萬。有內務府總管某之弟，賄吏胥銓注得焉。公靳不與，曰：「法當自貴近始。」故香山令張令憲父子死難，其長孫進例得卹蔭。滿洲侍郎某嫌年太久，有所遲疑，公曰：「張令憲以父子兩性命博一蔭，忍以苛文格之耶？」知府某，原籍遼東，祖塋在河南。巡撫咨部，命其奉祠。亡何有請勒令歸籍者，公曰：「某奉部文守祠已數十年，一旦驅之出塞，此與無罪而遣戍何異？」奏上，聖祖是之。調戶部侍郎，再調刑部侍郎。

先是，刑部定讞，無漢字供狀。公爭曰：「本朝官制兼設滿、漢，原欲其彼此參詳，以免偏任。今獄詞不錄漢語，則其事之是非曲直，漢司官何由知之？勢必隨聲畫諾，非所以昭公正也。請嗣後錄供，滿、漢稿並具。」奏上，聖祖又是之。遂爲定例。聖祖欲懲竊賊，詔刑部，凡三犯者與強盜同科。公奏：「皇上嚴竊匪，原爲安民起見。然穿窬之徒，往往有屢偷不直一錢者，遽以三犯故擬斬，未免太重。不如仍用舊律。」尋遷工部尚書，再轉兵、禮兩部尚書。會澤州陳文貞公薨，遂授公爲文淵閣大學士，充癸巳會試總裁。

當是時，聖祖春秋高，儲位未定。公年亦七十餘。自念受恩深，嘗言天下第一事，遂于丁酉五月，密奏請建太子，懇懇數千言，疏留中。是年冬，御史某亦奏請建儲。聖祖不悦，遂幷發公疏命內閣議處分。忌公者因而齮齕之，公止宮門外不敢入。聖祖左右顧，問：「王掞何在？」首輔馬齊奏：「掞待罪宮門。」聖祖曰：「王掞言甚是。但不宜與御史同奏。汝等票擬處分太重。可速召掞來。」公聞命趨入，免冠謝。聖祖坐乾清宮，手招公跪御榻前，耳語良久，秘，人不能知。後五年，辛丑正月，公復疏前事，語加激切。三月十三日，又有御史十三人柴謙等亦上疏如公言，聖祖震怒，召集諸王大臣，降旨責公植黨希恩，染明季惡習。幷令覆奏。時舉朝失色，無敢與筆硯者。公就宮門階石上，裂生紙，以唾濡墨，奏：「臣伏見宋仁宗爲一代賢君，而晚年立儲猶豫，其時名臣如范鎭、包拯等，皆交章切諫，頭鬚爲白。臣愚信書太篤，妄思效法古人，實未嘗妄嗾臺臣，共爲此奏。」奏上，待罪，五日，詔王掞應謫戍軍臺，姑念年老免行，着其子奕淸隨諸御史代往，爲父贖罪。當待罪時，滿、漢文武，期門宿衞，以至京師之秀士耆民，爭來窺觀，稱老相國有愛君之心，可敬。然無不咋舌爲公危者，慮上怒之不測也。至是乃齊向公拜賀歌呼。

先是，江蘇多浮糧，公密奏明太祖怒張士誠竊據三吳，故困以重額，本非平政。世祖章皇帝深知其非，未及施行。請皇上于七十萬壽之期，降此特恩，勿交部議，以免屯膏。疏入留中。至是忤旨，方與請建儲劄子，一幷擲發。公門下士陳琮、朱軾額手歎曰：「吾今而知吾師眞古大臣也。不然，倘有他疏不可以見人者，今日幷發，雖我輩殆難爲顏乎？」

是年冬，迎駕石曹，聖祖望見，遣內侍問公起居。明年元旦，諸大臣上壽，無公名，聖祖發還劄子，命列公名以進。隨賜宴太和殿，畢，再召見西煖閣，賜坐，命起原官視事如初。

公論事務持大體。康熙戊戌春，升祔孝惠皇太后，議者欲祔于上生母孝康皇太后之下。公不可，曰：「孝康皇太后雖母以子貴，然孝惠皇太后，章皇帝嫡配也。皇上聖孝格天，當太皇太后祔廟時，不以孝莊躋端敬之上，今肯以孝康躋孝惠之上乎？」禮部不從。聖祖果以爲非，改命孝惠祔章皇帝之左，而奉孝康居右。己亥元旦日食，奉旨停朝賀。廷臣以爲日食乃一定之數，不足爲災。公言：「皇上借此儆惕，即孔子迅雷風烈必變之意。大臣仰成君德，正在此處。」御史張建策請浙江開礦，公劾其嘗利滋姦。聖祖六十萬壽開科，部臣惜費。公言士庶之家，主人壽日，子孫童僕尙不吝貲財，增榮飾觀；況以聖人富有四海，而逢非常大慶乎？御史鄭惟孜以科場浮議多出太學，奏監生就試本省，毋留京師。公曰：「太學之設，自三代迄元、明，未之或改。豈可以一二不肖，廢千百年興賢育才之典？」于是朝賀免，開採停，恩科開，而鄭議亦寢。

雍正元年正月，上疏乞休。世宗許之。月餘，復降旨云：「朕不忍此等老臣之去，着仍留京師，備朕顧問。」亡何，公薨。子奕清，官詹事府詹事；次奕鴻，河南僉事道。

東閣大學士陳文恭公傳

公姓陳，諱宏謀，字汝咨，號榕門，廣西臨桂人。家本寒素，幼好讀書，持一卷蔽門坐，惟聞京師邸報，必向親友處借觀之。識者皆知其有大志也。雍正元年，舉鄉試第一，旋中進士，選庶常，改吏部文選司郎中，遷監察御史。當是時，世宗懲生監代考之弊，令自首免罪。公奏不如寬既往，禁將來，免胥役訪查滋擾。世宗大奇之，卽召見，謂大學士曰：「陳宏謀能識政體，必能知文章。山西主考雖籤掣有人，改令伊去。」試竣歸，命以御史銜知揚州。且曰：「有大事，再奏來。」未幾，遷江寧驛鹽道。

故事：淮商有樂輸一款，司鹽政者博商人急公之名，以空數報收。部文徵取，方催輸納。公奏停之。遷雲南布政使。雲南改土歸流，運糧苦遠。公建短運、遞運之法，按程交卸，核數給直。增銅廠工本，更鑿新礦，開采者除抽稅外，聽民貨鬻。自此糧運踊躍，銅課日增。

皇上登極，雲督張文和公薦公視國事如家事，上亦久賢公，命巡撫陝西者四，巡撫湖南、江蘇者二，巡撫甘肅、江西、河南、福建者一，總督兩廣、兩湖者一。三十年中，開府九省。所到處，必將各府、州境內村莊、河道，繪圖懸壁，環覆審視。又將興革事宜，分條鈎考，纖屑必周，久遠必計。刻苦經畫，寢食以之。久之，編次成書，瞭如指掌。有戚友官某地者，輒來借觀。公亦竊喜自負曰：「此吾歷任宦囊也。」

江西南門外羅絲港，爲贛江分流，沖突城垣。公築石隄捍之。港下爲黄牛洲，上爲生米渡，民多病涉。公造浮橋利濟。其行陝無水路，惟商州龍駒寨通漢江，灘險僅行小舟。公修濬鑿除，遂成康莊。在江南，疏排六塘河之丁家溝，展寬邵伯之金灣壩，開徐六涇、白茅口以洩太湖。築徐州蘇家山隄，以禦河漲。即以開溝之土，築圩護田，中通渠洞，爲旱潦備。其過窪者改令種蘆，蠲免其糧。金川用兵，公奏添設腰站，又奏添棧道驛馬。伊犂用兵，公奏驅瓜州回民遊牧吐魯番舊地，免生事端。又奏官茶壅滯，不宜改交折色。福建、臺灣米賤，例禁外糶，民出洋者，例禁歸里，公奏請開寬。上皆嘉納之。尤喜民種樹鑿井。在河南，植堤柳無萬數；在陝，鑿井二萬八千有奇，造水車教民灌溉。又考豳風，以陝本蠶桑之地，乃立蠶局，募機匠織縑，上充歲貢。其他義倉鄉學，隨地建設。州縣入見，如老嫗訓兒，諄諄絮語，不憚舌敝。雖秦土燥寒，公去後桑樹半萎，屬吏希公意，至有買南絲充秦紬秦絹以爲媚者。然信古受欺，識者皆嘉公之志也。

乾隆二十八年，遷兵部尚書，入都，尋調吏部尚書，加太子太保、經筵講官。再授東閣大學士，仍兼工部尚書。賜第，賜紫禁城騎馬。年七十六，以病乞歸。上賦詩送行，賜御用冠服。命經過處地方官二十里以內者出境護送。行至山東韓莊而薨。上聞哀悼，賜祭葬，謚文恭。

公任事不分畛域，亦不避嫌疑。在湖南時，聞江南災，奏運楚米二十萬石以助賑。在西安時，聞甘肅軍需少錢，請撥局錢二百萬貫以濟餉。上嘉其得古大臣體。任雲南布政使時，奏廣西巡撫某虛報開墾。任兩廣總督時，奏商人借帑作鹽本。上嫌公護鄉里，交部處分，一貶天津道，一調回江蘇。又嘗忤雲貴總督慶福，慶密劾公，亦交部處分，革職留任。未幾慶以誣罔賜死。廣西後撫楊錫紱覆奏開墾果虛，由是公寃益白，而公眷益深。

公與相國尹文端公雖同年同官，而風趣迥殊。尹高明寬和，了事多從容；公終日刻厲，無幾微閒。然最相得。在上前，彼此薦引。公歸時，尹已臥疾，兩人訣別床前。及公舟過德州，病委頓矣，接尹訃，猶頓足哭曰：「回船，我欲一奠尹公靈前。」家人勸之再，始止。未兩月，公亦亡。壽七十六。

公強毅，自信頗堅，然亦虛衷聽納。治水天津，常乘小舟咨詢于野，得放淤之法，令水挾沙而行，從隄左入，隄右出。如是數次，沙沉土高，滄、景一帶，皆成沃壤。公喜曰：「此非吾策，教我者老河兵，眞吾師也。」嘗向枚自悔疾惡太嚴，枚曰：「公言未是。如果惡耶，疾之嚴亦何妨？所慮是過也，非惡也。又恐誤善爲惡，則嫉之且不可；而況嚴乎？」公悚然謝焉。所薦人才，如大名道陳法、通政司雷鋐、荆南道屠嘉正，皆人望也。所著有在官法戒錄、學仕遺規、培遠堂奏疏稿。無子，以兄子鍾珂爲後。

施秉縣知縣蔡君傳

蔡君諱謹，字經山，金陵上元人。少爲弟子員，伉健尙氣，有營弁某凌人於塗，君怒，擒而縛之。某訴有司，有司笑曰：「而武人耶，辱於儒士，尙何訴也！」以雍正元年舉人補貴州施秉縣知縣。施秉者，原偏橋衞也。去舊施秉九十餘里，當黔省衝，爲滇南之襟喉。苗民雜居，向設遊擊官率兵鎭守。雍正六年，奉旨淸理苗疆，當事者設偏橋爲舊施秉地方，謂離台拱大營僅里許，足資彈壓，奏裁此缺。十一年，君抵任，力請於大府，仍復舊制。大府韙之，然猶豫未決。十三年，苗叛，破黃平、凱里、岩門諸城，進攻施邑。邑距黃平七十里，無一兵寸甲，民聞警逃。君止之，不可，乃手握刀槊，練鄉勇家丁百餘人，登城捍禦。他邑有來奔者，縱之入，給糧安置，揀其壯者從軍。夜然棒香萬枝，遍插城頭。苗疑礮火如星，不敢逼。苗攻南門，陰使其黨自水門入。君偵知之，密造釘板，埋四路。苗黑夜跣足來，爲釘所刺，仆。苗憤，用火箭射北門，門內草房焚。君預備水龍數條，激浪如雨，高數丈，火不得熾。一女苗有妖術，張五色繖，畫符，左右兩端公誦咒，舞標槍衝陣。君噴烏鷄血厭之，而預設伏兵待之，大破之。君前後大小三十七戰，自夏徂秋，不解甲卧者九十四夜。羣苗奪氣，各走散，一城獲全。

貴州總督張廣泗上其功，大子擢授大定府通判。未赴任，又奉檄勘各處兵災，兼清理新城苗寨。在道勞頓，受瘴，病，舁回施邑，卒。卒之日，其所得俸，罄于賞兵，家無一錢。邑人罷市致奠，助其柩歸，建廟勒石。朝廷蔭其子寰爲監生。所騎豆青馬，龍種也，每戰跑蹻先登，君卒，馬不復食，後十日亦死。

贊曰：古文武無分途。蔡君故文吏也，能建武功，眞古豪哉。相傳君抵任時，施秉人多睨君而笑，謂其貌類邑中城隍神。厥後臨危制變，保障一方，至今人呼施秉城爲蔡城。然後知士君子寄百里之命，血食不絕，亦若有數存焉，而非偶然者。

雪溪李先生傳

先生姓李，諱東紹，字見南，一字雪溪，爲唐西平王晟之後，由臨洮遷吉水，再遷東粵。高祖麗元公，卜居信宜。父乾學，歲貢生。生四子，先生其仲也。年十八，補弟子員，旋試高等，食餼。

當是時，蘇州惠公士奇以名儒督學粵東，敎諸生崇實學。一時摩研編削之才，蔚然蔚興，然能雄其曹者，亦往往罕見。惟先生秀出儕輩，以貢生拔于鄉。惠公喜，自負以爲常袞之得歐陽詹不是過也。爲張酒所歌鹿鳴而送之。入京師，遊太學。名噪公卿間。秋試見厄，歸益肆力于經、史、子、集，禮樂、河渠諸務，鉤考參稽，以待有用。

選合浦縣教諭。教諭故閒曹，先居此職者，不自貴重，每衙大府，與流外偕進退。先生遵會典儀適，雖一揖不妄下。完治學舍，平其庯庩，訓弟子經義，月課而旬會之。餐錢外，圭撮不受。同僚來刺探，輒謾曰：「是戔戔束脩耶？已如數獲訖矣。」蓋不肯以苛廉律人也。

性尤篤誠，無譾語，雖餘須扈養輩，不以褻詬遇之。居喪，柴瘠，期功不嫁娶。兩試廣州，遭友于之戚，竟棄筆歸，躬視醫藥含殮。平居不以言智先人，善之所在，如水趨壑。施淖糜，資蒙袂者；建略彴，濟病涉者；構區廬，鳩焚如者；張楬櫫，表野墐者；焚畫指劵，蠲代耕氓租；凡所張施，一以褆躬澤物爲務。以故鄉里慹服，雖儇子盭夫，靡不襒席側行，師承父事。或素未測交，賚千金質劑來托，或相寇艾紛爭，居間者百數，卒不解，得先生一言，渙然冰釋。卒之日，遠邇泣弔者千餘人。

嘻！誠能動物，先生殆古所稱陳仲弓、王彥方一流耶！考之禮，瞽宗祀于學，鄉先生祀乎社。如先生者，不祀何待？卒年六十二。私謚文裕先生。夫人□氏，子五人，□□以甲科顯。四子宜隨字鑑川，寶山縣知縣，與余先後同官，故余于知先生也詳。

贊曰：粤東學使，自惠公後十餘年，有高郵王公安國繼之。旋撫是邦，入爲大宗伯。二公皆君子也，操執款款，吝所許可，獨于先生交口之不置。然則先生梗槩，亦可想見。第人有疑者，先生踐履平實，居句如矩，而嗣子鑑川好心性之學，多所除掃，以詣幽玄，似與先生相倂而馳。不知惟誠故明，彊㯋之土，必生水精。鑑川資于父者厚，故其得于天者高耶！

李孝子傳

嘉定之曲江里有孝子曰李維煌，字裕光，宋贈太師端伯公之後。父岩士，生孝子十年歿，家無旨畜，母詹孺人鍼袵以供孝子出就外塾，泣曰：「養親，兒職也。兒不養母，乃藉母養兒，兒心何安！」遂棄書史，勤耕作，市珍恠之食，進之母，而己甘食淡焉。母病喉，勺飲咯咯不下者三晝夜矣。孝子呼天求救，母夢神人刺以針曰：「哀而子之孝也。」覺，一汗而愈。

雍正七年秋，海風起，城中生波濤。孝子居故穿漏，夜半屋搖搖然。孝子趨負母，伏几下。俄而前後廬舍崩，所避處獨完。孝子父亡逾年，大父亦亡。孝子雖終喪，不吉服，不與賓筵，曰：「古不葬，不釋衰。今窀穸未營，某方負疚，敢施施如平常時耶？」及其葬也，時届嚴寒，體故羸，手炭土，僵大雪中。治冢匠數人，蘊火發之，瀹以湯，乃蘇。年五十卒。卒時抱母大慟，囑其孤某善事大母，聲詻詻不絕，乃瞑。

相傳其幼時，居父喪，寢苫塊中，哀號三年。每出入，鄰人指曰：小孝子，小孝子。蓋其天性然也。乾隆三十年，大吏聞于朝，建坊曲江里，立祠其旁。

論曰：孝經一書，聖人所以爲人子訓者至矣。然世人方讀書以求孝，而李氏子獨因孝以廢書，何耶？中庸曰：「率性之謂道，修道之謂教。」古之能率其性者，無俟于教也。不然，慈烏反哺，羔羊跪乳，彼所讀何書哉？

松潘鎮總兵宋公傳

公姓宋，名元俊，字甸芳，江南鳳縣人。以武進士任四川城守營守備，遷阜和營遊擊。乾隆三十六年夏，金川酋索諾木襲殺革布土司，其黨小金川酋僧格桑亦發兵侵明正土司，據班爛山阻官兵進路。被害者相繼告急。總督阿爾泰知公素得夷心，命抵賊巢，責問原委。公至刮耳厓，索諾木迎謁，詭以革番內變爲辭。公知其詐，歸告阿公曰：「兩酋掎角爲姦，雖陽恭順而陰怙惡，非壹大創不可。如興師，當先取小金川。」即獻三路進兵之策：一從班爛山，直探小金門戶；一從堯磧截取甲金達山梁，救達圍而趨美諾；一繞小金川尾闖，由約咱進攻遜克宗。阿公以其計奏聞。上命副將軍温福、提督董天弼分路進兵，總督阿爾泰駐劄後路，居中控制。

當是時，蜀敉寧日久，文武恬熙。一旦軍興，相顧咁嚄。兩金川地勢奇險，碉卡柴立，兵將未言色沮。公獨能聚米借籌，歷歷指畫，于是諸將軍運糧出戰，一切惟公是詢。公探知小金川所佔明正之達頂山梁與巴底巴旺毗連，密令參將薛琮挾巴酋暗擊山梁，而自統兵從甲楚渡河攻之。賊腹背受敵，大驚奔潰，收復納頂碉寨百餘，即用納頂土百戶爲前導，直搗約咱。賊愈困，聞天兵至即走。登時提督董公破甲金達，副將軍温公收復班爛山，再克卡了。上嘉之，擢松潘鎮總兵，賞花翎。時三十七年正月十日也，計進剿小金川未及五月而侵地全收。聖諭褒美，公愈感奮，將直搗賊巢。旋奉將軍命，調回籌辦什咱事宜，受代而行。

方攻奪河東時，小金川求救于索諾木，索諾木許之，將襲我後路。公得巴酋密報，遣使至刮耳崖罵責之。索諾木知情，得撤回原兵于要隘處增碉固守。公請于制府曰：「大金川逆形已露，不可不誅。然犯險強攻，徒損士卒，不如即用革布逃酋，其人有報讐雪恥之心，尤悉地形，可使也。」遂密遣番民乘夜踰山，約諸酋連結各寨爲內應，而自率遊擊吳錦江等由節木郭度河，據勺藏橋，舉砲爲號，革番從內突出，與官兵合力夾攻，斬千餘人，進圍丹東角洛，收復革境三百餘里。事聞，上愈嘉奬，賜荷包寵異之。

先是，公別遣守備陳定國潛赴綽斯甲布土司，屯兵甲爾壟壩上，聽候調遣。人莫知其意。及革境全平，金酋畏綽土司之躡其後，不敢傾巢出戰，大兵雖在東南，而制勝則在西北。甲爾壟上雖按兵不動，而金、革兩處已扼咽喉，公算略深沉，皆諸將所莫及。時上意大兵乘勝即可擒取索諾木，而公言兵少未可輕進，爲制府所劾，調回大營，隨即革職，鬱鬱不得志，病卒于軍，年五十八。

公長身矗立，音響如鐘。髯尺許，望而知爲偉人。料敵審勢，毫忽不爽。初收復革番，所用兵不過千許，及進攻金川，公建議北路必需三萬人，當事者疑公怯，不聽所請，卒無成功。後副將軍明公廣集漢兵、土兵三萬人，先通路，後進兵，其言始驗。公待士信，用法嚴，與參將薛琮交最厚。攻小金川時，制府重公，命以遊擊領兵節制諸將。公磨利刀與薛約曰：「某地某日會。我後至，君斬我；君後至，我斬君。」及公至所期處，而薛逾二刻始來。公遣飛騎持刀呼取薛參將頭。薛望見，笑曰：「薛頭與賊，不與公也。」奮前奪數碉反。公猶手縛之，請罪于制府，以功論贖，乃已。

先是馭番者平時視若草芥，及蠢動又畏如虎。國家所賞繒帛，易以羢氈，酋叩頭領謝去，歸視大恚，笑擲于路。公有賞必佳物，其人輒喜相告。或舁公抵其巢，率妻若女環侍左右。公賜以茶烟簪珥，兒子畜之。小不循法，立加笞呵，咸悚息聽命。打箭爐邊關以外，官將行李，俱畏夾壩出沒，惟公與果齊盛太守之箱篋，蠻夫爭爲背負，或遺于路，必擎送行幄。諸番小有動靜，先來告公。以故凡所料判，動合機宜。死之日，番人剺面環哭，聲振巖野。

平居以忠義自許，思立功名。然性剛，能恤下不能事上。偶有議論，慷慨迅厲，旁若無人，以致讒忌者衆。身後家籍沒，兩子戍邊。有張芝者，以走卒隸公麾下，拔至參將。四十一年春，大將軍阿公桂平定金川，凱旋時，芝書公戰狀，抱一册哭陳軍門。將軍代爲奏聞，邀恩赦其子歸。人莫不嘆張能報德，公能知人。

先妣章太孺人行狀

嗚呼！枚辭官奉母，垂三十年。太孺人壽將滿百，神明未衰。海內之人，知與不知，爭來問訊。以爲儲休啓祐，所以享此遐齡者，必非無因。枚亦思有所稱引，以宣揚太孺人之徽音，而會會未遑。今年春，太孺人抱恙，枚不孝，醫巫不具，又不能籲天請命，致永訣慈顏。擗踊之餘，自傷白髮，知睽離膝下，亦不多時。恐一息不來，而半詞莫措，則人子顯親之志，遺恨彌深。此張憑誄母之文，伊川狀母之作，所爲泪墨交揮，而不能自已也。

謹按：太孺人章姓，杭州耆士師祿先生之次女。年二十，來歸先君。慈和端靜，所居之室，聲欬無聞。當是時，寒家貧甚。先君幕遊滇、粤，寄館穀贍其家。萬里路遥，家書屢斷。太孺人上奉大母，旁養孀姑，下延師教枚，半取給於十指間。每至賒貸路窮，旨畜告匱，輒嘿嘿然繞樓而步。枚與諸姊妹猶啼呼索飯，不知太孺人力之竭心之傷也。

及枚髫年入學，旋卽食餼。弱冠舉鴻詞科，旋入詞林，乞恩歸娶，一時戚里婣族，爭奔趨慴賀，爲太孺人光榮，而太孺人愔愔如常，與枚作孩提時，無以異也。壬戌，枚改官縣令，四任花封，祿養稍厚。人爲太孺人慶板輿之樂；而太孺人愔愔如常，與枚在詞館時，無以異也。壬申，枚改官秦中，念太孺人年衰，陳情乞養，僑居金陵之隨園。園中頗饒亭樹，水木清華，人爲太孺人慶烟雲之奉；而太孺人愔愔如常，與在枚官衙時無以異也。蓋太孺人天懷淡定，處困履亨，不加不損，憂喜之色，不形於造次。

其教枚也，自幼至長，從無笞督。有過必微詞婉諷，如恐傷之。嘗謂姊曰：「汝弟類我，顏易忸怩，故我不以常兒待之。」枚因此愈加悚懼。常伺察於無形無聲之間，有不懌必痛自改悔，俟色笑如常而後卽安。晚年抱孫頗遲，人以爲憂。太孺人絕不介意，曰：「吾兒居心行事，必當有後。如其無之，則亦命也。吾何容心焉？」前年，弟阿品生男，枚抱以來。去冬，新娶鍾姬有娠，太孺人爲之欣然。嗚呼！其應嗣者，太孺人巳得而見之矣；其將生者，太孺人猶未得而見之也。雖雄雌未卜，而兆已萌芽。偏使兒乳嫛婗，不及待大母含飴一弄，是則人倫缺陷，枚不能不抱恨於終天。

太孺人不持齋，不佞佛，不信陰陽祈禱之事。針黹之餘，手唐詩一卷，吟哦自娛。僮僕微勞，必厚犒之；鄰里賤嫗，必禮下之。脫肉作魚，味倍甘鮮。子婦學之，卒不能及。年年花開時，諸姬人循環張飲，爲太孺人壽。太孺人亦必婆娑置具，行答宴之禮。常戒枚曰：「兒無他出，明日阿母將作主人也。」嗚呼，痛哉！此情此景，在當時原早知難得，故刻意承懽；亦不圖色笑難追，一轉瞬而杳如天上。彌留之際，筋骨不舒。或爲搔摩，輒曰：「汝手勞，盍少休！」又曰：「夜已深矣，汝且往眠。」其仁心體物，臨危不亂如此。

卒時，召枚訣曰：「吾將歸去。」枚不覺失聲而慟，太孺人訶曰：「人心不足，兒癡耶？天下寧有不死人耶？我年已九十四矣，兒何哭爲？」舉袖爲枚拭淚而逝。嗚呼痛哉！人世以百齡爲上壽，再假六年，太孺人使符此數。天何吝此區區者，而不肯賜與耶？抑去來有定，未可強留耶？不然，則終是枚調護無方，奉養有缺，而致太孺人之沉綿不起也！比年來，枚於古人中百無一慕，惟唐詩人丘爲行年八十，尚有高堂。私心竊向往之。今而後，方知古人之難及也。

枚雖蒼蒼在鬢，而太孺人視若嬰兒。每入定省，必與一餅餌，一果蓏，詔以寒暄，詢其食飲。枚亦陶陶遂遂，自忘其衰。今而後，枚方自知爲六十三歲之人也。侍膝下愈久，離膝下愈難。晨昏起居，誤呼阿孃，瞻望不見，神魂俍俍。雖苟活須臾，而生意已盡。嗚呼，尙何言哉！尙何言哉！

太孺人生於康熙乙丑八月二十三日，歿於乾隆戊戌二月九日。四女三寡，依枚以終。二姊年七十，事母尙健。孫通，四歲。女孫三，俱未適人。不孝男枚謹狀。

書馬僧

江寧嚴星標馨、常熟徐芝仙蘭皆以耆士在陝督年羹堯幕府。雍正元年，青海會羅卜藏丹津不順，憲皇帝授年爲撫遠大將軍，四川提督岳鍾琪爲奮威將軍，率兵討之。功成，年以徐、嚴二叟年衰，贈金幣送歸。

宿蒲州，有兩騎客來，狀虓猛，所肩行李擔鐵也。天明行，晚復來宿，心悸之，卒無如何。又客館逢二僧，皆獧黠少年。二叟目之，一僧與語云：「誰無眷屬，何看爲？」始知其一爲尼，急亂以他語，出不敢按站，行十餘里卽宿。僧來排闥，踞上坐，揚其目而視之曰：「我疑若書生也，乃亦盜耶？橐內赤金二千，從何來？」二叟駭曰：「天下財必爲盜而後得耶？朋友贈何妨！」僧曰：「若然，二君必年大將軍客也。」曰：「然。」曰：「幾殺好人。」起挾女尼走東廂，酌酒飲，倚而歌，聽之秦聲也。

抵暮，兩騎客亦來，解鞍宿西舍。庭月大明，二叟閉門臥。僧獨步簷外，嘖嘖曰：「好馬，好馬！」亡何，兩騎客去。僧闖然叩門，嚴窘，挺身出曰：「事至此，倘何言？行李頭顱，都可將去。但有所請于和尚。」指芝仙曰：「此吾老友，七十無兒。殺之耶，釋之耶？」僧笑曰：「我不殺汝，先去之兩騎客，乃殺汝者也。」詰其故，曰：「凡綠林豪測客囊，皆視馬蹄塵。金銀銅分量，望塵了然。兩盗雛耳，雖相伺而眼眯，誤赤金爲錢鏹，故不直一下手。然非我在此，二君殆矣。」

問僧何來。曰：「余亦從年大將軍處來也。公等知將軍平青海是誰助之功耶？余故與人，少無賴好勇，被仇誣作太湖盗，不得已逃塞外，隨蒙古健兒盗馬，久，性遂愛馬。亡何，見岳公鍾琪所乘，彪彪然名馬也。夜跳匿廄中，將牽其韁。未三鼓，公起親自飼馬。四家僮秉燈至，余不能隱，被擒。公上下視，問：『行刺者乎，盗馬者乎？』曰：『盗馬。』問：『白日闌入者乎，夜踰牆者乎？』曰：『踰牆。』公徵瞠若有所思，秣馬訖，命隨入室，案上酒殽横列。公飲巨觥，而以一盞見賜，隨解衣臥，大鼾。遲明，公起盥沐畢，喚盗馬人同往大將軍府。公先入，良久聞軍門傳呼曰：『岳將軍從者某，賞守備銜，效力轅下。』岳旋出，上馬顧曰：『壯士努力，將相寧有種耶？』亡何，余醉與材官角鬬，將軍怒，賜杖。甫解袴，岳公至曰：『我將征西藏，爲汝乞免，汝從我行。』時雍正二年二月八日也。公命侍衛達鼐、西寧總兵黃喜林各領兵先，自領五百人爲一隊，約某日會于青海界之日月山。至期天暮，公立營門，諭二領隊曰：『此行非征西藏也。青海酋羅卜藏久稽天誅。昨其母與丹津、紅台吉二酋，密函乞降。機不可失。』手珠寶一囊、金二餅，顧余曰：『先遣汝召賊母來。賊有城甚高，非善踰者不入。賊營帳四，上有三紅燈者，其母也。對面帳居羅卜藏，左右帳居丹津、紅台吉二酋。珠寶與金，將以爲犒。此大事，汝好爲之。』解腰下佩刀授余。余受命叩頭，公起身入。天大霧，余乘霧行三十餘里，至賊城，騰身而登。果帳燭熒熒然，母上坐，三酋侍側。母年六十許，面方，髮黴白。披紅錦織金袍，叱余何人，余曰：『年大將軍以阿娘解事，識順逆，故遣奴來問好，囊寶貝奉贈。金二餅，餽兩台吉。』三人聞之喜，叩頭謝。余知功將成，咋曰：『將軍在三十里外待阿娘，阿娘速往。』三人相顧猶豫，余解佩刀插其座氈，厲聲曰：『去則去，不去我復將軍。』其母曰：『好蠻子，行矣。』上馬與二酋隨十餘騎。行不十里，岳公迎來，將其母與二酋交達鼐、黃喜林分領之。須臾，前山火光起，夾道礮發，斬母與二酋回，入軍營。次日諜者來報，羅卜藏丹津已逃準噶爾部落。岳公命竿三頭，徇三十三家台吉，皆震悚乞降。二十二日，至年大將軍營，往返裁十有五日。三月朔凱旋。岳公首舉余功，大將軍賞游擊銜。余指軍門謝岳曰：『某杖此僅半月耳，大丈夫何顔復來！願辭公歸，別思所報。』公笑曰：『咄，吾知汝終爲白頭賊也。』厚賜而別。歸次涇州，宿回山王母宫，昵妓女金環，年餘，資用蕩盡，不能歸。憶幼時習少林寺手搏法，彼處可棲，遂與金環同削髮赴中州。苦無馬，逢兩盜騎善馬，故奪之。」

二叟不信曰：「彼不受奪，奈何？」僧笑，拉二叟出視廐，則夜間已將兩盜所肩鐵擔，屈而圜之，束二馬首于內，不可開。二盜氣奪，故遁去。言畢，挾女尼舒其擔，牽馬門外，拱手作別曰：「二君有戒心，勿北行，可南去。凡李衞、田文鏡兩總督所轄地方，毋憂也。」

後三十餘年，二叟亡，嚴之孫用晦過河南登封縣，遇少林僧論拳法，曰：「雍正初有異僧來，傳技尤精，然無姓名，好養馬，因稱馬和尚。後總督田公禁嚴。僧轉授永泰寺尼環師，今環師亦亡。其徒惠來者能傳其術。」用晦心知馬和尚即此僧，環師者，即金環妓。欲訪惠來，以二寺相距十餘里，天大雪，不果往。

論曰：馬僧事類小說，爲正史所不書。然岳公獲一盜馬賊，能留心錄用，使奏其能，眞大將矣。其行間致敵，不戰而屈人，兵機有足法者。年羹堯威勝，不恤士，馬僧太跅䟍，故無成功。皆足爲規戒。備書之，亦自附于李玉溪之書程驤、羅江東之記石烈士云。

書朱山

湖州朱君名山者，以進士選臺灣諸羅令。諸羅近海，俗悍難治。君到，謁廟畢，即詣獄，問吏：「彼纍纍者何囚耶？」曰：「竊賊。」曰：「吾以爲巨盜耳！若小竊，何繫焉？」召而集于庭，畀以十金曰：「與汝作傭，與汝約，再犯者死。」應聲曰：「唯。」乃悉縱之。邑之人相與匿笑，以爲君書生，泥于古故然。

亡何，所縱者犯法，君語行杖者曰：「立法之始，不可寬也。」欽其足，而杖之斃。亡何，又斃一賊。邑之人股栗，相與賦曰：「是非書生，乃一健吏。」亡何，又獲賊，方喝杖，而疑之曰：「汝面有淚痕，何耶？」曰：「自分必死，適與母訣，故悲。」偵之，果一嫗抱裹屍席哭而來。君曰：「勿殺，渠有孝心，尚可悛改。」再畀十金，曰：「汝持金販他方，勿居此，爲老捕所捉搦也。」仍縱之。

故事，臺灣道巡縣，供張華侈。有某公者將至，吏以舊例白，君不可，餽粟十斛、羊四羫。某公銜之。俄而檄命造册，將丈其邑田。君爭曰：「臺灣一府皆濱海斥鹵之地，與他府不同。康熙清丈時，原留餘地濟貧民，今或有浮漏處，而生齒日繁。丈之將于民大病。」抗册不上。巡道符下如火，督愈急。諸紳士謀賂萬金以免。君又不可，曰：「我在此，不使諸君賄上游。」錄稾行矣，半途奪歸。

某大怒，摭他事中督撫劾之。委員逮君，諸羅民數萬，洶洶然揭竿起，將逐委員。君曉之曰：「諸百姓抗王章生事，是殺我，非愛我也。」再三言且泣，諸百姓曰：「若然，則我等護公往鞫。有不測，願同公死。」甫登舟，擔服脯糗糧者，壓其艙幾滿。出海，一男子透水上，手餅金爲獻。問何人。曰：「公所赦養母賊也。受公金販魚漳浦，得十倍利，已成家矣。今聞公行，老母命來報恩。」君笑曰：「汝改行與否，我實未知。手中金安知非又偷而遺我乎？」拒不受，曰：「公勿受，是仍以賊待我也。歸何顏見母！不如死。」趯然蹈于海。舟人救之腹膨亨矣。君不得已受之。

到省，頌繫月餘，獄不具。會福建將軍新公入覲，密以其事奏。天子召見，復原官，再遷灤州知州。順道還家，舁至一大宅，門牆巍峨，君不肯入，曰：「此非我家。」輿人笑不言。已而夫人子婦出迎曰：「噫，此前年君罷官時，諸羅人送我家居此也。幷券在焉。」出而視之，購價萬金。

書悔軒觀察五事

袁子曰：士大夫爲政愛民者多，知所以愛者少。孔子云：「可與立，未可與權。」孟子曰：

「是乃仁術也。」聖賢行事不諱權術，要歸于適道，歸于仁而已。余偶聆悔軒先生稱說作州縣時五事，出奇智異術牖民，可以觀，可以師，愛而錄之，示後之從政者。

先生權安化縣時，南鄉李姓族繁，始祖有仕元封萬戶侯者，賜葬某山，碑禁後人祔葬。乾隆初，族人李澄犯禁，李經阻之。澄恚，棄棺控縣。縣令往視，棺已焚矣。乃收殘骸貯庫，申牒大府。澄與經各以焚尸互控，歷任訊鞫，株引百餘。三十餘年，獄不具。先生抵任，憫兩家之苦訟也，亦知兩家之厭訟也，堂問其人：「爾等若干歲矣？」曰：「三十有奇。」曰：「四十有奇。」先生笑曰：「焚棺事在三十年前，汝等幼，未曾目擊。今日之訟，何由措詞？」皆叩頭曰：「明知官民兩累，奈焚尸罪重，兩家騎虎不下，奈何？」先生曰：「當阻葬時，棄棺在屋乎？在野乎？」曰：「在野。」「野有虆梩掩棺乎？抑暴露乎？」曰：「以茅覆之。」曰：「若然則兩家之訟之誤久矣。阻葬者不必焚棺，盜葬者不忍焚棺，此人情也。棺既在野，又覆以引火之茅，安知非他家上冢人化紙錢，因風延燒耶？汝等退，訪明後再訟，何如？」越三日，李氏族千餘人，泣謝曰：「公神明也。訪諸耆老，焚棺事悉如公言。」先生命別擇地葬庫中骨，兩家祭奠妥靈。牒諸大府銷案。

先生宰益陽時，縣民劉克俸有臨街五樓，身居其三，以其二賃與張某。亡何，張族兄錦文來，亦借居焉。張妻下樓執爨，怪錦文行李狠籍，檢之失銀二百。張兄弟偕地保報官，訴壁瓦無穿窬形。先生問：「何不與房主借來？」曰：「侵晨外出矣。」方疑詢際，忽堂上擊鼓聲甚急，則房主人劉克俸也。先生叱曰：「汝膽太粗！白日攫人金，尚敢來報我乎？」克俸嗒然，口不承而色已奪。脅以三木，乃曰：「問龔四。」龔四者，其家傭也。先生知情已得，不過欲卸罪于龔。乃遣役至克俸家，問其妻曰：「汝夫同龔四竊張錦文銀何在？」妻哭頓足曰：「我勸吾夫毋作賊，今果敗矣。」出銀二百，封記宛然。或問先生何以知之。曰：「渠擊鼓時手戰而目斜睨，故疑之。且報竊乃尋常事，非奇冤，官又在堂，何必擊鼓耶？」

先生知衡陽時，邑紳趙某，虎而冠者也。入粟得州同銜，以罪褫；再爲子入粟得封典，以罪褫。乾隆庚辰冬，報失千金。先生知其狡也，單騎往驗，見穴雖容肩，牆甓鑿痕亦小。訊其家屬，一嫗從竈下出，面焦然，雪中猶敝葛。先生不問竊事，但好語曰：「汝供役人，何寒至此？」嫗曰：「老婢投身十餘年矣。主人不衣食之，又不許去，奈何？」先生曰：「官作主，汝即得脫。但主人失竊事不明，汝何能去？」曰：「此事易明也，主人刻暴而嗇，且病，有妾李氏，久不侍寢，又虐使之，李亦求去不得。其兄某賣酒回雁峯下，暗相往來。老婢不敢聲，此可疑也。」喚李至，則甚少艾，服飾嫣然，而愁鬱之態，眉頭不申。先生亦不問竊事，但好語曰：「主人待汝何如？」不答。曰：「汝甘心事主人乎？抑不得已而居此乎？」又不答。先生曰：「我知之矣。趙刻暴而嗇，于汝無恩。汝亦如老嫗之求去不得，故不便明言耳。」李且泣且叩頭。先生曰：「老嫗告我，此金乃汝竊也。趙某尸居餘氣，死期近矣。汝不得不爲身後計，故私匿其金。信乎？」李抵攔。先生曰：「汝慮罪，故不承耶？律載親屬相盜者勿論。況趙某匪人，不宜之財，一朝失去，人人稱快。汝以情款，所不爲汝脫身者，有如此日！」李涕雨下，曰：「妾死罪。主人金止六百，妾竊二百，藏兄某家，餘四百尚在笥中。所報千金，僞也。牆穴係妾用小刀開鑿，假作穿窬狀，公所勘者亦僞也。妾願隨役到兄家取金。」先生許之，果得二百。搜趙笥中，果存四百。趙駭服。先生怒責之曰：「孟子云：『身不行道，不可行于妻子。』汝之謂也。汝浮報欺官，理宜治罪。姑憐汝病，爲汝懺悔之。」取二百金分賞老嫗及李氏，命嫗送李氏還其兄家。

先生牧平定州時，樂平縣民侯充世者，富而無子，嗣兩異姓者，一名百糧，一名丙寅。旋娶妾，生三子，長曰觀音保，才五歲。充世死未逾年，其妾赴縣訴百糧不孝。縣斷百糧異姓，不得爲後，酌給田產歸宗。百糧不服，訴臬司，稱侯氏疎族某貪其遺資，屢誘繼母變產，百糧阻之，以故唆訟。臬司委先生決之。先生曰：「縣令依律而斷，不爲踳駁。但于侯氏後患未爲置想。按侯氏本族，未嘗無子。而充世兩繼異姓，其不悅于本族可知。百糧果不孝，充世必逐之于生前，不待繼母逐之于死後。婦人耳軟受惑，亦間有之。倘今日逐百糧，明日再逐丙寅，則倮然一寡婦抱三孤兒，何以自存？一義子之忤母易制，而羣族之窺產難防。是不可不爲之慮也。應將充世家資，區分爲四，所生三子，各得其一，百糧、丙寅共分其一。仍依繼母居，代爲料簡。俟觀音保成立後，去留聽便。」臬司韙之，依斷立案，合郡悅服。侯氏至今小康。

衡陽民爭墳山。甲葬久矣，以傍地賣與乙。乙利其風水，先葬墳于所買處，繼埋骸瓮于甲山中。甲不服，具控。先生往勘，閱其譜牒，斷山歸甲。乙爭曰：「某有糧，彼無糧。公何據而斷？」先生曰：「據無糧斷也。湖南田土，康熙三十六年巡撫趙公通省丈量，始陞科。則甲葬于未丈量前，故無糧；汝葬于已丈量後，故有糧。是無糧者先主其地，明也。」乙詞屈，乃出魚鱗印册抗爭。先生笑曰：「此即趙公所丈册也。此册縣令印之，册書掌之，安得在汝處？明係汝乘新舊官交代時，賄胥私造，爲訟根耳。汝不服，試以册附卷，待嗣後民間爭產，再有以魚鱗册呈者，直汝未遲。」乙不能答，噤聲去。明日遣役拘之，已挈所埋骸瓮遁矣。

小倉山房續文集卷二十八

錢璵沙先生詩序

庚子秋，璵沙先生執訊來曰：「子許序吾詩二十餘年矣，今兩人俱年衰，而吾詩適又編成，子其償諾責哉！」余伏思，先生不必以詩傳者也，先生之詩，又不必以序傳者也。然而先生雖官尊，雅好吟詩，余少所伏膺，獨嗜先生之詩。在當時所以欲序而未遑者，原擬積歲月工吾文，以寫宣懿美，而不意先生之詩日進，而吾文日退，則敢不就吾所能言者及今述之爲讀者先乎？

嘗謂千古文章，傳眞不傳僞。故曰：「詩言志。」又曰：「修詞立其誠。」然而傳巧不傳拙，故曰：「情欲信，詞欲巧。」又曰：「神也者，妙萬物而爲言。」古之名家，鮮不由此。今人浮慕詩名而強爲之，既離性情，又乏靈機，轉不若野氓之擊轅相杵，猶應風、雅焉。先生之詩，其神清，其韻幽。曲致而不晦于深，直言而不墜于淺。沈隱侯稱斯文如日月，雖終古習見而光景常新；陸魯望稱張承吉善題目佳境，不可刊置別處。此爲才子之最也。能之者，其先生乎！

先生立朝有風節，仕外多惠政。余疑其不屑爲詩；以詞臣改臺諫，司倉、司關，再司刑獄，屏藩兩省，走燕、吳、楚、越、蜀江、閩海萬餘里，余疑其不暇爲詩。乃每落筆而乙乙抽思，有專門名家所不能到者。然後嘆白太傅、蘇玉局一流，代不乏人，而轉覺當年之房、杜無詩，李、杜無官爲可惜也。

余半世山居，視先生勛高而望隆，殊不相侔。然垂髫時卽隨先生入泮，弱冠後追步詞垣，晚年又同奉大耋親，終養林泉。五十年來，數當時朋輩，零落殆盡，而此二人者猶能白髮如此。各寄一編，相悦以解，相倚以傳。嗚呼，豈偶然哉！昔白公與孔子論微言曰：「以水投水何如？」孔子曰：「淄、澠之合，易牙能嘗而知之。」余因讀先生之詩，而愈有味乎聖人之語也！

趙雲松甌北集序

晉溫嶠恥居第二流，而雲松觀察獨自負第三人，意謂探花辛巳，而于詩則推伏余與蔣心餘二人故也。夫以雲松之才之高，而謙抑若是，疑是讕語，不足信。今年以甌北集來索序，擷之，祇心餘數行，而他賢不與焉。然後知雲松于余果有偏嗜耶？抑其詩別有獨詣之境，已不能言，他人不能言，必假余與心餘代爲之言耶？嘻！余與心餘之詩之所以然，俱不能自言也，又烏能言雲松哉？然去春過南昌，心餘病，握余手，諈諉詩序，一如雲松。揃卷首，一序并無。然後知此二人者，交滿海内，而孤睨隻視，惟余是好。然則余雖衰，殆不許其嘿嘿然竟以不言已也。

今夫越女之論劍術曰：妾非受于人也，而忽自有之。夫自有之者，非人與之，天與之也。天之所與，豈獨越女哉！以射與羿，弈與秋，聰與師曠，巧與公輸，勇與賁、育，美與西施、宋朝。之數人者，俱不能自言其所以異于衆也。而衆之人，方且彎弓鬭棋，審音習斤，學手搏，施朱粉，窮日夜追之，終不克肖此數人于萬一者，何也？雲松之于詩，目之所寓卽書矣，心之所之卽錄矣，筆舌之所到卽奮矣，稗史方言，龜經鼠序之所載，卽闌入矣。李衞尉之營陣，隨處可置也；熊宜僚之丸，信手可弄也。而忽正忽奇，忽莊忽俳，忽沉鷙忽縱逸，忽叩虛而逞臆，忽數典而鬭靡。讀者游心駭目，磙磙然不可見町畦。或且規唐摹宋，千力萬氣以與之角，卒之騏驥追日，未暮而日已在其前。所以然者，又何也？嗚呼！此皆羿與秋、師曠、公輸、賁、育、西施、宋朝之所不能言，而惟越女能言之者也。余之爲雲松言者，亦止此而已矣。

或謂雲松從征西滇，官海南、黔中，得江山助，故能以詩豪。余謂不然。世之行萬里，歷險艱者，或十倍焉，而無加於詩如故也。或惜雲松詩雖工，不合唐格，余尤謂不然。夫詩寧有定格哉？國風之格，不同乎雅、頌；皋、禹之歌，不同乎三百篇；漢、魏、六朝之詩，不同乎三唐。談格者，將奚從？善乎楊誠齋之言曰：「格調是空間架，拙人最易藉口。」周櫟園之言曰：「吾非不能爲何、李格調以悅世也。但多一分格調者，必損一分性情，故不爲也。」玩此二公之言，益信。

雲松之所以長處，余不能言；雲松之所以短處，余轉能言之。此卽雲松之所以謝却他人而必亟亟焉以詩序見屬之本意也。

蔣心餘藏園詩序

作詩如作史也，才、學、識三者，宜兼，而才爲尤先。造化無才，不能造萬物；古聖無才，不能制器尙象；詩人無才，不能役典籍，運心靈。才之不可已也，如是夫！然而自古淸才多，奇才少。晉人稱謝遡淸才，宋神宗讀蘇軾文，嘆奇才、奇才。才中分量，又不可以十百計。

蔣君心餘，奇才也。癸酉過眞州，見僧舍題壁，心慕之，遂與通書。後來金陵，唱喁講討，相得益甚。去年余遊匡廬，過君家，君半體枯矣，聞余至，蹶然起，力疾遮留，手仡仡然授，口吃吃然托曰：「藏園詩非先生序不可。」藏園者，君所居園名也。嗚呼，君之初心，豈欲以詩見哉！及今病且老，計無所復，而欲以詩傳，可悲也。

然君有所餘于詩之外，故能有所立于詩之中。其搖筆措意，橫出鋭入，凡境爲之一空。如神獅怒蹲，百獸懾伏；如長劍倚天，星辰亂飛；鐵厚一寸，射而洞之；華嶽萬仞，驅而行之。目巧之室，自爲奥阼，袒而搏戰，前徒倒戈。人且羨，且妬，且駭，且却走，且訾謷，無不有也。然而學之者，非折脅即絕臏矣，非壺哨即鼓儳矣。故何也？則才之奇，不可襲而取也。

雖然，君之奇豈獨詩而已耶？君秀挺矗立，目長寸許，聞忠義事，慷慨欲赴；趨人之急，若鷙鳥之發。恩鰥寡耆艾，無所靳。諧笑縱謔，神鋒森然，其意態奇。初入京師，望之者萬頸胥延，登玉堂，將速飛，忽不可于意，掉頭歸，其行止奇。不數年，聞天子屢問及之，乃往供職，卒浮沉不遷，及召見，將以御史用，而君病甚，不得已歸，遇合尤奇。嗟乎！君之數奇，豈其才之奇有以累之耶？

然使君竟不病，竟不歸，峨峨而升，安知不躡青雲爲麟鳳之翔？又安知不缺且折，爲干將、莫邪之傷？今雖其官棄，其身全，殘于形，不殘于神。其名園以「藏」也，取善刀而藏之之意，宜也。不知刀可藏，詩不可藏。周官之書，藏山岩屋壁矣。白傅之詩，藏香山、東林兩寺矣。千百年來，誦讀遍天下，藏耶，不藏耶？同時趙雲松觀察，服君最深，適以詩來索序，余老矣，思附兩賢以傳，遂兩序之而兩濆之。

碧腴齋詩存序

碧腴齋詩，妹壻書巢作也。書巢之詩，不得已而存焉者也。書巢弱冠舉于鄉，從桂林來修婚兄弟禮，既見即別，別三十四年矣。聞其成進士，宰什邡，走川峽，再爲東諸侯遷郡，將登臨于泰岱、琅琊之罘間。凡一切大府艱巨事，皆所辦治。又性好交契，重然諾，廉俸朝入，饋遺暮盡。答四方箋奏，日舂斗麵爲糊；五記室掌之，手腕欲脫，猶不能徧。此其希通慕大，豈肯以一吟一咏賓賓然作學子終哉？其所癖嗜，尤在于書。署中縹素山積，躬自排比。雖圊溷所，猶手一編，拳拳不釋。今年秋以詩集見寄，且曰：「子爲我序而行之。」嗚呼！吾今乃知書巢眞欲以詩自存矣。

今夫孔雀負靑天而飛，方將追鳳皇，儀虞廷，不自知其身有丹翠也。及其折淸風而抎，茫洋無之，則不覺自憐其尾，作吉光片羽之珍。使書巢當得意時，一日千里，隆隆而升，必無暇爲詩；就使爲詩，不過編成于故吏門生之手，甘苦終難自知。乃書巢之于宦途也，若稱意，若不稱意。莫益之，或擊之；三仕之，三已之。年垂六十，髮蒼然而室蕭然。除骨肉妻孥外，只此一編與伴晨昏。其理而存之也，可喜也，尤可悲也。

然世之寵榮赫耀十倍于書巢者，一旦聲澌影滅，沒世無稱，其效亦歷歷可覩矣。天之厚書巢而使之有詩；書巢之能承天之厚之之意，而能工于爲詩，皆所謂三公不易者也。其梓而公諸天下也，奚疑哉！奚讓哉！

惜余年衰，不獲與書巢多相唱喁，以抒老懷。且喜書巢詩集之成，得于吾身親見之，故爲述其生平梗概，以見書巢之所以爲書巢者，別自有在，原不與富貴浮雲同爲留去者也。至于其詩之淵源得力處，諸序中申之甚詳，余不復贅。

錢竹初詩序

竹初明府爲少司寇錢文敏公之季弟。生而婟雅，有仲容之姣。傳其家學，麗詞雲委。余曩以清才目之，尙未審其學之深力之宏也。前年，余還杭州，讀其全集，能破萬卷而總百家。昔人云：「應瑒和而不壯，劉楨壯而不和。」竹初爲能兼之。今年春，余從天台歸，竹初方宰鄞縣，見餉古風二章，修意修言，進而愈上。余方惜竹初以如是才，宜登蘭臺上石渠，咏歌昇平，何屈于州郡之職，爲梁敬叔所嘆哉！乃其精思詣微，若因簿領煩人，而轉有進焉。方信古之人「誦詩三百，授之以政」，政之道，原息息與詩通。毳衣政嚴，緇衣政寬，皆于詩乎見之。故曰：詩者持也。持其性情，使不暴去，然後可以臨民。

今人界詩與政而二之，詩之廢，政之憂也。竹初之詩如是，其政可知。且余嘗謂作詩之道，難于作史，何也？作史三長，才、學、識而已。詩則三者宜兼，而尤貴以情韻將之。所謂絃外之音，味外之味也。情深而韻長，不徒詩學宜然，即其人之餘休後祚，亦于是徵焉。東坡詩風趣多，情韻少，晚年坎坷，亦其證也。竹初音情頓挫，使我誦之而憬然不忍與之離，然則千秋萬世，又誰誦之而忍與決捨哉！竹初晚景之榮，詩之傳，俱無疑也。

惜予老矣，自文敏公亡後，諸賢零落，無可與言。不圖遲暮，重遇竹初。竹初之乞序于余也，余之序竹初也，豈徒稱引爲哉？區區甘苦，亦欲借此數行，交相質證。故讀其集，勸其梓以行世，而倓然以余言爲之先焉。

童二樹詩序

嗚呼，余束髮受詩，交天下詩人多矣。或先知之而後見之，或先見之而後知之，常也。若相知三十年，相訪數百里，而卒不得一見，以至于死者，可不謂大哀乎！雖然，見其面，不如見其詩。何也？面，形骸也；詩，性情也。性情得而形骸可忘，則吾與山陰童君二樹是矣。

君有越中三子集行世。丙子歲，余讀而愛之，無由得見。今春，忽挖舟至，値余浙行，又不得見。及冬初，余往揚州就訪之，則君死，永不得見矣！亡何，吾鄉詩人周汾來曰：「先生知童君之願見先生，更勝於先生之願見童君乎？君矜嚴，少所推許，獨嗜先生詩，稱爲本朝第一。病殗殜矣，夢中惛呼猶日望先生至。揣其意，蓋自知年命不長，將以數千篇嘔肝擢胃之作，就平生所心折者而證定之耳。」

余感其意，入哭寢門，抱其集歸，伏讀三日。嘆曰：君之詩，惟我能知之，亦惟我能序之。今夫導官之擇米也，已堅好矣，必舂揄揚簸，使趨於鑿，乃名侍御，王所食也。歐冶之鑄劍也，取精鐵矣，必千辟萬灌，青氣既極，乃成干將，帝所佩也。君天資超絕，又能轥轢書史，烹煉烟墨，窮高縋深，播爲風騷，此亦導官、歐冶之故智也。常恃其逸足，往往奔放，作七古題畫，叠鬣字韻百餘首，藻思坌湧，與古梅槎枒，同搖風雲。古之人，古之人，君奚讓哉？惟是我兩人道合若是，倘一握手，罄胸中言，當不知作如何懽忭！而卒使錯午膠轕，此來彼去，如相避然，不獲半面，以抵於死。天耶，人耶，誰靳之耶？徒使我咨嗟涕洟至今如有所負而不能自克也。

昔張堪臨終以妻孥託朱季；元微之病，命家人將詩集交白二十二郎。古人身後拳拳，大概如斯。然吾謂托妻孥易，托文字難。何也？妻孥之計，或十年或二十年，足矣。文字之計，動關百千萬年，尚無津涯，非精思詣微，同歷苦甘者，疇能任之！余年垂七十，竊不自揆，謹取君集排比分疏，觖摘英華，得□□卷，共□□□首，將明以示海內，而幽以質九原焉。嗚呼童君，不見之見，殆勝見耶！

何南園詩序

詩不成于人，而成于其人之天。其人之天有詩，脫口能吟；其人之天無詩，雖吟而不如其無吟。同一石，獨取泗濱之磬；同一銅，獨取商山之鏞。無他，其物之天殊也。舜之庭，獨皋陶賡歌；孔之門，獨子夏、子貢可與言詩。無他，其人之天殊也。劉賓客亦云：天之所與，有物來相。彼由學而至者，如工人染夏以視羽畎，有生死之殊矣。

何子南園，生而與詩俱來者也。雖爲秀才，不喜制藝；雖讀書，不矜博覽；雖爲詩，不事馳騁。其志約，故邊幅易周；其思專，故性情易得。居秣陵城闉愔愔然竹籬堇垣，與方外人遊憩，溥醉微慵，雨餘風停，有愜于懷，一付于詩。久之，而何子與詩亦兩相忘也。

予往往見人之先天無詩，而人之後天有詩。于是以門戶判詩，以書籍炫詩，以叠韻、次韻、險韻敷衍其詩，而詩道日亡。然則吾安得忘詩之人而與之言詩哉？若何子者，斯其人矣。

莊念農遺稿序

余老矣，世上事百不經意，惟于友朋存歿之感，偶根觸焉，輒低徊留之而不能自已，況平生所最暱與常酬唱者哉？莊君念農亡十餘年，其季子宸選持詩二卷，索余爲序。

嗚呼！君抱經世略，鬱爲時用，僅官太守，中年而殂，又值天子四巡江南，以供張得名，終日瞿瞿然心計手畫，徽紈靡寧，不特其治民之才，有所未盡，即吟咏之情，亦有所未已也。然資稟絕奇，雖單言片詞，必有天眞溢流，篇什具存，徽徽可誦。惜君不自料其歿，歿時宸選尚幼，故詩多零落。近年遍覓于酒樓僧牆、親知故舊家，才得若干，其志可哀而取也。

猶記君好余詩，雖隆冬嚴寒，必呵手抄存，積數寸許。余或有遺忘，必向君處借而證之。今君詩散失，而余當時未留善本，代爲護持。揆之古人先施之義，不能無愧。然則君之詩愈少，而余之愧愈多矣。揭揭焉就其少者而存之，豈徒副宸選之求哉，亦聊以補余過云爾。

程綿莊詩說序

作詩者，以詩傳；說詩者，以說傳。傳者，傳其說之是，而不必其盡合于作者也。如謂說詩之心，卽作詩之心，則建安、大曆有年譜可稽，有姓氏可考，後之人猶不能以字句之迹，追作者之心，矧三百篇哉？不僅是也，人有興會標舉，景物呈觸，偶然成詩，及時移地改，雖復冥心追溯，求其前所以爲詩之故而不得，況以數千年之後，依傍傳疏，左支右吾，而遽謂吾說已定，後之人不可復有所發明，是大惑已。

相傳小序爲子夏所作，古無明文。卽果子夏所作，亦未必盡合詩人之旨。其他毛、鄭，皆可類推。朱子有見于此，別爲集解，推其意，亦不過據己所見，羽翼詩教，啓發後人；而並非禁天下好學深思之士，以意逆志也。

吾友程君綿莊爲詩說二卷。其思深，其義遠，搯擿妙藴，皆前儒所未發。綿莊之于朱子也，卽朱子之于毛、鄭也。師其意，不師其詞。可謂善學朱子者矣。或者以爲詩人不作，未能知其必盡合也。然詩人不作，又何以知其必不盡合哉？

玉井搴蓮集序

乾隆壬申夏，余與華陰令姚君同遊華山。姚至青柯坪，便止，而余則勇進三里許，覺巖壑嶄絶，氣奪而返。忽忽三十稔矣。

今冬，嚴道甫先生以玉井搴蓮集見寄，所稱天井之阻、犂溝之險、搨嶺三巒之崔巍，皆余昔未遊目者。身既未臻，語何能詳。故爾時小有吟咏，亦自覺無俚。而先生則如悍將追敵，不掃其穴不休。卒使山無剩境，境無遁形。危辭硬語，凌暴莽蒼。縋深者而出之，揭隱者而明之。以七尺軀三寸管，與四千仞奇峯相爲傲詭。嘻，何其壯也！

夫安近者，其耳目不周；才絀者，其賦物不工；無翼助者，其舉趾不勇。先生以沉鷙之性，雕鑱之筆，又藉中丞畢公禱雨之便，爲之召夫役，具絚布以張之，是殆嶽靈閴寂，渴思文藻，故暗中噏呼，以相成就耶？昔曹孟德謂楊修云：「我不及卿，乃三十里。」余不及先生，且數百萬丈，匪徒才懸，抑亦膽薄。

雖然，余羸老也，諒難再從先生，補前遊之缺。而讀此一編，則古人所謂金精削成，鳥猿愁覩者，一旦呈形獻狀於簪席間，豈非才人咳唾，遠勝眞靈位業圖哉？唐賢羽皇周氏，以到難命篇，述所到之難也。余謂所到不難，到而能言之之爲難耳。到而能言，則不到者皆如到矣。

隨園隨筆序

著作之文形而上，考據之學形而下。各有資性，兩者斷不能兼。漢賈山涉獵，不爲醇儒；夏侯建譏夏侯勝所學疎闊，而勝亦譏其繁碎。余故山、勝流也。考訂數日，覺下筆無靈氣。有所著作，惟捃摭是務，無能運深湛之思。本朝考據尤盛，判別同異，諸儒蠭起。予敢披膩顏恰，逐康成車後哉！以故自謝不敏，知難而退者久矣。

然入山三十年，無一日去書不觀。性又健忘，不得不隨時摘錄。或識大于經史，或識小于稗官，或貪述異聞，或微抒己見。疑信竝傳，回冗不計。歲月既久，卷頁遂多。皆有資于博覽，付之焚如，未免可惜。乃題隨園隨筆四字以存其編。

嘻！予老矣，自此以往，假我數年，有所觀，便有所記；有所記，便有所筆。此書之成，「吾見其進也，未見其止也」。

子不語序

怪、力、亂、神，子所不語也。然龍血、鬼車，繫辭語之。左丘明親受業于聖人，而內、外傳語此四者尤詳。厥何故歟？蓋聖人敬鬼神而遠之，人敎方立；周易非取象幽渺，不足以窮天地之變；左氏恢奇多聞，垂爲文章。其理皆並行而不悖。

余生平寡嗜好，凡飲酒、度曲、樗蒱，可以接羣居之懽者，一無能焉。文史外無以自娛，不得不移情于稗乘。廣記尙矣，睽車、夷堅二志，缺略不全。聊齋志異殊佳，惜太敷衍。于是就數十年來，聞見所及，足以游心駭耳者，編而存之，非有所惑也。譬如嗜味者，饜八珍矣，而不廣嘗夫蚳醢葵菹，則脾困；嗜音者備咸英矣，而不旁及于侏偶僸佅，則耳狹。以妄驅庸，以駭起惰，不有博弈者乎，爲之猶賢。是亦裨諶適野之一樂也。

昔顏魯公、李鄴侯功在社稷，而好談神怪；韓昌黎以道自任，而喜駁雜無稽之談；徐騎省排斥佛老，而好采異聞，門下士竟有僞造以取媚者。四賢之長，吾無能爲役也；四賢之短，則吾竊取之矣。書成，卽以子不語三字名其篇。

隨園食單序

詩人美周公而曰「籩豆有踐」，惡凡伯而曰「彼疏斯粺」。古之于飲食也若是重乎！他若易稱鼎亨，書稱鹽梅，鄉黨、內則瑣瑣言之。孟子雖賤飲食之人，而又言飢渴未能得飲食之正。可見凡事須求一是處，都非易言。中庸曰：「人莫不飲食也，鮮能知味也。」典論曰：「一世長者知居處，三世長者知服食。」古人進鬐離肺皆有法焉，未嘗苟且。「子與人歌而善，必使反之而後和之」。聖人于一藝之微，其善取于人也如是。

余雅慕此旨，每食于某氏而飽，必命家廚往彼竈觚，執弟子之禮。四十年來，頗集衆美。有學就者，有十分中得六七者，有僅得二三者，亦有竟失傳者。余都問其方略，集而存之。

雖不甚省記，亦載某家某味，以志景行。自覺好學之心，理宜如是。雖死法不足以限生廚，名手作書，亦多出入，未可專求之于故紙；然能率由舊章，終無大謬，臨時治具，亦易指名。

或曰：「人心不同，各如其面，子能必天下之口，皆子之口乎？」曰：「執柯以伐柯，其則不遠。」吾雖不能強天下之口與吾同嗜，而姑且推己及物。則食飲雖微，而吾于忠恕之道，則已盡矣。吾何憾哉！若夫說郛所載飲食之書三十餘種，眉公、笠翁亦有陳言。曾親試之，皆閼于鼻而蜇于口，大半陋儒附會，吾無取焉。

嚴道甫侍讀五十壽序

余居山久矣，于海內士夫不敢迎而距之也，亦不敢迎而許之。然未見輒相思，與之言惟恐其去，若是者三十年來，胸中不過數人，而道甫嚴君，其一也。君負萬夫之禀，聰強絕人。于學若泛海然，探之莫窮其厓，挹之必有所益。其恢宏深沉，往往流露于眉睫間。意其仕于朝必有奇術異智，爲人之所不能爲者。而無如余年衰，伏而不出，君又未嘗自言；則不得不以欽挹之懷，徒相索于文字之末而已。

今年八月，君五十生辰，其子子進狀君事，索文以壽君。余讀之，可喜可愕，而于敎羅公源浩事爲尤奇。羅公者，滇南監司也。分償汪別駕帑金，有詔逾期卽誅。羅繳不如數，期過十日逾矣，乃牒請弛限。天子命軍機大臣會刑部議之。其時諸城相公主試禮闈，秋曹無任其事者。君時以內閣侍讀直機地，因撾鼓入棘闈見諸城公曰：「羅事急矣，第所追，乃分償屬吏汪某帑也。今汪已捐復，將曳紱綬出都，而羅乃駢首東市，于義未協。按法宜着汪某分繳，以活羅命，以昭公平。」諸城公曰：「具疏稿乎？」曰：「不具稿，不敢見也。」振其袖而出之，詞義明析。諸城公喜，卽畫諾奏聞。天子是之，羅獄遂解。其他事多類此。受恩人有圖君像以祀者。

今夫臯俊之士，智者慮明，能者慮策，尙矣。然大槩已謀者多，人謀者少。縱有一二姝姝然號稱惠慈者，又或無術以濟之，無勇以決之，則亦不能迂其身以拯人于危。若君者，可不謂賢哉！然君之視官職也甚淡，其家居也甚靜。兩持所生服，卽乞病不起。同僚或至方伯、連帥，而君絕無所欣。人多疑君之嘿嘿藏身，與其矯矯行義，兩不相符。豈眞賢者之不可測哉！

余曉之曰：在易豫之六二曰：「介如石，不終日，貞吉。」此言自守之堅也。夫子繫之曰：「君子知微知彰，知柔知剛，萬夫之望。」此言澤物之宏也。兩者亦絕不相符也。然夫子合而言之者，何也？蓋言有見幾之智，有介石之操，而後可以損剛益柔，以澤萬物也。使君非有恬退之懷，輕視爵祿之意，則闌入禁地，豈無處分，焉肯仡然挺身而往？又非深知天子之聖，相公之賢，亦必不肯爲無俚之舉，貿貿然向人白冤。君之嘿而當，言而當，進而宜，退而宜，皆有「見幾而作，不俟終日」之妙焉。「惟深也，故能通天下之志；惟幾也，故能成天下之務」，古惟留侯、鄴侯能之，而君亦庶幾其近之矣！

余平生不以文壽人，嫌其體之戾于古也。然犬馬之齒，于君有一日之長。慮不能爲傳志以揚君，而性又樂道人之善，則姑擷其事之至大者聲之，以應公子之請。後之人知余集中有介壽之文者，蓋爲君始也。雖然，有介壽之文而無期頤昌熾尋常祝嘏之詞，則自余始也。

胡勿厓時文序

古文者，自言其言；時文者，學人之言而爲言。自言其言，以人所不能言而已能言爲貴；學人之言，亦以人所不能言而已能言爲貴。夫至于學人之言而爲言，似乎傳聲搏影而言人人同矣。不知所學者何人也，聖人也。聖人之言，聖人之心也。能得聖人之心，而後能學聖人之言。得之淺者，皮傅于所言之中而不足；得之深者，發明于所言之外而有餘。孔子學周公者也，孔子所言，周公未嘗言。孟子學孔子者也，孟子所言，孔子未嘗言。

周、程、張、朱學孔、孟者也，周、程、張、朱所言，孔、孟未嘗言。時文者，依周、程、張、朱之言，以學孔、孟之言，而實孔、孟與周、程、張、朱皆未嘗言。然明諸大家，學其言而言之矣。本朝諸大家，又學其言而言之矣。言之肖與否，雖不能起數聖賢于九原而問之，而天下之人，皆以爲肖，皆以爲聖人復起，不易其言，此四百年來時文之所以至今存也。

胡先生學聖人之言，爲能深妙奇博，有直而致者，有曲而宣者，有澄其神詣微而索之者，有取材卷軸旁引曲證以光明之者，要于聖人之心，不差累黍。嘻，其至矣！或謂時文小道，不足以取士。不知天下事莫不有名焉，有實焉。如務其名乎，則古之鄉舉、里選，即今之時文也；古之策論、詩賦，即今之時文也。其無人焉一也。如按其實乎，則于時文觀心術，即古之鄉舉、里選也；于時文徵學識，即古之策論詩賦也。其有人焉一也。若胡君者，可謂有人中之一人。

雖然，韓子稱聖人者，時人之耳目也。吾以爲能學聖人之言，以得聖人之心者，亦時人之耳目也。胡君于聖人之心既先衆人而得之矣。顧墨墨然私諸己而秘之，不肯以其言示天下，可乎？然則君之編所作而開雕之也，非好名也，亦韓子意也。

集中不存壽序及時文序，此篇與嚴侍讀壽序俱破例而存之，亦不免蹈歸熙甫之陋習云。自記。

史閣部遺集跋

少宰彭公以明故閣部史道隣先生像幷家書絕筆進呈皇上，蒙上深許其忠，賜題賜謚。其裔孫開純感君恩，懷祖德，將聖製及先生遺文開雕傳後，而屬枚爲跋。

枚謹按：夏禹封防風氏之臣，成湯不徵巢伯之朝，皆三代大聖人泯人我之見，扶植彝倫，非凡所及。後世雖忠如文信國爲元祖深知，而身後之恩禮無聞。其他則袁粲除名，韓通無傳者，更不勝屈指矣。獨先生殉節前明，百數十年後，遺像忽蒙聖覽，苦節忽蒙聖褒，遭逢之隆，千秋獨殊。

然在當時，先生自矢孤忠，豈復有心希恩異代；卽異代之恩，亦未必爲先生所樂受而卒之幽隱之光，日照之而愈明；栴檀之氣，風吹之而愈芬。凡此者，皆天也。我皇上「先天而天不違」，將假先生以立萬世人臣之式，故不吝洋洋聖謨而嘉嘆之，又寵宣之，亦豈欲前代之臣銜恩地下哉？世之爲臣子者，得是編而雒誦之，可以觀，可以興矣。

德山公手書詩卷跋

嗚呼！此吾師德山先生之手迹也。先生開府桂林，枚才弱冠。以八千里外諸生，蒙國士之知，館餼三月，代爲治裝，薦博學鴻詞，入都。雖廷試報罷，而從此名聲起公卿間，遂得登館閣，擁吏卒，走數州。今當不親學之年，息影蓬廬，百事屏棄。惟省記平生知己，欽欽在抱。逢北人來，必問先生墓所，及其後嗣，而息耗杳然。

今年季夏，盧存齋太守見訪，道是先生第三婿，因得見先生手書立幅，墨瀋淋漓，彷彿二王家法。疑先生在天靈爽，必欲一見白髮門生，故藉此數行，俾女夫傳到耶？紙尾紀元乾隆丙辰，正枚受知歲也。四十三年來，世事遷變，何可紀核，而此一箋者獨完善如初，若有神物呵護。嗚呼，豈偶然哉！

詩多見道之言，神韻高淡，又想見撫粵九年，政簡刑清光景。似此公卿，何可再得！願盧氏世世萬子孫其寶藏之。

小倉山房續文集卷二十九

所好軒記

所好軒者，袁子藏書處也。袁子之好衆矣，而胡以書名？蓋與羣好敵而書勝也。其勝羣好奈何？曰：袁子好味，好色，好葺屋，好遊，好友，好花竹泉石；好珪璋彝尊、名人字畫，又好書。書之好無以異于羣好也，而又何以書獨名？曰：色宜少年，食宜饑，友宜同志，遊宜晴明，宮室花石古玩宜初購，過是欲少味矣。書之爲物，少壯、老病、饑寒、風雨，無勿宜也。而其事又無盡，故勝也。

雖然，謝衆好而暱焉，此如辭狎友而就嚴師也，好之僞者也。畢衆好而從焉，如賓客散而故人尙存也，好之獨者也。昔曾晳嗜羊棗，非不嗜膾炙也，然謂之嗜膾炙，曾晳所不受也。何也？從人所同也。余之他好從同，而好書從獨，則以所好歸書也固宜。

余幼愛書，得之苦無力。今老矣，以俸易書，凡淸秘之本，約十得六七。患得之，又患失之。苟患失之，則以「所好」名軒也更宜。

散書記

乾隆癸巳，天子下求書之詔。余所藏書傳抄稍希者，皆獻大府，或假賓朋，散去十之六七。人卹然若有所疑。余曉之曰：天下寧有不散之物乎？要使散得其所耳，要使于吾身親見之耳。古之藏書人，當其手抄緗易，侈侈隆富，未嘗不十倍于余。然而身後子孫有以論語爲薪者，有以三十六萬卷沉水者。牛弘所數五阸，言之慨然。今區區鉛槧，得登聖人之蘭臺、石渠，爲書計，業已幸矣。而且大府因之見功，賓朋因之致謝，爲予計更幸矣。不特此也，凡物恃爲吾有，往往庋置焉而不甚研閱。一旦灑然欲別，則鄭重審諦之情生。予每散一帙，不忍決捨，必窮日夜之力，取其宏綱巨旨，與其新奇可喜者，腹存而手集之。是散于人，轉以聚于己也。

且夫文滅質，博溺心。寡者，衆之所宗也。聖賢之學，未有不以返約爲功者。良田千畦，食者幾何耶？廣廈萬區，居者幾何耶？從來用物宏，不如取精多。删其繁蕪，然後迫之以不得不精之勢，此予散書之本志也。

散書後記

書將散矣，司書者請問其目。余告之曰：凡書有資著作者，有備參考者。備參考者，數萬卷而未足；資著作者，數千卷而有餘。何也？著作者鎔書以就己，書多則雜；參考者勞己以狥書，書少則漏。著作者如大匠造屋，常精思于明堂奥區之結構，而木屑竹頭非所計也；考據者如計吏持籌，必取證于質劑契約之紛繁，而圭撮毫釐所必爭也。二者皆非易易也。

然而一主創，一主因；一憑虚而靈，一核實而滯；一恥言蹈襲，一專事依傍；一類勞心，一類勞力。二者相較，著作勝矣。且先有著作而後有書，先有書而後有考據。以故著作者，始于六經，盛于周、秦，而考據之學，則自後漢末而始興者也。鄭、馬箋註，業已回冗。其徒從而附益之，抨彈踳駁，彌彌滋甚。孔明厭之，故讀書但觀大略；淵明厭之，故讀書不求甚解。二人者，一聖賢，一高士也。余性不耐雜，竊慕二人之所見，而又苦本朝考據之才之太多也，盍以書之備參考者盡散之！

洞庭徐氏重修始祖吉卿公墓碑記

徐君西圃邀予遊西洞庭，授館其家，因得瞻其棠里宗祠，棟宇隆赫，栗主森布，皆合族所僧然共力，而西圃弟禮珍所營治者。予不覺心儀徐氏多賢，而嘉其門風之足爲天下式也。

遊于野，見頹垣中古樹蓊鬱，氣葱葱若兆域然。西圃曰：「嘻！此始祖吉卿公之墓也。吉卿公諱嚞，宋乾道間爲平江太守，能奪金人詔書，爲孝宗所重。卒後其子大本感古人隨葬爲達之義，卽合窆其母夫人于是，而子孫附焉。」予往拜墓下，一坏土七百餘年，風雨頹侵，無羣如鬲如之象矣。予因謂西圃曰：檀弓雖云古不修墓，而周禮有墓大夫之職。南齊劉彪以不修墓貶官。然則復土樹欒，似亦仁人孝子所不宜得已者也。越翼日，禮珍來肅予而請曰：「修墓之事，先生命之。今如命矣。卽煩先生記之。」

予思古人營寢廟，所以妥先人之靈；崇馬鬣，所以寧先人之魄。孝子求神于陽，求神于陰，二者能兼，可謂知禮。徐氏以予一言，齊其心謖然斂袂而興，聞義能徙，誠可嘉尚。而予以遊故，得拜先賢祠墓，并從臾後嗣，增其堂防觀美，是因遊而有所得于遊之外者也。善哉遊也！爲記其壙域丈尺，劵臺廣狹，昭穆位次，宰樹若干，勒諸石。俾徐氏子孫隆基養本，罔墮替焉。

銅陵永濟橋記

濟人於水者舟，濟人於陸者橋。舟之用，濟百十人而止；橋之用，濟千萬人而未止。

木橋之用，濟百十年而止；石橋之用，濟千萬年而未止。若是乎，濟人之中，亦有大小久暫之分焉。

銅陵陶村三溪會流，綿亘六十里。行者有揭厲之虞。土人絙五板渡臨流氓，木道雖行，而日炙雨淋，勢易顛隮。蔣君葯齋行義素高，將裒家資創易石之謀，功未竟以歿，其子廷僑與其弟憲章踵而行之。以某年月日興工，某年月日橋成。凡長十丈，闊一丈有奇。費金若干。邑之人僮僮然，車輦馬駢，萬趾魚貫，以達于莊逵。一切夫錢物價，蔣獨任之，不借助于將伯。

余按國語單襄公適陳，因輿梁不修，知陳之衰。孟子譏子產以乘輿濟人，「惠而不知爲政」。彼皆君大夫也，操任事之權，猶不能賦工厲役，爲所當爲。而蔣氏父子兄弟，獨能繼繼承承，濟人于久遠。此豈徒其仁可嘉哉？其孝亦加人一等矣！余，白下羈客也。未至陶村，因蔣氏孫嘉猷受業門下，狀其事索文，故爲記其顛末，且名其橋曰永濟，俾銅陵人之世世來往于此橋者，一舉踵，一曳屣，而毋忘所自。

榆莊記

凡園近城則囂，遠城則僻。離城五六里而遙，善居園者，必于是矣。揚州撫松主人有榆莊城外，遊者約炊五斗黍許卽詣其所。

乾隆庚子春，主人招余同往。門外白榆歷歷，始悟命名之意。堂三楹，署曰「城南別墅」。栽鼠姑花。循堂而右，爲無隱樓，再右爲同春閣。樓下植桂，閣上望遠，江南諸山，可坐而致也。東有薜荔覭髳，號「翠微深處」。竹猗猗者，號此君軒。架石棧曲榭紆回以達于梅亭而遠見耕氓者，一號寒手亭，一號小滄浪。其宋廇戍削，窔宧蔽虧，而宜于冬者，號雲窩。爲伛邪隥彴以通小池者，號魚樂國。此園中卽景分名之大概也。

是日酒半巡，主人索余爲記。余思揚州古稱信士，左思所謂繁富夥夠處也。又孔穎達云：「揚州人性輕揚，故曰揚州。」因之，爲園者，靡不百栱千櫨以爲勝，抗虹翼綺以爲華。而且所與遊者，非高軒引喤，卽豪士投凳，其爲魚鳥所嗤，業已久矣。獨撫松主人道韻平淡，朴角不斲，素題不枅，除一二幽人憩息外，雖顯貴挾勢以臨之，卒色然而拒。守園如守身，有古人鑿坏闔土之遺風。園將隱，焉用文之哉？

然而，余羸老也，路隔一江，未卜何時再到。性又善忘，勝景過目，少縱卽逝矣。畫以珍之，不如記以存之。雖微主人諈諉，亦必纂梗槩爲臥遊張本，而況二人之趣甚同、交甚狎耶？其時偕遊者，一爲孫君芝亭，一爲汪君芝圃，皆余戚也。合牽連得書。

重修南捕通判廳壁記 代弟香亭作

嘗讀孫可之書褒城驛，歎官舍常新，振古爲難，矧今之通判權輕而俸薄！士大夫之履斯任而郵驛視之也亦宜。雖然，不有署，何有官？不有官，何有政？腹𡒊爲室而鉅，曰：「以安民也。」叔孫昭子所到，雖一日必葺其牆屋。古之君子，于私居之舍，猶矜矜然鄭重將之，而況懷印曳紱，將呼唱于堂皇以治事者乎？

庚子春，余承乏江寧南捕之職。入其門，奧草滿焉；行其庭，宗廇墜焉。考之府志，缺不載也；詢之老氓，杳不知也。相傳署本前明監司舊居，頹圮已久。乾隆壬辰，前任密公葺向西三舍，以寧其孥。此外承塵摶壁，日就顚隮，幾無容膝處矣。余不得已，請于大府，命隸須材工屬役，慮事量功，甓祴塗塈。凡成堂樓、庖湢、賓館、丙舍五十九處。費金九百有奇，支廉俸也；益之以三百有奇，捐私財也。一時過客來遊者，靡不豪余所爲。

余笑告之曰：余惟不豪于官，故豪于屋耳。夫外任閒曹，有閒于通判者乎？使急于進取者居之，方泱捨之不暇，何肯僭然造作哉？惟余之性拙而才疎，官于是卽安，于是將盡臣職而報君恩，亦未嘗不在于是。然則公舍也，卽私舍也；人居也，如己居也。捄之築之，苟美苟完，吾已乎哉。園之西有水有石，有古柳有高梧，猶人有美質而未學，鋤理出之，亦足小寄情賞。功既成，爲文以記其梗槩。而意有未竟，乃爲之歌曰：

日之斜兮，吏散衙兮。棘茨既剪，樹槎枒兮。通判何判？盍判花兮。公事餘兮，步庭除兮。小池既清，水渠渠兮。南捕何捕？盍捕魚兮。勿懈當官，勿侵事權。施于有政，作造屋觀。平水置槷，表正形端，後賢定笑，雍之言然。

重修中和道院碑記

人但知道敎無爲，不知惟有爲也而後可以無爲。有爲者，勇猛精進，所以成天下之務也；無爲者，幽深玄妙，所以研天下之幾也。務之不成，幾于何有？班固之言曰：道家者流，清虛以自守，卑弱以自持。及放者爲之，則曰獨任清虛，可以爲治。夫但言清虛之守，而不言創造之功，此道法所以不振也。古之人相馬以輿，相士以居。輿與居，尙不可苟，況眞靈之所棲，符籙之所藏，而可蘧廬視之乎？吾家月渚道人深契此旨，前年持湯文正公手書道院碑記屬余爲跋，今年又以重修道院狀屬余爲記。

按院始於洪武初，歷歲四百，興廢屢矣。本朝自薛文憲葺治後，王、沈二公又繼志焉。星霜既移，陊剝旋生。月渚纂其師退庵公餘業，尺營寸度，積累成功。妥神則有眞武、神武、桂香三殿；尊祖則有柏庭、澹寧、迎暉、聽雨諸舍。踵舊者，改朗吟閣爲敬畏堂是也；新增者，雨蕉書屋、臥雪廬是也。其他爲著爲陳，爲庖爲湢，爲蒲牢，爲法鼓，爲長廊重橑，爲央瀆匽豬，爲錙壇之宮，爲麗譙之所，靡不精心致思，畛分殊事。地則黝之，牆則堊之，度筵而堂建，度几而室立。落成後增榮益觀，邦之人咸僓僓然眴轉以遊，葉拱以敬。

嘻！非月渚才之敏，心之堅，何能如是？

昔王荆公作龍興講舍記，羡浮屠慧禮之能，以爲此失而彼得焉，似若閔儒而茹墨者。不知周、孔之教，以開物成務爲貴。月渚爲吾宗六俊公後裔，通儒書，躭吟咏，以幼病，故習靜院中，是蓋先有得於此，而後旁通於彼者也。其索記也，豈好名哉？亦欲留此規模，俾後之人肯堂肯構，踵而行之，庶幾無形之道教，藉有形之道院而永永無極焉。貞石有靈，亦當鑒其志矣！

遊仙都峯記

或告余曰：「子從雁宕歸，則永嘉之仙岩、縉雲之仙都峯，均可遊焉。」余謹識之。悞記仙岩爲歸途之便，舟行十里，方詢土人，曰：「南北殊路矣。」心爲缺然。及至縉雲，以仙都謀之邑宰，有難色，以溪漲辭。余遂絕意于遊。行三十里，止黃碧塘。日已昳，望前村瓦屋鱗列，從隸曰：「此虞氏園也。盍往小憩？」如其言，園主迎入茗飲，未暇深語，仍還旅店。

將弛衣眠，聞門外人聲嘈嘈，則虞氏昆季，曰：「別後見名紙，先生卽袁太史乎？」曰：「然。」乃手燭上下照，啃且駭曰：「我輩幼讀先生文，以爲國初人，年當百數十歲。今神采若斯，是古人復生矣？願須臾留，明日陪遊仙都。」余未及答，而少者捲帳，長者捧席，家僮肩行李，已至其家。折塹張飲。

次日，廚具饌，里具車，導入響岩。石洞隆然，叩之應聲。有小赤壁，有鼎湖，草樹卉歙，高不可上。仙榜岩雉堞橫排，可書數百姓名。暘谷爲溪水所齧，非梯莫登，僅遙矚，于大方石上有宋嘉定磨厓，及王十朋詩，約略可識。未一日，而仙都之遊畢，仍宿虞氏家。

嘻！是遊也，非虞氏主之，則仙都不可遊；非從隸有請，則不詣虞氏；非日尙晏溫，或有雨，則從隸雖請亦不往；非具生紙以名通，則虞氏亦不知我爲何人。我之當遊仙都，仙都之當爲我遊，天也，非人也。然仙岩咫尺可遊，而于意外失之；仙都心已決捨，萬不能遊，而于意外得之。一遊也，無大關係，而世事之舛午如是，其他何可類推哉！亟記之，以志遭逢之奇，以表虞氏好賢之德。主人名沅，字啓蜀，爲唐永興公之後人。

遊黃龍山記

壬寅四月，余遊天台、雁宕畢，遊處州之黃龍山。山皆磥磥大圓石，坻伏鬱�，各相跆藉，類東魯嶧山，與台、宕絕異。人疑造物矜奇乃爾，予曉之曰：此豈造物者之有意爲哉？使有意爲之，必不能成如是形；就成如是形，亦不能有此奇變。惟其氣化推遷，偶然而生，適然而成，正恐造物者有意不爲之，而反有所不能。何也？余幼時嬉戲，好置水盂，鎔錫投之，沸然有聲。俄而立者，蹲者，卧者，疊爲架倚者，亘而宏者，碎且雜者，欹側而斜橢者，若相鬭又相悦者，蓋無弗備焉。其狀則爲獅，爲象，爲龍，爲馬，爲雞蟲雜物，爲華嶽、嵩、岱諸名勝，亦無不備焉。是豈余之有意爲哉？其傾之于水也，余之所知也；其成如是形也，非余之所知也。問之錫，錫不知；問之水，水亦不知。山之道，何獨不然？

當玄黄未判時，元氣茫茫，山水土沙鎔爲一片，石如柔乳，纍和其間。一旦天浮地沉，沙飛水歸，風從而蕩揉之，星横于天，石横于地，詭狀殊形，或開闢即露，或俟後人搜爬始露。歷年愈久，蘊畜愈厚，山形愈奇。今人見山頂有舡，有匣，有屋，有朽櫓，此豈眞有人焉，飛上置之哉！所以然者，職此之由。惜人形體小，年壽促，後天地生，先天地亡，不能坐而待之，瞭然視之耳。然其理不過如是。

或曰：是山説也，非山記也。于黄龍何與？曰：舉一隅可知三隅，幷可知千百萬隅。余因遊黄龍而憬然有悟，故揭所見以書之。且遊台、宕俱有詩，遊黄龍無詩，記之所以代遊黄龍之詩也。

浙西三瀑布記

甚矣，造物之才也！同一自高而下之水，而浙西三瀑三異，卒無複筆。壬寅歲，余遊天台石梁，四面崒者厜㕒，重者甗隒，皆環梁遮迣。梁長二丈，寬三尺許，若鰲脊跨山腰，其下嵌空，水來自華頂。平疊四層，至此會合，如萬馬結隊，穿梁狂奔。凡水被石撓必怒，怒必叫號，以崩落千尺之勢，爲羣礙砢所攩捘，自然拗怒鬱勃，喧聲雷震，人相對不聞言語。余坐石梁，恍若身騎瀑布上。走山脚仰觀，則飛沫濺頂，目光炫亂，坐立俱不能牢，疑此身將與水俱去矣。瀑上寺曰上方廣，下寺曰下方廣。以愛瀑故，遂兩宿焉。

後十日，至雁宕之大龍湫。未到三里外，一疋練從天下，恰無聲響。及前諦視，則二十丈以上是瀑，二十丈以下非瀑也，盡化爲烟，爲霧，爲輕綃，爲玉塵，爲珠屑，爲琉璃絲，爲楊白花。既墜矣，又似上升；既疎矣，又似密織。風來搖之，飄散無着；日光照之，五色映麗。或遠立而濡其首，或逼視而衣無沾。其故由于落處太高，崖腹中窪，絕無憑藉，不得不隨風作幻。又少所抵觸，不能助威揚聲，較石梁絕不相似。大抵石梁武，龍湫文；石梁喧，龍湫靜；石梁急，龍湫緩；石梁衝盪無前，龍湫如往而復。此其所以異也。初觀石梁時，以爲瀑狀不過爾爾，龍湫可以不到。及至此，而後知耳目所未及者，不可以臆測也。

後半月，過青田之石門洞，疑造物雖巧，不能再作狡獪矣。乃其瀑在石洞中，如巨蚌張口，可吞數百人。受瀑處，池寬畝餘，深百丈，疑蛟龍欲起。激盪之聲，如考鏞鼓于甕內。此又石梁、龍湫所無也。昔人有言曰：「讀易者如無詩，讀詩者如無書，讀詩、易、書者如無禮記、春秋。」余觀于浙西之三瀑也信。

遊黄山記

癸卯四月二日，余遊白嶽畢，遂浴黄山之湯泉。泉甘且冽，在懸厓之下。夕宿慈光寺。次早，僧告曰：「從此山逕仄險，雖兜籠不能容。公步行良苦，幸有土人慣負客者，號海馬，可用也。」引五六壯佼者來，俱手數丈布。余自笑羸老乃復作襁褓兒耶！初猶自强，至憊甚，乃縛跨其背。于是且步且負各半。行至雲巢，路絕矣，躡木梯而上，萬峯刺天，慈光寺已落釜底。是夕至文殊院宿焉。

天雨寒甚，端午猶披重裘擁火。雲走入奪舍，頃刻混沌，兩人坐，辨聲而已。散後，步至立雪臺，有古松根生于東，身仆于西，頭向于南，穿入石中，裂出石外。石似活，似中空，故能伏匿其中，而與之相化。又似畏天不敢上長，大十圍，高無二尺也。他松類是者多，不可勝記。晚，雲氣更清，諸峯如兒孫俯伏。黄山有前、後海之名。左右視，兩海竝見。

次日，從臺左折而下，過百步雲梯，路又絕矣。忽見一石如大鰲魚，張其口。不得已走入魚口中，穿腹出背，別是一天。登丹臺，上光明頂，與蓮花、天都二峯爲三鼎足，高相峙。天風撼人，不可立。幸松針鋪地二尺厚，甚軟，可坐。晚至獅林寺宿焉。趁日未落，登始信峯。峯有三，遠望兩峯夾峙，逼視之尚有一峯隱身落後。峯高且險，下臨無底之溪。余立其巔，垂趾二分在外。僧懼挽之。余笑謂墜亦無妨。問：「何也？」曰：「溪無底，則人墜當亦無底，飄飄然知泊何所？縱有底，亦須許久方到，儘可須臾求活。惜未挈長繩縋精鐵量之，果若干尺耳。」僧大笑。

次日登大小清涼臺。臺下峯如筆，如矢，如筍，如竹林，如刀戟，如船上桅，又如天帝戲將武庫兵仗布散地上。食頃，有白練繞樹。僧喜告曰：「此雲鋪海也。」初濛濛然，鎔銀散綿，良久渾成一片。青山群露角尖，類大盤凝脂中有筍脯矗現狀。俄而離散，則萬峯簇簇，仍還原形。余坐松頂，苦日炙，忽有片雲起爲蔭遮，方知雲有高下，迥非一族。薄暮往西海門觀落日。草高于人，路又絕矣。喚數十夫芟夷之而後行。東峯屏列，西峯插地怒起，中間鵠突數十峯，類天台瓊臺。紅日將墜，一峯以首承之，似吞似捧。余不能冠，被風掀落；不能襪，被水沃透；不敢杖，動陷軟沙；不敢仰，慮石崩壓。左顧右睨，前探後矚，恨不能化千億身，逐峯皆到。當海馬負時，捷若猱猿，衝突急走，千萬山亦學人奔，狀如潮湧。俯視深阬、怪峯，在脚底相待。倘一失足，不堪置想。然事已至此，惴慄無益。若禁緩之，自覺無勇。不得已，托孤寄命，憑渠所往，覺此身便已羽化。淮南子有膽爲雲之說，信然。

初九日，從天柱峯後轉下，過白沙矼，至雲谷。家人以肩輿相迎。計步行五十餘里，入山凡七日。

遊廬山黄厓遇雨記

甲辰春，將遊廬山。星子令丁君告余曰：「廬山之勝，黄厓爲最。」余乃先觀瀑于開先寺，畢，即往黄厓。厓仄而高。篌輿升，奇峯重累如旗鼓戈甲，從天上擲下，勢將壓己，不敢仰視；貪其奇，不肯不仰視。屏氣登巔，有舍利臺正對香爐峯。又見瀑布，如良友再逢，雖百見不厭也。旋下行至三峽橋，兩山夾溪，水從東來，巨石阻之，小石尼之，怒號噴薄。橋下有宋祥符年碣，諦視良久。至棲賢寺宿焉。

次日聞雷，已而晴，乃往五老峯。路漸陡。行五里許，回望彭蠡湖，帆竿排立，已所坐舟，隱隱可見。正徘徊間，大雨暴至，雲氣坌湧，人對面不相識。輿夫認雲作地，踏空欲墮者屢矣。引路里保，避雨遠竄，人聲呼，杳無應者。天漸昏黑，雨愈猛，不審今夜投宿何所。

輿夫觸石而顚，余亦仆，幸無所傷。行李愈沾濕愈重，擔夫呼謈，家僮互相怨尤，有泣者。余素豪，至是不能無悸。躑躅良久，猶臨絕壑。忽樹外遠遠持火者來，如陷黑海見神燈，急前奔赴，則萬松菴老僧曳杖迎，唶曰：「相待已久，惜公等誤行十餘里矣。」燒薪燎衣，見屋上插柳，方知是日清明也。

次日雪，冰條封山，觸屨作碎玉聲。望五老峯不得上。轉身東下，行十餘里，見三大峯壁立溪上，其下水潺潺然。余下車投以石，久之寂然，想深極，故盡數十刻尚未至底耶？旁積石礎碎瓦礫無萬數，疑即古大林寺之舊基。輿夫曰：「不然，此石門澗耳。」余笑謂霞裳曰：「考據之學，不可與輿夫爭長。姑存其說何害？」乃至天池，觀鐵瓦，就黃龍寺宿焉。僧告余曰：「從萬松菴到此，已陡下二千丈矣。」問遇雨最險處何名，曰犁頭尖也。

余五年遊山皆樂，惟此行也苦，特志之。

遊丹霞記

甲辰春暮，余至東粵，聞仁化有丹霞之勝，遂泊五馬峯下，別買小舟，沿江往探。山皆突起平地，有橫皴，無直理，一層至千萬層，箍圍不斷。疑嶺南近海多螺蚌，故峰形亦作螺紋耶？尤奇者，左窗相見，別矣，右窗又來；前艙相見，別矣，後艙又來。山追客耶，客戀山耶？舛午惝怳，不可思議。

行一日夜，至丹霞。但見絕壁無蹊徑，惟山脊裂一縫如斜鋸開。人側身入，良久得路。攀鐵索升，別一天地。借松根作坡級，天然高下，絕不滑履。無級處則鑿厓石而爲之，細數得三百級。到闌天門最隘，僅容一客。上橫鐵板爲啓閉，一夫持矛，鳥飛不上。山上殿宇甚固甚宏闊。鑿厓作溝，引水僧廚，甚巧。有僧塔在懸厓下，厓張高幂呑覆之。其前羣嶺環拱，如萬國侯伯執玉帛來朝。間有豪牛醜犀，犂軒幻人，踼張蠻舞者。余宿靜觀樓，山千仞，銜窗而立，壓人魂魄，夢亦覺重。山腹陷進數丈，珠泉滴空，枕席間琮琤不斷。池多文魚泳游。余置筆硯坐片時，不知有世，不知有家，亦不知此是何所。

次日，循原路下，如理舊書，愈覺味得。立高處望自家來蹤，從江口到此，蛇蟠蚓屈，縱橫無窮，約百里而遙。倘用鄭康成虛空鳥道之說，拉直綫行，則五馬峰至丹霞片刻可到。始知造物者故意頓挫作態，文章非曲不爲功也。第俯視太陡，不能無悸，乃坐石磴而移足焉。

僧問丹霞較羅浮何如？余曰：羅浮散漫，得一佳處不償勞，丹霞以遒警勝矣。又問：無古碑何也？曰：雁宕開自南宋，故無唐人題名；黃山開自前明，故無宋人題名；丹霞爲國初所開，故并明碑無有。大抵禹迹至今四千餘年，名山大川，尙有屯蒙未闢者，如黃河之源，元始探得，此其證也。然卽此以觀，山尙如此，愈知聖人經義更無津涯。若因前賢偶施疏解，而遽欲矜矜然闌禁後人，不許再參一說者，陋矣，妄矣，殆不然矣！

峽江寺飛泉亭記

余年來觀瀑屢矣。至峽江寺而意難決捨，則飛泉一亭爲之也。凡人之情，其目悅，其體不適，勢不能久留。天台之瀑，離寺百步，雁宕瀑旁無寺。他若匡廬，若羅浮，若青田之石門，瀑未嘗不奇，而遊者皆暴日中，踞危厓，不得從容以觀；如傾蓋交，雖懽易別。

惟粵東峽山高不過里許，而磴級紆曲，古松張覆，驕陽不炙。過石橋，有三奇樹鼎足立，忽至半空，凝結爲一。凡樹皆根合而枝分，此獨根分而枝合，奇已。登山大半，飛瀑雷震，從空而下，瀑旁有室，卽飛泉亭也。縱橫丈餘，八窗明淨，閉窗瀑聞，開窗瀑至。人可坐可臥，可箕踞，可偃仰，可放筆硏，可瀹茗置飮，以人之逸，待水之勞，取九天銀河，置几席間作玩。當時建此亭者，其仙乎！

僧澄波善弈，余命霞裳與之對枰。于是水聲棋聲，松聲鳥聲，參錯竝奏。頃之又有曳杖聲從雲中來者，則老僧懷遠抱詩集尺許來索余序。于是吟咏之聲，又復大作。天籟人籟，合同而化。不圖觀瀑之娛，一至于斯！亭之功大矣！

坐久，日落，不得已下山，宿帶玉堂。正對南山，雲樹蓊鬱，中隔長江，風帆往來，妙無一人肯泊岸來此寺者。僧告余曰：「峽江寺俗名飛來寺。」余笑曰：「寺何能飛！惟他日余之魂夢，或飛來耳！」僧曰：「無徵不信。公愛之，何不記之？」余曰：「諾。」已遂述數行，一以自存，一以與僧。

遊桂林諸山記

凡山離城輒遠，惟桂林諸山，離城獨近。余寓太守署中，晡食後，卽于于焉而遊。先登獨秀峰，歷三百六級，詣其巔。一城烟火如繪。北下至風洞，望七星巖如七穹龜，團伏地上。

次日，過普陀，到棲霞寺。山萬仭壁立，旁有洞，道人秉火導入。初尙明，已而沉黑窅渺。以石爲天，以沙爲地，以深壑爲池，以懸崖爲幔，以石脚插地爲柱，以横石牽挂爲棟梁。未入時，土人先以八十餘色目列單見示，如獅、駝、龍、象、魚網、僧磬之屬，雖附會，亦頗有因。至東方亮，則洞盡可出矣。計行二里許，俾晝作夜。倘持火者不繼，或堵洞口，則遊者如三良殉穆公之葬，永陷坎窞中，非再開闢，不見白日。吁其危哉！所云亮處者，望東首正白，開門趨往，捫之，竟是絕壁。方知日光從西罅穿入，反映壁上作亮，非門也。世有自謂明于理，行乎義，而終身面牆者，率類是矣。

次日，往南薰亭，隄柳陰翳，山淡遠縈繞，改險爲平，別爲一格。

又次日，遊木龍洞。洞甚狹，無火不能入。垂石乳如蓮房半爛，又似鬱肉漏脯，離離可摘。疑人有心腹腎腸，山亦如之。再至劉仙巖，登閣望鬭雞山，兩翅展奮，但欠啼耳。腰有洞，空透如一輪明月。

大抵桂林之山，多穴，多竅，多聳拔，多劍穿蟲齧。前無來龍，後無去蹤，突然而起，戛然而止。西南無朋，東北喪偶。較他處山尤奇。余從東粤來過陽朔，所見山業已應接不暇。單者，複者，豐者，殺者，揖讓者，角鬭者，綿延者，斬絶者，雖奇鶬九首，貛疏一角，不足喻其多且怪也。得毋西粤所產人物，亦皆孤峭自喜，獨成一家者乎？

記歲丙辰，余在金中丞署中，偶一出遊，其時年少不省山水之樂。今隔五十年而重來，一丘一壑，動生感慨，矧諸山之可喜可愕哉？慮其忘，故咏以詩；慮未詳，故又足以記。

遊端州寶月臺記

亭館之宜，避寒易，避暑難。大概氣疏以達，少日而多風，爲避暑之最也。端州北門外有寶月臺，夷庭高基。梁長九丈餘，六古榕樹東西遮蔭，北望曠如，荷萬頃搖風送香。遠望七星巖，如竹林客差肩而坐。余雖好遊，得此于他處甚寡。且喜離府署近，常攜筆硯，避暑其間。高要令楊蘭坡知余之好之也，時時招客治具，爲老人歡。

六月朔，自臺醉歸，天大風。次日水暴至，城不沒者三版，臺爲巨浸矣。噫！家弟守端州三年，未嘗一詣臺所，自余遊焉，而臺名大噪，四方之屐畢至。又未半月，河伯亦慕而奪焉。名之不可久居也如是夫！

然臺不余約，而余來；余不楊約，而楊公來；余與楊公俱不水約，而水又來。名勝之隱晦，人事之變遷，居處之久暫，人耶？天耶？若可知，若不可知。雖水退後，臺將自出，而余則齒衰路遙，不可以久留矣。明年避暑時，余之不能忘情于臺與楊公，猶臺與楊公之不能忘情于余也。爲文以記之，使明府高義、此邦陳迹，常留存于人間，而不隨水爲滅沒云。

遊武夷山記

凡人陸行則勞，水行則逸。然山遊者，往往多陸而少水。惟武夷兩山夾溪，一小舟橫曳而上，溪河湍激，助作聲響。客或坐或臥，或偃仰，惟意所適，而奇景盡獲。洵遊山者之最也。

余宿武夷宮，下曼亭峯，登舟，語引路者曰：「此山有九曲名，倘過一曲，汝必告。」于是一曲而至玉女峯，三峯比肩，睪如也。二曲而至鐵城障，長屏遮迣，翰音難登。三曲而至虹橋岩，穴中庋柱栱百千，橫斜參差，不腐朽亦不傾落。四、五曲而至文公書院。六曲而至晒布厓，厓狀斬絕，如用倚天劍截石爲城，壁立戌削，勢逸不可止。竊笑人逞勢，天必夭閼之，惟山則縱其橫行直刺，凌逼莽蒼，而天不怒，何耶？七曲而至天游，山愈高，徑愈仄，竹樹愈密。一樓憑空起，衆山在下。如張周官王會圖，八荒蹲伏；又如禹鑄九鼎，罔象、夔、魑，軒豁呈形。是夕月大明，三更風起，萬怪騰踔，如欲上樓。揭煉師能詩，與談，燭跋，旋卽就眠。一夜魂營營然，猶與烟雲往來。次早至小桃源、伏虎岩，是武夷之八曲也。聞九曲無甚奇勝，遂卽自厓而返。

嘻！余學古文者也。以文論山，武夷無直筆，故曲；無平筆，故峭；無複筆，故新；無散筆，故遒緊。不必引靈仙荒渺之事，爲山稱說，而卽其超雋之槩，自在兩戒外別豎一幟。余自念老且衰，勢不能他有所往，得到此山，請嘆觀止。而目論者，猶道余康強，勸作崆峒、峨眉想，則不知王公貴人，不過纍拳石，濬盈畝池，尚不得朝夕玩遊；而余以一匹夫，髮種種矣，遊徧東南山川，尚何不足于懷哉？援筆記之，自幸其遊，亦以自止其遊也。

祭孔南溪方伯文

嗚呼！同年者，四海九州之人耳，何君與余之獨親？既乍見以欣然，情彌久而彌眞。苟逾時之契闊，必執訊之殷勤。上堂輒攬其衣裾，入座必鍥其車輪，傔從不知其故，賓朋莫探其因。謂兩人之名位相同耶，乃一則顯而一則藏也；謂兩人之情性相合耶，又一則狷而一則狂也。然則胡爲固結而不可解耶？亦各指心而口不能詳也。

憶君之初來，爲江城之司馬；偶承顏以接詞，便慄然而意下。降夫人之魚軒，迎諸郎之偏駕。龐公妻子，不知主賓；祖約深談，屢忘晨夜。已而揚州領郡，蘇州專城，再遷轉運，再司祥刑。以周昌之強直，兼伯夷之孤清。上游無諈諉之事，僚屬斷聽請之情。惟余飛一詞以相抵，則儼然桐魚之扣而石鼓爲之應聲。其性夷茹，其心淡泊。笑比河清，政如霜肅。不寵人以片言，不受人之半菽。惟余之淸詞曼句，則時時雒誦而當作笙籥；雖余之廢札頹箋，亦必急急潢治而寶如珠玉。偶來秣陵，衙參大府。王事敦迫，未詣我所。亡何書來，陳謝千語。謂子見責，胸中有吾。若竟恝然，視吾如無。請將歉懷，爰告僕夫。庶幾見諒，待吾如初。嗚呼！一鄙人何足爲君輕重，而竟若是之瞿瞿乎？

客歲之秋，天子命公，屏藩江左。老幼呼曰：正人來矣，民其帖妥！余亦喜曰：彼君子兮，此來爲我。誰知未稔，遽爾懸車。君恩愈深，臣力愈差。神雖存而形敝，耋未至而凶嗟。值我病痁，未能走送。君來訣別，登床號慟。雖四奴之扶顚，猶雙趺之怯重。果白首之恩知，付黄壚之一夢。嗚呼傷哉！人生局促，逝者如斯。溘然化盡，賢聖何辭！情依依而宛在，魂迋迋以何之！我差君兮三歲，知後死兮幾時。折疏麻兮遙奠，特覼縷以陳詞。不然我兩人之風義，將千秋其誰知？哀哉，尚享！

祭李竹溪文

嗚呼竹溪，竟先我死！我失良朋，世喪君子。既搏我膺，更僂我指。海內之交，如君有幾？昔舉京兆，榜下散矣。雖同師門，一揖而已。後二十年，君宰上元。蒙來相訪，澀于語言。如玉在璞，其光勿宣。心猶遲疑，未審君賢。及觀君政，漸見本原。勞不言貧。無須笞吏，吏不爲姦；不夸愛民，民情歡便。交君既久，敬君彌篤。毅而能擾，剛而勿戳。先施忘報，有諾不宿。辭隆就窳，風神落莫。余雖山居，惟君是適。誤君官衙，是我書室。茶呼兒烹，酒喚嫂設。君但倓然，笑言吃吃。君畢王事，亦詣我家。壽或拜母，閒或玩花。詩謀一字，書借五車。嫛婗稚女，呼君爲爺。奴婢驚詢，官耶客耶？君丁外艱，貧不能去。余典裘裳，悉力相助。旁觀嘖嘖，此叟非豪。如何楊朱，肯拔一毛！我但匿笑，難語爾曹。推遷評事，得拜殿上。帝知老吏，命陳忠讜。君奏民隱，如指諸掌。未盡臣言，已聞天奬。遂擢不次，惠州黃堂。嶺南一過，金銀爲牆。豈知君心，淡如雪霜。萬車圜轉，一輪獨方。如何能行，宜斷厥軼。微罪歸來，廉泉滿口。對余大笑，未辱君友。余亦稱賀，還我故人。且住隨園，痛飲十旬。

臨行訣別，流涕覆面。各指頭顱，無幾相見。果然信至，玄晏病風。細玩手書，點畫猶工。雖枯半體，不廢兩肱。可憐膠漆，難通鱗鴻。白門、河間，雲山萬重。君接我書，如獲珍怪。潢治收藏，雒誦必再。我接君書，喜極而拜。所拜者天，留君尙在。

今年四月，郎君寄訃。述君遺言，命余志墓。嗚呼竹溪，竟返眞矣！而我傫然，尙爲人矣。追思疇昔，隔兩塵矣。如日之夕，難再晨矣。且喜頹侵，逾七旬矣。與世漸疏，與君親矣。有芻一束，有文一道。遠寄郎君，必祭必告！哀哉，尙享！

小倉山房續文集卷三十

與程蕺園書

從熊公子處接手書，云有索僕古文者，命爲馳寄。僕于此事，因孤生嬾，覺古人不作，知音甚稀。其弊一誤于南宋之理學，再誤于前明之時文，再誤于本朝之考據。三者之中，吾以考據爲長。然以之溷古文，則大不可。何也？古文之道，形而上，純以神行，雖多讀書，不得妄有摭拾。韓、柳所言功苦，盡之矣。考據之學，形而下，專引載籍，非博不詳，非雜不備，辭達而已，無所爲文，更無所爲古也。嘗謂古文家似水，非翻空不能見長。果其有本矣，則源泉混混，放爲波瀾，自與江海爭奇。考據家似火，非附麗于物，不能有所表見。極其所至，燎于原矣，焚大槐矣，卒其所自得者皆灰燼也。以考據爲古文，猶之以火爲水，兩物之不相中也久矣。記曰：「作者之謂聖，述者之謂明。」六經、三傳，古文之祖也，皆作者也。鄭箋、孔疏，考據之祖也，皆述者也。苟無經傳，則鄭、孔亦何所考據耶？論語曰：「古之學者爲己，今之學者爲人。」著作家自抒所得，近乎爲己；考據家代人辨析，近乎爲人。此其先後優劣不待辨而明也。

近見海內所推博雅大儒，作爲文章，非序事噂沓，卽用筆平衍，于剪裁、提挈、烹煉、頓挫諸法，大都懵然。是何故哉？蓋其平素神氣沾滯于叢雜瑣碎中，翻擷多而思功少，譬如人足不良，終日循牆扶杖以行，一旦失所依傍，便仮仮然臥地而蛇趨，亦勢之不得不然者也。且胸多卷軸者，往往腹實而心不虛；藐視詞章以爲不過爾爾，無能深探而細味之。劉貢父笑歐九不讀書，其文具在，遠遜廬陵，亦古今之通病也。

前年讀足下汪宜人傳，紆徐層折，在望溪集中，爲最佳文字。此種境界，似易實難，僕深喜足下晚年有進于此。僕之文非足下之獻而誰獻焉？尙有近作數篇，意欲增入，須明春乃來。衰年心事，類替人持錢之客，臘殘歲暮，汲汲顧景，終日䇓榷簿册爲交代後人計甚殷。豈不知假我數年，未必不再有進境！然難必主人之留客與否也。一笑。

答蕺園論詩書

來諭諄諄教删集內緣情之作，云「以君之才之學，何必以白傅、樊川自累」。大哉足下之言，僕何敢當！夫白傅、樊川，唐之才學人也，僕景行之，尙恐不及，而足下乃以爲規，何其高視僕卑視古人耶！足下之意，以爲我輩成名必如濂、洛、關、閩而後可耳。然鄙意以爲得千百僞濂、洛、關、閩，不如得一二眞白傅、樊川。以千金之珠，易魚之一目，而魚不樂者，何也？目雖賤而眞，珠雖貴而僞故也。

人之才性，各有所近。假如聖門四科，必使盡歸德行，雖宣尼有所不能。君子修身，先立其大，則其小者毋庸矯飾。韓昌黎上宰相書，杜少陵獻哥舒翰詩，後人頗相疵瑕，而二賢集中卒不刪去。想見古人心地光明，日月之食，人皆見之。惟沈休文胸多隱慝，故有綺語之悔。竹垞存風懷一首，慮爲配享累，此亦一時戲言，何足爲典要？試思竹垞當時竟刪此篇，今日孔廟中果能爲渠置一席否？儒者誠其意，虛其心，終日慊慊，望道未見，豈有貪後世尊崇，先掩其不善而著其善之理？

僕平生見解有不同于流俗者，聖人若在，僕身雖賤，必求登其門。聖人已往，僕鬼雖餒，不願廁其廟。何也？聖門諸人，聖人所教，必非庸流；配享諸人，後代所尊，頗多僥倖。豪傑之士，不屑與僥倖者同升。使僕集中無緣情之作，尙思借編一二以自污，幸而半生小過，情在于斯，何忍過時抹摋。吾誰欺？自欺乎？

且夫詩者由情生者也。有必不可解之情，而後有必不可朽之詩。情所最先，莫如男女。古之人，屈平以美人比君，蘇、李以夫妻喻友，由來尙矣。卽以人品論，徐摛善工按：「工」疑當作「宮」。體，能挫侯景之威。上官儀詞多浮豔，盡忠唐室。致光香奩，楊、劉崑體，趙淸獻、文路公亦倣爲之，皆正人也。若夫迂叟經文，貌爲理語者，雖未嘗不竊名儒林，然非頑不知道，卽縱不任事，贓私諂諛，史難屈指。白傅、樊川恥之，僕亦恥之。人能改過自佳，然必深知其非，有所不安于心，而後從諫如流，非可隨聲附和。緣情之作，縱有非是，亦不過三百篇中「有女同車」「伊其相謔」之類，僕心已安矣，聖人復生，必不取其已安之心而掉罄之也。宋儒責白傅杭州詩憶妓者多，憶民者少。然則文王「寤寐求之」，至于「轉展反側」，何以不憶王季、太王而憶淑女耶？孔子阨于陳、蔡，何以不思魯君而思及門弟子耶？沈朗又云：「關雎言后妃，不可爲三百篇之首。」故別撰堯、舜詩二章。然則易始乾、坤，亦陰陽夫婦之義，朗又將去乾、坤而變置何卦耶？此種謬言，令人欲嘔。

善乎鄭夾漈曰：「千古文章，傳眞不傳僞。」古人之文醇駁互殊，皆有獨詣處，不可磨滅。自義理之學明，而學者率多雷同附和，人之所是是之，人之所非非之，問其所以是所以非之故，而茫然莫解。歸熙甫亦云：「今科擧所擧千二百人，讀其文，莫不崇王黜伯，貶蕭、曹而薄姚、宋。信如所言，是國家三年之中，例得臯、夔、周、孔千二百人也。寧有是哉？」足下來教，是千二百人所共是；僕緣情之作，是千二百人所共非。天下固有小是不必是，小非不必非者；亦有君子之非，賢于小人之是者。先有寸心，後有千古。再四思之，故不如勿删也。

答平瑶海書

四月一日接手書，洋洋千言，所以矜寵枚文者，至于再，至于三，若發于中心之誠，而不能自已。枚自問何以得此于先生，始而疑，繼而懼，終乃狂喜而感至于天。故何也？昔人稱龐士元獎引人才，每過其分。蓋是善善從長，而非其人之果足以副之也。疑先生以此意見待，故懼且疑。繼而思之，先賢呂新吾云：「凡評人詩文，徵吾心不欺之學。」先生豈肯欺我兼自欺哉？以故喜欲狂也。

然而知音之難，自古記之。子雲太玄，世取覆醬，祇桓譚篤好，比諸周易。溫公通鑑，人人庋束高閣，惟王勝之肯讀一過。今知詩者多，知文者少，知散行文者尤少。枚空山無俚，爲此于舉世不爲之時，自甘灰沒。獨先生假借數言，俾其自信，豈非天之哀枚衰朽故生有絕大知識人爲闡揚以光明之耶？古人得一知己，死且不恨，蓋言知己最難，苟得一焉，則死者之魂魄雖長逝千載猶無憾也。枚竟未死而得之于並生此世之先生，感先生能不感生先生之天乎？假使先生遲生百年，枚早生百年，則雖知我愛我，亦彼此付諸冥漠而已矣。枚之得交于先生，天也。

枚讀書六十年，知人論世，嘗謂韓、柳、歐、蘇，其初心俱非托空文以自見者，惟其有所餘於文之外，故能有所立于文之中。雖王半山措施不當，致禍宋室，而其生平稷、契自命，欲有所建立之意，何嘗不矜矜自持？故所爲文勁折遒峭，能獨往來于天地間。札中道枚幹濟之才，十不施一。枚何敢當？然以論文，故是探本之言。毛詩云：「惟其有之，是以似之。」得毋先生之懷抱言至此而亦不自覺其流露耶？枚再拜。

答沈省堂觀察書

前書述所志無所慕而爲善，無所畏而不爲惡。斯言也，平平無奇。而足下來書疑僕自許過當，云：「二語是生知安行地位，非聖人不能。」嘻，過矣！

夫飲食者，見物曆敗而殼之，以其不悦于口，而非以其能傷人也。見物甘旨而嗜之，以其悦于口而非以其能養人也。雖養人傷人之機，未必不伏于一嗜一不嗜間，而爾時必不暇及者，尋常飲食之人皆能之，不必易牙也。聖人非人中之易牙乎？而何必以此尋常語相震驚乎？

書中云：僕晚年得子，宜勿姑息，訓之以義方。斯言是也。又云：宜種福田，以圖後慶，則又誤矣。春秋之法，誅心不誅事。惡出無心，其惡可閔；善出有心，其善可鄙。子曰「視其所以」足矣。必曰「觀其所由」，若爲善而先有子孫之見，則所由寧足觀乎！又曰：「某之禱久矣。」此豈預知其將疾病而先爲之禱乎？夫善可爲，惡不可爲，理也。福與禍，數也。好善者，雖禍不懼，然後謂之眞善。惡惡者，雖福不喜，然後謂之眞惡惡。若有心較論于報復之間，挾其私意與天爲市，則偶然氣數之不齊，報施之略爽，其平素操持岌岌乎殆矣。禹稱「惠迪吉，從逆凶」，論治天下之大權也。易稱積善必有餘慶，積不善必有餘殃，言履霜堅冰之象也。皆非世俗所刊陰隲文、感應篇瑣瑣齪促家人言也。史册名臣傳中，亦往往稱吾家積德，後世必有興者。此皆子孫顯貴後歸功先人，追頌之詞，斷非當其行善時，先爲此說。猶之魯頌稱太王剪商，亦後人追頌之詞，非太王當日果有剪商之志也。

且理數之不齊，更有難言者。周家積德累仁，自后稷、公劉千餘年，至于文、武、成、康至矣。乃一再傳而昭王溺于楚；孔子至聖，「先天而天不違」，乃衰年目睹伯魚早卒，此皆後世大不祥之事，而當時偏逢其厄。使非古聖人爲之祖，爲之父，安知不有俗流見解，疑其先人必有隱慝故受此孽報耶？嘗謂以行善勸人，猶以讀書勸子弟也。以因果勸人，猶之誘以果餌，威之夏楚也。在子弟幼時，原應作如此教法。若年到十四五，當心知書味，俛焉日有孳孳矣，若猶須如此督誘，便是不肖行逕。今以福善禍淫之說誘人，是以不肖子弟待人也。足下與僕相交四十年，而相待之薄乃如是哉！

昨春過無錫，楊宏度來舟中，亦如君所云云。僕應之曰：「君因我有子，故勸我急行譖；然則我無子，君將勸我急行惡乎？」楊亦張目而不能答也。

與楊峙塘書

昔退之作爭臣論，諷陽亢宗諫；僕欲作一論，諷足下不諫。諫，御史職也；足下爲御史，而教之棄職，過矣。然天下事有不爲而賢于其爲之者，醫是也，諫是也。孝子之事父也，不修瀡以甘之，而湯藥以苦之，豈得已哉？然父之飲之也，非所甘而強焉，雖當時惡其螫口，覆盂逐醫，而過後諒其子之用心，或疾益甚，則未有不翻然悔者。悔則復肯受藥。若當其上口時，雖不甚苦，而實乃無疾而攻，又或朝丸夕劑，促數煩志，而於肯臂處離隔太遠。彼爲父者，必恍然于其子之務名，而非以爲愛；醫之射利，而非以爲功。則愈信己身之無病，愈疑天下之無藥。而一旦有眞疾，有良藥，亦復不受矣。

諫之爲道，亦猶是也。三代後宋仁宗最賢，最納諫。其時諫者殆無虛日。及考其章疏，率皆沽名徼訐，無關政體。其所謂直臣如王陶、唐介、余靖、孫甫輩，僕甚鄙之。今上首開言路，風聞者不罪，稱旨者遷官。近年來諫章雲集，最上者取宋儒陳言，迂遠牽引，令人聞古樂而思臥；其次小有條議，改刑部一律，工部一例，從亦可，駁亦可；其下爭風氣之先，伺上意而迎之，其冒誤者亦復後悔。此輩喋喋，雖中主亦所厭聞，況聰明睿智，遠過堯、舜者乎？僕恐數年後諫道將廢，諫路將絶，則今日之御史爲之也。

且夫御史之職，較宰相卑；而御史之道，與宰相同。何也？宰相無專司，燮理論道而已；御史亦無專司，補過拾遺而已。非如九卿百官，有政事之程督也。有可諫則諫，無可諫則已。敢諫則諫，不敢諫則已。行其道以盡職，養其身以有待，與留其路以讓人，三者皆可以無愧於天下。陽城七年不諫，雖不裂麻，卒爲君子。杜欽、谷永攻上身及後宫，雖終日諫，卒爲小人。此其故可思也。足下近劾大僚逐之，海内懾其威。僕以爲受逐者未就傾矣，伐之不武。恐足下巧有餘而道猶未足，故以不諫規足下。

書呂夷簡傳後

治天下國家無難，惟當其可之爲難。古之人事苟當，伊尹廢太甲，文王廢伯邑考，無所爲非；事苟不當，高祖不廢呂后，晉武不廢惠帝，卒亂天下。易曰：「貫魚以宫人寵，無不利。」言宫人進幸于君，后不得專也。又曰：「恆其德，婦人貞，吉。夫子凶。」言陽剛統陰，不貴貞恆也。光武廢郭后，其時漢儒質朴，無爭之以爲名者。仁宗廢郭后，宋人章疏交攻，在孔、范諸賢，豈不有鑒于唐武氏之禍，而隱然以韓、褚自居哉？不知仁宗無晉王之昏，郭后非王后之比，楊、尚二美人無武氏之惡，呂夷簡亦非許敬宗、李義府之流。擬人不倫，固不可也。

當是時，章獻崩，帝始知宸妃爲生母，宫寢紛紛，異論蜂起，帝心大不安。至于開棺驗視，蓋其心已有戒乎母后之專而惴惴乎宸妃之不得其死矣。郭氏者，章獻黨也，恃勢專悍，本無窈窕之儀，而又忿爭手搏，形同委巷。帝時無子，帝之心，其能無履霜之戒乎！賢如光武，豈爲陰貴人廢后哉？亦鑒前代人彘之禍，幾乎以吕易劉，故先黜吕后配享，隨廢郭后。英主所見，大抵相同。其爲社稷計至深且切。

彼孔、范者，迂儒也，「可與立，未可與權」。而吕夷簡者，亦陋儒也。諸臣嘵嘵，便宜曉以此義，乃引光武故事支吾，及諸臣以堯、舜折之，遽不能對。不知堯、舜不廢后，曾廢太子矣。事以義起，本無典故之足云。而孔門三黜其妻，孟子以順爲正，諸賢又何以不聞也？范公之言曰：「后之罪未聞當廢。」公言誤矣。禮曰：出妻放子，怒而不表，禮焉。故蒸梨不飾，皆古人忠厚之意。范公身爲臣子，知母后有罪，止宜含畜覆護，不忍探聞。乃苦逼帝以廢后之故布告天下，于是以頸痕示執政，如嬰兒格鬬，乞憐于長者之前，國體何在！且姑前不叱狗，齒路馬有誅，原以豫遠不敬也。當宫内忿爭時，至尊在前，后自搖手不得。乃當帝而手批其所愛，又拒救觸帝至傷，漢法所謂大不敬也。漢任后與李太后爭鬥，誤格太后措指，卒梟首。律文，傷尊長無誤不誤之分，誠以名分爲重故也。公又言曰：「子不宜聽父出母。」又誤矣。伯魚之母被出，期而猶哭可矣。執其袪而留之，可乎？匡章之母被出，章屏妻出子，可矣。助母以益父怒，可乎？

古之善處此者，郅君章一人而已。其告光武曰：「夫婦之際，父不能得之于子，況臣能得之于君乎？願千秋後毋使人議陛下而已。」委宛微言，仁之至，義之盡，光武感焉，故待陰、郭禮必均，而后亦以壽終。自孔、范忿爭之後，內外相激，宦豎震恐，至于挾毒眕后，而后卒暴崩。嗚呼，后亦不幸而遇孔、范諸賢也歟！

書大學補傳後

朱子以讀書窮理訓格物致知，此是千古定論。惜其補傳一篇，別生枝節，致召天下之疑，不可不辨。

大學雖出戴記，而文古理醇，不似中庸敷衍，且其意義周匝，絕無隙漏。序治平齊修誠正之先後畢矣。慮其無所致功，蹈思而不學之弊，故以致知格物次之。天下之物又多矣，慮其探賾索隱，蹈博而寡要之弊，故又以物有本末知所先後曉之，而且以聽訟一章證之。其始終條貫，燦若列星，傳固未嘗缺也。

今抹却本文而補之曰：「在卽物而窮其理。」天下物無盡時，知無致時。又曰：「一旦豁然貫通。」所謂一旦者，杳無年月，蓋誤解夫子一以貫之之語，而增出一旦二字，遂墮入佛氏參禪頓悟之邪徑而不自知。陸、王因之創爲良知之說，大相抵捂。不知孟子所謂良知者，即言人性善之緒餘耳。擴充四端，正有無窮學力，非教人終身誦之，肫然若新生之犢也。且孔子大聖人，其良知豈不千百倍于陸、王諸公？然而學射矣，學御矣，問官于郯子，問禮于老聃矣。至齊而始聞韶，反衞而始正樂矣。兼多識于鳥獸草木、商羊萍實之文。使在陸、王觀之，早宜收視返聽，寂坐杏壇，而萬物皆備，何必玩物喪志若是之僕僕不憚煩哉？

大抵古之聖賢，未有不以讀書窮理爲功者。書稱「學古入官」。易稱「君子多識前言往行以畜其德」。子貢曰：「賢者識其大，不賢者識其小。」孟子曰：「博學而詳說之，將以返說約也。」皆是格物致知之本旨。而子路曰：「何必讀書然後爲學！」則尤見聖門教人直以讀書爲學矣。聖經一章，內聖外王兼備，獨缺讀書明理一條，豈正心誠意齊家治國之君子，皆目不識丁者乎？依朱子之言，則未到一旦豁然貫通時，意可以不必誠，心可以不必正，身可以不必修乎？其亦遠于理矣。善乎先師史氏之言曰：「論語博學于文，格物也；約之以禮，致知也。女以予爲多學而識之者歟？物格也；予一以貫之，知致也。」朱子不引聖人之言而反竊取程子之說，何也？

書陸游傳後

宋史稱陸游爲侂胄記南園，見譏淸議。余嘗寃之。夫侂胄，魏公孫。智小而謀大，不過易所稱折足之鼎耳，非宦寺流也。南園成，延游爲記，出所寵四夫人侑酒。游感其意，爲文加規，勸其禔躬活民，毋忘先人之德。在侂胄親仁，在游勸善，俱無所爲非。宋儒以惡侂胄故，波及于游。然則據宋儒之意，必使侂胄剗除善念，不許親近一正人；而爲正人者，又必視若洪水猛獸，望望然去之。嗚呼！此宋以後淸流之禍，所以延至明季而愈烈也！

孟子曰：「逃墨必歸于儒。歸斯受之而已矣。」孔子曰：「人潔己以進，與其進也，不與其退也。」侂胄有好名慕善之心，游因而導之以正，宜也。漢廉范，名臣也，而依竇憲；陳寔，高士也，而弔張讓。一以成功名，一以救善類。其效皆彰彰可睹。且孔子所謂與上大夫言誾誾如者，夫獨非逐君之季孫、黨惡之叔孫哉？然而仲弓、冉有、子路俱爲之宰，聖人不禁，且曰：「自季孫之賜我粟千鍾也，而交益親。」聖人非不畏淸議也，以爲潔一己之名小，仁萬物之功大。以故佛肸、公山弗狃雖不善，皆不厭其召。不特此也，子路贖人受謝，夫子是之；子貢贖人不受謝，夫子非之。夫受謝貪也，不受謝廉也，聖人之心，又豈獎貪而斥廉哉？以爲受謝，可以誘人爲善；不受謝，可以阻人爲善。一阻一誘間，關係甚巨，己之貪廉抑末也。夫貪尙且不避，而况區區文墨之事乎？

使游果有附權貴希冀倖進之心，則當曾覿、龍大淵柄國時，略與霑接，早已致身通顯矣，而乃大與之忤，逐歸不悔！豈有垂暮之年，反喪其守之理？卒之，侂胄自咎前失，大弛僞學之禁；又安知非游與往來，陰爲疏解乎？彼矜矜然自夸淸議者，或陰享其福而不知。

蓋宋史成于道學之風甚熾之時，故楊時受蔡京之薦，史無譏詞；胡安國受秦檜之薦，史無譏詞。京與檜之姦，十倍于侂胄；游之過，小于楊、胡，而反詆之不休，何也？游不講學故也。張浚伐金之謀，與侂胄同；符離之敗，與侂胄同。然而張浚不誅，士林不議者，何也？則一與朱子交，一與朱子忤故也。善乎寧宗之言曰：「恢復豈非美事？惜不量力耳。」金人葬侂胄首，謚曰忠繆，言其忠于爲國，繆于爲己故也。夫侂胄之罪，尙且一敵國一君父爲之末減，而游作一記之過，乃著于本傳中，不亦苛乎？吾故曰：史不易讀。讀全史而後可以讀本傳；讀旁史、雜史而後可以讀正史。不然，知人論世，難矣哉！

書茅氏八家文選

凡類其人而名之者，一時之稱也。如周有八士，舜有五人，漢有三傑，唐有四子是也。未有取千百世之人而強合之爲一隊者也。有之者，自鹿門八家之目始。明代門戶之習，始于國事，而終于詩文。故于詩則分唐、宋，分盛、中、晚，于古文又分爲八，皆好事者之爲也，不可以爲定稱也。

夫文莫盛于唐，僅占其二；文亦莫盛于宋，蘇占其三。鹿門嘗曰，其果取兩朝文而博觀之乎，抑亦就所見所知者而撮合之乎？且所謂一家者，謂其蹊逕之各異也。三蘇之文，如出一手，固不得判而爲三。曾文平鈍，如大軒駢骨，連綴不得斷，實開南宋理學一門，又安得與半山、六一較伯仲也！

若鹿門所講起伏之法，吾尤不以爲然。六經、三傳，文之祖也，果誰爲之法哉？能爲文，則無法如有法；不能爲文，則有法如無法。霍去病不學孫、吳，但能取勝，是即去病之有法也。房琯學古車戰，乃致大敗，是即琯之無法也。文之爲道，亦何異焉！

或問：有八家，則六朝可廢歟？曰：一奇一偶，天之道也；有散有駢，文之道也。文章體製，如各朝衣冠，不妨互異，其狀貌之妍媸，固別有在也。天尊于地，偶統于奇，此亦自然之理。然而學六朝不善，不過如紈袴子弟，熏香剃面，絕無風骨，止矣。學八家不善，必至于村媪呶呶，頃刻萬語，而斯文濫焉。讀八家者，當知之。

讀左傳國策

余讀左氏，不禁嘆曰：世運盛衰，其以財貨爲升降乎？魯自成、襄以前，除取郜鼎一事外，未有以貨聞者。傳至定、哀，僅越百數十年，而若楚之子常、晉之范鞅、荀躒竟有非此不可之意。自上下下，相習成風。崔杼之亂，晉六正五吏三十帥皆有賂。公叔文子欲享衞侯，史鰌苦禁之，道子富而君貪，恐以財賈禍。君臣相伺，如刼盜然。回憶君如楚莊、晉悼，臣如令尹子文、范武子，杳如天上！然則財貨盛而人才衰，亦一奇矣。

雖然，當時行賄者，不親相授受也，必有習慣居間，如申豐、高齮一流，暗爲關說，然後其貨始達于權臣，蓋猶有羞惡之心焉。且所謂賄者，亦不純用金也，或縛錦，或置璧，或以馬，或以裘，蓋猶有「承筐是將」之敬焉。

降至戰國，嫌其委曲繁重，盡行芟除，而直以金行。以故張儀得千金則奪鄭袖矣。綦毋恢贏四十金，則贈温囿矣。公孫衍得百金，則敗齊、楚之約矣。秦散不三千金，而天下士相與鬬矣。其他以金賄者凡數十見。並無賓介爲之通其意也，並無錦璧裘馬爲之隆其文也。刀墨之民，明目張膽，親富不親仁。較之春秋，其局又變。蓋不如此，則周不亡。想亦氣數使然，非孟子諄諄義利之說所能挽移者耶？

或以平準一書爲漢武病。余謂漢武報仇開邊，費多，聚斂尚非得已，天亦諒之，故昭、宣中興。惟桓、靈當東漢無事之時，忘務掊克，殊不可解。卒之長安之亂，天子露宿，饔殮不繼。不知向之金錢山積藏于少內者，都散歸何所也？嗚呼！

讀胡忠簡公傳

余讀李燾長編，覺宋仁宗時，政無缺失，而諸臣上疏，喋喋不已；蓋恃其君寬仁，必不罪我，而我借此得名，可相夸栩，其心皆不出于忠愛。孔子曰：「有德者必有言。」彼既無德，言于何有！以故讀其所奏，非倦思臥，卽煩而欲嘔。

及讀宋史至胡忠簡公請斬秦檜一疏，不覺再拜嘆曰：有宋三百年，公其諫臣之第一乎！夫人臣報國，非必執干戈死戰陣也！以忠誠義憤，奮臂大呼，使敵國聞之，凛然變色，至以千金買其書，此何異秦軍聞魯仲連數言而却軍五十里哉？使高宗能從其言，斬此三人，整師而出，則朝廷之氣已早吞河北而有餘。公此疏，足抵精兵十萬矣。公雖遠貶十餘年，歷諸險惡地，檜死得歸，仍還原官，遷至龍圖學士。一息尙存，猶時時以恢復爲請。向之救公慕公者，轉零落殆盡。可見人各有命，自貴自賤，自生自死，亦非姦臣之力所能貴賤生死之也。

或惜公在廣州戀黎倩，爲朱子所譏。嗚呼！卽此可以見公之眞也。從古忠臣孝子，但知有情，不知有名。爲國家者，情之大者也；戀黎倩者，情之小者也。情如雷如雲，彌天塞地，迫不可遏，故不畏誅，不畏貶，不畏人訾譏，一意孤行，然後可以犯天下之大難。古之人蘇武娶胡婦，關忠武請秦宜祿妻，袁粲八關齋與張淹私進魚肉。彼其日星河嶽之氣，視此小節如浮雲輕飈之過太虛。而腐儒矜矜然安坐而捉搦之，譬鳳皇已翔雲霄，而鷽鳩猶譏其毛羽有微塵，甚無謂也！

不然，使公亦有顧前瞻後，謹小愼微之態，則當其上疏時，秦檜之威不在侂胄下，公豈不能學遯翁取數枝蓍草，自筮吉凶，以定行止哉！孟子曰：「此之謂大丈夫。」微忠簡，吾誰與歸！

小倉山房續文集卷三十一

湖南巡撫陸公神道碑

公姓陸，名燿，字朗夫，吳江蘆墟人。生卽端慤，六歲受孝經、論語，以古賢自期。乾隆壬申，舉京兆，補中書，入軍機房，以戶部郎中補登州府知府。再遷運河道、按察使、權布政使事。母病，乞歸侍養。終喪，天子命視運河，授山東布政使、湖南巡撫，裁一年薨。

公起家寒素，性淡泊，不慕寵榮，惟于仁民惠物之事，朝夕宣究，多識前言往行。其守濟南也，上書徐中丞請截留南糧爲積貯計。任河道時，上書總河姚公，請疏泉源增修月河。作臬使時，以徒犯罪輕，請免解司，以省苦累。署藩司時，以流外壅積，請停分發。上皆是之。

公風骨秀整，靜氣迎人。雖恂恂謙謹，造次必于儒者，而臨大事則屹不可動。甲午，壽張縣王倫作亂，距運河甚近，人情洶洶，有欲閉城者。公不可，曰：「寇未至，先閉城門，是示之怯也。且鄉民爭入城，何忍棄之？」乃募鄉兵拒守，而身自坐城闉，彈壓稽察。賊知濟寧有備，不敢南向。已而王師奏捷，一城雞犬不驚。公在樞垣，儤直至于日晡猶不退，猝有急務立辦。以故大學士傅文忠公屢薦公，上亦知公深，凡巡幸處，俱令扈從，所奏察虧空事宜及救荒策，俱蒙聖奬。臨終前一月，猶奏湖南社倉穀業已敷用，其息穀請免征收。奉旨允行。批到日，方伯秦承恩捧劄子啓告柩前，慰公泉下愛民之心。時公已歿二十餘日矣。天子聞公薨，悼惜者再。嗚呼！以公忠誠，天子之恩眷，明良遇合，千秋一時，使再永其神明，以竟其用，其所設施，必有更遠且大者。而竟扼以無年，壽止六十有四。悲夫！

公事母孝。初選守大理府，再遷甘肅監司，俱以親老調近省。撫楚時，見屬吏有篤老親，猶來赴補，惻然憫之。奏官員凡親年七十，雖有次丁，俱許終養。一時中外官歸養者千餘人。封公虔實先生有清德卓行，精八分書，與枚京師有交。甲辰冬，枚過長沙，公執後進之禮甚恭。曰：「昔先人題先生乞假歸娶圖，某年十七，侍旁磨墨，不敢忘也。」所著有河防要覽、甘藷錄、切問齋古文、朗夫詩集若干卷。

公三代皆以公貴，受二品封。夫人陳氏生三子，恩、受、絅，俱修飭能守家法。孫六人。以丙午十月葬公于吳江之東廟阡，公予告時所自營生壙也。

銘曰：從來巨儒，行不迂拘。眞嗜詩、書，體用必俱。蹇蹇中丞，澹如粹如。內入禁庭，吐納機樞；外任旬宣，東馳西驅。有力必抒，匪以狥譽；見義必爲，匪欲功居。忽棄隼旟，歸奉板輿；若將終身，戢影蓬廬。天子思公，速下鋒車。曰：「朕知汝，任大有餘。佐我邦家，赤子扶扶」。公拜稽首，敢不勉諸！東治河濟，濬其沮洳；南奠楚邦，嬈解苛除。事繁力耗，恩重心瞿。黽勉額額，卒以捐軀。朝野惋惜，吏民號呼。蒼蒼越山，瀰瀰鴛湖，葬公其間，馬鬣龜趺。千秋過者，必式必趨。

董太恭人墓志銘

董太恭人王氏，直隸豐潤縣人。生而婉嫿明淑，不苟笑言。年及笄，來歸封公公纘先生。其時尊章在堂，正妻劉恭人當室。太恭人孝于姑，順于嫡，從禮無違，勖帥以敬。雖分居之築里，咸和若穆羽之調。生兩子，而封公卒。其長君，即今觀察也。

當是時，太恭人年甫三旬，觀察才八歲。僳然一嫠孀，獨支門戶，內凌外侮，未免侜張，而太恭人能持大體，處之綽然。檢校分書，護持遺產；爲子延名師，婚望族，凡家務之犖犖大者，無不畢舉。旁人聞之，疑封公之尙存也。亡何，次子又殤，太恭人進觀察而劼毖之曰：「汝弟亡，則吾與汝益孤矣。趁此年華，可不黽勉前進，報國恩而揚先烈乎？」觀察泣而志之。遂援豫工例得同知引見，發皖江。歷署赤緊州縣凡六處，題補安慶同知。

在繁昌、六安時，有水旱災，太恭人施棉衣百領爲紳士倡，恤獄囚飢寒，賙以錢米。觀察訊貴池盜案，其渠魁不刑而服，叩頭曰：「盜雖不良，然叠荷太夫人恩。所以供詞無隱不敢煩公心者，卽以報太夫人也。」其盛德之感人如此。

未幾，觀察陞廣西思恩府知府。思恩瘴癘僨興，觀察以迎養爲憂。太恭人恬然不以爲意，曰：「從子禮也，生死命也。兒何所依違耶？」遂同往。二年，歿于官署。

觀察起復後，陞湖南糧道，調江安糧道，三署布政使事。嗚呼！以太恭人之神明，豈不知瘴雨蠻烟，非高年所慣？然決意驅車而相隨者，慮觀察乖離膝下，將母心殷，不能一意辦公，上報朝廷恩故耳。豈料身亡不過數年，觀察所涖，皆聲明文物之邦，可以娛親，而竟不能烹武昌魚，飲建業水，供板輿一日之歡。此皋魚風木之悲，古今同感，宜觀察之每一念及，而不禁淒然泣下也。

太恭人天性仁慈，待奴婢如子女然，不忍笞詈。聞罪人呼號，常廢寢食。問決獄有所平反，則喜溢于顏。以故觀察之行事厚，居心寬，皆母教也。卒年五十有九。子二，長世明，次世華。孫二人。以覃恩誥封恭人。以乾隆三十八年閏三月二十六日葬遵化州城東北莊。

銘曰：月孤彌明，松寒更清。從古甘臨之吉，皆由苦節之貞。愔愔恭人，爲魯陶嬰。劬躬蕪後，訓子成名。天道似遠而非遠，地道無成而有成。必報者善，動物者誠，貽謀者遠，聞風者興。卜茲玄宅，安藏慈靈。峨峨綽楔，鬱鬱佳城。儲休啓佑，永蔭孫曾。

廣東惠州府知府李君墓志銘

河閒有篤實君子曰竹溪李君，名棠，字召林。以壬戌進士宰如皋、元和、豐縣、句容、上元、天長、合肥七縣。薦卓異入都，遷大理寺評事。天子召見，凊問良久。閔其沉滯州縣二十餘年，裁博一薦，又入閒曹，非國家獎拔人才之道，特授廣東惠州府知府。君感格外恩，益奮勉思報。而以忤大府故，抵任未久，劾狗庇罷官。家居授徒，中風而卒。壽七十三。

君勤于爲政，常言前案不清，則後案又積。乃立摘案法，如幼時讀書，自爲程課，十日必結。民咸便之。尤長治獄。如皋陳某販紅草不歸，其兄過張氏池塘，得其尸，遂控塘主謀害。塘鄰姚德助其詞甚力。君厲聲曰：「殺陳某者，汝也。不必妄引他人。」姚色變，脅以刑，乃云：「素善陳，知其身有鬻女金，故乘醉而夜擠于塘。」人問：「君何由知？」曰：「姚有佯哀詐泣之狀，故疑之，而以恫喝得之也。」

句容賊王二供與孔姓同偷，孔不伏。君不訊孔而專訊王，乃惡丐某挾仇所教也。人問何由知，曰：「凡盜賊引人，往往不實。我先根窮原犯，使眞情得而後再訊所引之人，則思過半矣。原犯盜也，刑之非過；倘無辜焉，雖誤披其頰，于心不安，而況加刑乎？官不可爲賊所用也。」

上元滿營小兒迷路，隨一跛者行，兒頭眩，跛者教飲井水，遂愈。街卒擒之，云以術迷拐人者。君笑曰：「此寃也。彼果拐人，當挾以遠奔，而乃跦跦然跛行于市乎？且既迷之，又敎飲水以解之，無是理也。」街卒不服，訴制府。制府命與營員會審，跛者果良民，教飲水者，憐其暑暍故也。

乾隆二十一年，江南米貴，句容姦民聚衆萬餘，謀刼王貢生家。君單騎往，問爾等何爲，答聲嘈嘈不可辨。君喚老成者前。有三人闖然出曰：「無他，愚民求賑耳。」君曰：「求賑當在縣倉，不當在王貢生家。汝命衆人歸家，賑卽至矣。」三人回顧，麾其肱，衆皆星散。君知此三人創亂者也，命具姓名至署領粟，旋卽縛之，荷校以狥，合郡肅然。

如皋有坍江蘆課，民疲于追，君力求莊中丞奏聞，奉旨豁免。揚州至通州有舊河運鹽，泰州徐家壩，乃闌上河之水使不下洩者也。賭蔽百餘年。忽商人賄閘官，私開之，致上河水涸，民禾盡槁。君勘明下河有七十二洞，原可通水，商不疏通舊迹，而罔民以取便，請于大府勒碑永禁，羣氓懽呼。

江寧通濟門外有教場甚寬，中間旗人牧馬，民田其旁，亦百餘年矣。忽奉將軍檄，稱民佔旗地，宜歸還滿營。君請將軍發檔案，以便辦治。將軍曰：「此係旗員口訴，無案可稽。」

君卽請旗員同丈，得三千三百餘畝。周圍石柱有界，界外民田，糧券鑿然。旗員愷視無言，將軍亦悔。制府尹文端公聞而嘆曰：「人言李令有德無才，吾不信也。」

余戊午試京兆，與君同出廷尉鄧遜齋先生門下。兩人意趣絕不相似，初見亦落落難合。交久覺君意思深長，不忍決捨。臨終謂其子曰：「袁公知我最深，必以墓銘爲託。」嗚呼！二十年前，余已銘君之先人矣，今又銘君。君長余無幾，而竟銘君兩代。哀君之餘，兼自哀焉。所著詩集□卷、年譜一册。夫人□氏。子燧，邑庠生，效力四庫館，好學善文，能世其家。以某年□月□日葬君于□□。

銘曰：月蒼蒼涼涼而可親兮，帛戔戔純素而有文兮。惟其木訥，斯近仁兮；惟其至誠，故如神兮。過貪泉而不酌，甑生塵兮；循莊逵而不詭，車折輪兮。余不信爲今之友，而常疑爲古之人兮。嗚呼嗚呼，此其墳兮！他日九京，嗇從子以結鄰兮。

周君少霞墓志銘

竹橋太史執訊來曰：「吾邑周君少霞病且革，索某銘墓。某謝曰：子奇士，非奇文不足以銘君，爲代請於隨園可乎？少霞喜，力疾賦四詩，並狀以來。」

狀曰：君諱昂，江蘇常熟人。從虞東顧先生學。顧故經師，嶷嶷自守，君雖往習詩、禮，助校讐，而意氣倜然，不爲繩約所羈。學手搏法，能持梃鬭白刃，兩目不眴轉。或挾惡少年遊狹邪，與倡優雜坐，狂歌酣顏，人諫之，輒謝曰：「吾悔，吾改。」未幾，逋蕩如初。專趨人之急，遇難事，衆皆愯也，君獨奮任之，往往以智得解。

以拔貢生得宣州司訓。宣州狄太守愛其才，善待之。涇令詹某罷官，虧倉穀二千石，後任李將揭報矣，狄不欲起大獄，召宣城張令及合城諸紳士謀，相顧愕眙。最後召君，君至，笑曰：「是何難？吾未哺食，盍治兎羹啖我！」與之食畢，徑騄馬馳去。狄亦不知其何往也。先是，宣城前令盧某欲以糶餘穀二千石餽太守，託君關說。君知太守廉，拒之。至是直入盧所，謾曰：「詹令有穀若干，借貯公倉，可速還渠。」盧色然而駭，不解所謂。君徐道詹令虧穀，有性命憂。且曰：「君前以官穀媚上官，私也；今以官穀還官倉，公也。一轉移間，人品心術，判若天淵。肯從某計，太守視公爲何如人！」盧大悅服，拱手曰：「先生行矣，某即齎穀而往矣。」君歸報狄，狄大喜，詹令聞之，闔門感泣，不五日而兩任之事平。亡何以他事被劾，奉旨留任。噫！君乃廣文微官，一彈指可去，而能受聖恩於格外，然則君之生平，匪獨人奇事奇，即遭際亦未嘗不奇。君雖跅弛，而內行甚敦。事母與兄孝，周卹戚里，不使人知。君有用世心，登□□賢書，六上春官，不第，益侘傺。嘗病中強起攬鏡，悲呼自投於牀，蓋猶有烈士暮年故態云。

銘曰：劍無芒，難割玉；士不奇，難拔俗。天生老周非碌碌，意欲先人孝侯逐。有才無命徒蟄伏，中夜悲呼自指腹，抱此雄心老空谷。天卑其官薄其祿，更夭其子罸何酷！末路英雄惟一哭，殗殜於牀疾已篤，曰墓銘須袁丈作。我感其意不諾宿，急撰文成走急足。或未死前君一讀，長夜悠悠可瞑目。

誥授奉政大夫湖廣道監察御史蔣公墓志銘

乾隆四年，余春秋二十有四，受知于虞山蔣文恪公，主其家。得見用安蔣君，其時君以諸生爲寧邸上客，每出城，則宿余家。兩人不飲而好論古，折塱相對，凡三千年國家治亂、人才臧否，有所見解，動輙相合，拍几叫呼，以故益相得。家人聞君來，必治具濡蠟以待。亡何，余改官江南，君在藩邸如故。又十年，余乞假入山，君舉壬申鄉、會試，入詞林，改官湖廣道監察御史，充貴州主考。隨丁內艱，服闋，過揚州，謁榷使某，某以上聞，遂挂吏議放歸。丁亥，兩江制府高公聘修南巡盛典，寓金陵一年，余得過從如前時懽。

君清標奕奕，目有青光。年雖高，善自修飾，雖戚里不覺其衰。每製衣，召縫人親爲指示，茶前屈後，必合內裁，分寸不苟。治味如治文，精潔詣微，余聞君招輙喜。不多作詩，而洞悉甘苦源流，發一難必中款奥。遇才人後學，孜孜汲引，力雖盡心猶未已。批黔人落卷，教以宜讀某書，學某家文。以故治行時，被放者亦走送數百里外，曰：此吾經師，恩勝座師也。

晚年以次子重耀攝蕭山縣事，就養于浙。適余遊天台歸，與君同飲方司馬署中。漏沉月落，依依不去。隔四載，余再遊武夷，過浙，而君先十日亡。嗚呼！歐陽公稱世之賢豪不能常聚，理固然矣。然余果知便與君訣，又何難于前去時小留，後來時早到耶！或者故人重逢，扶持酣嬉，竟能生精神而延歲月，亦未可知。而今已矣！握筆銘君，五十年來君之笑貌聲音，奔趨腕下，泫然不知涕之何從也。

君名和寧，字用安，一字榕菴，行四。封公鎬，雍正元年進士，官松江教授，以古文名家。家本儒素，無擔石儲，而君天性闊達，輿服鮮明，坐客常滿。振枯粟乏，族里待以舉炊者，無慮十餘家。人知君貧，君不自知其貧也。卒年七十有八。夫人陸氏，先君卒。子齊耀，候選縣佐；重耀，直隸州州判。孫二，長方增，次禮增。以□年□月日葬□。所著詩文若干卷。

銘曰：高飛得羽，徐行失履。是運數之偶遭，非人生之自主。然而寧恢恢，毋踽踽。雖中規，不踰矩。孔獵較，孟非貨取。卒敦和而從天，羞谿刻以自處。善逸生，故不殖；善樂生，故不寠。苟九原之可作，微斯人吾誰與！

林君縠菴墓志銘

林君縠菴病革，語其子鎬曰：「隨園先生工金石之文，汝所知也。我死，爲我乞墓銘于先生。第先生集中所載皆將相名臣，以我流外吏廁其間，未知許否？」已而君亡，鎬來，如其言以請。余道：「漢青翟爲丞相，一事無聞，而王奐以功曹名聞千古。人傳不在位也。而翁有狀，旣授我矣，我又奚辭！」

狀曰：君諱嘉俊，字墀賜，號縠菴，福建龍岩州人，寓居蘇州齊門之金鵝鄉。生有幹略。父克旋服賈折閱，家無擔石之儲。君持錢負販，權其子母，走閩、粤、齊、魯、晉、楚、吳、越間。渡海越山，濱死者屢矣，卒以誠信勤敏，累至萬金。循例入粟得州判，分發安徽，歷權丞倅，最後署六安州吏目。君嘗誦先儒言，雖匹夫，苟存心利物，必當有濟，況有微權薄秩者耶？以故勇于爲善。

乾隆□□年，六安災，長吏欲減報災數，君不可；欲掊克賑糧，君又不可。長吏怒，欲中以危法，君不顧也。恤獄囚如家人。有楊德者，誤殺人，擬絞。君探知其母老，力請于州牧，援例留養。飢民篡糧，長吏報盜，君爭不聽，卒以緝盜不力，鐫級罷官。治行時，民送於野，囚泣於獄。歸吳門後，悔幼不讀書，乃積卷軸，吟哦其間。門對十頃菜花，與村氓往返，夷然自得。生平強直自遂，行其心之所安，一切浮屠術數、陰陽拘忌之說，彌口不言。嗟乎！「國將興，聽于民。國將亡，聽于神」，古之訓也。孔子與漆雕開論臧氏祖孫，以卜龜之多寡，定其家三代之賢否。奈今之士大夫官愈高則拘忌愈甚，問卜益虔，其故何哉？蓋沉迷於富貴利達之說，而其中無所守故也。君雖不由科目進，而見理之明，遠過凡庸。余非君之銘而誰銘！

初娶謝氏，再娶何氏。子四人。孫一人。年七十五，以□年□月日葬于□□。

銘曰：相傳繁昌有古生，孤憤獨居行硜硜。感君之恩報不能，臨死諄諄口作聲，願爲君兒君勿驚。其人素慕隨國名，向君稱說心尤傾。果然古死子鎬生，從遊於余師事誠。輪迴之說儒不稱，考之於古恰有徵。蔡邕前世爲張衡，羊祜金鐶認得清。我故採拾爲君銘，君當九原笑絕纓。

引稗史入銘詞，非古也。韓昌黎徐偃王碑用王母瑤池事，故明知其非，而偶一效尤。自記。

弟婦陳恭人墓表

香亭弟婦陳氏以香亭貴，誥封恭人。香亭守端州歸，恭人殁于南昌舟次，香亭權厝白下逾年，將卜葬祖塋，狀其事屬余表墓。余長香亭十五歲，恭人事兄公如尊章，知其賢尤悉，銘幽之文，所不當得辭。

按恭人名荆，字鈿如，廣西臨桂人。年十六歸香亭。其父某，初以財豪，已而折閱。先叔父與錢通，大有所負。叔父卒，世母食貧，歸咎恭人，詬誶時加，香亭又順親爲孝，牀笫間隔越若陌路。先慈及内子絶愛憐之，代爲不平，私相勸慰，而恭人安之若素，有暗泣，無顯懟，媞媞然茹荼集蓼者十有餘年。及香亭登進士，出宰河南，恭人侍世母之任。家有兩弟，俱授室，世母覺兩婦之孝，不如冢婦，家計又豐，待恭人漸有恩，而香亭亦深悔從前之不善處家庭間也，補過修好，伉儷之篤，較常人倍甚。

香亭作令時有任俠名，恭人脱簪珥助之施，揮霍數千金，往往傷惠。余以爲仁不勝道，心勿許也。甲辰春，余遊端州，居未一月，海水暴至，城不没者三版。香亭又以事羈番禺，城中文武官及諸災黎知府署地高，爭挈眷來奔。余意欲納之，懼恭人有難色，乃告之故。恭人欣然曰：「此安所避。既守此邦，便與此邦人同存亡，微伯氏言，妾固將納之。」于是延貴者于内，安賤者于外。堂皇上，頃刻炊烟四起，而内署供頓之費，日亦不貲。半月水退，始各寧其家。嗟乎！晉閉秦糴，許不弔災，古絶大諸侯，尚不知吉凶同患之義，而恭人以一女子，獨能安行仁義若此，此何如識力哉？然後知高柔愛玩賢妻，有終焉之志，非徒燕婉之私，有以見欽于君子也。

恭人性好靜，不慕紛華，常勸香亭急流勇退。香亭是其言，卒不得間。乙巳秋，膺卓薦，又因公左遷，遂決志歸里，置園金陵，頗饒花竹，而恭人不及見矣。嗚呼！有鸞妻勸隱之言，無鸞妻共隱之樂，中道乖分，可哀也已！恭人晚年病青盲，雖一無所見，而處分家事益精當，蓋靜極而慧生云。生子安衆早殤，撫妾生兩子一庚一端，俱如己出。卒年五十有四。

原任江寧布政使內務府總管永公傳

公姓姚，諱永泰，字石菴，正白旗漢軍人。父二格，官內務府慶豐司員外郎。公生而端靜，朴誠自矢，有初入關老輩之風。雍正三年，以筆帖式保舉引見，世宗命發湖南以知縣試用，題補湘鄉，調武陵，遷辰州府永綏同知，再遷辰州府知府。

永綏故苗地，改土歸流之後，獷悍未馴，有聚衆械鬬者。公將往治。或請以兵從，公不可，曰：「兩峒私鬬，非叛也。臨以大軍，彼必懼；懼且合謀，挺而走險矣。」乃袍而騎，直抵其寨，召兩峒，歸曲責直，諭以德威，皆慹服感動，炊雞黍獻公。公即宿其帳中，鼻呴呴甚鼾。遲明，羣峒大悅，吹蘆笙送公，跪滿篝谷。終公之任，民夷帖然。九年，王師征烏蒙，調辰、沅兵。軍需檄下，缺行糧一條，公撥倉米運濟。幕府猶豫，慮難開銷。公曰：「師行糧從，國家制也。倘有不韙，我任其咎。」巡撫布公蘭泰嘉公知政體，檄各郡守如公所行。

今上御極之元年，公以親老調補山東登州府知府。九年，奏請終養，部駁旗員無此例。公泣涕五請，制曰可。嗣後八旗許養其親，皆從公始。回旗，補內務府慶豐司員外郎，調茶庫員外郎，兼咸安宮官學總管。

十九年，服闋，授河南歸德府知府，尋遷河北兵備道，兼管河務。公到任，即跨一馬，周度長堤，託宿茇舍。二十一年，防秋陽武，夜大風，公立堤上驗水，漏盡歸寓，夢中聞有呼起起者，急醒呼燭，果報五堡決矣。公手絜衣鐵釜，馳往堵塞，泥汚及骭，須臾間水勢倒回，民以爲神。公請於河督曰：「頃所辦獾鼠穴耳，雖潰易塞。所慮者，河身日高，堤日卑。河自三門，兩厓束急，怒而奔於孟縣之小金堤，衞、懷二郡，正當其衝，歲下竹楗百萬，往往負岸而沒，殊覺可惜。爲永遠計，請歲搶兩修，外加帑銀，以三年爲率。每年增堤一丈，闊若干，需用丁夫，即以現在堡兵充數。畚築轟硪，兵較民夫尤熟可使也。」河督笑公無病而呻。公顰蹙曰：「治水如治身，平時調養，原可無病，待病而呻，不已遲乎！」卒不許。後任張公師載來，聞公議而是之，奏請允辦。其年南岸崩，北岸安瀾，公之力也。薦卓異，引見，上召對良久，賜朝衣一襲。

二十四年，授山西按察使，調四川，遷河南布政使，護巡撫印。再調雲南。其時緬甸頭目有宮裏燕者，平時與緬子比肩事主。緬子弑主自立，燕不服，唱大義討之，反爲所敗，乃率其屬來投孟連土司。孟連利其有，欺其孤，令繳兵械，出口糧，尋又竊取其子女。燕妻攘占素梟雄，心懷不平，時有報仇之志。故事，苗俗印信兵權統歸妻掌，號曰「印娘」，領軍陷陣，率在夫先，調兵以帚箸爲號，箸下則能食者行，帚下則掃境全出。二十八年秋，燕妻夜舉帚傳令，率麾下男女三千人焚孟連署庫，滅其家，驅財帛牛馬而歸猛艮。猛艮者，燕妻之母家也。燕多內寵，妻惡之，不與同宿，別居一帳，相離遠，故孟連滅而燕猶不知。內地官有貪功者，誘燕入關，誣其反。公聞大驚，亟詣督臣曰：「孟連貪淫，被印娘賊殺，罪由自取，與天朝無干。請以實情具奏，天子聖明，必有處分。」督臣先入貪功者之言，竟以叛聞，而戮燕于市。居亡何，燕妻唆緬子犯順，勞王師撻伐，明將軍、忠烈公殉焉，人始服公之先見也。

二十九年，調貴州布政使，再調江寧，兼織造、龍江關稅務。在任二年，以老入都，補盛京佐領，又授泰陵總管、內務府大臣，以兩次失物，私償未奏，引大不敬律擬斬監候，在獄七年卒。年七十九。公廉儉而慈，任方伯時，凡支收解給者，原收原放，不揭印封。廠課盈餘，給微員爲薪水費。袍褶敗裂，補綴衣之。出巡僕從止三五人。榷關稅，不發囊篋，料簡征課，足額而已。秉臬蜀中，姦民宋朝倫以邪教惑衆，從者數千。公殲厥渠魁，少所株累。有敎主妻楊么姑者，未婚，事發，公引律苦爭，擬流收贖。行棧道中，見赭衣婦而憐之，卽具奏婦人秋審緩決一次者，可免解府。部議允行，遂永爲例。守登州，奉檄查封閩撫王士任家產，籍其貲，印立檔册，仍給與家用。撫軍大怒，將劾以徇私，俄而奉旨賞還所封，公乃得免。官滿臨去，軍民送者，牽衣嗅靴，造生祠，置酒攔馬，不能行。其得民心如此。

然公雖善氣迎人，而義之所在，強直自信，不知有風氣，有權要，幷不知世上有周旋貪緣之事。江寧理事同知名按圖，以戇忤制軍，大計劾其老，公諫不從，乃聘其女爲子婦，而資其歸。初宰武陵，受知於節相西林鄂公，夸非百里才。在江寧，受知於節相望山尹公，恨相見之晚。嗚呼！此二公者，皆君子也。惟君子能知君子，公之爲人，蓋可想矣！

初娶□氏，再娶□氏，子二人：明新、明華，俱舉京兆，以能文世其家。

論曰：公官中外四十餘年，恩吏勤民，靡所不施，不可謂之不遇也。乃衰年終請室中，雖蒙聖主矜憐，獲保首領以沒，而論者覺惠廸之報，尚未盈量。豈古人愼毋爲善之戒，竟爲公設乎？不知記有之曰：「與人同功，其仁未可知也；與人同過，然後其仁可知也。」公之過，天欲發露之以大彰其仁，故不得不加摧折，猶之旃檀之香，非燒灼不能遠聞也。公之末路坎坷，或以是哉！

江西督糧道省堂沈公傳

君姓沈，諱榮昌，字永之，一字省堂，湖州竹墩人也。祖涵督學閩中，以清節著。父柱臣，宰廣東，因事被逮，君年甫十七，騎驢入都，歷險難，脱父于罪。以進士出宰山西文水縣，朔州知州，懷慶府知府。甫抵任而河決。君率兵役宿危隄三晝夜，板榦畚築，萬手齊下，水稍平，乃踰雉堞入城，開倉撫恤，民以敉寧。丁艱起復，擢守蘭州，調鞏昌、平凉，遷陝西糧道。再丁艱，起復補雲南驛鹽道。

雲南鹽政廢弛，虧課二百餘萬。君知滇省井鹽皆產于層岩叠壑、百川交匯處，因井滷濃淡之味不齊，致衰旺之時不一。薪少惰煎；人疲則惰運，鹽積則惰消。乃身作竈戶，取滷試煎，計一石得鹽若干，悉其苦累，請大府加給薪本。在廣通縣設立腰站，俾各井窮黎赴省領脚價者，先給一半，資其路費。于是煎運踴躍。其時前撫李公奏將各商舖鹽盡歸官銷，以杜私販。行之期年，地方官竟有按戶口多寡將鹽押領者，民情譁然。君以爲鹽係民間日用飲食之物，不可強派，請仍舊通商，循先課後鹽之例，依限報銷。後撫裴公以君言奏，天子是之。于是惰銷之弊，亦漸淸除。

總督璋公以習峨縣楊武鄉縣澗險窄，有礙郵程，檄君開鑿。又命擒取普洱逃竄土司。

時當炎夏，瘴霧鬱烝，密箐中蝦蟇如豕大，瞪目吐氣，當之者人馬盡仆。君深入不毛，染受毒淫，遂患疲曳。方薦卓異，遽乞病歸。二年病愈，入都，因濫給驛馬事，鐫級發河南以同知用。循例捐復，補江西鹽法道，調糧道。當是時，君年過懸車，傴僂自強。兩次督運，適遭堤決，糧艘滯留，乃冒暑親執朴笞催運丁，目營心瞿，蹙蹙無須臾安。船雖渡淮，而歸途病發，卒于皖江，年七十有四。

君任事詳審，信道太篤。從牧令起家，知民疾苦，常刊列爲政事宜，手授屬吏，如老嫗訓兒，諄諄千言，聽者欠伸欲臥，而君尤覺其言之未盡也。又念歷官久，受上厚恩，盡一分心作一分報，倚健忘老，瑣屑必親。硃出墨入，無所旁假。彌留之際，猶催辦明年漕務。夢中懵呼，若氣雖絶而心猶未死者然。居家敝衣蔬食，安之若素。惟于師門故舊，鰥寡戚里，周恤倍至。渡淮時葬浮尸數百。船戶有鬻子女者，爲贖還之。以故歷年清俸無餘，轉多逋負。死之日，宗親民吏，皆爲隕泣。

夫人姚氏，子五人：璟、境、玼、瑊、瓘，皆以科名庠序世其家。幼女全寶，許配余子阿遲。蓋兩人幼同學，長同年，一子一女，皆年過六十所生者也。

贊曰：漢書稱蘇桓公好教督人，人多相畏。及其不見，則又思之。君誨人不倦，晚年尤甚，有桓公之遺風。平素風趣，與余絶不相似，而心契交深。常戲余曰：「子但能欺人，不能欺天。」余驚問：「何也？」曰：「子性儻蕩，口無擇言。人道是風流人豪耳。及省其私，內行甚敦，與外傳聞者不符。豈非欺人乎？然而造物暗中報施不爽，使子衰年有後，終身平善，豈非不能欺天乎？」嗚呼！君之知我，勝我自知。然而君之行事居心，卽此亦可想見矣。君回舟時，養病隨園，彌月不忍去，而余奔姊喪，故先與君訣，登床號慟而行。揆之聖人我殯之義，不能無愧云。

候選郎中成君衛宗傳

君姓成，諱城，字衛宗，一字成山。生而英異，目睒睒有神。父上坤，雍正元年舉人，以文名于時。君稟承家學，修業不息，舉戊午鄉試，庚辰進士，補黃岩縣教諭，遷福建羅源縣知縣。調永春縣，陞臺灣府海防同知。

君善折獄，羅源民有悔婚者，君知嫌壻貧也，助以婚錢，爲成禮于堂上，鼓吹送歸。夜行聞鬼聲掠車而過，心疑之。次日，有報毆續命案者，尸在昨所聞聲處，君心愈疑。而仵作堅稱無傷，君按指尸腹下陷處有痕痏痕，召毆者問之，俯首慹伏曰：「毆不勝急，故以足蹴之也。」王某控陳姓佔墳。陳故營卒，巡道某疑其倚武越佔，檄令往勘，詞多袒王。君諦視王碑色尚新，其上有九層石，與陳契相符。王詭稱陳墓在山之右，君密遣役探得陳祖骸罐于山凹中，指示王，王惶不能對。蓋王貪風水，盜扣其墳而私立碑契以相扇惑也。巡道聞之，嘆曰：「兵乃無罪，士乃爲姦，事出意外，官之不可有成見也如是夫！」

永春有水來自天馬山，與通德溪合。上流四壩截水溉田，其下自香洋廟至西關等處，雖近溪而田多水少，恆苦旱。君偵知舊有永陽壩廢久矣，乃捐俸募費，築而新之。兩圳並流，彼此勻灌，無穿漏阻閼之虞，歲增畝一鍾。

閩俗械鬬，動至千百人，君訪知南安監生某某糾衆有期，出不意，擒其魁一，大創之，其風永革。一日赴省，中途蓬蓬然馬頭塵起，則遊擊率兵來，唶曰：「德化民叛矣，刺史不知耶？」君笑曰：「刺史不知民叛，但知民不叛。若果叛，刺史一人能平之，毋勞公往。」遣散其兵，單騎詣勘，果村氓賽神，有弓刀儀仗之飾，兵貪功妄報。君笞督會首，以狀上聞，一城免健兒轥轢。大府知君才，以同知委權臺灣知府事，再權臺灣巡道事，一時三印纍肘，人以爲榮。

捐選郎中，以繼母年高，乞養在家。及母卒，君年已七十，遂不復起。家素貧，少壯時奔馳四方，藉館餬口。宦後，雖有餘俸，猶攻苦啖淡如初。惟于戚里之困苦者，曾受恩者，振卹無所吝。人以是稱之。

娶馬氏，生二子，皆夭。嗣子二鉅，丙午舉人。

贊曰：余與君爲總角交，同聽鹿鳴，晚年又同歸林下。余還武林，必主其家。君愛偉余文，每見必以家傳見託。余考生而作傳，古人所希，以故屢負諸責。近聞君有臺灣處分，將行萬里，彼此就衰，無幾相見，忍再稽遲負良友之拳拳乎？莊子曰：「爲人之所爲者，人亦無譽焉。」君所行善政，人人之所不能爲也，君所獲譴事，人人之所爲也。爲人之所不能爲而未見功，爲人之所共爲而忽然得罪，數耶，命耶？雖有達人，其能知耶？

黄君蓉江傳

君姓黄，諱楷，字端士，號蓉江，休寧之高堨人。幼喪兩親，有三弟，甫成立，又喪其二，門内嫗孀煢煢，君料簡家計，撫遺孤居萬山中。野多磽确，民常苦旱，君尋得水拖舊迹，歎曰：「此吾鄉所以名高堨耶！歲久堙廢，羣流如馬，逸不可止，桔槔無功宜哉！」乃身爲紳士先，辦央瀆匽瀦，隨高下爲畜洩，歲以頻稔。

君精于醫，初習鍼治毒尉之術，繼乃廣集方書，畜良藥。四方之病者，跦跦然疲曳而來，君診脈施藥，皆脱手愈。不尸功，不受謝。如是者六十餘年。嗟乎！士君子不爲良相，則爲良醫。斯言也，人人知之。然吾曹縱具經世略，能作相者幾人哉？就作相矣，古來周、召之功，必世後仁，其餘姚、宋、韓、范，遭逢明盛，尚有掣其肘，老且死未竟其施者，豈若醫之一布指，一刀圭，其效彰彰立見于須臾哉？然則以君之才，家又素封，博一祿仕何難；而甘心于濟身濟物，以里閈終。匪獨其心仁，其擇術且智矣。

君既以德聞，邑中人凡侜張者，雀角者，皆相率詣君，得片言便釋。年雖高，神明不衰，豫知死期，與戚里訣，年八十三而終。

舊史氏曰：余離君家七百餘里，以故知其賢，未得相見。君孫世璟以高材生受業門下，道君行義甚詳，并貽雪蕉一幅，君所畫也。君素非畫家，而筆墨超秀乃爾，心頗疑之。及讀君行狀，方知行成而先，藝成而後，君行義如此，則畫與醫皆藝也，一以貫之者也。世璟又言，君弟病吳門，君趣裝往視，夜過三白蕩，天暴風，舟幾覆矣，方震驚時，耳聞郭索聲，風遽止，理楫則一碧蠏如盆大，橫伏艙間，送君登岸，回眸再顧乃去。噫！神怪之事，儒者不道。然而結草見巫，春秋內、外傳往往記載，何必以鈞奇病太史公哉！其事甚異，合附志之。

陳烈婦傳

江寧有烈婦曰陳淑蘭，庠生鄧宗洛之妻也。祖坰能詩，淑蘭幼侍側卽學吟詠。鄧生雖才遜于淑蘭，而性端謹，床笫間搜句徵典，賓賓如兩學子然。家居萬竹園，余觀竹過之。淑蘭褰簾請見曰：「讀先生詩，疑是古人，今幸同時，願爲女弟子。」出其所作，清婉處故唐音也。居恆善繡，嘗繡兩絕句于吳綾，丐余詩序，余作駢體七百字以應之。

今年，鄧生失授館所，意鬱紆不怡。六月四日，投池死。淑蘭驚哭嘔血，夜即雉經。翁救之蘇，淑蘭亦悔，喟曰：「吾過矣。翁在堂，夫柩在室，繼嗣未定，非吾瞑目時也。」越半年，族人立嗣子霖，筮日爲宗洛引輴，淑蘭有喜色。家人覺其哀減，禁防稍疎。十月二十日，遣女奴瀹茗，掩扉而縊，端書几上云：「有子事翁，吾心安。郎柩既行，吾不獨生矣。」家人蹋戶入，硯墨未乾，爐中告天之香尚濛濛然有餘烟也。編其詩，得若干卷。

舊史氏曰：鄧生爲貧死，淑蘭爲義死，均死也，而泰山鴻毛之輕重判焉。且其從容料量，能曲折以自赴，故是湛深詩、書而非徒一時意氣之爲，尤可尙也。先是，其家二月間開紅蘭一枝，生徵詩志瑞，及今人以爲不祥。余按毛傳釋「彤管有煒」，言女史能以赤心正人也，或者烈婦之赤心，蘭先知之耶？抑其姓氏將登彤管，故先爲之兆耶？不然如蘭之馨，長留千秋，生得藉婦之傳，又安知俗所謂不祥者，乃即鄧氏之大祥耶？

兪蒼石詩序

吾浙故多詩人，惜余離鄉久，寡所省識。昨年遇蒼石兪君于江邑官舍，貌樸而神閒，知爲綴學之士。出所爲詩，命加校定。讀之，其思深，其學邃，能合古人以就範，能離古人以存眞，洵于此道三折肱焉。聞其幼好吟詠，家無擔石，夷然不以爲意。常交吳西林、翟晴江兩先生，研究詩旨，又嘗遊山陰，窺禹穴，過嚴陵七里瀧，登眺金、焦，得江山之助，下筆加恢奇。屢困秋試，項項然不能無悶。

余歎且謂曰：「今人動稱科名，不知科之與名，相離久矣。唐韓衮以退之爲大父，身中狀元，無人稱說；而終身不第之羅隱、方干，至今編詩者不能祧其一席。君將百年中與一二人爭耶？將三年中與千餘人爭耶？」

君知余之好其詩也，以序爲請。余適有東粵之行，意欲稍緩，而君諈諉甚堅，若急欲得余言以自信者。余老且衰，所言何足爲君重。然竊思異寶當前，而噤不發聲，是啞人而享太牢也，奚可哉？爲綴數行，弁諸卷首，且從臾其門人王晉川公子爲梓而行之，以質諸天下。

何南園詩選後序

金陵有二詩人，一爲陳古漁，一爲何南園。陳詩矯健，何詩清婉。三十年來，過從甚歡，今年俱委化去。余盧然心傷，爲梓其詩以存之。因陳詩雖多，已有詩槩一集行世，其子能讀父書，事可有待。而何則名未出於一鄉，家又式微，予聞病，即往搜其詩，得稿若干，選成兩卷。

或疑所存太少，答之曰：古陶、謝諸公，名垂千秋，詩存無幾。禮有以少爲貴者，詩亦宜然。或嫌何詩境太薄，又答之曰：以一物而論，劍脇貴厚，劍鋒貴薄。以兩物而論，裘貴厚，鮫綃貴薄。詩之佳否，不在厚與薄也。惟是予所悒悒者，十年前許代鐫其詩，故爲作序，蹉跎至今，今雖終踐此言，而不及使其生前一見爲可悲也。且校其稿，與予平素抄存者尚缺二三，則易簀時所搜羅，慮其美猶未盡也。然則人之自存其詩，與存人之詩者，可不汲汲然顧影而爲之哉！

南園名士顒，江寧諸生。卒年六十有二。其生平梗槩，已悉前序中。

陶怡雲詩序

伊尹論百味之本，以水爲始。夫水，天下之至無味者也，何以治味者，取以爲先？蓋其清洌然，其淡的然，然後可以調甘毳，加羣珍，引之於至鮮，而不病其腤腐。詩之道亦然。性情者，源也；詞藻者，流也。源之不清，流將焉附？迷途乘驥，愈速愈遠。此古人所以有清才之重也。

十餘年前，葉書山庶子向余稱京山同年之孫之才。其時怡雲初勝衣耳。執箕膺擖，進止安雅。已而入泮，受業于辛楣、抱經兩先生，俱口其才不置。怡雲好吟詩，尤好吟余詩。余勸其力追古昔，毋域于凡近，而怡雲每成一篇，必來商榷。數年來，其詩益進，瀠瀠然如湘水之清，雖十丈可察樗蒱矣。

明年，將試京兆，欲學唐人寫生紙覓覺于公卿間，而欿然以少作爲疑。余告之曰：元相秋夕、清都，少陵東郡趨庭，皆少作也，作苟佳，何嫌乎少？怡雲又以古體少、學植薄爲疑。余又告之曰：唐人五言工，不必七言也；近體工，不必古風也。鍾嶸詩品、滄浪詩話尙悟不尙學也。且吾再語子以水之說。方諸之水，一勺也，可以羞神；方塘之水，半畝也，可以喻性。放而極之，原泉渾渾，浮天沃日，又何常非方塘一勺之始基乎？子富於春秋，徐之以俟其至，原無津涯，而余則頽然就衰，假數言爲宣張，勢難緩矣，況三世通家子弟之詩，及於吾身親見之，又親序之，亦是人間罕事。讀怡雲詩者，當不蒙龐士元稱引人才每過其分之誚也。

重到沭陽圖記

昔顔斐戀京兆，盧埶戀靈昌，古之人往往于舊治之所三致意焉。蓋賢者視民如家，居官而不能忘其地者，其地之人，亦不能忘之也。余宰沭陽二年，乙丑，量移白下。今戊申矣，感呂嶧亭觀察三札見招，十月五日渡黃河，宿錢君接三家。錢故當時東道主，其父鳴和瓘而髯，接三貌似之，與談乃父事，轉不甚曉。余離洮時，渠裁斷乳故也。

夜闌置酒，聞車聲啍啍，則嶧亭遣使來迎。遲明行六十里，嶧亭延候於十字橋，彼此喜躍，駢轔同驅。食頃，望見百雉遮迣，知洮城新築。衣冠數十輩爭來扶車。大概昔時騎竹馬者，俱龍鍾杖蔾矣。嶧亭有園，酒湑居我。

越翌日，入縣署遊觀，到先人秩饍處，姊妹鬬草處，昔會賓客治文卷處，緩步婆娑，悽然雪涕，雖一庖湢、一井匽，對之情生，亦不自解其何故。有張、沈兩吏來，年俱八旬。說當時決某獄，入簾薦某卷，余全不省記。憬然重提，如理兒時舊書，如失物重得。邑中朱廣文工詩，吳中翰精賞鑒，汪叟知醫，解、陳二生善畫與棋，主人喜論史鑑，每漏盡，口猶瀾翻。余或飲，或吟，或弈，或寫小影，或評書畫，或上下古今，或招人來，或呼車往，無須臾閒。遂忘作客，兼忘其身之老且衰也。初意欲遊雲臺，以路遙不果。

居半月，冰霰漸飛，歲將終矣，不得已苦辭主人。主人仍送至前所迎處，代爲治筐篋，束縕靷畢，握手問曰：「何時再見先生？」余不能答，非不答也，不忍答也。嗟乎！余今年七十有三矣，忍欺君而云再來乎？忍傷君而云不來乎？當余來時，妻孥皆不欲也。余灑然就道，而今竟得千里生還，其初心寧及此哉！然以五十年前之令尹，朅來舊邦，世之如余者少矣；四品尊官，奉母閒居，猶能念及五十年前之舊令尹，世之如呂君者更少矣。離而合，合而離，離可以復合，而老不能再少。此一別也，余不能學太上之忘情，故寫兩圖，一以付呂、一以自存，傳示子孫，俾知官可重來，其官可想，迎故官如新官，其主人亦可想。孟子曰：「聞伯夷、柳下惠之風者，奮乎百世之下，而況於親炙之者乎？」提筆記之，可以風世，又不徒爲區區友朋聚散之感也。諸詩附書於後。

康方伯睢南治河記

乾隆己酉夏，江寧方伯康公奉天子命隨制府防汛南河。會河水暴漲，六月十日決魏塘。公聞信奮曰：「魏塘者，睢寧保障也。倘有不戒，萬民爲魚。雖現在周家樓亦復漫溢，然其地人烟稀少，且近洪澤湖，水有所歸。智者當務之爲急，不可緩也。」遽詣魏塘，督夫下埽，立隄上指揮。忽埽裂一縫，若地陷狀，竹楗芻泥，壓公而下。時已昏黑，救者愕眙莫措。倉卒間，急溜衝去所壓泥沙，擁公而上，手有所觸，乃埽缸纜也。援之登岸，官吏奔赴，見公揚揚如平時，冠不弛纓，帶不移孔，水不入口，手仍搖扇，羣驚以爲神。制府書公憐公勞瘁，勸還寓小憩。公不可，曰：「官散則夫散。某若去，隄今夜潰矣。某身受國恩，願與此隄同存亡。」遂閉車帷，易濕服，旋即登隄督辦。夫役兵丁，壯公之節，爭先踊躍，邪許之聲徹天。

甫至夜半，埽定而工成。上流既治，周家樓得以并力合作，不數日，睢南水患悉平。大府上其事，天子嘉之，手解荷囊以賜。

枚按：漢王尊守東郡，治河隄壞，立水中不動，吳子顏溺荆門，援馬尾而起。古之名臣，履險如夷，往往相似。然而公之初心，豈望及此哉！當湯墜時，洪濤掀天，自分無生理矣。私念人誰不死，爲民而死，猶不死也。此念甫動，若有扶之而起者，立水中如立土上。登岸後覘所援之纜，尙離丈餘，不知何由入手。莊子稱至人入火不爇，入水不濡。宋子京稱郭令公忠貫日月，神明扶持。今觀于公信矣。枚舊史官也。愛公奇績，可備國史之遺，故纂而紀之，俾後人有所矜式，且知仁以爲己任者，忘其身而身存，危其身而身安，人定勝天，轉不在脫帶腰舟，兢兢爲自全計也。意所未竟，更爲之歌。其詞曰：

異哉方伯，猛不畏死。直走龍宮，奪還赤子。所奪何地，淮、睢之交。河決魏塘，人心動搖。公命驅驅，急則治標。具乃畚築，下乃芻茭。身立于隄，表帥羣僚。突然隄裂，水擁公去。雖去不去，公如砥柱。公非善泅，有沉必浮，公非輕鷗，立水上頭。人道死矣，公乃起矣。萬目睽睽，驚且喜矣。雖有智謀，不如一膽；雖有慈航，不如一纜。滂滂者袍，峨峨者冠，炯炯者目，飄飄者髯。公之自視，逌然淡然。人之視公，氣定神完。吏民愛公，牽衣而泣；爭取瓣香，爲公禮佛。大府敬公，以手加額；勸且離工，小爲休息。公曰不然，事須及熱，民命所關，千金一刻。請賈餘勇，與水一決。儘力今宵，將河堵塞。河伯聞之，嗒然色阻；夫役聞之，蹲蹲起舞。魚鱉爲橋，蛟龍捧土。頃刻隄成，漏才三鼓。天子曰咨，嘉汝勤劬。賜朕雜珮，以光汝軀。公拜稽首，仗主威靈。從茲睢南，永慶綏寧。賤子有言，請參末議。前聖後賢，事同一例。湖名召伯，隄號康公。盍易新名，以垂無窮。

與稺存論詩書

文學韓，詩學杜，猶之遊山者必登岱，觀水者必觀海也。然使遊山觀水之人，終身抱一岱一海以自足，而不復知有匡廬、武夷之奇，瀟湘、鏡湖之妙，則亦不過泰山上一樵夫，海船中一舵工而已矣。古之學杜者，無慮數千百家，其傳者皆其不似杜者也。唐之昌黎、義山、牧之、微之，宋之半山、山谷、後村、放翁，誰非學杜者？今觀其詩，皆不類杜。稺存學杜，其類杜處，乃遠出唐、宋諸公之上。此僕之所深憂也。

昔人笑王朗好學華子魚，惟其即之過近，是以離之愈遠。董文敏跋張即之帖，稱其佳處，不在能與古人合，而在能與古人離。詩文之道，何獨不然！足下前年學杜，今年又復學韓，鄙意以洪子之心思學力，何不爲洪子之詩，而必爲韓子、杜子之詩哉？無論儀神襲貌，終嫌似是而非；就令是韓是杜矣，恐千百世後人，仍讀韓、杜之詩，必不讀類韓類杜之詩，得人之得而不自得其使韓、杜生于今日，亦必別有一番境界，而斷不肯爲從前韓、杜之詩。得，落筆時亦不甚愉快。蕭子顯曰：「若無新變，不能代雄。」莊子曰：「迹，履之所出，而迹非履也。」此數語，願足下誦之而有所進焉。

書楊鏡村

楊太守名燦，字鏡村，以福建舉人權知上元縣事。乾隆三十三年四月，總督高公出巡，有禹郭氏者攔輿訴其子尊玉與同產姊姦，已有身矣。高公大駭，交君辦治。君坐堂皇，召郭氏及女至，俱戴手詈尊玉不良。尊玉無言，涕泣而已。君疑姊弟亂倫，不應和于前仇于後，且尊玉狀甚愿，非行險者，但未便以子質母，乃分別頌繫。即親至其家，見尊玉床覆粗布被，甚單寒，而其母及女則紅衾爛然。訊其隣，僉曰：「事關暗昧，某等何能知！」須臾有小女擎茶出，問其年，曰：「七歲。」問郭氏何人，曰：「吾母也。」君喜抱入署，暗屬役，有隨小女子車後刺探者，擒以來。果得一男子壯佼而頎，名解五，爲總督擎纖隸也。乃啖小女果餌，好語誘之，使與羣兒戲。三日後，欣欣然忘其家，具言母與姊同解五寢，兄尊玉詬誶，受笞者屢矣。問：「知汝姊有身乎？」曰：「知。」「何以知之？」曰：「姊姊腹大，鄉隣見之，皆掩口匿笑。前數日，解五買小兒文葆及紅抹肚來，阿孆爇熨斗爲之熨攔，隨置酒三人同飲。兄尊玉璧額走出，不知所往。」君命役搜其家，所置物宛然在箱。乃召解五及母女來，取示之，各叩頭伏罪。蓋解五庸奴，不知律載內亂者兩犯俱斬，意欲誣奪玉成遺之，己獨占其全家故也。獄具，合郡稱爲神明。

擢知蘇州府。蘇州有周顧氏者，以他事勒婢致死。官疑與其奴吳祥有姦，刑逼誣伏。君超雪之。張欒盜于闐玉事發，誤買者多株累，君訊不知情，俾寧其家。事後各來謝金，君不受。

舊史氏曰：君貌清氣和，明達政體。訊解五一案，余所目擊，故知之也詳。後貶謫海門，爲決獄事代上游受過，終不自言，尤可尚也。聞近得狂易之疾，年餘未痊。雖天報善人，病與官均當復起，而余則頹然衰矣，慮旦暮塡溝壑，無人傳循吏，故倣孫可之書何易于之例，取君逸事，爲著于篇。

書汪鑿菴　「書」字原無，據嘉慶本補。

杭州汪鑿菴，富且達者也。築家菴于西湖。年七十將屆，召其子女而告曰：「慶生日不過絃歌燈宴，鞠跽拜趨，縱極豪侈，我嘗之厭矣。今年心有大願，說與兒曹。」衆皆起立拱聽。曰：「人誰不亡，我願未亡而受亡人之奉，哭則能聞，奠則能餐，拜則能受，汝等縗麻則能量其長短而覩其稱身。尤妙者，引輴時，旃檀之香，黼荒池紐之設，鼓吹導從、旌旗柳翣之儀，緇流梵音、羽士法曲，夾道數十重，吾坐靈車中，游目傾耳，威儀赫然，行者避道。汝等伴哀詐泣，送入西湖靈妙菴中，選精舍，授几作妥靈狀，開奠三日，極牢醴而甘焉。是享古人未享之樂也。樂極再歸，行生日禮，何如？」

家人色不相許。鋆菴怒云：「孝莫大于順親，我豈不知預凶非禮，然此亦亡于禮者之禮也。較之唐人李凊爲壽，縋入少室山中，不猶愈乎！」遂親買紙錢魂旛啓期畀之，諸戚里愛其通脫，笑其癡，至期來送，路祭者百餘家。鋆菴穆穆盛服，停車揚觶，不遺一席。是日，飲至石許，顏愈温克。

到菴禮畢，語妻子曰：「吾不歸矣。吾在此茹葷伴佛，玩山水以終餘年，汝等來則相見，不來我亦不汝召。有以家事白者，雖來亦不見也。」居湖上十五年而卒。今湖上小有天園，卽其處矣。

杖銘

走不以手，非所論於老叟。自得此君，山之巔，水之藪，俱爲吾有。樂莫樂兮，與鄉人飲酒。

竹杖銘

節瞿瞿，是何篨篨。扶之以當車，亦步亦趨。

藜杖銘

藜瘦如竹，竹堅如玉，老人得之添一足。

灌木杖銘

磥砢多節，頗似奇士。吾與汝偕，不知老之將至。

木拐銘

契丹木拐，見者避道。此拐聞之，淩雲一笑。

蘇州管糧同知曾公傳 嘉慶本編入卷三十四

西江有篤實君子曰曾曰琇，來宰上元，與余爲忘形交。通家往來，事吾母尤敬；母年九十餘，時坐板輿赴君署飲酒觀劇。已而遷任蘇州，夫人來別，與老妻泣下。甲辰春，余赴粤東，過南昌訪君，則頽然衰矣，須扶曳乃行，而家貧益甚。又二年，接訃，知君考終。嗚呼，吾母亡十餘年矣！每一見君，便思吾母。今君亦不可見，而君之高義，終不能忘，常思作傳以永君，苦不能悉君事迹，恆悒悒于懷。適其孫懋相過江寧，細詢之，才得其失官得官之顚末，而其他則郎君年幼，亦不能舉其辭也。

君以流外官爲漢陽尉，膺卓薦，遷福建莆田縣丞，權臺灣縣事。有黄教者，以盗牛犯案，君杖而遣之。適莆人林椿與縣役吳經冒一變有隙，遂誣控經與黄教謀反，兵器悉貯經家。君親往搜捕，杳無蹤跡，隨訊林椿，盡吐實情。遂以挾仇誣陷，申牒大府。未兩月，黄教又盗牛，懼捕，聚衆三百人，張旗爲亂。巡撫鄂公大驚，特劾君庇逆當誅。會鄂公有他事爲將軍密奏，上怒曰："曾日琇以縣丞署令事，尚不可隱逆賊情，汝爲巡撫，乃聽内地人民爲賊擄去，竟不奏耶？"其時君已擅動帑金，募村民擒黄教斬之，而鄂公亦已去任，新撫來，深知公冤，然據實奏，則從前承審諸大員俱干嚴譴，乃授意勸君誣服。君性仁慈，不得已伏疎縱之罪。新撫以縱逆虧帑擬絞具奏，奉上諭，曾日琇爲殺賊動帑，非尋常侵蝕可比，且其才似有可用，着送部引見。君見上，叩頭謝恩，遂蒙恩發江南以知縣用，補上元令。

嗚呼！公老吏也，就罪科罪，不能預知日後之爲亂；又仁人也，不忍人而自忍，拚罪己以救同官。此其心自分死矣，孽矣，萬無全理矣。況以兩巡撫劾一縣丞，如風掃落葉耳，而所縱釋者又叛迹昭然，雖萬死固當，卽至愚人敢希意外之恩哉？乃初參時，皇上不允，再參時，皇上加褒，聖天子之聰明睿知，千載難逢，而君竟身逢其盛。道路聞者，皆控揣不到，爲之舞蹈流涕，而況君之身受者乎？

君抵任後，自言刀鋸餘生，萬念俱灰，惟有勉爲循吏，以報主恩。養廉外，絲毫不受。重門洞開，巨細必親。爲政清而能和，交友推心置腹，愉愉如也。制府高文端公薦授蘇州管糧同知，凡三年，以老病辭官。卒年七十有八。

贊曰：余老且病，遇人有傳志之托，輒愁眉，惟于君若有所不得已于懷而百計以求其事迹。得君孫數言，如獲奇珍，急急書之。然則君之爲人，亦可思矣。

書秦檜傳後　嘉慶本編入卷三十五

宋至今垂七百年，人但知秦檜之惡，而不知發秦檜之姦。人稱高宗害二聖之歸，檜以和議迎合，冀久相位，是殆不然。按高宗急欲還二聖，故屈從和議，不得以是罪高宗。光武曰：「使成帝復生，天下不可復得。」唐玄宗返蜀，肅宗不讓位。檜智人也，不必以此迎合。或謂檜不肯負金人之約，則更不然。檜之喪心，欺君父矣，何有于金人？謂檜樂和之逸，憚戰之勞，則又不然。披堅執銳，諸將當之，檜坐享其成而已，何所爲勞？

然則檜之主和者，何也？曰：檜之不得已也，檜欲帝中國耳。蓋金人以劉豫許之也。金人立張邦昌而敗，再立劉豫而敗。檜之才十倍于此二人，故金以和議紿宋，而弛其守備，以成立檜之計；檜以和議紿主，而便其入寇，以成自立之謀。趙鼎在則和議不成，岳飛在則入寇無益。彼二人者，其肯北面而事檜哉！則除之而殺之，亦檜之不得已也。及其再起大獄，誅不附己者五十二人，蓋中國之事定矣，不踰歲而金人亦大舉入寇矣。檜不自料其死，金人亦不料檜之死也。檜既死，金人奪氣。采石之戰，虞允文一揮而定。使檜尚在，天下豈宋有哉！

徽宗有玉帶，値千金，金主歸之，或有吝色，金主曰：「帶在江南，終爲我物。」夫金雖强，屢敗；宋雖弱，屢勝。非恃檜爲應，何言之易易也！高宗始聞和議成，二帝、太后可返，故屈己從之。及知和議之非，已爲檜所制，搖手不得。檜死，曰：「吾今日始免檜逆謀。」檜之心，帝固已知之也。

靖康元年，金人求三鎭，檜力持不可。金人立張邦昌，檜與馬伸爭之。檜之前後，迥如二人。蓋始則但求富貴，國利而已可與；繼則窺竊神器，國滅而已乃興。歸時即倡言曰：南人歸南，北人歸北，中原歸劉豫。檜目中豈有劉豫哉？歸中原于劉，即如金歸玉帶于宋也。張扶請檜乘金根車，呂愿中獻秦城王氣詩，檜覗然不以爲怪。然則如檜者，古之爲操、莽而不成者歟！

方君柯亭傳 嘉慶本編入卷三十三

敍奇行易，敍庸行難。古今文人，都操此論。然而庸德庸行，聖人所重。故曰：「中庸不可能。」人果能於倫常日用間爲人之所不能爲，則庸中之奇，又何嘗不觥觥矗立耶？吾於方君柯亭見其人矣。

君諱源聚，字函光，號柯亭，古歙人也。生而孤露，事親孝，行己恭。家業先豐後嗇。或爲君危，君嘅然曰：「窮通，命也。素位而行，道也。吾何容心哉？」早廢舉子業，貿遷有無。稍稍自立，便趨人之急。鄉黨義舉，赴之若熱。辛未歲大饑，君出境購粟，還鄉平糶，賴以存活者無算。同產六人，其季早亡。兄弟析產時，君又嘅然曰：「孀霜撫孤，傺然孑立，薪水殊艱。我丈夫也，自食其力，安用祖宗餘庇耶？」遂却所分田產，全以畀之。嗟乎！仁義不行，鹿鳴興刺。今之人，往往爭一缺口盆、折足几，兄弟勃谿者，比比也。卽史載薛包分家，奴婢取其老病者，田廬受其荒頓者，號稱古之賢豪。然彼終有所受分，非脫手不取也。以君相較，其義心淸尙，不更加古人一等哉！至於葺琳宇，修浮圖，又其末節餘行，不足爲君異也。

君以捐修城工議敍主簿，年六十而卒。子五人，名如川者，九歲能詩，以文噪于時。今年就試金陵，餉隃糜百螺，上鐫「隨園先生著書之墨」，曰：「昔韓昌黎能文，求傳志者輦金幣如山如川。家貧無能爲役，故辛苦捶煙，爲先生潤筆，爲先人乞傳。」余嘉其意而不忍辭也。

論曰：傳記之體，有敍無斷。嘗謂蘇子瞻作温公神道碑以一誠字相貫串，是温公論，非温公碑也。然事迹少不得不以議論行之。太史公敍屈原、伯夷，參入己意，方有波瀾回折。余書方君，亦此意也。

帆山子傳　嘉慶本編入卷三十四

眞州有逸人曰帆山子，性遁宕不羈，雖補弟子員，非所好也。讀經書悉通曉，卒不爲先儒所囿。嘗曰：「漢儒泥器而忘道，宋儒捨情以言性，皆誤也，今試策士而問之曰：何謂仁，何謂義？對者瞭然無所乖舛。再問之曰：梡蕨若何形？瓌奠若何數？議者昏然，異同紛起。何也？道有定，器無定故也。或下一令曰：途遇彼姝，平視者笞。受笞者必多。又下一令曰：歸而家能毆兄若姝者賞。受賞者必少。何也？一情中所有，一情中所無也。善爲學者，務宣究大義而順人情以設教。」其持論快徹，大率類是。

余每至邗江，必招與俱。帆山知余之好之也，掀髯而談，汩汩如傾河，聽者舌繂口呿，不敢發一難。尤長於說往事，敍先賢遺迹，凡可喜可愕，可嗢噱絕倒者，騰其口抑揚而高下之，盡態極妍，雖優施之假孫叔敖，李龜年之談開元、天寶，不是過也。

身短而髯，圓面。終身布衣，家無擔石，氣象充充然，不類貧者。逡巡有恥，遇人無町畦。假館某某家，偶不可于意，色斯舉矣。居常不繫襪，或戴道士冠，挂麈尾，幅巾，几上羅列觴燧圖書，珮環小器，楕狹零星，手自摩拭。雖匽湢所，必折壂掃滌，纖塵不留。見美男子則惵然意下，目往而足欲隨，或尤之，笑曰：「吾何與哉？易稱『見金夫，不有躬』，聖人詔我矣。」其風趣如此。

姓員，名燉，字周南。帆山子，其別號也。先世陝人，學第五倫載鹽來揚州，卒致折閱，年七十四而終。

論曰：莊子有人貌而天之說，帆山子眞氣盎然，蓋純乎天者也。聞臨終預知死期，奉其祖父木主埋先人壠中，而以所玩器物盡貽朋好，拱手而逝。自稱無方之民，其信然矣。其執友江吟香素敦風義，有友五人，哀其無後，每逢寒食，輒具雞黍紙錢，設位，祀之于江上之延生佛舍。帆山，其一也。蓋即宋玉招魂聖人于我殯之義。嗚呼，仁哉！

與孫俌之秀才書　嘉慶本編入卷三十五

凡人少爲壯謀則思學，老爲死謀則思傳。文章之道，傳賢不傳子。遂古文人，不與日月俱逝者，恃此而已。足下才弱冠，壯猶未至，而僕年七十有七，則死愈近而傳愈急矣。奈數十年來，傳詩者多，傳文者少，傳散行文者尤少。所以然者，因此體最嚴，一切綺語、駢語、理學語、二氏語、尺牘詞賦語、註疏考據語，俱不可以相侵。以故北宋後，遂至希微而寥寂焉。足下踔厲奮發，不謀於衆，不請諸父兄，而殷殷然以此事見師，投一書一序，皆的然具歐、曾形貌。是足下之心腹腎腸，業已非今之人，乃古之人矣。以古之人，爲古之文，如以水洗水，此事非足下之傳而孰傳焉？

夫古文者，卽古人立言之謂也，能字字立於紙上，則古矣。今之爲文者，字字臥於紙上。夫紙上尙不能立，安望其能立於世間乎？不知者，動引隋柳虬之言，以爲時有古今，文無古今。唐、宋之不能爲漢、秦，猶漢、秦之不能爲三代也。此言是也。然而韶，舜樂也，孔子云：「樂則韶舞。」使夫子得邦家，則韶樂未必不可復。文章之道，何獨不然！僕以爲欲奏雅者先絕俗，欲復古者先拒今。俗絕不至，今拒不儳，而古文之道思過半矣。韓子非三代、兩漢之書不觀，柳子自言所得亦不過左、國、荀、孟、莊、老、太史而已。當唐之時，所有之書，非若今之雜且夥也，然而拒之惟恐不力，況今日之僕邀相從，紛紛喋喋哉？

僕願足下博心壹志，專學唐之文章，而入門則自宋之王介甫、元之姚燧始。之二人者，皆闖昌黎之室，周其匽溷，不自知爲宋、元人也。大抵唐文峭，宋文平；唐文曲，宋文直；唐文瘦，宋文肥；唐人修詞與立誠並用，而宋人或能立誠不甚修詞。聖人論爲命，尙且重修飾潤色，所謂「言之不文，行之不遠」也。若班固序上官桀持蓋事，故意分風雨爲二，錯落之，以爲古。范史書陰興持蓋，則云障翳風雨。詞非不達也，而已不古矣。昌黎志房君云「名聲益彰徹大行」，故意重累之以爲古。歐公志江鄰幾則云「內行修飭」，詞非不簡也，而反不古矣。凡此之類，指不勝屈。故就幼時所曾留意者書之爲足下告。至於識解之超，見聞之闊，法度之縝密，波瀾之抑揚流宕，則又在作者之神而明之，而非先生所可敎也。足下思之哉，思之哉！餘不盡。

與俌之秀才第二書　嘉慶本編入卷三十五

前書已發，偶讀皇甫持正與李生書，而不覺又有進焉。持正告李生云：生方舉進士，而作古文棄時文，是伐柯而捨其斧也，奚可哉？斯言殊有意義。僕少不好作四書文，雖入學，雖食餼，雖受薦於房考，而心終不以爲然。心之所輕，烟墨知之，遂致得題握管，不受驅使。

四戰秋闈，自不恆意。不敢有閔於有司。丙辰年，二十有一，蒙金中丞奏薦鴻詞科，心乃㛹㛹然喜，以爲可長辭時文矣。不料此科亦報罷。齒漸壯，家貧，兩親皤然，前望徑絕，勢不得不降心俯首，惟時文之自攻。又慮其不專也，於是忍心割愛，不作詩，不作古文，不觀古書。授館長安，教今嵇相國家七歲童子，朝暮瞿瞿，寢食於斯。于無情處求情，于無味處索味。如交俗客，強顏以求懽。半年後，於此道小有所得，遂捷南宮，入詞館。四十年來眞與時文永訣。然則僕之棄時文作古文，乃假道于虞以取虢，而非貿貿然遽恃晉以絕秦也。

足下既已舉茂才，試秋闈矣。勢必借此梯媒爲科名計，而科名又以早得爲佳。何也？意不兩銳，事不並隆。必絕意於彼，而後可專精於此。古之人，不特韓、柳、歐、蘇爲科名中人，卽理學如周、程、張、朱亦誰非少年進士？蓋天欲成就此人，必先使之得早出身，捐除俗學，惟古人是歸，而後可傳之於無窮。不特此也，作文戒俗氣，亦戒有鄉野氣。無科名，則不能登朝；不登朝，則不能親近海內之英豪，受切蹉而廣聞見；不出仕，則不能歷山川之奇，審物產之變，所爲文章不過見貌自臧已耳，以甕牖語人已耳。此亦有志者所深懼也。

至於功令之文，從古不重。昌黎所稱下筆大慚者，詩賦也，唐之時文也。文文山跋李龍庚墓志云：「今雖聖賢不能不爲時文，然非其心之所安，故苟足以訖事則已矣。」此策論也，宋之時文也。詩賦策論，何嘗不傳？而應考試者則不能傳，何也？猶之濠上之魚，與校人饋子產之魚生死不同故也。僕願足下於未秋試之年，分七分功於古學，而於應試之年，則以搏象之力爲時文，不取其效不止。庶幾名世壽世，兩者兼獲。譬如祭者未薦牲牢，先陳芻狗，固明知其無益而用之也。一笑。

誥封光祿大夫奉宸苑卿布政使江公墓志銘 嘉慶本編入卷三十二

乾隆己未冬，余恩假歸娶，路過揚州，初識江公穎長。余年二十有四，而公始任戴冠。其時兩淮司馬莢者侈侈隆富，多聲色狗馬投瓷格五是好，而公獨少年淵雅，與王已山、程午橋諸先生遊山賦詩，余灑然異之。

亡何，鹺務寖削，商中耆舊凋謝。恭遇國家大典禮、大徭役，大府無可咨詢，惟公是賴。公閱歷既久，神解獨超。輔志弊謀，動中款要。每發一言，定一計，羣商張目拱手，諾諾而已。四十年來，凡供張南巡者六，祝太后萬壽者三，迎鶴山左、天津者一而再。最後赴千叟宴，公年已六十餘。每跪道旁，上望見輒喜，召前慰勞，詢問家常。所賜上方珍玩，加級紀錄之恩，莫可紀算。轉運使出都，請訓，上面諭江廣達人老成，可與咨商。廣達者，公行鹽旗號也。公自念一商人，並非勳舊閥閱，而帝心簡重如此，受寵若驚，夠夠如畏，亦不自知其所以然。

丁丑，辦治淨香園，稱旨，賞給奉宸苑卿銜。壬午，盤獲內監逸犯有功，晉秩布政使銜。辛卯，上知公貧，賞借帑三十萬，以資營運。一時羣商之趨下風受指麾者，或相嗜媢，退有微詞，公絕不與較。未幾，兩淮提引案發，上震怒不測，羣商就逮京師，勢洶洶[illegible]不能自脫，而公慨然一以身當。廷訊時，唯叩頭引罪，絕無牽引。上素愛公，又嘉其臨危不亂，有長者風，特與赦免。其他鹽政諸大吏咸伏歐刀，而公與羣商拜恩而返。妻孥迎門，先咷後笑。方知大樹之下，可借餘陰，無怪其干霄而捧日焉。

先是，揚州城南有高阜，相傳前明康海讀書處。公家其旁，葺而新之，叠石穿池，請駕臨幸。上喜平山之外得近處小憩，兩幸其園，賦詩以賜。公抱七歲兒迎駕，上抱至膝上，摩其頂，親解紫荷囊賜之。恩幸之隆，古未有也。

公長身矗立，角犀豐盈，晚年雖鬢白如銀，而神采煥發；聰強不衰。性尤好客，招集名流，酒賦琴歌，不申旦不止。邗江地當衝要，公卿士大夫下至百工伎藝，得珍怪之物及法書名畫，無不從從然屐及公門，如龍魚之趨大壑。公一與申納周旋，必副其意使去。以故賓從藉公起家者無慮數十輩，而公轉屢空。身歿之日，家無餘財，人以之比樊靡卿、陳孟公一流，而風雅過之。

公諱春，字穎長，生時白鶴翔於庭，因別字鶴亭。本籍徽州歙縣，祖演徙居揚州。父承瑜。皆以公貴，贈封如公官。生子女皆不育，繼弟昉之子振先爲後，又夭。公歿之前一日，再繼其弟振鴻。壬寅春，余持公詩游黃海，一丘一壑如得導師，歸而告公，公曰：「我將游天台，亦持君詩作證，兩人盍以名山作交易耶？」嗚呼！息壤在彼，而公有志未行，竟從此訣，其可哀也已！公卒時年六十九，以某年某月某日葬某。

銘曰：四民之末，三揖以前。問厥由來，奇賞自天。奕奕江公，宏智辨達。手握牢盆，菲枯粟乏。善與人交，靡不有終。赴義若熱，艾物必豐。均輸國計，軍餉河防。惠我黎烝，盲禿傴尫。遭逢虞巡，靈臺營造。工垂神明，馬鈞機巧。天子曰咨，汝實卿才。奉朕宸遊，源源而來。公承寵命，千里駿奔。遨遊宮苑，歸夸戚隣。一个匹夫，三公不換。鼻息所衝，上拂雲漢。年高委化，人琴千秋。歌吹已寂，聲華未休。松耶柏耶，志幽者石耶？我爲之銘，石敢泐耶！

小倉山房續文集卷三十二

禮部侍郎海住金公傳　嘉慶本編入卷三十四

公姓金，諱甡，字雨叔，號海住。其兄虞，故宿學也，人稱長孺先生，教公爲文，溺苦不休。夜臥轉側，時聞諷倍。生有至性，母患腹疾，公以口熨臍而嘘呵之，疾遂平。舉世宗元年鄉試，今上七年，會試、廷試俱第一，授翰林修撰，尋遷至正詹、內閣學士、禮部侍郎。三逢御試，皆上親擢冠首，受知最深。以故衡文之任，重疊委用。凡典試廣東、江西、山右者三，督學安徽、江西、分校禮闈者二。或未散館，未撤棘，寵命先下，或許持節，便道上冢，皆異數也。所涖處嚴關防，減夫役，飭條約。卷雖盈萬，必手披而目及之。往往搜得遺珠，爲幕府補過。或生童文字未協，代爲改削，如訓子弟然。有被黜之人，捧落卷而感泣者。

上命公行走上書房，課諸皇子，前後入直十有七年。卯入未出，薆勉勤愼，從無休沐之請。遇事納規，忠心拳拳。緝承華法戒一書，備青宮觀覽。壬辰秋，扈駕熱河，馬驚墜地，上慰問者再，遣醫治痊。次年五月入直，胃痛儥作，中使扶歸，具疏乞休，上許之。出都時諸皇子不忍良師之去，握手欷歔，賦詩贈行，問承華法戒書成否。同僚及門下士餞者麕集，車馬駢轔，供張塞路。大司農王文莊公見而嘆曰：「吾輩異日出都，得如是光榮，足矣。」

先是公奉命祭南海，適公子三吾卸篆翁源，趨庭侍奉，士論榮之。少苦家貧，通籍後，依然儒素，每食二簋，鬱肉漏脯，不以爲嫌。任學使時，皖江學租故事給貧生外，皆因公開除。公鈐封其餘，交提調，備修文廟。其廉儉蓋天性也。然于濟困扶傾之事，慷慨仔肩。內宗族，外師友，周恤倍至。歸座主仲公永檀之櫬，繼世好怡雲鄂公之粟，葬故交晚菘居士之四代八棺，見義必爲，無絲毫顧藉。

予告後，掌教萬松書院。生徒來，不冠不見，曰：「吾教之以禮也。」雖篤老而纂思奮筆，終日孜孜，春秋佳日，與鄉里耆英爲五老六逸之會，嘯歌湖山。薨年八十一。所著清語錄十九帙，史漢平林訂誤若干卷，詩八千餘首。子三人。

贊曰：枚生八歲，即讀公闈墨，欽若天人。後入館閣，先公一科。及公侍直禁廷，而枚已外用，五十年來，未由霑接。但聞公愛枚文，向人口之不置。薨後，長君奉公遺命，具狀乞傳。余敢不表章前哲，亦以報知己哉！客春遇公次子三俊于蘇州，爲枚校詩集，指示誤用漢書、北史二事，想見公趨庭之教，所貽謀者遠矣。

邛州知州楊君笠湖傳　嘉慶本編入卷三十四

雍正間，西林鄂文端公作蘇州布政使，設春風亭，招致四方賢俊，如沈歸愚、華希閔，皆以耆舊見重。而以十四齡童子與會者，惟楊君一人。

君名潮觀，字宏度，號笠湖，常州無錫人。生而沉默寡言，秩秩見于面目。以乾隆元年舉人，歷宰晉、豫、滇南三省，遷知四川簡、邛二州，再調瀘州，年八十終。

君在官凡三十餘年，正署一十六任。亹勉額額，一以禔躬澤物爲務。在文水值五年編審之期，歷年徭役不均，君親加區別，除鰥寡孤獨者千餘人。常過杞縣，有尫羸男婦百餘焚香跪道旁。鄉保指曰：「此公所活氓也。」君愕然。鄉保曰：「公不記某年聞賑歸來一案乎？大府不准報銷，此輩皆公捐俸所活氓也。」亡何，長子掄舉進士，而公奉調瀘州，年逾七十，初志不欲往。旋聞瀘大饑，道殣相望。慨然曰：「見義不爲，無勇也。」即到官，碾穀檢校一切在官閒款，分設三粥廠，令男婦各隨地坐，給籌以起之，换票以出之。在瀘不滿百日，凡活五十九萬七千人。笑曰：「吾事畢矣。」即以老乞歸。其孳孳爲善，皆此類也。

然君亦非偏于寬慈者。固縣獄訟債興，君預示審期，立限拘集赴訊者，晨到午回，民間號楊半升，言案結無需再食也。瀘州散賑，有嘓匪率百餘人夜破廠門攫食，君追擒之，斬爲首者一人，衆遂帖然。河南布政使蘇崇阿查賑，問：「有濫否？」曰：「有。」「有遺否？」曰：「有。」蘇怒，厲聲曰：「又遺又濫，何以爲賑？」君曰：「口稱無遺濫，而心不自信，故不敢欺公。」蘇曰：「然則汝有可信者乎？」曰：「有。官無侵，吏無蝕，是可信也。」蘇嘉君言之誠，慰勞而去。

君以古賢自期，與今之從政者格格不入。河南災，奉檄辦河料二百萬，君頻蹙曰：「野無青草，何能辦料？」即牒民疾苦求免。俄而有省會來者，曰：「君癡矣！此是上游知君杞縣有累，故特多其數，爲君生財計。君不解，乃固辭耶？」君笑曰：「吾誠不解。」亦卒不問其作何解也。君常自言：居官信心而行，投艱不辭，理繁不亂。然往往有未慊者，在杞縣回署，求賑者麕集，有一人裸而攀車，隸人逐去。次日早出，已死深雪中。瀘州營兵借穀，所送册漏造防汛者姓名，續請而君病，竟忘補給。以此二事，時時抱憾。嗚呼！今士大夫乘堅策肥，知有己而已，視民若秦越人之不相關。君能仁其民，而過後猶欿然若不足，此其行事居心，豈凡所及耶！

性無嗜好，惟躭音律，愛花竹。在邛州得卓文君粧樓舊址，構吟風閣數椽。吏民上壽者，令各種花木一株。取古今可觀感事製樂府數十劇，付梨園歌舞，以落其成。七十生辰，與夫人重行合巹之儀，兒孫捧觴上壽，撤帳坐牀，號「白頭花燭」，偕老新聞，古無有也。所著□□若干種，□□若干卷。

夫人孔氏。子掄，官太平縣令；次子搢，歲貢生。

贊曰：君與余爲總角交，性情絕不相似。余狂，君狷；余疎俊，君篤誠；余厭聞二氏之說，而君酷嗜禪學，晚年戒律益嚴，故議論每多抵捂。然君居家聞余至必喜。在邛州，特寄金三百，屬置宅金陵，將傍余以終老。歿後，其子掄以狀乞傳。莊子曰：「仁義之人貴際。」際者，大德不踰之謂也。古之人游、夏交相議，管、晏乃合傳。雖異猶同，其卽君與余之謂耶！

吳縣文學蔡君勉旃傳 嘉慶本編入卷三十四

乾隆己亥秋，余遊洞庭，覩荷于消夏灣。愛其桑麻鋪紛，山幽而水清，知必有隱君子家其間。弟子徐心梅爲道蔡君涵虛閣可遊，遂叩其扉。君外出，見其子子範。修然自束，人風可愛。今十有四年矣。心梅以狀來曰：「蔡君業已委化，顧其行義甚高，望先生爲傳以永其名。」余舊史官也，闡幽之責，其曷敢辭！

謹按：君姓蔡，名璘，字勉旃，以太學生居洞庭山東蔡里。生而醇粹，通識懿文。遊楚留遷，以其贏奉高堂，恤孤稺。常過湘潭，見楚人以箐茅構舍，多鬱攸之災，爲置水龍，激射行火所焮，融風頓息。鄉人之不能歸墐者，爲謀裨窆以掩諸幽。

尤重諾責，敦風義。有友某以千金寄君，不立券約。亡何，其人亡，君來其子而歸焉。其子愕然不受，曰：「嘻！無此事也。安有寄千金而無券者？且父並未語兒知。」君笑曰：「券在心不在紙。而翁知我，故不語郎君知。」卒與之，聳而致之。嗟乎！人心醇古，動稱三代。然而周當極盛時，即有「質劑」二字，載于地官司徒章。鄭註以爲今之書指券也。先生距周二千餘載，而行事宅衷，乃在黃、農、虞、夏以前，猗歟休哉！即其寄金之父之子，亦賢乎其不可尚也已。鄉人以此重君，凡遇疑難事，從從然爭來就決。人指消夏灣爲高陽里云。卒年八十有三。

論曰：君有子勝斐然之志，無江左虛勝之風。較漢之獨行，則行已純；比周之逸民，則濟物廣。謀所位置，其在楚國先賢、襄陽耆舊間乎！

海州知州何君墓志銘

乾隆庚戌八月，老友何君獻葵臨終，以滋官事狀蠅頭書，付其家人云：「爲我交隨園，當必有以報我。」其時君長子承燕作天台校官，次子承薰需次秦中，三子承福尚幼。餘皆婦女，治喪倥偬，遺失其狀。今年將卜葬矣，承燕來乞志墓。知秉筆者不能鑿空爲文，而又不忍沒其先人譴諉之志，涕泣而謀諸余。余道古人碑銘，事迹與交情並書。余交而翁四十年，爲子者不忍死其親，余亦不忍死其友也。豈可以事狀不具，而聽其沒沒哉！謹就所知聞爲之銘曰：

君諱廷模，字獻葵，號西舫，杭州丁卯舉人。分發江蘇，知如皋縣，調沛縣，遷牧高郵，再遷海州。俸滿引見，丁母憂歸，服闋不起，終于如皋。君清癯矗立，皙而髯，目睒睒有光。聰強詳審，頗饒幹略。常愛余所撰州縣心書，手抄以去。涖官時，試而行之，所到豪暴屏迹，胥役肅然。如皋素稱難治，君初臨，投牒者如麻。一二年後，訟庭如水。以其暇修冒辟疆故址，建水明樓，與紳士咏歌其間。在高郵，重到如皋修城，鄉邑父老，扶杖攜幼而迎者，遮馬首不前。君愛其風俗之醇，遂卜宅焉。

嗟乎！古之賢人，往往樂居舊治，孔僖之于臨晉，盧悊之于靈昌；莫不皆然。其故何哉？蓋當其作官時，視官如家，視其民如隸子弟；及其去也，民之奉其官，亦如父如主人。居他鄉轉勝故鄉也。奈今士大夫作官如作賈，虐取諸民，在官時莫敢誰何；一旦解印歸，瓦礫爭投者如雲而起，尙敢緩須臾出境哉？君能安居如皋，是卽循良之明效，勝行狀一篇矣。

先是，余宰沭陽，有吳某就館洪氏，妻昏夜被殺，主名不立。洪氏子與其奴互相誣。余屢訊不決，遂成疑獄。偶與君言及，君曰：「此獄固難辨，然君亦未盡心。」余問：「何也？」曰：「君何不將二囚合繫之，陰使人察其所言。再分繫之，使人爲鬼嘯以怵之。或眞情可得。」余憬然若失，悔計不出此，因服君之才之過余也。

君行義敦篤，性殊瀟灑。在江寧小住，輒來山中，佐余疏流泉，蒔花竹，登天風閣看江，相約結隣，藹然有出世之想。厥後急流勇退，樂志林泉者十餘年。在當時亦預覘梗槩云。

先娶□氏，再娶□氏。女二人，孫五人。葬某。

銘曰：勿放勿拘，持身瞿瞿。未老而賦閒居，卜一廛于所治之區，蓋事事學余也。然長余一歲，而竟泉路之先驅！得毋愛余文，而有意歸眞將身後之名見托歟？吁！

汪心農試硯齋記　嘉慶本編入卷三十五

古人藏器必有室，魯藏樂器則有宣榭；蕭子良藏古物則有古齋；白太傅藏粟則有廩，藏書則有庫。此皆見諸史册。而獨于藏硯之所，鮮有聞焉。

吾友心農主人性嗜古，而于嗜研也尤。今年書來，道得一端溪石，膩理而靡顏，長五寸許，面有鸜鵒淸矑，呼之欲活。試以墨，無所不靡。主人愛之深，護之密，乃于屋之西偏，葺小園，構突夏使居，顔其齋曰試硯。階下書帶草茸茸然。種蕉數挺，取其葉可以書也；有桂有松，喜其陰可借潤也。其齋後則庋置綈衺、尊匜、法書、名畫，取其與古爲徒，以類相從也。事已竣，倩妙手作圖，而丐余言以張之。

余曰：唯唯。今夫知音遇合之難也，大者君臣，小者媵侍、傔從，下至渥洼之馬，波斯之寶，清秘閣之玩好珍奇，知之難，得之難，得而位置之尤難。茲硯也，拳然一石耳。已落市廛，其不辱于狙儈之手，沉埋于奥渫污邪之所也，幾希矣。一旦矜寵若斯，石苟能言，寧不點頭而稱謝也哉！不特此也，一齋之中，硯既爲之主，則凡供役之毛穎，進飲之墨翟，陪侍之楮先生，非其良，誰敢來耦？而且四方之賓，聞聲走觀者，苟非摩研編削之才，又誰敢入崔儦之室，與訂石交哉？余老矣，所藏十餘硯，終日策其勳甚苦，而卒未謀一廛以居之。聞主人之風，能無忍愧于顔乎？乃記其事，又爲之歌曰：

紫雲一片，墮入君家。明試以功，墨瀋飛花。粲粲主人，陶玄浴素。居以軒楹，葩華莽布。齋之幽兮，惟石丈之遊兮；石之貞兮，惟主人之德之馨兮。譬彼良田，留與子孫耕兮！

近文齋記　嘉慶本編入卷三十五

以近文名齋，謙詞也。何謙乎爾？穆子司閒雖，文事也。文則郁郁乎君子以懿文德矣，彬彬乎通識懿文矣。以文名齋，何所爲疑，而胡以「近」名？

穆子曰：「噫！『近』之一字，豈易言哉？近蘭者芳，近棘者傷；近愚者悖，近賢者良。我不能揮柔翰，掞天庭，自著其文，而徒揭揭然以攻木爲文，以鐫金石爲文，以摩崖搨碑爲文，是我與文一而二者也，不足以爲文也。然而，居是齋也，已卅年矣，所往來者，商榷談笑者，非方聞綴學之士，卽摩研編削之才。染之久，而不覺神移焉；相親久，而不覺與夢通焉。其不得不與文相近者，勢也。取以名齋，我子孫目擊道存，從形下而悟形上，或勿叛于文也，其庶乎！」

余告之曰：昔揚子雲作太玄經，至幽遠也，而其言曰：人之與玄近者，玄亦近之；人之與玄遠者，玄亦遠之。子之志，卽揚子之志也。今士大夫身以文顯，而往往得志後棄之如遺，遠若萬里。然則穆子因技悟道，豈不高出尋常萬萬哉！吾聞唐職官有鐫勒使一員，銜居六品。他日穆子及身而貴，未可知也。卽不然，而將來繼起者，安知其不爲趙衰之文乎？不爲公叔文子之文乎？皆可于是齋也卜之。吾爲欣然作記以待。

誥授資政大夫兵部右侍郎抑堂史公墓志銘

公姓史，諱奕昂，字吉甫，號抑堂，漢溧陽壯侯之裔。世居夏莊。祖夔，康熙壬戌翰林，官至宮詹。父貽直，歷任三朝，官文淵閣大學士、兼吏部尚書，謚文靖。有子三人，公其次也。

雍正四年，世宗欽賜諸大臣子弟舉人，文靖公愛公聰敏，意屬公。公讓於長兄奕簪，而己亦旋中順天鄉試乙科，以恩廕授刑部山西司員外郎。出爲山東兗沂曹道，調運河道。公長不踰中人，而風骨秀整，有守有爲。乾隆十六年，黄河決豫州，自陽武建瓴而下，穿張秋之挂劍臺，勢洶洶不止。議者或欲塞臺口，或欲掐麥田下流，公皆不可。請于河帥顧公曰：「上源不斷，而徒治下流，無益也。爲今計，宜聯東兩省爲一局。先塞陽武咽喉，乃從事於東，棄故河，開新河，築兩堤如翼，遏水北行，則河力自退。」如其策，水患果除。會有旨命協辦南河石料。濟寧乏紅，公借停運糧艘，運石以往，爲漕帥所劾。亡何，南河奏他省協濟之石未到，而東省協濟之石全輸。上知公有才，免其處分。

旋命攝甘肅布政使，辦理軍需。時王師征準噶爾。故事，兵四名所過處供肴烝一席。健兒呼吸，州縣苦之。公奏官兵原有口糧，按站支給，請飭州縣改所供爲牛羊乾脯，俾兵且食且走，免稽行程。上可其奏。阜蘭令奉將軍嚴檄，限五日內解送穀袋三千，令錯愕無措。公命各典舖將質押民間糧食袋借出記數，責成押運官運畢歸還，不三日而事辦。當是時，甘肅路遠，自涇州起至甘肅共二十餘站，尖宿五十餘處。一路廛市寧謐，兵無驛騷。

二十年，補授福建按察使。閩故多盜，南洲積賊范某，渠魁也，有拳勇，歷任不能擒。公訪知賊頗孝，乃拘其母以招之。范果出請死，公許自新，命縛羣盜以贖。范涕泣叩頭去。終公之任，不再犯法。公又多置哨船，增營兵，按月輪巡，全部肅然。每訊囚，反覆詳審，不得其情不止。有邱廷華者，姦同舍生致死。事屬暗昧，誣引他人。前臬使獄已具矣。公鉤距得實，力爭於大府前，訊釋無辜，而置廷華於法。

在閩六年，天子擢公廣東布政使。公感上恩，益奮。奏首領佐雜，雖微員有佐理之任，宜加斟別，繕摺呈覽，不必拘六年俸滿之例。奏雲、貴、川、廣路遠，大員丁艱，宜速奏，限驛行四百里，免懸缺久待。奏國家封典，原以教孝也，今見請封生母，供結內註「並非再醮」，二字殊乖忠厚，傷人子之心。按結內既稱某人室女，以禮聘娶，則非再醮可知，何必多此詞。累疏入，上皆嘉許，飭部頒行。瓊州舉人某請咨入都，吏嫌用印處殘損，駁回州文。公念瓊州隔海，往返甚難，命補藩印給發。吏爭無此例，公不聽。次日出行，此人持香跪謝，方知揠破州文者，卽吏所爲，作脅索張本。公之精神淵箸，細事不遺，皆此類也。

丁文靖公憂，服闋入都，聖眷益隆，驟遷兵部右侍郎。晝日三接，行將大用，同官忌之，以蜚語搆公。天子休公於家，與三品銜回籍讀書。公遵旨掩扉，足不入城。家有賜書數萬卷，朝夕自課。葺文靖公故園，蒔花栽竹，嘯咏其間。雖高年，猶臨帖作楷，神似晉人。家居後，叠次祝釐迎鑾，上必召見，溫諭寵錫，復二品原銜。五十年，與千叟宴，賡歌賦詩，恩賜稠叠，士論榮之。

辛亥仲秋，公慶八十生辰。仲冬四日，無疾遽終。子八人，女四人。第六子培輿，余壻也。

猶記壬寅歲到公家，住紅泉書屋。每晚，公必命童子提燈而出，絮語生平決某獄，辦某案，漏下四鼓，猶娓娓不休。其卓然可傳者無慮數十事。惜予年衰善忘，不及筆記，而今又十年矣。諸公子丐余銘墓，不能如當年撰吾師神道碑之詳。嗚呼，余其負公也夫！以某年某月某日葬某。

銘曰：桀桀史公，烱介明淑。端右之才，旄車之族。眞想在衿，精神滿腹，既勤施於四方，亦遂心於初服。爾壽爾康，無適無莫。爛其盈庭，森蘭挺玉。敓魄無傷，神霄有籙。以一个臣，享九五福。倜然逝矣，如客不速。又何必絮語諄諄，而啓予之手，啓予之足！

永昌府龍陵同知金公墓志銘

吾師金中丞震方先生，有從孫曰岳，字哲訓。生而英異，十四歲，聞其父觀察公誦于清端公文集，慨然慕之。及長，善射，好談兵。凡握奇、風角、奪槊跳刀之法，靡不殫究。始筮仕平樂府通判，歷署麥嶺、梧州同知，荔浦、靈川、來賓等縣，皆邊地也。

最後署羅城縣。羅城者，于清端故所宰邑，瘴癘毒淫，人皆憂之。君獨喜曰：「余仰止清端數十年，今竟涖公所治，或者公其有以默相之乎！」到即創建公祠，輯公所著政書爲之傳播。居羅城一年，前後獲盜百餘，里無夜警。調補桂林龍勝通判。龍勝水土尤惡。抵境不及三月，妻妾家人，死者纍纍。君亦殗殜幾死者數矣。然伏櫪之志，雖病不衰。每獨策一騎，周歷叢篁深箐，搜訪其山川阨塞，宵小竄匿之所，著爲桑江、平樂紀要二書，某宜屯兵，某宜置戍，科別其條，若指諸掌。適制府蘇公巡邊，見其書，稱「奇才奇才」，即欲荐君，君以疾辭。退而語人曰：「蘇公不能馭下，慮他日有事。」未幾，蘇竟以罪免。巡撫熊公聞之，歎曰：「金別駕知幾其神乎！」

君浮沉粵西最久，復移官于蜀于滇，所歷皆瘠苦磽确之地。其阨屯勞悴，若從骨相中帶來。雖力疾自強，遇險益奮；而馳驅烟瘴垂三十年，君亦皤然老矣！君短視，秀羸多能，恢奇自喜。所至重文學，興教化，故人子及先賢苗裔，有貧不能自存者，傾囊賙之必盡。其駐龍陵也，永昌諸生，越數百里裹糧從之遊。又共述君實惠紀略，文行節錄，傳於世。終以龍陵同知，乞病就養於長子見龍八閩署中。年六十三而卒。

嗟乎！君有志慕清端公，其動心忍性相似，其才亦未必不相及也。然當日清端公宰瘴地，死者七人耳，不及五年，總督江南。君宰瘴地，死者至十三人之多，乃卒以同知終老。豈天之將降大任，或然或不然耶？抑必欲放清端公獨占千秋而不容後人追相存偶耶？

余受君叔祖中丞公知，因得與尊人觀察公遊。後中丞薨，余爲撰碑，觀察公死，余爲銘墓。今君亡，又因君子見龍之請而爲銘君之墓。然則昌黎哭殿中馬少監三世，悲哀不勝，轉怪世之欲久不死而觀居此世者，何耶？不知有昌黎之文，而少監至今死猶不死，則又未嘗非久居人世者之爲也。嗚呼！銘人三代，古人希有，余竟公然爲之，則其老且衰，又寧堪問哉！君若有知，其悲我當更勝於我之悲君也已。

君子二人，妻某氏，以某月某日葬某。

銘曰：木性根土，人性根祖。道素之門，自兼文武。嗟哉金君！心追古賢。何地不可宦，而與瘴爲緣！能使百姓活，而妻孥轉歿！三宿隨園，一朝決捨，握筆銘君，老淚傾瀉。雖久屈於人間，終常伸於地下。

淮徐營遊擊加贈文林郎田公墓志銘

余屢遊蘇州，聞人道長洲令田涵齋之孝，與其封公香泉先生之賢。問狀何若？曰：「涵齋善養父志，知老人愛山水，時奉一騎一板輿，恣其嬉遊。以吳人之浮薄，而封公排日出署，竟齊其口，無一人造作蜚語者。非其道韻平淡，有以深孚於人心，何能如斯？」余聞而敬焉。

丁未冬，遇涵齋於酒所，愛其伉爽，每兩人語輒移時。今年刺海州，丁封公憂，書來乞余銘墓。狀曰：

公諱玉，字存璞，號香泉，世籍瀋陽。祖翺色公始遷大興。少時豪健，善騎射，務爲名高。一日，在郊外遇潘長者教之讀書曰：「好勇不好學，將流爲逋蕩矣。」公歸讀大學集註至「去其舊染之汚」六字，憬然有悟，遂折節改行。爲滿洲完顏公所知。公督南河，挈公相助。完顏公甍，相國高文定公、尹文端公、尚書顧公琮相繼作河帥，皆器重公。以碭山把總驟遷高堰河營守備，歷遷至淮揚淮徐遊擊。

嗚呼！完顏公者，名偉，余座主留松裔先生之季弟也。明允篤誠，造次必於儒者。壬戌歲，余改官江南，蒙以通家子弟見待，留宿署中，慰誨殷勤。其他若高、尹、顧三公，皆海內正人，而亦余所親炙休光者。昔人云，窮視其所與，達視其所舉。以四君子之舉公，公之爲人，從可知矣。

公生有至性，在袁浦官署，忽趌趌然心驚，急歸視母，母果病，視湯藥半月，竟得送終。年過懸車，堅求解組歸。常端坐，手一編，凝塵滿席，澹如也。所著有省吾錄、附蓬小草等集。卒年八十有七。

元配趙氏，繼劉氏。子文龍，孫慶豐，三代皆贈如公官。以子貴，加贈文林郎。以□□年□月□□日葬。

銘曰：遜矣田公誰與伍？漢之朱雲晉周處，游俠趪趪力如虎。一朝納約循規矩，盾頭磨墨兼文武，興來詩筆如牛弩。三品尊官棄如土，來看子舍綵衣舞。終其天年歸紫府，高風不愧古人古。

禮部尙書姚公傳 嘉慶本編入卷三十三

公姓姚，諱成烈，字申甫，號雲岫，浙之錢唐人。世有積德，曾祖樹齋好施捨，有南陽樊氏之風。公以戊午舉人、乙丑進士補文選司主事，累遷至山東道御史、禮科給事中，出爲常鎭道，調江安糧道，授安徽按察使，江寧、廣東兩省布政使，巡撫廣西、湖北，入爲禮部尙書。年七十一薨。

公性惇厚，行安而節和。自居家以至臨政，一以仁慈爲務。山西大同、寧武等處，例納丁糧，有本戶故絶者，累里族代償。公奏請，飭撫臣核明丁未歸地之區，就人民實數均攤完納。上可其奏，積累一清。運弁朱葑之兄某辦鹽虧課，部臣慮寄匿葑家，檄訊甚嚴。或請褫葑職，械送京師。公不可，曰：「葑寄匿無實據，未便先褫其職。命入都與兄對質可也。」漕帥楊文恪公嘉公能識政體。粵省倉支給旗營兵米，有扣除餘留者，五六年間積至二萬餘石，倉米紅朽，而民間翔貴。公奏請出糶，嗣後積至萬石者，允其出糶一次。奉旨允行，官民懽呼。

公雖姝姝煦煦，持齋禮佛，于蟲蟻不忍妄傷，然頗能持法。安徽富人某隱納逃婦事發，輸作鬼薪。中丞將許之贖，公不可，曰：「恃財爲惡，不可寬也。」有傭工强姦主婦，其家掩執，交僕送官。姦者誣與主婦素有姦，僕人怒毆殺之。有司以罪人已就拘執而擅殺問擬。公不可，曰：「强姦主母，反敢汚衊，此罪之決不待時者。不得以擅殺擬也。」粵犯李萬春逃至桂林，總督李公奏公往辦，不逾月而萬春父子就禽。人俱疑公强毅，與平素柔道不合。公笑曰：「『非義不能成仁』，此孟子之所謂以生道殺民者是也。」

公所到處，一切考棚、書院、橋梁、渡船，登時修舉。遇蠲除豁免之案，必迅速詳題，如逋負之在身。計在江寧、湖北、兩粵任內，請免版荒沙壓硤廢諸田數千頃，又請豁免凱旋已故兵丁借領行裝銀萬餘金，俱蒙報允。先是，廣東鹽卑，係浙江、江西兩省商人辦治，日久商貧，欠課脫逃。當事議令本地富民承認，致有姦商匿其資，詭稱疲敝請替者。公謂轉運秦公曰：「商人辦鹽數代矣，習知利弊，猶且消耗。今忽責之于局外之人，是驅之破產也。愚見宜令富商協助疲商。彼皆平日彼此洞知虛實者，既可調劑盈縮，又可免其推諉。」秦不能用。已而有控部者，上命大臣核訊，官商伏辜。秦公嘆曰：「悔不聽姚公言，致有今日也。」

公內行淳篤，凡昆季、從子、戚里輩卵育扶持，內外無間言。有記室某，庸于才，每創稿公必削改，或請別薦之以省己累。公瞿然曰：「若老矣，非我焉歸？若知其才庸而以薦諸人，是欺友以便己也。」留之八年，至內召方已。其用心如此。

子三人，嗣震、嗣惪、嗣懋，俱經明行修，克世其家。

論曰：余與君同年生，同肄業書院，同舉孝廉，交五十餘年，知公最深。自幼即聞公常勸人充無欲害人之心，其素衿淸尙，概可想見。雖時際明盛，恪恭奉職，無所顯其才，而能認眞推分，善氣迎人，使難事之長官，難馴之吏民，皆齊其心，約其口，帖然悅服。唐權文公薨，天下泣且弔曰：善人死矣！如公者殆其人歟！

小倉山房續文集卷三十三

吏部尚書東河總督顧公傳

顧琮字用方，姓覺羅氏，滿洲正白旗人。祖八代有奇力，能挽十二石弓，折節讀書，兼通文史。以蔭生從信郡王征李定國，追至永昌，大敗之。又從趙將軍良棟征雲南，奪取銀定山，發砲擊賊，賊魁吳世璠自殺，其僞將軍某以城降。功成，賞精奇尼哈番。父顧儼，襲世職，生公。

公天性岐嶷，習兵農書算，不屑章句之學。聖祖開算學館，公得與焉。議敍得吏部員外郎。世宗登極，稽核財賦，開會攷館，以公領職。有書吏行賄某官，某官首之於總局務怡親王。王命公審理，吏狡抵，公笞之。同官忌公者，誣公欲殺吏以滅口。王疑公亦受賄，遂奏劾公，交刑部一幷嚴訊。吏證公無絲毫染，公得無罪，而怡邸意終不愜，不爲請開復。未幾，奉世宗特旨起授戶部銀庫郎中，出爲河南觀風正俗使。

當是時，有奏豫省歲荒者，世宗命山東運米十萬石爲賑濟。總督田文鏡諱災，以爲歲熟，民無需米，仍令運官帶回。公爭曰：「此時民未必不需米。就使不需，然既已運來，留存州縣倉中，亦有備無患之義。若仍令運回，則運脚船費，例不準銷，地方官賠累無力，仍取諸民，民何以堪？且王者有分土無分民，豫省官民，即山東官民。爲臣子者，當同心共濟，不必自分區域，粉飾太平，以希恩寵。」田滋不悦，密奏公倨傲，氣淩其上，意滅其下。世宗問公，公曰：「觀察爲欽差官，與督撫平行，無所爲上也。司、道、府、州隸於督撫，非觀察屬吏，無所爲下也。既無上下，臣何淩滅之有！」世宗笑曰：「奏卿者，田文鏡也，毋乃爲爭米事忮汝乎？」

公上書立言，務培本根，持大體，不屑承順風旨。嘗奏開捐非善政，永宜停止，洋洋千言。又嘗入朝，天旱多風，上有憂勤之旨。公徐曰：「洪範云：蒙時風若。今風色過厲，慮朝臣有蒙蔽君父者。」上爲之動容。

公於友朋風義尤敦篤。任山東總河時，前任完顏偉奉召來京，未行而病篤，意欲出署調養。公力止之，曰：「君之母妻兒女，俱先回京，病中左右無人，吾與君同事君父，即兄弟也。弟尚在，兄何憂？」凡一切湯藥便旋事，皆公親自料理。完公氣息纔屬，猶戀戀呼公，公應聲而至，不傾刻離。完公殁後事宜，公一力周旋，護送還其里第。後巡漕御史伊靈阿在寓亦病，臨死，嘆曰：「有顧大人在茲，吾死何憂？」公亦典質衣物，爲治其喪如送完公時。

公雖剛正孤㝢，百折不回，有顧鐵牛之稱，而性耽花竹，左右侍立校尉千總皆淸俊少年。浙江總督李衞氣出人上，而最敬公。見侍者而尤之，問：「此輩可使戰乎？」公笑曰：「蘭陵王貌美，戰則戴銅面具入陣矣。公不信，可遣公帳下健兒與角力。」及交手，皆應聲而倒。又多製髹漆盤，盛佳硯良墨。聞屬吏能詩文者，輒手贈之。其風趣如此。公官至七省總漕，內權吏部尙書，年七十而薨。

論曰：乾隆七年，余改翰林官出宰江南，拜辭首相鄂文端公。問及當代諸名臣如尹望山、楊江陰諸公，公意俱不滿，但云：「汝到江南，有一眞君子，不爲利動，不爲威懾，守其道，生死不移者，可交也。」問何人，曰：「顧某。我此時不必通書，汝見時但道是我門下士，渠必異目相視。」及到淮，見公於總河署中，果如舊相識。臨別，求公敎誨，公曰：「君聰明，任君行去，但要大處錯不得，可緊記老夫語。」眞儒者之言。然公信古太過，有限田一疏，要均民間貧富，與廷臣力爭，意非不善，卒亦不能行云。

領侍衞內大臣撫遠大將軍費襄壯公傳

費公揚古，滿洲正白旗人，居董鄂地方，以地爲氏。年十四，襲三等伯爵。性朴直，而貌雄奇，待人以和，無疾言遽色，好在上前自言己短，人多笑之。康熙十九年，以御前侍衞爲火器局總管兼議政大臣。二十九年，厄魯特噶爾丹不靖，聖祖命隨裕親王征之。破賊於烏蘭地方。

先是，厄魯特部落與喀爾喀連界，厄魯特之子縱獵喀爾喀地方，爭獸被殺。厄魯特酋長噶爾丹謀報讎，陰令番僧千人詭遊牧，在其界內一年，而喀爾喀不知也。突於除夕，率衆鼓譟直入，所伏千僧從中接引，喀爾喀度歲轟飲醉臥矣，變起倉猝，父子不相顧，向南狂奔。噶爾丹追逐，所殺士卒無算。喀爾喀奔至中國，款關求救，面目如鬼，自言饑餓垂死，乞大皇帝活命。聖祖憐而納之，仍與位號，賜牛馬，撥有水草處俾居。遣人諭噶爾丹曰：「汝兩小國，唇齒相依，當各守甌脫，何必互相吞噬？朕仰體天地好生之心，不喜人爭鬭，汝可休兵回國，毋違朕命。」噶爾丹奏云：「喀爾喀殺我子，我理當報讎。大皇帝要我罷兵，可將我讎人車臣汗、哲卜尊二人交出，我便回去。」聖祖詔答云：「人窮促來歸，朕心哀之，豈肯以讎人畀汝？汝他日窮促來歸，朕亦如待車臣者待汝，不歧視也。」

噶爾丹恃強不服，聖祖怒，下詔親征，分三路出塞，命公出西路，御駕出中路，將軍馬斯哈出東路。先遣諜者，誘其來。噶爾丹疑聖祖必不親臨，果以兵至，到克爾倫地方，離中路營四十里。其前哨探知御駕所在，精兵悍將萃焉，西路費將軍兵已糧盡。噶爾丹遂避中路而直犯西軍。公下令曰：「我兵深入不毛，噶爾丹探知糧盡，故直來犯我。當先示弱以驕之，而一鼓作氣以禽之。我軍今日視我鳴角，然後發矢砲；我角不鳴，先發矢砲者斬！」令畢，噶爾丹兵數千至矣，各列隊兩山岡。公先遣疲卒四百人挑戰，噶爾丹張兩翼圍之，四百人盡沒於陣。噶爾丹大喜，直薄我師，矢石如雨。公端坐胡牀，手執大角而不吹。將軍孫思克跪請曰：「事急矣，賊騎相離二十步，我軍弓引矢張目待將軍，若再不戰，勢恐不支。」公怒，叱之退，又稍稍近前。公鳴角，左右俱鳴角，矢礮齊發，瞬息間煙塵蔽天。賊衆披靡，馬散走山凹。公仰天大笑，指揮衆兵取虜糧物，而窮追之。其衆大潰。酋長頭目，或死或降。噶爾丹僅以身免。奏上，聖祖諭云：「九月十三日卿奏已到，朕甚欣慰。現丹濟勒雖降，噶爾丹降表未至，然知其破壞已極，不能支拒。倘其來降，卿可善言慰導，令至歸化城候旨。當籌一地方安置之，亦是古聖人柔遠之義。」

王師凱旋，公以軍功進爵一等，仍管撫遠大將軍事。公退而告人曰：「我兵枵腹，不能耐久，故鼓其銳氣，忘命一戰，竟能勝之。如彼持重不鬬，環圍一日，則我敗矣。」或有頌其功者，謝曰：「我有罪無功。我恃勇深入，至於絕糧，一罪也；約會後期，致勞聖慮，二罪也。倘不仗聖主如天之福，虜不知兵，我死有餘辜，尚敢言功乎！」其謙退如此。

公在軍中，與士卒同甘苦。坐帳下，事無大小，皆親決之。有求見者，不待傳宣，登時召入。好讀左氏春秋，手不釋卷。一日立營未久，民捉一兵至，訴其闖入渠家，調其婦。公問：「成姦乎？」曰：「未也。」公拔一刀與之曰：「今立營之初，斬之不祥。嗣後此兵敢再來汝家，即將此刀斬之。」民與兵俱叩頭去。後作先鋒衝虜陣者，即此兵也。

朔漠既平，聖祖詣箭亭觀射，諸大臣皆彎弓發矢。公奏：「臣臂痛，不可以弓。」上許之。出而告人曰：「我曾爲大將軍，倘一矢不中，有損國家威重，毋乃爲外夷所笑，故不與諸將軍角伎也。」人服其雅量。

薨後，賜謚襄壯。

文華殿大學士領侍衛內大臣來文端公傳

公名來保，滿洲人，字學圃，姓祈他拉氏。年十三，爲聖祖御前侍衛，舉止端凝，容貌眉目如畫，聖祖呼爲「人樣子」。善騎射弋獵，而被服造次必於儒者。仕於朝七十餘年，其語默動靜及所跪立處，與幼年初入內庭時不差尺寸。

理邸在東宮，再獲譴，左右近臣以不能導王於善，多誅竄者。公獨持正不阿，竟得無罪。仁廟升遐，公奉祠景陵七年，蔬食菜羹淡如也。乾隆元年，上召爲工部尚書兼內府總管。時方議敘水利營田官，公不可，曰：「所謂議敘者，爲其開水利於北方故獎勸之。若敘其所營之田而議敘之，是利之也。皇上初登大寶，當以義爲利。」人嗤公迂闊，公亦淡然。

尋遷刑部尚書。圓明園大內被竊，獲係內監，法司審擬充軍。上面諭曰：「盜朕臥榻前物，豈可與尋常竊盜比？可赴部再議。」公出，仍照原議覆奏。上大怒曰：「汝故違朕旨，市恩沽名。」叱之出。公曰：「本朝祖宗定律，竊盜贓滿貫纔死。此未至滿貫而殺之，是律不足信矣。陛下既付法司，臣愚但知執法，不敢任意爲輕重。」上滋不悅，命內府斃內監於杖下，公遽引疾具疏通政司乞退。上念三朝老臣，降温旨慰留。公強起視事，旋授文華殿大學士，仍兼領侍衛內大臣。

乾隆十九年，王師征伊犂，將軍舒赫德以路遠糧盡，致誤軍機。上封刀遣內使斬之。首相傅文忠公泣救不得，公聞，排宮門入，歷言人才可惜，舒某罪宜寬，娓娓千言。上怒解，曰：「旨去已二日矣，奈何？」公曰：「但求皇上賜赦詔，臣能追之。」出，喚其子某曰：「汝卽上馬往宣聖旨，如救不及舒某，不必歸來見我。」其子素驍勇且孝，一晝夜行八百里，竟收回成命而歸。傅文忠公嘆曰：「似此回天之力，非來公不辦。然非平素公忠見信於主上，何能如是？」

公尤長於相馬，常言相馬如相人，人無全才，馬無全力：有宜徐行穩步鳴和鑾者，有宜馳驟登戰場者，有宜行水曲蟻封而不蹶者，有宜上高山峻嶺可託死生者，有無可用而只可負鹽車者。用違其才，則人與馬兩敗矣。宰相用人，亦當如此。晚年眼毛垂睫，每相馬，則用寸許金篦撑起之。內府備上騎馬，公試其走法，曰：「此二馬可，餘一疋不可用。」圉人曰：「此馬行頗穩，已試過六次矣。」公曰：「汝再試之。」果一奔而蹶。常與史鐵崖相國同坐政事堂，聞牆外馬行聲，曰：「此良馬也，白身而黑蹄。」史公曰：「聞聲知良，容或有之。若隔牆兼知其毛色，則吾不信。」遣人視之，果如公言。乃嘆曰：「公前身是伯樂耶？」公笑而不答。

公常云：「我心如鏡，藏在匣中，瑩然不動。要照物，則用匙開匣出之，用畢仍藏匣中。」故年至八十有三，神明不衰。公薨後，繼其相位者爲尹文端公。

贊曰：枚登朝雖晚，猶及見公。乾隆十七年病起引見，大學士傅公引至軍機房背履歷，公亦在坐。傅公問：「兩江總督尹公繼善、黃公廷桂孰賢？」余曰：「枚，小臣也，何敢論兩大人優劣？但外所傳尹公爲政寬、黃公爲政嚴者，皆誤也。」傅公愕然問故。余曰：「尹公遇下屬有禮貌，多體恤語，故人以爲寬；及犯大不韙必劾，雖司道不能求，故曰嚴。黃公遇人倨傲，呼叱隨意，然頗多縱捨，常漏吞舟之魚，故曰寬。」公又問：「寬與嚴孰愈？」余曰：「尹之嚴可以得君子，黃之寬只可用小人。」蓋語未畢，公在旁笑曰：「汝以君子必爭禮貌，而小人甘受呵斥故耶？」余曰：「然。」公以手拍几曰：「好伉爽南蠻子，豈不將尹、黃兩大人神形都盡出乎？然足下胸襟，亦可想見。」余感公以一言爲知己，故采所聞者爲之立傳。餘大節尚多，不能悉也。

內務府總管丁文恪公傳

公姓丁，名皂保，號鶴亭，漢軍正黃旗人。幼卽選入內庭，長聖祖仁皇帝一歲。康熙十三年，爲內府郎中，榷稅崇文門，崇尚寬大，人多願出其途。聖祖有愛弟曰恭王，患病甍。聖祖責問王府長史、總管不先奏聞。長史、總管曰：「王命也。王疾危，下教曰：『我受帝恩未報，倘以疾革奏聞，必勞聖駕臨視，定增悲痛，我死難瞑目。不如待我殁後再奏未遲。』故不敢違王之命。」聖祖聞之，泣數行下，乃大怒，召公曰：「汝往問長史、總管二人，伊王如此囑付，何不卽以王言具奏。且伊等不敢違王教，如此忠臣，何不竟與伊王同死？汝卽往教其速死，勿汚朕歐刀也。」諭畢，聲色俱厲。公亦作怒狀，到王府，召長史、總管跪階下，宣旨畢，卽奮拳痛毆之，碎其鼻，出血，乃馳馬回奏。上問：「二人死矣乎？」曰：「以臣觀之，必死矣；卽不死，被臣痛毆要害處，亦必死矣。」上遣人視之，血流滿地，上怒亦解，不復追問。公退而告人曰：「皇上手足情深，激而爲怒，我若順承聖意殺此二人，過後必悔。上性仁慈，我服事最久，每杖人見血，便轉頸不視。我故擊其鼻，使易見血得免。然非聖主如天之仁，則不特二人死，我亦死矣。須知爲善者亦有幸有不幸焉。」

雍正元年，公變產償官。家產什物值二十萬，而司官某素刻薄，只估四萬。未一年，公事得白，給還家產，擢授內務府總管。其估產官緣事被逮，交公審訊，惶恐伏地求寬。公笑曰：「君等足與校乎？聖人云『以直報怨』，我若借公事以報私怨，是不直也。」竟超雪之。乾隆十一年，公年九十有八，今上爲建坊表，命八旗大人、朝中文武官偕往稱祝，賞賜金幣無算。所居里巷，二十里外，車馬喧闐，男婦千百，爭看地行仙者，塡衢塞路。又一年而薨。

余在京師，常往參謁，問公養生之方。曰：「薄滋味，少慍怒，六字而已。」又囑曰：「人在世，居心行事，不可一日無喜神護持。」余拜而識之。嗚呼，今余年亦八十矣！

公賜謚文恪，有二子，因聖祖嘗賜「素心松桂」扁額，故名其長者曰丁松，次曰丁移桂。

浙江督糧道金公傳

金公諱溶，字廣藴，順天大興人。雍正八年進士，以刑部員外郎主試貴州，擢山東道監察御史。性忠純梗亮，嶷嶷自立。

乾隆元年，皇上求直言，公上培養元氣疏，其略曰：「國之所恃者民，民之所恃者養，養則安，不養則不安。是以有天下者，必以安民爲急務。本朝太平久，生齒日繁，金饑木穰之災，間或有之。近年來，陝西地震，江南水災，皇上如天之仁，屢發百萬帑金賑濟，恩至厚也。奈鄉曲窮氓，君門萬里，未必能盡達於聖聽；幸而達矣，而蠲賑之下逮者不無遺漏。臣以爲補苴於既災之後，不若保護於未災之前。臣所願陳者有五事焉：一曰開墾之地，緩其陞科；二曰帶征之項，宜加豁免；三曰關稅正額之外，免報盈餘；四曰州縣殿最，首重民事，不以辦差爲能；五曰巡狩之地，崇尚樸素，不以紛華取媚。我聖祖仁皇帝澤被八荒，民到於今謳歌思慕，所以然者，總在散積聚以充編戶，輕珍玩而重人才。我世宗憲皇帝遺詔云：『凡各衙門條例，有本嚴而朕改寬者，此從前部臣定議未協，朕登極後斟酌改定，以垂永久。嗣後應照改例而行。若例本寬而朕改嚴者，此乃一時整飭人心權宜之計，俟諸弊革除後，當仍照舊例而行。』大哉王言！其爲國家培養元氣至深且厚。伏願皇上敬法祖宗，事事以厚生爲急，時時以國本爲念，則社稷之福，蒼生之幸也。」

當是時，上命翰詹科道各進經史摺子，公又以損上益下之說進。謂頭會箕斂以裕饔櫝者，匹夫之富也；輕徭薄稅，使四海咸寧者，天子之富也。易卦損下益上，上益矣而反名損；損上益下，上損矣，而反名益。蓋謂：「百姓足，君孰與不足！百姓不足，君孰與足！」此聖人制卦之本意，可深長思也。

乾隆九年，湖廣總督孫嘉淦因扶同撫臣許容事，部議革職。奉旨罰修順義城。公上疏云：「賞罰者，人主御世之大權。向例臣工有罪，於應得處分外，有罰鍰一項。因其素非廉吏，褫職不足蔽辜，是以罰令出貲効力，使天下曉然知所得者，究不能爲子孫身家計故也。今孫嘉淦歷任以來，其能否優拙，臣未敢深論。至其操守不苟，久在聖明洞鑒之中，亦中外所共信也。今罰令出貲効力，似與用罰之本意有所未協，於國體不無少損。恐天下督撫聞之，謂以孫某之操守尚不免於議罰，將來一不得當，而罰卽相隨，勢必隳其廉隅，預爲日後受罰地步。是罰項行而貪風從此起，不可不慎也。雍正七年，孫嘉淦爲直隸副主考，臣爲所取之士，不敢避師生之嫌，而隱默不言。」

奏上，部議革職。未半年，上特旨起用爲福建漳州府知府。漳俗強悍，胥吏千餘，交結大府，家奴勢力出長官上。有吳威者，設局誘羣少年淫博，聞拏卽竄。公半夜開門出召徼巡三四輩，突入其家，擒治之。合城歡呼。鄉有華葑村，離縣二百里，民納租赴愬皆不便。康熙間，太守某請設縣丞駐其地，督撫批准，至公到已四十餘年，尚未具奏。詢其故，以設官則胥吏無權，故爲所格也。公再具詳，又爲藩司所駁，文書不下府而直行縣。公大怒，嚴訊縣胥，得其交通狀，乃詳請治罪，而設官封村。至今父老嘆曰：「微金公來，我輩將奔馳道路死矣。」

乾隆十三年春，閩省旱，斗米千錢。大府檄公平糶，公計府縣所貯穀止十六萬石，而新穀登場尚早，慮其不繼。乃先勸富家出糶，給印紙令商人赴糴於豐收處，又請寬臺灣米入內地之禁，一面開倉出糶，而羣穀畢集，民情帖然。其他修文廟樂器，增書院膏火，皆次第舉行。前明燕王之變，有漳州陳教授某率諸生六人殉節明倫堂，舊祠蕪敗，公葺治，歲祭，以黃石齋先生配享焉。

十四年，遷臺灣道。二十一年，補陝西鹽驛道，署布、按兩司事。二十九年，調浙江糧道，與巡撫熊學鵬牴捂，奏其迂緩不任事，以原品休致，在家十年而卒，年七十三。子四人。

吏部侍郎留松裔先生傳

公，完顏氏，名留保，字松裔，滿洲正白旗人。康熙甲午舉京兆。辛丑會試，總裁李穆堂先生用唐人通榜法，落第者不平，聚噪馬首，爭投瓦礫堵其門。聖祖不悅，命雍親王檢閱落卷，奏公文佳，遂欽賜進士，入翰林。

次年，雍親王登極，卽世宗憲皇帝雍正元年也。三年中，驟遷侍講學士，充日講官起居注，再加經筵講官，遷通政使、禮部侍郎，署掌院學士。

雍正六年，廣東巡撫楊文乾與前總督阿克敦不相中，密劾其侵用海關稅銀，與所屬司道方願瑛、官達、李濱等朋黨爲姦，世宗命公馳驛，會同總督孔毓珣辦治。行至半途，楊文乾病亡，又有人奏阿某與方、官諸公彼此慶賀，張飲觀優。世宗震怒，詔公一并嚴審，且痛責孔督縱弛失察之罪。孔惶悚無措，卽召阿公具三木以待。公不可，曰：「公與阿公，先後總督也。匣印猶温，一旦以重囚待之，褫其靴，露其足，於心安乎？」孔疑公反言相試，俛首禁聲，但云：「公意云何？」公曰：「我平日與阿某無交，但禮稱貴貴，爲其近於君也。阿某官階一品，貴近君矣。辱大臣，卽辱朝廷。大刑宜撤。」孔曰：「然則何以成讞？」曰：「向例審事，先大員後小員；今日審事，當先小員後大員。先問知府，問司、道，最後再問大員之家奴，則衆情俱得而案已定，何必刑及上大夫然後成讞耶？」孔曰：「倘皇上知之，奈何？」公笑曰：「公何所見之晚也，『天威不違顏咫尺』，我輩爲臣子者，一言一動，豈可希冀皇上之不知而縱意妄爲哉？今日不刑阿某，皇上知而問我，我卽以存國體對。皇上聖明，必能鑒恕。倘有不測，留保以一身當之，與公無干。」孔卽出座下階，三叩首曰：「吾今而知先生眞君子人也。除敬服師事外，尙復何言？」旋訊明所揭數條，各分虛實擬罪。奉旨依議。阿公後官至刑部尚書、文華殿大學士，今廣廷公相名桂者，其子也。

雍正七年，命督建闕里文廟。九年，命監修江西龍虎山上清宮。乾隆四年，今上命查看蒙古三處軍容。五年，奉使盛京收糧。公往來勘歷不下七八千里，所到必有日記，書其山川要害、土俗華離，爲治理張本。又必賦詩，推廣風化之情，昭彰玄妙之思。屢唱皇華，不知勞瘁。然積年蒙犯霜露，車殆馬煩，而公年力漸衰，鬢亦皤皤老矣。晚年以吏部侍郎調工部，乞病閒居，自稱恤緯老人。又十餘年而薨，壽七十七。

公風神寧靜，弱不勝衣。造次必於儒者，遇大事則神識超然，屹不可動。世宗方崇修寺廟，時直隸知縣某有盡逐僧道出境者，奉旨拿問。公奏：「僧道皆無告之窮民，寺廟皆養濟棲流之院落。聖上所爲，即『文王視民如傷』意也。彼腐儒學究，何足以知之！」世宗嘉公能識政體，怒亦旋解，縣某從輕治罪。公在浙時，世宗批摺尾云：「朕聞汝尚無子，汝在浙可買一二婢妾回家。」織造隆升以女子奴奴贈公。世傳奉旨取妾，如此寵榮，古未有也。

公三歲喪父，四歲喪母，庶母□氏守志撫孤，公亦孝敬出於天性。身貴後，奏請旌獎，貤封一品夫人。幼年氣盛，常易生嗔。太夫人屢折菱戒之。及長，使於四方，跪太夫人前乞一杖，交蒼頭，曰：「嗣後我倘不戒於怒，汝即以杖示我。」蒼頭如其言，公每嗔喝，見杖必悚然，曰：「母在斯。」怒爲之平。其純篤如此。

公初艱於子嗣，晚年得子松鶴。娶夫人踵氏，繼配角洛氏。

論曰：昔人稱舉主之恩，重於座主，故何也？座主衡文，務滿額數，所取俱暗中摸索，不知誰何之人，非眞知己也。若保薦一人，則其人終身行爲與薦主息息相關，非知之深不敢形諸章奏，且極多不過一二人，故知我之恩同於生我，宜也。余己未會試出公門下。壬戌，上命大臣保薦陽城、馬周一流人，公命枚擬時務奏疏一通，大加矜寵，即欲以枚應詔。疏已具矣，枚適外用，喜得薄俸以養親，苦辭而出。事雖不行，然公業以座主而兼薦主矣，恩較他弟子爲尤深。壬申，余病起入都，謁公於里第。赴陝拜別，公投杖大慟，枚亦悲不自勝。其時公年高，彼此未必再見，故難訣捨。果別十年而公薨。至今又三十餘年。枚屢思採公事爲立傳，以文報德，而公門戶寖衰，求不可得，心常缺然。幸近年受知於奇麗川中丞，中丞姊夫趙碌亭先生寄公自作年譜來，枚欣然奮筆。雖事跡無多，枚亦年衰才盡，而寫宣梗概，後世觀者或想見賢人丰采焉。嗚呼！公門下士三百餘人，零落殆盡，枚年亦八十矣！隨武子雖不可作，而由也升堂，業已將近。公九原有知，其轉悲爲喜也夫！

此傳成後二年，碌亭先生又寄公年譜及自省錄來，覺尙有逸事應書者。守泰陵時，禮部郎中官福請曰：「祠牲俎豆錢太豐，盍奏請核減，以博上懽。」公不可，曰：「天子富有四海，山陵乃萬古烝嘗之地，汝以一人之小見，而欲損聖主之孝心，可乎？」曰：「恐他人妬羨，必生物議，奈何？」公曰：「吾與汝約：牛羊肥，汝不食以俎豆，錄汝功；牛羊瘠，汝雖食以俎豆，治汝罪。汝問心而已，何恤於人言？」聞者悅服。在戶部時，織造某請征已免關稅飯費錢，公不可，曰：「關吏巡攔，亦百姓也。君欲屯膏，則此輩必虐取諸商賈矣。」又有請裁河東總河者，公不可，曰：「當初設立總河，原爲南北不能兼顧故也。一旦廢之，所省廉俸幾何耶？」向例旗人有負官項者死則免。有縊死者，出差死者，先後牒部，部以爲疑。公曰：「縊死、出差，均死也，例俱應免。有何疑耶？」向例兵出征，官賞棉甲，凱旋繳庫。公請卽賞本兵，不必再繳。公大旨總在損上益下，以養民固邦本爲務。其他如請關稅羨餘以賞八旗；增汛地兵糧以防盜賊；寬諱盜處分，免民之不敢報盜；留錢糧耗羨，使吏胥略有盈餘。雖奏上有行有不行，而公之忠誠遠慮，亦可概見云。

小倉山房續文集卷三十四

九江府同知汪君傳

君諱沂，字魯濱，號少齋。世居休寧四都之汪村。君生而愴定，嶷嶷自立，有踐繩之節。初攻舉業，念贈公鍒貿遷吳、閩，傫然隻身，乃投筆以從。凡所料簡，操其奇贏，黽僶弈赴，若魚龍之趨大壑。贈公奇之，歎曰："以汝才，移之治民報國，不亦善乎！"援例得九江府同知，權臨江府事。

當是時，奉新、安義兩縣民爭洲，前吏不能決，積牒山齊，大府檄君辦治。君甫往勘，姦民虎而冠者糾集千人，鬨然蜂擁，冀以脅君。君曰："今日往勘，未分曲直，汝等侜張欲爲亂耶？"命健役縛渠魁，荷校以狥。衆陰喝不能聲，登時解散。君持弓尺，親履畝加丈，觚刓寀要，爲之區分，無黨無偏，兩造讋伏。德化縣蘆屯羼雜，界址不清，軍民互控。君鉤考斮隱，曉以片言，案以立定。峽江蕭某身亡，族人涎産爭繼，獄訟數年不決。君爲處分，安其遺孤。大府聞之喜曰："非盤錯不顯利器，我固知數大事非汪某不辦，今果然矣。"具疏請實授。適丁母憂，服闋，不起。

有惜君才勸再出者，君曰：「孔子稱『惟孝友于兄弟，是亦爲政』，何必腰金紫，搖干旌，然後以爲光榮哉？」於是里閈之間，修廢舉墜，凡鄉鄰疾苦，田畝匽潴，悉引爲己任。厚村有路爲休、歙通衢，山溜衝齧，砂礫堙鬱。春夏之交，行者跋跋。君甃築石隄百餘丈，靡金錢千緡，工捷且固。邦之氓兩袪高蹶而來者，從從然魚貫而行，歎曰：「微汪大夫之功不及此。」先是，臨江屬之清江，有舊隄護田，久而陀陊。君捐俸修葺，匝月告成，收皆畝一鍾。

君生有至性，友愛尤篤。諸昆先後凋謝，晚年季弟洪又疾篤。君在吳，聞信馳歸，已不及視含殮。悽愴傷懷，殗殜成疾。戚誼中有來諈諉者，勿輕諾，諾則必踐。或有過，則隱諷而曲諭之，冀其改悔。改後相待如初。以故猥子盭夫，靡不慄然意下。論者以爲東漢獨行傳中人，不是過也。

歿時，神明不亂，訓兩子如平時，教以行仁履禮。詢明日期，呼水盥沐而逝。年七十有二。覃恩誥授奉政大夫，晉階通奉大夫，三世皆贈如君官。先娶王氏，卒，再娶吳氏，繼室方氏。子三人，長曰穀；次曰穉，早卒；三曰秉。孫五人。俱皉皉力學，秀出班行，不愧萬石家風云。

舊史氏曰：南史有言，山林之士能伏而不能出，功名之人知進而不知退，性各有所偏也。惟宏通碩士，能審時度己而出處皆宜。汪君桀桀大才，治民獲上，方有無窮之聞；乃祿養事終，迺然遠引。家居二十餘年，章聞揚和，感孚遠邇，明道若昧，進道若退。若而人者，眞古豪哉！

汪存樸先生傳

先生姓汪，字衞南，號存樸，徽州休寧人。生而敦敏，兟兟束修，與俗寡諧，亦不立異譭其儕偶。人接之，如臨春風。事親孝，眡意承旨，雖一滰糜一滫瀡，必手瀹以供。當是時，尊人上聞公治業毘陵，先生隨侍。居亡何，上聞公還徽，道出棠邑，以驟疾亡。先生見星奔赴，卒不得視貝含，柴毀欲絕者屢矣。以太夫人在堂，強進溢米。

家五昆季，先生居中。自毀齒至髮有二色，耦居無猜。及雁行相繼歿，先生以爲己戚。嫠者安之，絕者續之，幼稚者教督之。門以內人亡如未亡也。一切主進錢通諸雜事，獨自宰權。雖家居，能料簡千里外盈虛事，圭撮不爽。以故所業日豐。推其餘，義漿仁粟，以次第舉。族有宗祠，久黯剝矣。先生就其基而恢宏之。潤枯給乏，由親及疏，靡勿周。遇金饑木穰之年，則散廩米之饋餾，平道路之陁陊，購珍貴之藥物，拯濟甚廣。國之人僉以手加額曰：「賢哉，汪大夫！吾曹雖捐頂踵，其何以報耶？」

性無他娛，惟藉枕圖史，手一編，寒暑罔間。或捃書中芳言懿行作家語，勗子姪及戚里。聞者多感化焉。年六十三卒，循例得知府銜，蒙覃恩三代皆贈如先生官。子二人，長穠，次和，俱好學能文，世其家。

贊曰：古君子禔躬澤物，不必仕於朝也。若漢之陳仲弓、王彥方，終身不仕，而僨子戾夫，聞風胥格，豈非以其章志貞教，抱殷勤之心哉？先生行義與兩賢同，未綰銀黃，亦與兩賢同。然而受聖朝寵榮，晉銜通奉大夫，較之古人，豈不倜然其又勝耶？想彼逢衰世而此逢聖世故耶！

鮑竹溪先生傳

乾隆乙未，余過眞州，同年沈椒園廉使以所撰同老會序示余。同老者，六老人同庚，爲會以聯昆季之歡也。會主爲鮑竹溪先生，余心欽遲之，苦孺悲無介，末由修士相見禮。今歲乙卯矣，余小住邗江，先生之子志道以先生行狀乞傳。余不禁謖然斂衽而起，曰：「何是哉！二十年前思見之人，不可得見，今因交其子得見其事狀，是不見先生，猶見先生也。奮吾筆以永其人，舊史官其奚辭！」

謹按：先生諱宜瑗，號景玉，一字竹溪，新安棠樾村人。世爲望族。先生生而醇粹，幼習四子書，聽人講解，憬然夙悟。侍母疾，窮晝夜不出。塾師疑其憚於勤，詗知其故，乃異目視之。亡何，生母不祿，太公與繼妣在堂，家貧甚。先生出賈於外，歲終必衝風雪歸，具甘旨爲堂上歡。昆季間辭隆就窳，有無通共，愉愉如也。先生爲人，胸無畦畛，諾責必踐，見義必爲。晚年，子志道善經紀，家業漸裕，先生益得行其志。凡有裨於鄉黨戚里者，赴之若嗜欲之切於身。

先是，宋、元鼎革間，族祖宗巖、壽孫路遇賊劫，父子爭死，賊義而兩釋之。又有名邦燦者，亦以孝稱。村故有二坊，曰慈孝，曰孝子。歲久傾夷，先生葺治如初。里中大母堨，畜水溉田，亦漸淤圮；先生並無升種在焉，而亦爲之疏滯、宣流，歲以大稔。常曰：「爲善最樂。安得倣古人置書院以育人才，置義田以贍宗族乎？」易簀，諄諄猶訓志道曰：「兒能繼我志，勝椎牛而祭我也。」志道泣而志之，以次第舉行。

先生卒時年六十五。恭人鄭氏未笄來歸，值先生未得志時，拔釵市穀，勤針黹以養尊章，媞媞然安行仁義，不以亨屯介懷。送子讀書，必以一師，曰：「吾欲其教之專也。」歲饑，鄉豪出穀平糶，勿許兒攙儅往，曰：「貪此便宜必損男兒志氣矣。」其識大體如此。先生子二，女一，以子志道貴，與恭人同受誥贈如其官。

論曰：漢靑翟官至丞相，史不書一字，而張長公、黃叔度終身一布衣，傳名千秋。其故何哉？蓋君子在上則善其政，在下則善其俗，遂古以來，未有無所以然而能成名者。如竹溪先生之里俗交推，敦善行而不怠，其張、黄之流亞歟？目論者謂志道料簡禺莢，才流經通，爲上游所器重，故能恢宏其聲光，而不知皆先生之積善貽謀有以基之也。聞志道業已饒益，而先生儉約如初，猶時時以訓詞相劼毖，可謂大行不加之君子矣。惟是鄭恭人年逾四十，遽以考終，未享一日養堂之奉。是能瞑目於泉下，而不能伸眉於生前，宜先生之終身無妾媵，而志道每一念阿嬭，必涔涔泣下也。所謂爲善必報，而天道無全功，其信然耶？嗚呼！

三賢合傳

奇中丞生父姓黄名惠色，與苑副塞勒交好。塞老矣，時以無子爲戚。惠公慰之，曰：「君無憂，我有二兒，今婦又有身，若雄也，即以相畀。」已而中丞生，甫免乳，即褁文葆，抱交塞公，屬曰：「嗣後兩家僕媵俱禁聲，慎毋洩露使兒知。」塞公夫婦教養中丞，愛憐倍於所生。至十六歲，懵然不知爲惠氏子也。

亡何，將應童子試，寫履歷。塞公矍然曰：「吾寧絕嗣，不可改祖宗以欺君父。」誘中丞與遊，闖入惠公家，指惠公曰：「此汝父也，吾非汝父也，今送汝還父。」惠公驚失色，中丞愕也。塞公即告所以還兒之故，且曰：「兒貌英秀，天資超絕，必腰銀艾。我福薄，不足以當。」

遂與惠公各以一童子推讓者再。言畢，騋馬馳去。

中丞無如何，仍歸宗應試。旋中進士，作刑部郎中，外遷至臬使、布政使，而塞公夫婦相繼殂歿。中丞感養育恩，欽欽在抱，常於元旦默禱於天，有可以面奏之日，必謀所報。乾隆五十七年，授江蘇巡撫，入覲謝恩畢，奏曰：「臣乞主上天恩。」即連叩頭，淚坌湧，幾不能聲。上愕然，曰：「汝求何事而急迫若此？」曰：「臣有二父。」上大笑曰：「父是何物，而可以有二耶？」中丞備述原委，請以本身應封之典，貤封義父，兼請以第三子廣麟，繼義父爲孫。上曰：「汝具摺來，但異姓請封繼嗣，部議必駁。待議上，朕自有處分。」中丞摺到，吏部引例駁，奉旨著加恩，照所請行。

讚曰：惠公之仁，塞公之義，中丞之孝，三者皆東漢獨行傳中所希有也。論者稱塞公爲最難，何也？譬如鄰有嘉樹，代爲辛苦壅植者久矣；正將纍纍結實，而一旦還其主人，於心遽能恝然乎？至於日後中丞之貤封繼絕，皆非塞公初心所能希冀而逆料者也。塞公眞古賢哉！然惠公能知塞公之賢，而忍割毛裏之恩綿其烝嘗，因明生誠，談何容易！中丞圖報禱天，果如所願，方知皇上即天也。「先天而天不違」，聖人之言，於斯益信。且人但知中丞之孝塞公，而不知即中丞之孝惠公，蓋體惠公不忍絕其友之後，而以己子爲彼孫，是即惠公未竟之志，欲行之事也。善繼善述，惠公九原有知，亦當稱孝。三賢所爲，於世道人心皆有關係，故備書之。聞伯夷、柳下惠之風者，百世之下，可以觀，可以興矣。中丞名奇豐額，滿洲正白旗人。

香山同知彭君小傳

君姓彭，諱翥，字竹林。雲南大理府進士，選廣東封川縣知縣，調香山。乾隆四十九年春，余寓端州，彭君來見，執弟子禮甚謹。其人秀贏多能，賓賓然一學子也。所著詩甚多，頗得唐賢神韻。別五年，音問亦不時接。忽一日見訪山中，帽曳孔翠翎，襜襜盛服而至，余驚問所由，方知立功海外，裁入覲歸。

五十三年，海賊猖張，有號平波大王者，率衆爲寇，福敬齋公相總督廣東，調水師營兵出海擒捕，飭香山令辦軍需，半年不獲一盜。將弁無以自解，反造蜚語，誣君供張不周，器械朽鈍。福公怒，召君入，厲聲曰：「汝齷齪不任事，雖文官，我獨不可以軍法從事乎？」出諸武弁密揭示之。君神色不變，但申明香山小邑，所辦糧餉，業費三萬餘金。所以久而無功者，緣武弁退縮不能軍之故。公相默然，顏稍和。公知兵事不可以口舌爭也，卽奮曰：「翥願解任，親往擒賊。」公相莞然曰：「汝孱弱書生，果臨陣，得不被賊靴尖蹴倒乎？」曰：「翥非手打賊也，乞公相賞精兵二百，聽翥指揮，必有以報。」公相許之。

君歸署，捐俸支帑，造戰船三隻，料簡鎗砲火藥，賞賚糗糧，犂然備具。著短後衣，率健兒戎服出哨。諸武弁以爲迂且妄，無不匿笑者。君禱天妃廟乞風，舟中忘帶鼓，即借廟中鼓擊之，以壯軍威。次日黎明，風果大順。君徑出海口，公相命諸武弁會勦，相遇海島中。武弁搖手云：「風雖順，少頃即轉，宜緩行。」或云：「今日反支日也，不利行師。」或云：「海賊出入無定，須探明所在巢穴再往。」君毅然不聽，飽餐士卒，揚帆竟行。行百餘里，遇盜船二隻，發砲擊之，殺十餘人。賊久不見官兵，突出不意，驚乃遁去。君知數日內賊必聚衆來，乃入島，約武弁一齊出洋，衆武弁亦娼君之先得功也，唯唯聽命。翼日，君見風順霧消，開船出，果賊船八九隻從上游來。初猶逡巡欲避，繼見官兵少，乃持鎗直犯。發砲擊之，閉。君知賊以穢物相厭勝也，殺黑犬取血釁砲，砲果發。適大軍亦至，擊破賊船，賊盡落水。千百賊頭，出沒海面，如浮瓜然，反向官船號呼乞命。君命以鐵鉤拉起之，而以長繩纍縛之，纍纍然魚貫者七百餘人。解督轅請示。

公相大悅，飛章入奏。奉旨彭翥著賞五品頂帶，送部引見，授湖南岳州府同知。福公奏留辦善後事宜，仍補瓊州同知，權知府事。

贊曰：古文武無分途，然郤縠悅禮、樂，敦詩、書，左氏以爲美談，幾幾乎有欲分之意。吾門下文士多，武功少。彭君亦文士而能立武功以張吾軍，覺山林生色。終以文弱故，染烟瘴亡，年裁及艾，爲可悲也。猶記君在隨園拜别，余厚餞之，贈幣帛不受，贈服脯膎畜不受，但乞崐山徐氏九經解及他稗史，唐、宋人文集，載滿船而去。嗚呼，此鴻覽博物之張茂先所以謚壯武哉！

慶遠府知府印公傳

雍正四年，世宗憲皇帝詔天下督撫各舉孝廉方正之士。江蘇布政使張公坦麟以寶山廩生印公應詔，奉旨發廣東以知縣用。初署高州石城縣，實授廣寧，調高要，再調東莞。所到之地，捕盜殺虎，去其害民者；修學校，設書院，拔其俊秀者。不逾年，民間外户不閉，人文蔚興。

乙卯四月，黔省古州苗叛。公趨告制府鄂公曰：「黔省軍興，東西兩粵宜爲聲援。但用兵須神速，如雷霆震駭之，可不戰而服。」鄂公以爲然，卽命參將某發所部介士鳴鼓張旗而往，羣苗果潰。

東莞臨大海，兩戒之守，以虎門爲限。癸亥六月，海大風，有二巨船進虎門，泊獅子洋，鬈髮猙獰，兵械森列，莞城大震。制府策公楞欲興兵彈壓，布政使富察託公庸笑曰：「無須也，但委印令料理，抵精兵十萬矣。」公白制府曰：「彼夷酋也，見中國兵興，恐激生他變，某願往說降之。」卽乘小舟，從譯者一人，登舟詰問，方知㖆夷與呂宋讎殺，俘其人五百以歸，遇風飄入內地，篷碎糧竭，下碇修船。五百人者，向公呼號乞命。公知㖆酋將有乞糧之請，而修船必需內地工匠，略捉搦之可制其死命。乃歸告制府及託公，先遏糴以饑之，再匿船匠以難之。㖆酋果不得已，命其頭目叩關求見。公直曉之曰：「天朝柔遠，一視同仁。惡人爭鬭，汝能獻所俘五百人，聽中國處分，則米禁立開，當喚造船者替修篷桅，送汝歸國。」㖆酋初意遲疑，既而商之羣酋，無可奈何，伏地唯唯。所俘五百人，焚香懽呼，其聲殷天。制府命交還呂宋，而一面奏聞。天子大悅，以爲馭遠人深得大體，卽命海門添設同知一員，而遷公駐劄焉。

居亡何，番部咭唎哂入澳貿易，㖆咭唎貪其利，先後發六艘，詭言來市，陰謀簒取。公察其姦，探㖆酋將至，命熟海道者導其船，果起碇揚帆，將尾其後。公駕戰艦，督水師營兵出海，召㖆酋，厲聲叱之曰：「若來何爲？利人貨物，將作賊耶？我奉制府令，若傷咭唎人，卽將爾國人之在黃埔者抵償；若奪其貨，卽將汝貨之在牙行者抵償。」言訖，揮健兒千餘，披甲張砲，環其船而守之。㖆酋禁聲，登時六船搖櫓去，而咭唎船早已安渡虎頭門矣。當是時，微公逆折之，俾其奪氣，則二國兵交，而中華亦受其跆籍。賴君任海疆久，於諸夷種類支派，某強某弱，某狡某愚，其地之山川形勢，靡不部居別白於胸中。以故先事預謀，當機立斷。終公之任，海面肅然。

丙寅夏，因前任失察開墾事落職。引見，奉旨仍發廣東補用。順道還家，省視先塋，泣別昆季，悽愴傷懷，有林泉終老之思。適粵督策公過吳，强起之，曰：「汝神明不衰，尚宜出而報國。」公感知己恩重，到粵東，補南澳同知，陞廣西慶遠府知府，再調太平。粵西與黔、滇接界，民苗龐雜。有劫殺一案，五年未得主名。公到逾月，眞兇盡獲。會太平鹽引不銷，又被議解任。篆已卸矣，聞所屬都結州有寃獄，公奮曰：「我舊長官，不忍赤子覆盆下也。」卽往其地，廉得巨姦某向充土司頭目，竊其印作祟。乃突詣其家，搜得舞文底稿，袖呈大府，一訊而寃雪。公歎曰：「吾臨去，猶能活數十百姓，勝賜卓茂三公之服矣。」出城時，一路老幼攀車轅，嗅靴鼻者，不絕於道。

公名光任，字黼昌，籍隸寶山。生而伉爽，與高要舊令某交代，知其賢，代爲還課。屢建奇績，而絕不自矜。歸後囊橐蕭然，散步田野，人不知其官二千石也。所著有翊蘄編、澳門紀略等書。

舊史氏曰：三十年前，余書富察託公四事，卽深知印公之賢，心儀之久矣。今秋其孫鴻經太史乞爲乃祖立傳，讀狀，方知公才流經通，具絕大器識，受知聖明，官至太守，而屢起屢躓，未竟其用。然其長子憲曾觀察吾鄉，仁心仁聞，聲施爛然。長孫太史於余爲詞館後輩，追述祖德，通書往來，仁孝可風。昔人云文章有神，又曰善人有後。嗚呼，吾觀印氏三世，斯言信矣！

徐靈胎先生傳

乾隆二十五年，文華殿大學士蔣文恪公患病，天子訪海內名醫，大司寇秦公首薦吳江徐靈胎。天子召入都，命視蔣公疾。先生奏疾不可治。上嘉其朴誠，欲留在京師効力，先生乞歸田里，上許之。後二十年，上以中貴人有疾，再召入都。先生已七十九歲，自知衰矣，未必生還，乃率其子爔載楄柎以行。果至都三日而卒。天子惋惜之，賜帑金，命爔扶櫬以歸。嗚呼！先生以吳下一諸生，兩蒙聖天子蒲輪之徵，巡撫、司、道，到門速駕，聞者皆驚且羨，以爲希世之榮。余，舊史官也，與先生有撫塵之好，急思采其奇方異術，奮筆書之，以垂醫鑑而活蒼生，倉猝不可得。今秋訪爔於吳江，得其自述紀略，又訪諸吳人之能道先生者，爲之立傳。

傳曰：先生名大椿，字靈胎，晚自號洄溪老人。家本望族，祖釚，康熙十八年鴻詞科翰林，纂修明史。先生生有異稟，聰強過人，凡星經地志，九宮音律，以至舞刀奪槊，勾卒嬴越之法，靡不宣究，而尤長於醫。每視人疾，穿穴膏肓，能呼肺腑與之作語。其用藥也，神施鬼設，斬關奪隘，如周亞夫之軍，從天而下。諸岐、黃家目瞠心駭，帖帖讋服。而卒莫測其所以然。

蘆墟迮耕石臥病六日，不食不言，目炯炯直視。先生曰：「此陰陽相搏證也。」先投一劑，須臾目瞑能言；再飲以湯，竟躍然起，唶曰：「余病危時，有紅黑二人纏繞作祟。忽見黑人爲雷震死，頃之紅人又爲白虎銜去。是何祥也？」先生笑曰：「雷震者，余所投附子霹靂散也；白虎者，余所投天生白虎湯也。」迮驚以爲神。張雨村兒生無皮，見者欲嘔，將棄之。先生命以糯米作粉，糝其體，裹以絹，埋之土中，出其頭飲以乳，兩晝夜而皮生。任氏婦患風痹，兩股如針刺。先生命作厚褥，遣強有力老嫗抱持之，戒曰：「任其顚撲叫號，不許放鬆，以汗出爲度。」如其言，勿藥而愈。商人汪令聞十年不御內，忽氣喘頭汗，徹夜不眠。先生曰：「此亢陽也。服蓯過多之故。」命與婦人一交而愈。有拳師某與人角伎，當胸受傷，氣絶口閉。先生命覆臥之，奮拳擊其尻三下，遂吐黑血數升而愈。其他如沈文慤公未遇時，診脈而知其必貴；熊季輝強壯時，握臂而知其必亡。皆所謂視於無形，聽於無聲者。其機警靈速，皆此類也。

先生長身廣顙，音聲如鐘，白鬚偉然，一望而知爲奇男子。少時留心經濟之學，於東南水利，尤所洞悉。雍正二年，當事大開塘河，估深六尺，傍塘岸起土。先生爭之曰：「誤矣！

開太深，則費重，淤泥易積，傍岸泥崩，則塘易倒。」大府是之，改縮淺短，離塘岸一丈八尺起土，工省費而塘以保全。乾隆二十七年，江、浙大水，蘇撫莊公欲開震澤七十二港，以洩太湖下流。先生又爭之曰：「誤矣！震澤七十二港，非太湖之下流也。惟近城十餘港，乃入江故道，此眞下流所當開濬者。其餘五十餘港，長二百餘里，兩岸室廬墳墓以萬計，如欲大開，費既重而傷民實多，且恐湖泥倒灌，旋開旋塞，此乃民間自濬之河，非當官應辦之河也。」莊公以其言入奏，天子是之，遂賦工屬役，民不擾而工已竣。

先生隱於洄溪，矮屋百椽，有畫眉泉，小橋流水，松竹鋪紛。登樓則太湖奇峯，鱗羅布列，如兒孫拱侍狀。先生嘯傲其間，人望之，疑眞人之在天際也。所著有難經經釋、醫學源流等書凡六種。其中釽剳利弊，剖析經絡，將古今醫書存其是指其非，久行於世。子爔，字榆村，儻蕩有父風，能活人濟物，以世其家。孫垣，乙卯舉人，以詩受業隨園門下。

贊曰：記稱德成而先，藝成而後，似乎德重而藝輕。不知藝也者，德之精華也；德之不存，藝於何有！人但見先生藝精伎絕，而不知其平素之事親孝，與人忠，葬枯粟乏，造修輿梁，見義必爲，是據於德而後游於藝者也。宜其得心應手，驅遣鬼神。嗚呼，豈偶然哉！猶記丙戌秋，余左臂忽短縮不能伸，諸醫莫效。乃拕舟直詣洄溪，旁無介紹，惴惴然疑先生之未必我見也。不料名紙一投，蒙奓門延請，握手如舊相識，具鷄黍爲懽，淸談竟日，贈丹藥一丸而別。故人李蓴溪迎而笑曰：「有是哉，子之幸也！使他人來此，一見費黃金十笏矣。」其爲世所欽重如此。先生好古，不喜時文，與余平素意合，故采其嘲學究俳歌一曲，載詩話中，以警世云。

小倉山房續文集卷三十五

書張郎湖臬使逸事

公張姓，名坦熊，字男祥，號郎湖。康熙湖北辛卯科舉人，發浙江以知縣用。後遷至雲南按察使，有善政。

初知桐廬時，過柴埠，有路死者，頸有重傷，吏請報虎傷掩埋，可免緝兇處分。公曰：「爲民父母畏處分而置民命於度外，可乎？」命仵作驗明，貼身布襖有小鈔袋扯落。又見屍場有一人，在衆人頸後，不看屍而專看官。心異之，卽喚二役隨到樹下更衣。公徐步到山凹，諭役云：「場上有一人穿藍色衣，隱在人頸後瞧我，汝等可訪其人平日是否良善。一人來稟，一人仍尾之勿使逸去。」公再到場驗畢，卽命裝棺。出山五里，有一小村，公佯腹痛，要在此尋一寓所。衆曰：「有土神廟一間，無門窗，多虎，不可住。」公曰：「用大席攔遮何害？」卽入廟，二役來告曰：「屍場瞧爺者，名郎鳳奇，乃分水人，歷年來此賣栗子，與死者同姦一有夫之婦事實有之，死則役不知也。」公卽帶郎鳳奇至，問：「汝爲何把人謀死？」低聲答曰：「沒有。」公命鎖押再訊。仍到廟中，密諭役曰：「汝尋一間房，要前後各半間，潛窺聽他是何言語。」又將其所姦婦人之夫係縱姦者，亦帶訊送入兇犯同房。縱姦者見而哭且罵曰：「你爲何帶累我？」犯人曰：「有我在，不要怕。」房後役聞之，卽來告公。公命速帶犯訊。吏曰：「爺教他認了，救他性命；不認定行夾死，彼自肯認。」公曰：「萬一犯人認了，我如何救他？」吏曰：「此不過是誘他認，非眞救他也。」公曰：「官長可失信乎？處決之日，何顏對他？況我在桐，非止一年；此等之事，非止一件；萬一又有此事，犯人必曰此官慣騙人，不可直認取死。是此案幸免參處，將來有案仍不能免也。不若平心再鞫。」隨赴犯人寓，搜尋兇器銀袋不獲。卽帶房主問訊，士民曰：「此是好人，決無同謀之事。」余曰：「此人年逾七旬，原可不問。無如兇犯在伊家樓上，止隔一破柴籬。下樓開門謀命之事，彼焉得推爲不知？」批其頰，郎鳳奇搖手曰：「勿苦此老，犯與死者爭姦一婦，故毆殺之。」問：「兇棍何在？」曰：「擲在隔山。」「銀袋何在？」云：「藏在谷樹皮內。」乃親往取出，覆訊定案。

柴埠報船上有少年女屍，臉有掌傷，頭上一孔石傷。衆民聚看，問其船號小脚船。問：「屍何來？」衆云：「上游流來。」問：「何處人氏？」云：「不知。」公曰：「桐邑婦女好穿大袖，此女袖大，是本邑人。但頭脚乾淨，是良家女也。面側有傷，必此婦跪地，有人從後批頰提髮，故其痕左斜。」問：「是否船上人，抑是死後送上船者？」衆云：「不知。」公曰：「此非船上人也，必是樓上住人，死後送上船者。」衆云：「何以得知？」公曰：「所穿新鞋底有微泥，而針眼黑色，是以知之。若是船上人，則新鞋底何至有泥？」吏曰：「公言極是，但此船離富陽止一箭遠，不如將船一撥順流而下，免得承招緝兇。」公曰：「作朝廷官，逢冤必雪，照汝所行，萬一鄰縣再撥往下流，即入海門大洋矣。冤沉海底，我心忍乎？」即命收殮，密諭役將船連夜放至東門鹽船幫內，輪流窺看，有何人弄船，即拿來。越五日，頭役拿一弄船者來，乃羅禮房之子也。公詢：「汝何得謀死婦人？」其子不服，其父云：「是渠弄船，何得推託，非重刑不可。」公向其子笑曰：「父不爲子隱，汝尙何說？」乃供曰：「此船因朋友某託借船買貨，我向相識之鹽船借與之。借畢尙未送還，故代爲收拾。不料卽被拿住。」公拘訊借船者云：「實係借船賣貨，貨完將船縛在江邊，送還船主。次早忽聞柴埠有此事，不敢作聲是實。」公將借船之人，一并看守。諭頭役查縛船之岸上有無人家。答云：「有皇甫老秀才家。」公卽差役帶訊，囑云：「伺皇甫秀才出門後，衆人有何言語。」役敲門往喚，誤至一寡婦家。寡婦見役，卽曰：「此事與我家無干，要問間壁許媽方知。」役詰云：「你旣係間壁，若不早說，定遭連累。」寡婦云：「死者係許媽所買少孤之女，因其叔年老無子，將此女配之，陽爲弟媳，仍爲己用。日前磨腐，此女偷食，許媽打他。我去苦勸，誰知許媽平素與我不和，惱他喊我，怕我遮攔，遂取地上石子打去，錯打頂心，喊聲息而人死矣。見小船泊岸，半夜擡放船中，任他流去。但我不便質他，差頭替我代說，替死者申冤。」役飛報，卽差拿婦犯與死者之夫，訊明招擬。

公署富陽三日，忽接公文，有典吏金某姦佔乳婦，其夫馬氏控府一事。公思杭州太守魏公定國，正人也，必批得好。果批追取部劄責革。其旁另有文書一角，係本府同知某頂詳求免。公思魏公不應二三其說，應爲改正。商之幕友，友曰：「三年才署一篆，定要開罪本府，似乎不可。」公曰：「稟明何妨？」友色忿然，公曰：「君欺我不能作揭乎？」乃握筆將後詳拆留，前詳入袖。次日排衙，典吏俱來參謁，各呈劄付。公將金姓吏劄檢放案上，取袖內本府前批示之。金戰慄而退。次日接見紳士，門子告云：「此地有楊紳者，歷任官與交好，每年饋遺數千金。現在赴省，故未來見。」公素知其惡，哂而不答。早堂後，撫軍黃叔琳檄公海寧相驗。公退堂，先牒本府云：「金吏不法，坦熊久已訪知。不料馬氏一案，憲批前後互異，坦熊竟遵前批追劄發落。其後批一角，同部劄呈繳。」旋即束裝就道。半路見一華輿，彪彪然僕從數十，疑是來往大官，擬卽下轎。門子云：「此卽本邑楊鄉紳。」公曰：「是楊六先乎？」曰：「是也。」又低語曰：「楊紳已下轎矣。」意欲公出轎答禮。公在轎看書不動，而轎夫業已將轎杆放下。公在轎中呼楊曰：「現在上憲行文傳汝赴省，何以反回？」楊驚問何事。公曰：「不知。汝才在省來，何以反來問我？」隨諭多役，好護送楊鄉紳交與捕衙，候文起解。遂至省，先見本府。自思本府定不喜我，然醜新婦終要見公婆，何怯焉。

及至府署，名紙投入，則中門大開請進。公曰：「此必怒我，故揶揄我也。」徘徊不前，而旁門已閉，不得已於中門側身行。魏太守迎至煖閣。公云：「屬吏如何敢？」魏曰：「只管走。」公從宅門趨進，跪曰：「坦熊有罪，太守過謙。」魏笑曰：「君有功無罪，賴君所投一稟，保全老夫顏面，故敬君迎君謝君，不敢以常禮待，非謙也。」坐定細述，乃知馬姓又已赴院，具控本府批詳互異，撫軍不信，云：「魏太守賢吏，何得有此？」著將原卷發府。適公所繳金吏之部劄已到，遂加牒送上。撫軍大喜曰：「果然非魏守原文，同知舞弊。」由此凡杭屬州縣缺出，魏公卽力求公兼攝，訂成至交。次早見撫軍，撫軍云：「富陽有一大猾，汝知否？」公曰：「正爲大猾求見。」問：「何人？」曰：「楊六先。」撫軍曰：「汝署事三日，何以得知？」公曰：「桐廬與富陽接界，聞之已久。私收公糧，結交官府，佔人妻女，通邑忿怒而不敢發。故路上相逢，卽擒收監。」撫軍連聲呼「好官」，賜飯而出。公回富陽，提六先出獄，通縣城鄉百姓，探聽審期，雇船來城爭看，男婦千人，高聲呼曰：「今日遇青天，楊六先果有報應。」初，公署富陽，到任時月，選官業已出京，路上病故，改選一官，故得攝篆兩月，除此二惡，人以爲行天意云。

公知仁和，滿營將軍鄂彌達之壻黑姑山之子某，夤夜入人家，百姓數百人綑縛赴縣，時已四鼓，公出堂問訊。某傲然曰：「多大的官，敢訊我？」挺立不跪。公命打腿始跪。命入獄，又瞋目曰：「你敢監我？」公命收監，連夜通報。次日滿營各姑山等官俱來，公拒不見，上院回衙。忽撫軍傳去曰：「汝爲何得罪將軍？速去賠禮。」公曰：「伊壻犯法，地方官無禮可賠。倘進滿營，是渠等世界，倘或淩辱笞駡，職不能忍，勢必直揭部科，反成大案。」司道傳詢，答如前語。囑令開放人犯，公云：「事已通詳，候批照行。」旋即批發理事廳鞭責了案。先是，杭州滿兵每三年一送骨殖回都，地方官封民船百數十隻兼送路費，而滿兵故爲刁措，或嫌船漏船朽，嬲換不休。甚將兵工兩房毆打，有懸梁投水者，并將骨殖桶圉住縣官坐處，必需索盡意始行。公查照舊例，用鹽驛道所造紅船若干隻差押伺候，不封民船；仍捐俸一百二十金送行。書役請公勿往。公曰：「我不往，誰能彈壓？」及到北新關，押船姑山大人某，年七十矣，分付衆兵曰：「此官不比前官，辦船逾例，又送銀甚豐，汝即刻開行，不可滋事。獨不聞前日擒拿將軍女壻入獄之事乎？」船行後，握公手曰：「公眞好官，我平日久已心服，願爲忘年交。」解荷包贈公，公亦解佩刀答之。又一日在公所見將軍，將軍曰：「張明府好利害！」公曰：「坦態冒昧，不知利害則有之；若自己利害，則不敢也。」撫軍、司道一齊大笑。

仁、錢兩縣有赤脚光丁一案，十餘年不結。地方官欲將丁糧攤於田上，有田無丁之家，聚衆鼓噪；不攤，則無産有丁之戶，聚衆鼓噪。公調仁和，毅然曰：「丁出於地，無田何得有丁？其故總緣原業主貪速得價，故賣田留丁；買主圖價賤，故買田遺丁。誰知皆爲子孫憂？平心酌之，應照糧攤丁爲是。若既不攤，又聽其鬧，是取亂之道也。」即指出原委，自作告示，諭勸有產之家，並傳紳士軍民集明倫堂會議。一面通詳攤丁，貧富惕服。錢塘令新到任，又膽怯，不敢照攤。一日，公方聽訟，忽錢令來，神色俱喪，挽手云：「現在衆士民鬧入北新關，要毁縣堂。我與本府業已報院，特來告君相助。」公恐百姓驚擾，仍坐堂上，故將先審未完之件，草草帶問。心中思事急矣，新撫李公名衛者，素強毅，必定發兵，民人受傷，成何事體？乃選役之壯佼者四十名，各帶短棍藏於身內，褂扣外繫加紅繩一束作記。坐轎急詣北新關，行未四五里，見洶洶然虎而冠者千餘人，鳴鑼揚旗，喝令罷市閉戶，稍緩者石糞交加。市舖俱上板閉門，響聲雷震。班役攔轎請公回署，公曰：「勿怖，大聲開道，照常前進。」姦民直前問：「來者何官？」從役大聲云：「仁和縣張爺。」鬧者齊讙呼曰：「好官來矣，作速跪下。」公見衆人以禮相待，即下轎坐胡牀，問：「爾等爲何而來？」衆曰：「仁和已經攤丁，錢塘竟不攤丁，我們要去拆他衙門。」公曰：「攤丁一事，仁邑已攤，錢邑焉有不攤之理？本縣自當催辦。但爾等如此橫行，不但不能攤，且恐頭不能保。豈不知鳴鑼扯旗，乃斬決之罪乎？可速將鑼旗收藏，我保全汝等出城。丁之一事，在本縣身上。」衆人唯唯，叩頭而奔。公督押至北新關外，分付管門之滿兵曰：「城門上如何容多人進來，倘有無知續來者，我告知浙軍，惟爾等是問！」當是時，撫軍專待公到，同副將帶兵擒拿。見公久不上院，命營弁至仁署窺探，適副將李燦與公不睦，誣云：「張知縣不知潛避何處。」撫軍曰：「張知縣素有風采，不應如此。」著副將領兵千人擒拿姦民幷速拉張知縣來。旁有院差搖手曰：「不必。適自北新關來，親見張知縣押衆出城矣。」撫軍連呼：「像，像，像！」聲未息而公到。撫軍大喜曰：「好膽量，好才情，如此才是個張郎湖也。」隨令協同錢邑於十日內將丁照攤，盈城肅然。

雍正六年，公兼攝太平縣事。點保長，見王姓者，面有兇狀，欲懲之，因其人未犯事，強忍而止。未幾，有訟三分地畝者，卽批此保查覆。半月不覆。公大怒，召至，重杖革役。幕友諫曰：「公過矣，三分地土原不拘審，查覆半月，何至杖革？」公亦心悔曰：「如此性情，不可爲官。」卽日減饍，立意告病。逾月，忽報一婦投水，呈稱有縣差上門催糧，不知何故自盡。公往驗畢無傷，召糧差曰：「汝雖辦公，然報呈有催糧二字，汝必有不妥處。」卽與小笞，收殮而回。閱半月，忽報某鄉雷擊死一人。公聞雷擊人或背或胸必有天書十餘字，未知確否。差閽者往看，歸大駭曰：「一雷打出一個奇事來。雷擊者，卽爺前所杖責之保長也。渠懷恨爺，適本村夫婦口角，婦氣忿死，屍親索其夫買好棺做齋了事，不必報官。夫已依允。有革保王某獻一策曰：『何不借他屍作一好事。只說催差逼死。張某係署事官，不敢再催。換新官來，約有一年，留此糧項，可生利息。』衆人從之，不料爺驗後半月，天忽風雨，雷提革保至相驗處，跪地斃死。豈不是個奇事！」

公遷玉環同知。玉環山誌載開墾事，原議，本山造城，內用土牆。不意觀風整俗使某，條議必用方石大磚。玉環四面高山，山石粗脆，外洋石又不能運來。當事者憂心如焚，忽起颶風，白日天黑，大雨如注，但聞風聲水聲樹聲並龍吼聲，如洪鐘大鳴，屋瓦皆飛。官民相見啼泣。公卽開倉振濟，往勘各處災傷。見洋嶴陡門前忽開小河一道，直通大洋，城石從此運入，因名之曰天開河。

公遷靜海道。靜海有村民數十戶，鹽快誣以販私，現獲一人，徑解分司鹽道，鹽院已照販私治罪矣。公巡河至靜海，知縣馮某，讀書人也。告曰：「此案有冤。」公問何由知，曰：「公訊自知。」公適有事上省，卽告制軍。制軍，卽李衞也。曰：「鹽院適有札來，說君要翻案。他是貴人之父，不可觸怒。且此是鹽務，與君無干。」公曰：「作朝廷官，百姓無辜被累，不能超雪，不如歸去。」制軍笑曰：「君強項乃如故耶！意要如何？」曰：「委員會審，才見分曉。」制軍卽委運司蔣國祥提犯到城隍廟，士民觀者麻集。巡攔供稱一村俱是私販，止拿著一犯，其擔袋與鹽俱在可驗。被告云：「民一村從不販鹽，巡攔將一村搜畢。民妻生產，猶提他起來，將牀下掀翻，實在無鹽。總是商人圖佔地基，故囑其誣控。」公詰巡攔曰：「販子肩上既挑一擔鹽，稱有九十餘斤。袋中鹽又稱有五十餘斤。與其圍在腰間難於行走，何不勻在擔上更覺省事。且看此重袋，腰上如何圍得？汝試挑鹽圍袋走與衆百姓一看。」巡攔取袋圍腰，袋比腰短二寸，公曰：「袋短於腰，如何能圍？」命將此袋加帶縛在巡攔腰上。巡攔委頓不勝，士民拍手大笑，懽聲盈野。當將商人、巡攔詳請治罪。

舊史氏曰：余八九歲卽聞仁和令張公之賢，及長入都，官翰林，與公之子名藝者交好，約略問公政績。時公方秉臬雲南，無由得見，中心欽欽，常想書其善政爲後人法，而省記不全，心爲紆鬱。今年，余八十矣。忽在揚州，遇其女夫査宜芳，得覩公自編行狀，乃擇其犖犖大者，爲輯而存之。方知循吏聲名，天終不使泯沒。而當其時之令行禁止，亦平素之恩威有氣燄以取之也。不然，今之從政者無仁心仁聞，而徒悻悻然鹵莽爲之，其能皆如其意以成事功哉？盍亦反其本矣。

答淮關榷使劉公書

冬至前一日，從吳醉竹處接手書，知起居平善爲慰。閣下虛懷若谷，殷殷然責枚不能如古人以道義相規，徒以諛詞稱譽，且云當勗其所未能，而不必言其所已至。公言過矣。公之所已至者，潄之所能知也。公之所未能者，枚所不能知也。

枚之所能知者，公涖金陵，絕浮華，除敝蠹，寡欲淸心，司關如秉鐸；公餘手一卷以自娛。此種丰采，實係數十年來倚衣一官未見有如公者。枚所以每通書札，必樂道人之善而獎勸及之。其勗公始終如一，不改前操之意，已暗藏於字裏行間。不料公之自以爲已至而不深思之也。

至於公所未能者，枚茫然不知所指。謂德之不修邪？學之不講邪？明心見性之未能邪？此皆泛而不切，迂腐陳言。知公意未必出此。若夫用人行政之得失，則淮關至江寧千有餘里，枚年登八十，門掩空山，旣不能扶杖而來觀德化，又不能作商販而出於其途，更不能作執鞭之僕，從榷稅之巡攔而日伺於公之側。公雖有不妥，枚非仙非鬼，如何能知？旣不能知，又從何處規勉？譬如人本無病，而刻刻求醫服藥，其用心亦已謬矣。其不解爲醫者，徒順其意以取悅，必貌作關愛之狀，加之針灸，下以參苓，是相率而爲僞也。君子不爲也。

夫進言豈有一定哉！有以頌爲規者，有以不諛爲諛者。諸蟲嗜甘，獨蓼蟲嗜苦。捉蓼蟲者卽以苦食之，不可謂之非善撫蓼蟲者也。子游曰：「事君數，斯辱矣；朋友數，斯疏矣。」枚以爲不獨君與友也，雖吏胥僕妾，幼子童孫，均宜卽之也溫，而不必時時敎督，所以存其廉恥，而我亦自養其威重也，使彼見我詞色小變，卽驚疑改悔。若朝加一詈，暮加一笞，彼必厭其煩瑣而反習慣不恔矣。陽城爲諫官，三年不諫，一旦爲相裴延齡事，扣閤裂瘢，所謂君子務其遠者大者。

昔尹文端公四督江南，枚受知最深，尹爲一時名臣，亦天下所共知。然而往往行事枚心有所不然者，輒直言無隱。文端公或怒斥之，過後亦有「直哉史魚」之歎。今文集中有送尹公入相序及上黄文襄公書，皆可按而知也。枚之待公，豈不如尹、黄二相哉！交情有淺深，行事有知否故也。

倘叨公福庇，枚未遽填溝壑，將來公隆隆日上，官封疆而持節鉞，果行政臨民有大關係處，則子產所云抑心所謂危亦以告也。公其徐俟之而毋急責之，何如？

答汪大紳書

常謂佞佛者愚，闢佛者迂。僕非迂儒也，平時不佞佛，亦不闢佛。以爲佛者九流之一家，周官閒民之一種；聖人復起，不廢九流，亦不廢佛。至於人之好尚，各有所癖，好佛者亦猶好弈好鍛好結庵之類，所謂小是不必是，小非不必非，友朋不爭以全交也。乃書來強僕亦從事於斯，則不得不辨。

據云收放心，非念佛不可。試問足下生時，先有心乎，先有佛乎？孩提之童，但知有母，不知有佛，并不知有心也。君年四十，然後念佛收心。試問未念佛以前，心放何所？既念佛以後，心歸何方？若云借口收心，則呼聖呼賢此口也，呼雞呼狗亦此口也，口何物不可呼，而何必呼佛？足下云「收放心」三字，起於孟子，然則孟子之言非歟？不知孟子云「學問之道無他，求其放心而已」，是教人收放心以勤學問，非教人廢學問以求放心。夫人止一心，放心之心，心也，收放心之心，亦心也。以心收心，心在我不在佛。捨心求佛，是猶淫奔之女捨其在家之夫而外求野田草露之夫，謂之喪心則可，謂之收放心則不可。

足下又謂，慈悲戒殺，即聖人仁民愛物之心。不知天地之性人爲貴。樊遲問仁，子曰「愛人」，不云愛物。廄焚則曰「傷人乎」，不問馬。魯昭公之馬死，公將櫝葬之，子家子請殺以食從者。聖賢貴人賤畜，大義昭然。朝廷立法，水旱斷屠；可見屠殺者，是天地之心，百姓日用飲食之常，而禁屠者乃凶荒減膳撤樂之變禮也。孔子釣而不網，弋不射宿。孔子可釣之弋之而放生乎？抑亦食之而不厭精，膾之而不厭細乎？且子但知動物之有生，而不知植物之亦有生乎？子但知禽獸身上之赤者爲血，而不知草木身上之白者之亦爲血乎？今夫禾，一穟之穀，纍纍然，種之可生無萬數穀；而一旦付諸朵頤，則一禾之生機盡矣。今夫菜，青青然數莖之搖，雖葉乾根斬，而中心猶翹然而起；一朝烹爲羹湯，則一菜之生機又盡矣。安知一禾一菜，不隱隱呼號乞命乎？子以仁慈自居，將必不食粟，不食菜，而後於心安也。而吾有以料子之必不能也。

僕常問彭尺木曰：「佛戒嫁娶歟？」曰：「然。」「佛戒殺歟？」曰：「然。」「人人可以成佛歟？」曰：「然。」然則萬國九州，不四五十年，人類滅絕，盈天地間不過鳥獸草木；而佛之塔廟，何人建造？佛之金像，何人供奉？佛之經典，何人傳誦？豈非其說愈行，而其法愈壞！又何必周武帝之毀沙門，銷佛像，韓昌黎之火其書，廬其居哉？卽以佛之道還治佛之身，而佛窮矣。此數條，尺木至今不答。吾子能代答之，吾將姑捨所學而從汝。

答倪春巖刺史

來札以某與足下同官同科目，而路過尊寓，竟不一訪，以爲不可解。僕道於解是也何有？孔子曰：「道不同，不相爲謀。」所謂道者，非同官同科目之謂也；業之所存，心之所好之謂也。今有場圃於此，或種蘭，或種葱。二物之臭味，格格不相入。鬻蘭者，亦不入葱肆而謀蘭價，然其所生之地則同，場師之灌溉亦同，非有類乎同官同科目之謂乎？吾子好談吏治，而彼不知；好詩文，而彼不知；好飲好歌好詼諧，而彼不知。彼之所好者，利而已。利與足下所好數者，相舛而馳，如之何其求見哉？然彼亦幸而不來見耳。倘來相見，而彼此不能道其所道，反費一番卮語讕言，加以廚傳酒漿之累，足下又何不幸而受此紆鬱哉？投骨可以嗾羣犬，而焚香不能招蒼蠅，理固然也。

僕山居四十餘年，不特同官同年也，兼與其祖、父交好者，或遇諸途，乘軒不下者有之；到金陵，過門不入者有之。彼非有心傲我也，彼蓋自知其道不同故也。然竟有道不同而反來相爲謀者，遠省鄉氓，武夫健兒，下至僕隸女流，或沾思於千里之外，而寄聲問安；或竟投尺一之書，而升堂受業。其中且有不識字者，亦復百舍重趼而至，以得一識面爲歡。其故何哉？蓋彼雖無目，猶有耳也；耳其人之名，而又欲借我以成名，則自然如草木之本乎天者親上矣。較之略讀四子書，習幾篇制藝，濫得高官，傲然以爲道在己而耳目全無者，皆僕隸女流之不若也。君子於其近我者，近而親之，以見吾道之大；遠我者，淡而忘之，以見吾量之寬。是亦以人治人，因物付物之道也。

子貢問：「今之從政者何如？」子曰：「斗筲之人，何足算也。」味是言也，可想見夫子胸中所不算之人亦已多矣。足下乃以某某爲問，得毋氣力勝於聖人，將斗筲之人欲升量斗斛而算之邪？

答戈小蓮書

寄來古文在詩之上，能從莊、列、韓非、國策諸家蘊釀而出，筆力又足以濟之。再假數年，如悍將開邊，不知到何境界。惟中有安民一篇，勸爲政者多殺人，似有所激而云，然與到語，可不必存。何也？天地之道有春温，必有秋殺。霜雪不加，旱蝗必出。是以儒言仁義，仁是生，義是殺。舜誅四凶，孔子誅少正卯，荀子曰：「奪，然後義；殺，然後仁。」此皆聖經賢傳不諱殺之明驗也。然殺不難，以當爲難；當不難，以察爲難。與其不當殺而殺，寧可不當生而生。如有囚焉，不當生而生，有一皋陶來，登時即可補殺也；不當殺而殺，後有千百皋陶來，不能使之復生也。足下能保天下之治獄者人人皆皋陶，則此論可存；不能保治獄者人人皆皋陶，則此論可不必存。

不特此也，足下之意欲殺以止殺，意非不善也；然不知殺以生殺，當殺不能殺，亦未嘗不從此論而起。強暴之徒，知穿窬之必殺，則明火執杖者多矣；知調姦之必殺，則行強者多矣；知一村人之必殺，則通謀合算而數村之人起矣。及其既起，則王法已窮，彼方殺我，我安能殺人！即如楚中邪教，使當日吏能訪察，誅一二渠魁，或竄逐數十人，而其禍早息。奈置之不察，聽其聚謀生變。此時王師所到，動殺數千百人；而不畏殺者更如麻而起，國家竟有欲殺不能殺之勢。是從前不察之過，非近今不殺之過也。

昔聖人之戒季康子曰：「子爲政，焉用殺！」孟子之戒齊襄王曰：「不嗜殺人者能一之。」繫詞云：「古之聰明睿知神武而不殺。」此數言者，皆深思遠慮，如日月之經天，人必不能捨三書不讀而來讀足下之殺書也。故曰，可以不存也。

漢武帝治盜，作沉命法，詔盜起不發覺，及捕勿滿品者，二千石以下至小吏皆棄市。自此雖有盜，匿不敢發。光武使羣盜自相糾摘，五人共斬一人者，除其罪，吏雖逗留故縱者，皆勿問，聽以禽討爲効，但取獲賊多少爲殿最。於是盜竝散走。宋仁宗時法度太寬，蘇洵上書勸上刑殺，韓魏公見而不悅曰：「國家安用此劊子手耶？我薦之，乃爲歐九所誤。」此二事附錄一覽。

楊文叔先生文集序 諱繩武，康熙癸巳翰林。

雍正癸丑，余年十八，以制府觀風，受知於程尚書元章，命肄業萬松書院。其時山長爲楊文叔先生。知先生爲吳下忠賢之後，古文名家，遂以所作高帝、郭巨二論請誨。先生墨其後云：「文如項羽用兵，所過無不殘滅。汝未弱冠，英勇乃爾。」余竊喜自負，從此肆意述作。乾隆丙辰，薦鴻博入都，與先生別。乙丑，改官江寧，先生又掌教鍾山。官舍餘閒，猶時時屈先生文宴，析疑問難，如作秀才時。先生亦顧而樂之也。己巳，余乞病居隨園，而先生亦釋帳歸里。

先生根柢深厚，行安而節和。所設教處，文人蔚興。在浙，則有孫珠、王士俊、何承調若而人；在江左，則有秦大士、朱本楫、寧楷若而人。率皆蜚聲藝苑，拾取科名。昔人云，經師易得，人師難求。信不誣也。

今先生去世四十餘年，余求其遺稿不可得。甲寅七月，先生之孫梅溪孝廉，裒先生遺集索序於余。余欣然讀之。元氣鼓盪，浩乎無涯，得韓、蘇氣脈，而又能自出機杼，不屑寄古人籬下；於史學最深，料量治亂，鑒別得失，尤足冠冕百家，其必傳於後無疑也。惟是先生常向余言，康熙壬辰、癸巳間，雖在長安，名猶未彰。爲撰太倉相國神道一碑，而文名遂以大震。今考集中並無此篇，然則先生之宏篇鉅製煬沒者尚多，存其小者遺其大者，奚可哉？余將廣爲搜羅，交一鴻以補斯編之缺，或庶幾無憾焉。且追憶先生弟子不下數百千人，人人自以爲將大昌先生之道，豈料身後傳名，轉託之於當時執箕膺揭之一童子哉！然而，余今年亦七十有九矣。嗚呼！

韓生哀辭

錢辛楣先生掌教鍾山，常爲余稱韓生之賢，因得傾衿相接。生名廷秀，字紹眞，年三十許，深中篤行，有壺遂風。工散行古文。余老矣，每有述作，輒屬其代，往往亂眞。隨園文宴，必招爲祭酒，同人敬而服焉。癸卯舉於鄉，庚戌成進士，引見，天子命以知縣卽用。生歸自京師，重執贄來，槃辟雅拜，受業於余。余辭焉。生曰：「漢于定國官廷尉後，乃北面迎師而學春秋。廷秀願學焉。」余笑而受之。又一歲，選廣西馬平縣知縣，遂別去。芳訊杳然，聞受印八日死矣。

余初駭不信，繼而其子歸柩告哀方知。馬平爲粵西最凋敝邑。前官負國課至二萬餘金，驚悸死，骸骨未歸。生銜參唱名，有少年隸衣藍縷，跪泣求退者，乃前任公子，因飢寒投充者也。生蠹然心傷，退而顧其兒輩曰：「汝等他日，亦將不免。」是夜卽朝服雉經而亡。嗟乎！以生之才之學之爲人，使終其身一秀才一孝廉，所得館穀，頗足樂飢。學道，詠先王之風，就使循例需次，亦尙有十餘年歲月，其湛深於學，未可量也。蒼蒼者，又何苦誘而驅之於蠻烟瘴雨之鄉，恐仇生者未必忍心若此。雖然，死生亦大矣。生見事不可爲，辭官可也，詭病行可也，縱受劾，甘處分，亦無不可也。而何必授命如毛，輕生如暫別哉？

先是，生中進士報到時，其母死；赴官時，其妻死；路上，其子婦死。以一官易三死，而終之身亦殉焉。豈趙岐所云遭命之說，其果然耶？余終夜思之，而不得其故也。乃爲之哀辭曰：

苗乍長而揠兮，蘭方榮而拔兮，陽示以春温，而陰加之肅殺兮！豈造物之不仁，抑斯人之不達兮？嗚呼噫嘻！吾仰首問天，天其將何以答兮？

祭徐心梅秀才文

嗚呼心梅，從遊最久，廿載於茲，踦隻寡偶。如何不祿，遽赴重泉！回思往事，過若輕烟。昔君初來，少年英妙。媞媞其躬，皝皝其貌。才流經通，章志貞教。旋歸吳下，小別絳紗。束脩齋至，執訊如麻！招我遊棹，遠到君家。

君家何所，洞庭西麓。湖影搖窗，山光撲屋。爲我張飲，作魚脫肉。愛我詩文，篇篇手錄。仲海、季江，弟兄爭讀。山登飄渺，我放歸舟。軒然浪起，舟阻中流。收帆轉柁，仍泊芳洲。我有愁容，君開笑口。拜謝石尤，吹回老朽。再上樓眠，再沽酒侑。風代留賓，雲還出岫。七十二峯，都來窺牖。手指名山，以爲師壽。挑燈紀事，曾作長歌。揮予翰墨，寫汝烟蘿。

再越五年，我尋鴻爪。更挈朝雲，重遊蓬島。君家賢兄，其風肆好。彼此妻孥，推襟送抱。至今閨中，津津樂道。

壬子秋仲，駕詣金陵。其時省試，人競科名。君獨逌然，立雪柴荆。花看金粟，宴預華燈。小住旬餘，依依惜別。君馬在門，君詩在壁。方盼重來，豈期永訣！

君生世族，家本華胄。敦宗睦鄰，孔晬孔愉。薛包分產，鄭綏爲儒。兩番獻賦，運阻天衢。生計折閱，羣從析居。研桑心計，未免憂虞。昨春握手，面無見膚。正思刺探，近狀何如。忽然訃至，使我心驚。晨燈先滅，夜燭空明。他時扶杖，吳苑重經。法虔已喪，支公伶俜。嗟余老耄，越疆難弔。對此江流，中心是悼。何以招魂？哀詞一章。將何磨墨？衰淚千行。哀哉，尚享！

小倉山房文集

後序

初，先生以制舉文震海內，後生小子爭摹倣句調以弋科名者，如操券取也。惟穀芳爲童子時，頗不以先生文爲然。逮乾隆癸酉館金陵，謁先生于隨園之小倉山房，每談及時義，卽歉然以少年刊布流傳爲悔，而深以予之不然其文者爲知己，于是驚歎先生之虛懷好學不可及，而世之媚人之文以求知于人者，其必爲先生之所唾棄也久矣。時先生正以詩古文詞樹壇坫江南，欲收致四方俊士，與之共商史、漢文章之正統；而外間科舉之說盛行，徒知有先生之時文而已，不知有古文也。其或借先生爲聲援者，亦徒知有先生之詩而已，不知有古文也。而于舉世不知之時，又惟穀芳知之最早而好之也爲尤篤。卽穀芳之好古文而敢執筆以爲之也，亦實因先生之教而後毅然不搖于俗見，至于今蓋二十有一年矣。然則先生之文集，穀芳烏可以無言乎哉！

蓋嘗論文章之道有三：曰理學之文，曰經濟之文，曰辭章之文。所謂理學者，非皮傅儒先，空談性命，亦非綴緝訓故注疏之瑣瑣者相考證已也。其所謂經濟，又不得以浮誕無寔，坐而言不克起而行者當之。至于辭章，則亦必有物有序，而誇富麗矜淹博者不與焉。予觀古今以來，其有兼三者而一之之人乎，無有也。乃今讀先生之集而知其爲信能兼之者矣。疑者曰：「隨園之辭章不必言，經濟尚可于其吏治信之，若目以理學，毋乃阿所好而失于誣乎？」予曰：不然。夫言必求肖于周、程、張、朱而後爲理學，噫，此世之所以多僞君子也！隨園于同時之講經而株守漢學，見與惠棟論學書。講道而虚崇宋儒，見與是鏡書。必爲文以闢之不遺餘力，俾支離穿鑿迂闊無用之學自呈其僞，以不使溷吾學之眞。故其見于文者，無一字及于經，而無非經之精華也；無一字及于道，而無非道之充塞也。誠諸中者形諸外，噫，夫豈可以襲而取與？故予因其文而審其爲人，性情脱灑，和而不流，非卽周茂叔之吟風弄月者乎？早年高隱，不慕榮進，而又篤于友誼，不以窮通生死易心，卽尹和靖之奉母終身，蔡季通之爲友遠謫，何異焉？凡此皆見于諸論著中，讀者試一一按而求之，當知隨園之學與年俱進，而德亦與年俱劭者，固非昔日所聞風流才子之隨園，而眞爲今日兼理學、經濟、辭章而一之之隨園也。

然則予之言豈有阿乎？彼猶以爲阿者，必前之徒知有先生制舉之文者也，不知先生者也，不知文者也，抂不知予非娟人之文以求知于人者也。然則予之言亦惟先生知之而已。

宣城宗後學轂芳。

題辭

文章代興協元會，道比姚姒承黃農。屬辭比事肇盲左，嗣有遷固昌其宗。起衰八代賴韓子，元和復振西京風。降及北宋衹數子，落落泰華恆衡嵩。厥後豈無著作手，繪畫不稱乾坤容。帝恐人間久寥闃，五百年後生我公。公年弱冠即名世，赫若旭日昇于東。鞭霆馭風織雲錦，更鑿混沌開鴻濛。上清小謫出爲吏，異績瑣屑傳兒儂。鳳凰來儀偶一見，安可久集虞廷中！名園奉母謝祿養，著書矻矻無春冬。積累三十年，富敵丘山隆。先出駢體文，一掃徐庾空。詩集別專行，授梓尙未終。獨將古文編排分卷二十四，寸心得失玉十年琢金千鎔。賦本古文詞，冠首實類從。體格用相如，不與唐律同。碑銘狀表及傳誌，義貴紀寔非褒崇。如衡量物鏡取影，國史徵信垂無窮。昌黎此體推第一，尙恐諛墓難爲雄。書則儷歐陽，纏綿罄深衷。上規大府下朂友，誾誾侃侃告以忠。匡時論古不忍默，力挽元氣迴春融。記序關掌故，不涉小品誇雕蟲。論必歸大醇，眉山雄辯猶虛鋒。其餘雜著盡超絕，妙諦無上惟天通。至哉原士篇，治術首辟廱。析弊到秋毫，鑄鼎稱神工。何當懸此文，上列於學宮。百年樹人得至計，元愷復出襄時雍。國初諸老事帖括，健者聲律兼磨礱。汪朱獨治古文學，已覺鸑鷟鳴梧桐。體裁茂密固閎贍，未免襞積由裁縫。邇來學者知嗜古，高揭賈鄭思希蹤。著文亦以訓詁濟，陷陣欲假偏師攻。茲文一出正鵠定，眞面乃幸廬山逢。我朝藝苑讋合樂，諸子一器公黃鐘。卓然不朽冠一代，公所自致天無功。京江舊雨懷蔣詡，首先寄示煩郵筒。賤子款三徑，驚怪騰白虹。搜覽得公文，目懾光熊熊。粲然新若手未觸，意似不甚珍璜琮。攜之竟出不返顧，荆州借得還無庸。韓文舊本共寶惜，枕秘吾可驕蔡邕。飢來一字不堪煮，賴挾此卷忘飧饔。佛燈將燼漏四鼓，兀坐據案方咿唔。颯然陰風忽入戶，雲霧晦冥驅豐隆。徑恐六丁下搜取，急誦萬遍藏諸胸。

年家子萬應馨。

小倉山房外集

序

隨園先生古文三十卷，以駢體六卷爲外集，命英序之。英按：散行文尙矣，然體裁必相題而作。常讀韓昌黎黃陵廟碑、柳子厚湘源二妃碑，索索無味，令人不得不思王、楊、盧、駱。蓋題本俶詭，難以質言；而表啓賀謝之類，無甚意義，非徵典不文，非耦語不莊。先生于此體不多作，亦不輕作。存者若干，古藻繽紛，大氣旋轉，足冠一朝。英擬學李善注文選，以公之于天下，苦讀書不多，未敢貪相妄測。乃先爲之揭其立言之旨，而箋釋之功，姑俟諸異日。

常州受業門人翰林檢討李英拜撰。

題隨園駢體文

飛書用枚皋，典册用相如。子雲實有言，兼者其誰與！文章有儷體，六經開權輿。凡物比奇耦，整散爲密疎。取材各有宜，載道無差殊。揚馬盛西京，班張冠東都。典論推七子，繼美稱庾徐。皆仲七襄手，共握璇璣樞。袁公秀江東，珥筆游蓬壺。是古制誥才，學士同中書。顧以沈宋身，出曳龔黃裾。仕宦忽不樂，買山賦閒居。栽花作友朋，列屋成畫圖。發揮巧匠心，結構隱退廬。萬卷圍一身，才氣横太虚。位卑乃著作，李翺言有諸。詩文積三篋，億萬光明珠。談笑出五能，霑溉卿大夫。戸牖筆研陳，瓶甕楷墨儲。皇皇四六文，雲霞相卷舒。百家入箴縷，羣史供庖廚。一索貫萬錢，任沈顔謝俱。文律一動摇，宮商卽奔趨。詞源一沃蕩，河海咸灌輸。趣昭事益博，慮周藻相敷。手持注水筩，放溜決川渠。思風鼓言泉，造化不得拘。武夫與悍卒，願爲老鐵奴。序傳祖十翼，表啓根三謨。銘志列俎豆，廟碑肅璵璠。以意立眞宰，以氣爲匡扶。彩繡赴纂組，英華恣含咀。花骨屬天稟，綺靡亦其餘。翡翠戲蘭苕，鴛鴦立芙蕖。纏綿風月懷，曲曲相縈紆。此體有正宗，不收歐陽蘇。何況陳迦陵，倐倐章與吳？我胸無書簏，我腹非冶爐。曾識應付文，同官笑其粗。自慚張伯松，不識揚雄徒。公文我獨嗜，負弩充前驅。敢學皇甫謐，佛頂強加汚？

乾隆己丑落燈夕，館後學將士銓題。

小倉山房外集卷一

擬乞假歸娶表

臣聞：五算徵民，嘉禮首隆牉合；三清論職，詞臣本屬閒曹。故知納幣親迎，卿士可以入告；越境反馬，春秋不譏曠官。況乃宦在婚先，妻因夫貴。釋褐與結褵並賦，花釵與爵弁齊明。長源成婚，北軍供帳；敏中來婦，金紫迎風。凡文人未有之榮，皆聖代遭逢之盛。

欽惟皇帝陛下，兩儀合撰，三皇如春。秉龍德而山澤通，吹鳳管而雌雄應。雖上林鳴鳥，無不帶露雙飛；即太液游魚，亦各銜恩逐隊。固已民無怨曠，草盡繁蕪。臣西浙童牙，寒門白望。十二歲舉茂才，二十歲舉鴻博。樂昏未擾，即來觀國之光；皇雅未歌，無暇房中之奏。是以十年不字，三族無虞。藉瑟琴平學道之心，懼兒女累風雲之氣。雉朝飛而有曲，雁宵奠以無聲。

茲蒙皇上聖恩，選臣爲翰林，授臣爲吉士。才非李白，登七寶華牀；學愧康成，註三商昏義。采蘋采藻，方陳太史之詩；一陰一陽，未卜家人之卦。因五夜之待漏，驚三星之在天；愧六禮之行遲，感九重之恩早。賜面藥口脂於漢臘，男子受之而不芳；考褒衣褕翟於周官，鰥生讀之而有羨。蓬山風冷，東觀宵長。簪筆則金粉飄零，早朝而衣裳顛倒。偶然割肉，無可相遺；卽賜沐湯，不願居外。青綾被好，孤熏郎署之香；黄紙緘封，虛貯孺人之號。仙侶疑其命隻，中涓笑作童貞。如臣者，想亦媒氏所平章，相公所調燮者歟？

今乃故鄉冰泮，下逮書來。或盼遊子以倚閭，或布几筵而筮日。鄰夸衣錦，晝可還鄉；兒髮君賚，歸當貽母。承筐無實，已歸妹之愆期；有女懷春，非吉士其誰誘！而況單鳧寡鵠，豈宜濫列鵷行；介特孤丁，未敢冀修吉禮。伏求皇上賜臣歸田之假，成臣合卺之榮。雙鳳闕前，許借飛龍之廄；三神山下，輕回弱水之船。取淸俸以陪門，五兩不過；奉陰臣而拜闕，九十其儀。將見燭撤金蓮，光來天上；袍披蜀襭，香到人間。史筆催妝，銀管耀青廬之色；天錢撒帳，女牀聽鸞鳥之鳴。當天下有道之時，我黻子佩；趁父母俱存之日，男唯女俞。明年春水生時，屈指微臣來日。步八磚而卽至，不敢迷花；歌昧旦以趨朝，同聽警枕。

爲尹太保賀伊里盪平表

臣聞：王者大一統之義，春秋復九世之仇。古之聖人，握金鏡，秉神機，固將亭毒八荒，盧牟六合也。然神禹導河，不過積石；秦皇立界，止於臨洮。軒轅轡野之師，高辛觸山之務，成湯三騣之伐，周王鮪水之誓：雖智竭囊底，而功止寰中。未有我武惟揚，窮天之界如今日者。

欽惟皇帝陛下，一人有慶，五嶽無塵。海水不波，問摩訶無使者；青雲干呂，知中國有聖人。固已絕地通天，瞻雲奉律矣。惟準噶爾夷部，僻處西陲，跳梁沙漠。稽兩朝之文化，煩列聖之天心。楛矢來庭，則許甘松之互市；赤囊報警，則鳴琅鐸以專征。張弛異宜，德刑兼用。亦以事機有待，夷性難馴故也。今天誘其衷，神厭其德。達爾札與達瓦齊等，篡弑相仍，風災迭起。撐犂不識，敢倚天驕；朝定無人，自然鳥散。車楞吳巴什等率衆投誠，阿木爾撒納等領軍踵至。或吹蠡享使，或剺面請兵；或失鉢請除一官，或燒當願當一隊。國中牛馬，盡向南眠；天上旄頭，早看星落。五單于爭立，是匈奴降漢之年；九節度出師，正回紇尊唐之日。我皇上擴覆載之仁，不置遠方於度外；運照臨之智，早悉此虜於目中。於是牙璋先頒，金玦獨斷。贊蔡州之伐，惟裴度一人；計烏桓之兵，屈陳湯五指。從竈上騷除瀚海，取灰盤指畫天山。歸漢封君，敂關者卽加顯擢；袪衣作衞，鳴鏑者俾作先驅。西北分兩道之兵，聲勢動九天之上。如太陽之沃霜雪，所過皆消；譬久旱之得雲霓，歸來恐後。蛇矛未拔，銀鶻先奔。逐窮寇而狐尾頭低，草降書而羊皮紙盡。但整六師而返，不見一虜而還。萬馬禁聲，盡解鞍而蹴踘；諸夷無事，將買犢以耕耘。開壅門招壤奠之臣，取流沙爲附庸之國。惟聖人之德大，斯不怒而威；亦王者之功高，故有征無戰。踐龍庭之草，露偃春風；出玉門之關，花開內地。

伏念我聖祖遠滅延佗，河西遺種；我世宗窮搜靺鞨，黑水留州。凡祖宗累年未竟之貽謀，皆皇上一旦纂成之鴻業。金山擒車鼻，本文皇漏網之魚；渭水謁單于，慰高祖平城之憾。被我純績，戴我金犀。飲朱提者，三千人而未乾；置驛遞者，六百所而更遠。從此受降城下，新來冠帶之民；都護府中，不用防秋之策。禽黎、呼毒，望氣來庭；煎鞏、黃牴，聞風請吏。拔銅柱以掃地，取金人而祭天。化此輩爲孝子順孫，何嫌荒服；呼中國爲仙宸帝所，都恨來遲。

臣職任兩江，神馳九陛。想北闕凱旋之日，正南風解慍之時。愧臧旻之才，遍數三十六國；譯朱普之句，敢增千百萬言。一曲鐃歌，聽策勳於太史；兩階干羽，願增喜於龍顏。

爲莊撫軍賀平伊里表

臣聞：時不可失，而知幾惟聖人；功有非常，而止戈惟王者。歸邪星出，國有降君；畼廞獸來，邊無烽警。是以漢臣中西域而立幕府，唐皇取松外而置縣官；猶欲刻玉燕然，鐫金青海。況單極以外，淳維之苗，率土來歸，無思不服！求之邃古，實所希聞。

欽惟皇帝陛下，八紘靜塵，十洲澄鏡。久已塡盧山于赤縣，擁狼望於黃圖。惟準噶爾部落，遠恃流沙，荒驕大漠。屢稽質子，不供包茅。我聖祖萬乘親征，掃蠮螉之絕塞；我世宗五兵暫戢，貸鳥鼠之餘魂。如後漢之與南夷，七擒七縱；比延光之於西域，三絕三通。未嘗不以丹水之師，遠期伯禹；崇墉之伐，深望姬昌也。今達爾扎自嚙焦梨，達瓦齊形同尸逐。牛羊不壯，知突厥之將亡；魚鼈無橋，識東明之不渡。坐金牀以望太歲，星拱中華；祀羱羝而問大神，巫誇漢盛。

是以車楞烏巴什與阿睦爾撒納等，或舞天先至，或嗅地旋來。當是時也，五幡遺孽，只用箠笞；九塞旋風，但需鞭打。倘杜崇拒單于之上表，則安國必捲帳而自驚；班超還疏勒而先歸，則黎弇以遠漢而自刭。懷皇仁者，雖歌檕木；議國事者，爭棄珠厓。聖上以爲非常之原，黎民所懼；先幾之務，惟斷乃成。在貞觀之拒康居，雖云量力；而建武之辭西域，終少雄圖。乃射苑竹以卜西羌，推棋枰而決大策。韇盾一戟，龍麗十重。網設周陆，軍歌鐵拔。以党項爲前導，故知吐谷之風沙；假北鞻爲疑兵，遂抵焉耆之巢穴。周道如砥，漢將皆飛。反首茇舍而奔者，膚行如風；繩行沙度而來者，視道若咫。收黑山四百三之部落，耀朔方十八萬之旌旗。雪嶺横天，上下搜而全無虜跡；賢王伏地，左右視而都是陪臣。築三受降城，置五屬國府。使漢家長無北念，信中國果有聖人。數武庫之兵，未遺一矢；計鬼方之克，何有三年！檄傳古莽而猶驚，碑借崐崙而尚小。凡魚支之鞞，婆駝之樂，寵封三目，權扶兩頭。朱蒙爲河伯外孫，老胡號大荒樸父。靡不分頒將士，布列郊圻。圖王會於明堂，坐舌人於門外。陳牲告廟，慰列祖在天之靈；晉册承歡，加聖母深宮之膳。捷書夜至，羣臣悟怯戰之非；恩旨朝頒，天下以從軍爲樂。

臣伐吳定策，既有愧於張華；平蔡刊碑，又有慚於韓愈。願譯歸義之章，隄官隗搆；更歌奉聖之樂，獨鴿琴驃。庶申雀躍之忱，聊補鐃歌之闋。

爲黄太保賀平大金川表

臣聞：天地生成，温肅並行之謂道；皇王敷化，神武不殺之謂功。德至聖，則股肱之効力也神；化極隆，則宇宙之包容者大。

欽惟皇帝陛下，秉神機而理百度，握金鏡以御四方。震旦國中，金輪光湧；指南車上，鐵轊痕消。久已四海鶉居，八荒蛾伏。乃逆苗莎羅奔、良爾吉等，夜郎自大，邛竹未供。懷駒支漏洩之謀，走爨甑、鬔叢之路。以爲湯升陑野，巢伯可以不朝；禹會塗山，防風且將後至。皇赫斯怒，我武惟揚，銜亭撤馬謖之軍，巴蜀用崇文之將。設金方一道，從枕席行師。聚米殿前，早見丸泥之狀；借籌閫內，預知沃雪之功。蓋王者之兵，原不得已而後用；非常之將，亦秉成訓而始行。則有經略臣傅恆，穆行忠衿，義心清尙。雷符星斗，光顏自有旌旗；干櫓戈矛，賀齊別爲文畫。磨劍則崆峒飛雪，彎弓而太白揚眉。金累爲之開山，黔羸爲之領路。斬皇甫文之頭，先除謀主；超張須陁之柵，多用奇兵。百尺井闌，射公孫樓上；千羣火雉，投姚襄陣中。周訪之兩甄忽鳴，光弼之三麾至地。山形拔而不假五丁之力，天網密而但求一面之開。正月初六日逆苗面縛詣大軍乞降。

當是時也，雲捲天衡，日生倍璚。砂能表赤，大書北向之旗；水尙知歸，敢射南飛之雁。在諸將以爲獸將入檻，雖搖尾而法無可寬；在聖人以爲鳥已含環，既投懷而情難盡殺。蓋當日之興師也，原非貪其土地人民，而必置之於死；故此日之受降也，實不忍其悔過服罪，而姑宥之以生。

於是廷光城下，馬燧披襟；回紇帳中，子儀免冑。姎徒麕至，捧牢賞以趨蹌；穢人兒啼，擊蒙排而泣下。倓錢賨布，爭貢包茅；渝舞巴歌，長賡棨木。赤眉得不死之詔，南人無復反之心。火鼠窮郊，留將軍畫像；玄蹄外境，傳露布風聲。羣瑤聽飲至之文，吹蘆相告；野老讀班師之詔，鼓缶而歌。大凱來旋，策勳告廟。此皆我祖宗在天靈爽，暗靖妖氛；我聖母覆物仁慈，挽回和氣。故能有征無戰，惟斷乃成。念切顯揚，式崇徽號。宣仁家法，安邊塞於宋朝；太姙徽音，贊嵩征於周伯。輝生寶册，喜溢彤庭。

臣未列銀刀，空名節度；願供金版，上佐秋官。羌女呵陵，曾隸韋皐之籍；夷男始艾，愧無仲郢之功。遠百辟之班聯，心知舞蹈；獻九天之春酒，花滿江南。

代江南紳士謝萬壽恩科表

蓋聞聖人御世，八荒在壽域之中；王者掄才，三物重賓興之禮。是以姬王受命，蒸髦士於岐陽；漢帝祈年，辟孝廉於郡國。莫不丹魚在藻，翠鳳含綏。然而咸周僻在方隅，空聞宴鎬；泰玄增受神册，但說呼嵩。未有際兩聖之昌期，靈曦並燿；展九乾之文運，汨作重書；以八千歲爲春秋，將五百年得名世：如今日者也。

欽惟皇帝陛下，如日之升，慶六旬於今歲；皇太后陛下，如天之福，開九秩於明年。凡橫目冒彨者，靡不羣歌佛誕；即巖居穴處者，久已如登春臺矣。乃皇上聖德謙沖，孝思維則。一切有司，奏行恩賚；爲而不有，統於所尊，禮也。詔庚寅之年，開甲乙之榜。黃封頒下，白首懽呼。惟大孝以天下養親，故慶典悉遵懿旨；惟聖人以人才治國，故賢書首列恩綸。澗採菁莪，不羨蟠桃之色；廷收杞梓，益增壽木之華。以多士之絃歌，代雲仙之羽奏；以文昌之奎壁，當貢物之承筐。玉載萬隻以非奢，珠探九淵而愈耀。枝枝丹桂，飄香於王母筵前；戢戢龍魚，跋浪於老人星下。於是黄髮耆艾之士，莫不乘景運以同升；方聞綴學之儒，亦各有喜色而相告。

臣等生隸江東，忝居文苑。或影纓擔爵，世受國恩；或解綬懸車，引恬鄉里。捧璽書而感泣，率門子以觀光。祝軒鼎之長生，齊呼萬歲；喜周官之大比，不待三年。所有感忭之忱，謹以表謝。

鶯脰湖莊詩集序

夫金石之載不殊，而諷詠之情匪一。故思綺者春榮，響哀者秋厲；音和者鳳噦，絲寡者繭悲。引氣不齊，意製相詭，各家之旨，斷可識矣。若夫游雲無質，五色兼麗；岷竹久淹，八風齊協。徽循羣雅，喉衿六藝，搜仇索耦，能者誰歟？

丙辰歲，天子張天網以羅八紘，握金鏡而闢四門。予正縻係履而來都下，遇王梅沜，讀其詩，倜倜然亂費乎錦繢，彯彯然履綦於欃槍；研閱以窮照，含章而司契。楚豔漢侈，始具體焉。爾乃解巾吳會，弭筆燕臺。仲宣履至，公卿爲之擁篲；平子歌成，洛下於焉卷舌。且復負雞次以西嬉，歌閶闔而晉適。澄神道岸，回志元祇。生死多羊舌之仁，慷慨重侯嬴之義。其所逃也如彼，其所蘊也若此。使之吟鷺陪軒，鳴蟬映鬢；隨鼂、賈入室，共應、劉待詔。張皇發揮，元元本本。胡寧恧焉？

乃昔者同登明光之殿，對食大官之餐。蒙以弱冠之間，物色賈生；遂因連牆之謁，通好列子。亡何，黍谷方吹，豐城氣掩；東陽未晞，北溟翼戢。臥龍具以忍寒，握蛇珠而匿耀。感奇律之不采，抱梯黃而莫卜。與鄧康辟者，比牒皆爲宰相；同高允徵者，連名半屬公侯。其能無撫髀而嘆八騶，呪柱而看三匝乎？

雖然，珠之藏也不久，不能矚重淵之深；劍之割也易用，不能致蛟龍之惜。故白露之思，蒹葭之隱也；俎豆之馨，叢蘭之敗也。今梅洴內學七緯，外遏八流。其藏身也，鮒入而鯢居；其治行也，春規而夏矩。入則流黃體素陳焉，出則烟阜雲隰覽焉。宜其因情生文，上符三百之旨；緣隙奮筆，流爲千載之觀。彼夫車赫馬耀，傳呼甚寵，而寸枝不入鄧林，尺渠不登山經者，何哉？豐嗇之遇殊，而大小之報異爾。

或者傷國朝諸老，慓忽代謝。竹垞南淹，阮亭北逝；不知壘不並耀，駿不雙馳。根斵靈苑，秀擢江波。所謂長麗去而宛虹來，耀靈淪而望舒睇。夫固有繼之者也。而況夫大雅之運，豈偶然哉？

萬柘坡欒于集序

夫神之所至，百骸聽焉；志之所壹，萬物避焉。故鯱俞審音，不聞暴雷之駭；獶人運斲，不見疾駒之馳。士有握瑾瑜，懷芬芷，絕地理，掞天庭；抗才金碧之上，弭節江湖之下；恢恢元音，務諧雅奏之和，落落淩飈，詎假繁音之會：則吾友萬柘坡其人也。

生而醇粹，第作其冠；長多咫聞，溺苦於學。參六家之要旨，窮五際之絕業。遊目竹素，殫心忽微。故能含孕嚴、徐，淩鑠崔、蔡。懸黎不見，池隍耀繼起之寶；皇娥歲淹，夷光矜代出之色。惟古於茲，亶其然矣！然而憶日月之慓忽，追縞紵之伊始。時則迅秋標爽，嚴鼓應節。石渠廣鴻生之召，郡國有文學之徵。僕與柘坡，解巾之郡，削牘受辭。魚集龍門，學游鱗而認隊；馬來西極，銜長鬣以得朋。所爲傾蓋於程生，締讌於謝覽也。

已而扶搖同志，修翮互殊。或霞舉於嘉禾，或翰飛於粤嶺。赤堇未錮，齊踊躍於洪爐；白鹿可尋，仍渺迷於蕉葉。東隅已失，南金不雙。宜乎鮑申跪石而吟，伍員兩袪而走矣。而柘坡方且得不挺心，失不表色。結情禹井，延首舜梧。考元唐、隆谷之瑰奇，辨封鉅、大塡之原委。忘陽數之摽季，扶元音於正宗。空谷霜零，蘭性寧其隕貴；崇丘風靜，椒林於焉露芳。抒懷而貊其音，說學而振其采。詩若干卷，幾幾乎革孫、許之風，變太玄之氣焉。

且夫瓠粱託絃以流韻，痛知音之難也；師曠審鐘爲不調，嘆逃聲之易也。柘坡鄙硯散之五降，美棣通於八風。既煉淬以澄音，亦鎔金而飾貌。考之鳧氏，斲曰欒于。震蒲牢之砰磕，招銅山之遠聞。他日麟鼓南郊，軒宮北敞，發揮韶濩；洪宣陰陽；則夫聲震三川，力逾九象者，其在斯人歟！其在斯人歟！

送姚次公刺史之景州序

景州領定遠之軍，連青、齊之甲，走幽、冀之道，當德、棣之衝。天子以唐代武功，必賚姚合；漢廷黃霸，亦號次公。遂降璽書，馳龍節，命公移篆建康，建牙渤海。五馬從大夫之後，一鶴與先生並行。所以簡賢俊，重神都也。

夫玄黃自炫者，玉之奇；匠石必顧者，木之用。故庚桑入楚，風移磈礧之鄉；張楷居雍，俗號公超之市。公以何比干之符策，楊於陵之家世，坐有揖客，門無雜賓。朔來朔來，本門子之恩蔭；郎出郎出，爲捕盜之督郵。三任繭絲，一從征伐。襄城劉令謂之不煩，弘農桓公稱爲長者。王修知變，魏武以之自隨；虞詡入城，朝歌因而解散。其吏術也若彼，其武功也若此。加之居句如矩，在約思純。比性鴻毛，方義熊掌。有公綽之廉，史魚之直焉。

乾隆十六年天子南巡，公千夫爲吏，七萃從戎。凡申明之木，壞奠之事，攝袵抱機之視，侯遮扞衛之儀，一切供張，罔不腓飾。遂乃歌傳于蔿，名記王丘。超授非因歲遷，除拜悉從中出。蓋六緊十雄之報最，方犢蔫之風馳；而三公八座之交推，已得州如斗大。將以東阿付黔夫之守，高唐覬樗子之用。豈徒黃金橫帶，遽喜遷官；白鹿夾輪，將期入相而已哉！然而使君活汝，父老哭於碑前；賢者遷官，百姓爭於境上。房君去而味變井泉之甘，虞公歸而雲藏海石之彩。未免持靴雲涕，輦粟連年。認馬司州，占珠合浦。民之情，公之德也，其能已乎？

僕同鄉識面，共事知心。玄武湖邊，各持手版；小倉峯下，先築瓜廬。行矣孔璋，飄然賀監。白雲飛而故人遠，朱琴彈而聽者稀。嗟乎！空山猿鶴，本無戀於烟雲；芳草芝蘭，終有情於臭味。送花間之車馬，絕海上之蜻蜓。謝瀟此中，祇宜飲酒；茅容以外，誰與交言！所期抗手此時，班荆他日。訊雖雨絕，夢或魂交。君望孤雲，知安石之不出；我瞻紫氣，卜老子之仍來。

許南臺悼亡詩序

同爲聽鼓應官之客，夜起恆多；旁有禁寒惜煖之人，衰年忘老。一朝白髮，忽斷朱絃。女牀之鸞鳥不鳴，牧犢之朝飛有曲。此我同寅南臺悼亡之所由作也。夫人朱氏，內嫻四教，外副六珈。乘几無違，施鞶有訓。秦箏齊絡，雅善平章；樂旨潘詞，應如影響。佐夫爲善，寫安公美政之碑；教子射科，上藺英中興之頌。叔姬賢著，三諸侯爭來媵之；薛侯寵多，七孺子爛其盈矣。爾乃服帝休之草，無避夕之嗔；坐銀鹿之兒，有綬帶之樂。南臺雖羣雌之粥粥，偏故劍之依依。神君一言，敬爲畫法；白茅三復，奉若金箴。可謂雙棲不死之牀，永卧同功之繭者矣。

何圖疾風吹竈，竟占主婦之災；青鳥傳書，遽速上元之駕。桃殳插首，齊俗先驚；白柰簪花，吳孃共弔。纏綿性在，纔三盆手而蠶尚牽絲；殗殜病成，與九萬錢而醫難爲力。兼之客兒、佛婢，婚嫁未終；約指彄環，零星根觸。金箱胥掩，成君之衣補何時；象笏朝回，方領之繡痕宛在。此在一往情深者，尚且聞而結轖；何況三生牉合者，能無腸若涫湯也乎？

於是天錫小名，自稱獨活；子瑜庶孽，不許長生。枕拗木以無聊，服牽機而難耐。雖當仄日，盆易高歌。賦哀蟬落葉之章，寫鳳臆鸞吪之恨。心非孤雁，照影驚秋；聲似霜鐘，因風奏曉。是知玄穹倚杵，不能蕩此情波；碧海成桑，未必乾斯墨淚者矣。

僕並轡白門，通家江左。德操命龐妻作黍，不辨主賓；文通爲張稷徵歌，但遮簾幔。雜佩貽來，想見斯人賢淑；入宮不見，難禁老子婆娑。夜飛蟬在，贈杜甫以無因；世子書成，向外黃而誰寄？解愁有志，分痛無方。誦金鹿之哀詞，贈玉臺之小序。公乎自愛，休傷兒女子之情；僕也請前，聊表君夫人之德。

送尹宮保熱河陪宴西戎序

乾隆二十年，天子平伊里，幸熱河，受昆彌之降，賜呼韓之宴。詔曰：江南總督尹繼善，厚重有體，來與斯會，足壯觀瞻。公聞命黃閣，束裝青溪。桓溫北伐，百官祖道於南州；潘岳西征，同僚賦詩於金谷，禮也。

枚伏考唐太宗身幸靈州，納降回紇；漢武帝親臨瀚海，獨當單于。其時褒、鄂碩佐，衞、霍英賢，莫不司空奉虆，條狠警蹕。酌留犁而共醉，歌槃木以宣威。良以倚漢如天，有班超而後功定；望君若歲，見葉公而乃民和。非徒冠冕河山，亦且彈壓邊釁。

我宮保夫子，黃菌誕雲，紫宮執斗。神化丹青，草木知其名姓；亭毒元氣，外夷問其起居。帝愛文獻，恨不處之禁中；朕召德林，昨日祝其夜短。皇上見我容暨暨，思黃髮皤皤。召洛邑之君陳，徵南郊之羲叔。乘三皇斜谷之車，張百神帝臺之樂。皇人受轂，衢室開奪。時則神雀宵鳴，歸邪晝見，窮天俘玉，罄地呼嵩。舌人皀趨，交閫鵠列。凡雋觿之翠，壽木之華，滑國之金牀，條支之烏鞞，木熙、拔河之戲，婆駝、力華之曲，莫不鱗羅布列，雲動雷屯。

伊里者，西戎一大部落也。兩戒所未收，八埏所未囿。茲乃駿瞿奔觸，賜睒酣嬉。比狼牻之嗅塵，同鯢俞之飛耳。未謁天容，先望星辰之色；已瞻日角，兼看岳瀆之神。見風、牧而軒鼎非遙，識皐、夔而堯眉可想。公繡衣垂跗，琛版宜躬。潤之以傅說之甘霖，温之以趙衰之冬日；示之以周公之狼跋，耀之以尙父之鷹揚。驚狀貌於王商，眞爲漢相；聽音聲於景略，無愧唐臣。洵足以顯作長城，隱若敵國。且夫防秋者無全策，綏遠者貴定謀。是以突厥人衆，魏徵諫留河南；西域使來，班勇請加都護。或治城烏壘，或置郡朔方。食少則充國屯田，兵安則孔明撤衛。凡事後之金湯，皆先機之籌算。

公三商待漏，常候色於宸慈；五日詣臺，每參謀於黼座。正可以定形方之訓，進徙戎之策。安全梟散，慰撫華離。使二庭永空，萬年無事。豈止夔調御手，人慶寵光，酒賜銀鏞，史裦風度而已哉！茲者野廬桀擭，元戎啓行。萬里秋霜，凝照於九花虬上；三邊勑勒，收聲於一品集中。西寇折心，中國大有人在；東山翹首，袞衣早望公歸。

小倉山房外集卷二

贈樊生序

當短衣楚製之日，而獨冠夏后之毋追；嘗羔羝羯胎之羹，而忽捧魯人之梡蕨。吾知雖負牀之孫，亦欽欽然口呿而舌繟也。況夫心古雲罍，道高龜玉。干飾廉隅，秩秩見於面目；馳驅文囿，駸駸欲度驊騮：如吾聖謨樊先生者，能無述焉？

先生秉植鰭之雅容，蘊吐鳳之靈質。鉤河摘洛，浴素陶玄。凡夫五木之攻，三牙之辨，十祺之筮，九候之醫。旁行敷落之教，重差夕桀之術。靡不巧搨周流，精心冥造。信文學中茂陵之唐生，九江之祝子也。爾乃年周七旬，身老三舍。損蘭本於四馬，閟珠光於重淵。登高作賦，不爲大夫；恢奇多聞，尙淹區里。鄭緩爲儒，呻吟裘氏之地；王袁負戴，磬折安丘之衢。拱製錦之纖手，喑攸絃之逸曲。乾乾日稷，甚矣吾衰。彼夫士開不知七星，王平但識十字者，或且跨天下而無靳，策高足而相淩焉。墨以爲明，觰偶不仵，升沉之數，疇測之哉！

今夫借隱爲顯者，黔天之象也；養菀於枯者，富媪之神也。圉馬不乘，方臻彌年之壽；幽蘭當路，難保經時之芳。假使星有少微，世無處士，卦名白賁，占少幽人；齊設九賓，少稷受玎公之召；堯咨四岳，許由呼負黍之車；呂尙早聘於英年，宣尼大烹於陳蔡：將何以彰聖哲之瑰奇，偉二儀之恢闊乎？

先生明其然也，自道不辱之謂貴，無求之謂富。屢約冠鉢，駕說人天。屈後茶前，無悶巾褐。鴻文無範，相羊翰墨之場；老洫少波，韜晦林霞之迹。蠟屐訛而黑矣，板牀銳而逌然。寧將論語代薪，不向胡奴索米。空波白鷺，絕頂孤松，未足方其高潔也。然而經師名著，貌執人欽。采薇多先輩之呼，負笈半從遊之彥。三千太學，爭奉嵇康；五百門人，都尊郭瑀。雞籠山色，次宗之室常青；槐市春風，伯起之堂斯煖。無勞影質，各授咫聞。束脩牽羊，童蒙求我。譬之霜鐘水沒，終留待扣之聲；仙桂巖棲，自有流香之所。於以養夷白，於以變丹青，於以嚌道真，於以廣津逮。周冢宰以九兩繫邦國，其四曰儒以道得民者，先生之謂也。豈非拔七緵之布，華過九旒；傳一卷之書，榮勝千駟也哉！

兼之百篇蒼雅，張覇獨善；九變律貫，京房尤精。長君手著神淵，仲翔口吞爻象。滿堂蝌斗，龍威靈寶之書；半壁金箱，沮誦佉盧之字。不必飲終北之神瀵，著躋虛之龍蠖；而早已爭年黃帝之兄，高叱季心爲弟矣。

月逢長至，瑞慶懸弧。圖應三陽，禮先一飯。艾歷覗胥者，微循而來；梨顙樹領者，黎收而拜。先生在貧如客，著手成春。亥字親書，辛盤小侑。樂可知也。僕當宰單之年，早知甯越；每過賃舂之市，定訪公沙。呼范雲讀秦望之碑，求孔晁釋安釐之簡。道尊先進，心契後凋。爲張儀祝千秋，學趙孟作一獻。沃君僕爵，將取陵陽、太極之泉；寫我徽言，亦須黄玉、緑純之册。

尤貢甫出塞詩序

夫審八音者，以金聲冠石；序百家者，以笳拍續騷。隋文品清商爲華夏正聲，漢武置鐃歌爲軍國雅樂。塞上之吟，由來尚矣。然而不過陰山，難歌勅勒；未通西域，誰解婆鴕！古之人未嘗奏夔吼於房中，寫邊聲於里耳。是以賢者好遊，詩多束髮從軍之句；男兒作健，吟到中華以外之天。

尤生江左名士，眞州少年。心事拏雲，文章射策。獻「五角六張」之賦，貧類朝霞；答「三桓七穆」之文，博同平一。賜上方之文綺，遂待召於金門康邸。河間慕才，竟陵好學。樂賢堂上，孝綽圖形；忘憂館中，鄒陽首坐。屏風未賦，罰升酒以何辭；公讌詩成，泛浮瓜而自喜。巾箱九案，惟陸澄之能搜；錦被十重，祇劉峻之獨數。

甲戌歲，天子親謁三陵，望祭長白，大蒐於塞外，禮也。王率八能之士，扈七萃之軍。

贊明堂大袷之儀，領異域朝天之隊。生乃寬饒短服，稱娖從行；子春單衣，嬋嫣並往。奉辰牡，坐寅車，望木葉山，經黃龍府。斯時也，平沙萬幕，明月起而當天；甲帳千燈，旅雁驚而墮地。日名笪却，星辰當晝而忽明；馬被霜封，絳鬣侵宵而不見。生以鞍爲几，磨盾作書。湔袍鴨綠之波，滌硏珠山之雪。彈來朱鷺，便唱新聲；擊罷黃鑒，已成樂府。鴟看作字，飛來大翮之山；馬助長吟，噴出流沙之玉。揮毫素而羊皮紙盡，飛咳唾而眞珠帳空。豈徒識䶄鼠於終軍，記隨兒於申子也哉？

雖然，豪宕者境也，俶詭者才也。才之不存，境將焉附？倘絃幺徽弱，強歌大角三章；壺哨鼓儳，自詡橫吹一曲。構雲屋而材橈，舉周鼎而臏絕。與題不稱，蒙竊惑焉。生竟箏張牛弩，手挾龍文。行間作金鐵之鳴，言外肅風雲之氣。聽其音，可以躍麮賓於水上；充其量，可以降白雪於空天。眞不愧海上之崔駰，軍中之孫楚矣。

今者明駝千里，送子還鄉；秋駕三年，逢君初服。攜金鞭而示客，尙帶霜痕；擊銅斗以高歌，恍疑羽奏。北平射虎之將，半是故人；野廬行炙之觴，未乾殘瀝。遂乃回頭沙漠，遯笛江村。集出塞之篇，付開雕之手。歌諸淸夜，長城之金柝如聞；譜入琵琶，絕域之關山在望。

紅豆村人詩序

夫思王不序典論之書，何點不和小山之作。家庭標舉，達者嗤焉。然而同峯聽雨，分樹看花。雖弇雅之才難，實吾斯之能信。吐珠於澤，誰能不含；似蘭斯馨，願詳所淇。豈有自矜月旦，擯文休而勿夸；孤對池塘，置阿連而不夢者乎？

則有張家鸑鷟，穆氏醍醐，號紅豆之村人，爲吾家之臨汝。采繩圍宅，早有奇徵；騎鹿入胎，羣驚英物。視愛同采蜂之事，遊善如原萩之甘。唾地而文成三篇，擊鉢則燭留一寸。風神元定，愛齊、梁之音；藻思芊綿，追漢、魏之始。詩之作也，僕有感焉。

當夫大阮西征，永辭家弄；遺奴落地，便伴姎徒。寄薩保以錦袍，音塵如夢；泣邛南之竹杖，相見何年。弟匪徒秋士悲秋，兼且越人安越矣。亡何，僕以徵士之車，折灘江之桂。鳳凰蠟下，裁抱僧虔；尉斗櫺中，更奇康伯。叔也眉需於側，兄乃見溷而行。從此荆樹重分，河梁再別。雙旌萬里，一面十年。覽揆晚而郎罷先摧，兎乳遲而摩敦亦老。孤兒有曲，野鉎無烟。龍具爲衣，馬人作伴。瘴雲似墨，誰送賈季之妻孥；葛帔披霜，空抱王孫之飢渴。雖狐有首丘之想，水尚知歸；而鼓無記里之聲，地難縮短。飛奴不到，沉沉連錦之書；小子勤咍，脈脈阿千之唱。

僕乃百鎌遠寄，雙槳星馳。如逆椒鳴，班荆楚地；自同聲伯，爲食鄭郊。起渴葬之楄柎，喪迎穆伯；走敏關之玉節，私召陽生。弟於是闔關呼車，昌披稅駕。身猶楚服，門倚傒音。見故里之枌榆，恍疑前世；拜祖宗之丘墓，哀感旁人。觀者疑返漢之文姬，識者嘆承祧之趙武。當是時也，春秋書季子來歸，晉史記陶潛隱去。璽寶之成人尚早，監河之分潤無多。款段籠東，少游哀汝；文戰再北，鄧禹笑人。一枝筆乾，舉家鶴望。

弟於是重驅策蹇，再揆韜沂。王粲遠遊，騎馬登樓之恨；元瑜書記，殘羹冷炙之場。嘗世味之顑頷，聽河流之鬱勃。記往事於龍華小劫，求知音於碧海青琴。身賤恩多，天寒袖短。堂簧不御，晝燭難明。歎纂纂以星沉，唱嗚嗚而雨泣。人之情也，其能已乎？

加以天性風華，餘波綺麗。何郎粉不離手，荀令香能染衣。長言則河女三章，開卷則王昌十五。丹心寸意，驅烟墨以如飛；流管青絲，繞虹梁而不落。量沙易竭，下筆難休。金鹿詞哀，玉臺體艷。人恐繁華流蕩，君子之所勿欽；我知比興温柔，宣尼之所必采。

嗟乎！人不足而盱有餘，才非患少；春采華而秋落實，學與年增。許武未成弟之名，景讓宜受母之撻。所望焠掌自厲，指心得師。加弓之九和，俟禾之三變。彤魚、昌僕，窮典誥之恢奇；夷鼓、青陽，表榮華之族姓。文章不妨放逸，人品故宜謹嚴。使薦者謂敏中酷類其兄，後世笑僧彌難爲其弟。殿中交代，有君已是替人；海內文章，無我當歸阿士。

周石帆西使集序

四序秋佳，白帝肅江山之色；八音金貴，霜鐘冠匏竹之聲。考祀典以嶽瀆爲尊，稽國風則皇華先采。是以魏帝清商置令，蕭家白藏名通，仲長灞岸之篇，越石扶風之作，莫不抗絕節於高唱，穆清風於妙音。使者陳詩，大夫臚岱，由來久矣。然而龍山高會，誚元子之聲雌；鄴下淸流，恨仲宣之體弱。矧復潯陽九派，華嶽三峯。氣讓風雲，何以低昂崔、蔡；手非天馬，不能控馭齊、梁。苟無君子之九能，難往金方之一道。

石帆先生，文貞學士，儒林丈人。五入東觀，三爲祭酒。曳履步星辰之上，乘舟過日月之旁。乾隆十七年春，天子命公祭秦、蜀兩省名山大川，禮也。公坐筍將，衣袴褶，借飛龍廐馬，權攝行人；出丹鳳樓門，便稱天使。船非樟木，豈畏蛟龍；身本雲仙，何愁風雨！烏櫳、盤羊之所，黃金、子午之天。董仲綬不愧儒梟，謝康樂能爲山賊。牙璋手握，鐵馬宵鳴。訪尺五之雲門，飄丈二之圭組。潼關四扇，射曉日以初開；鳥棧千盤，度青天而直上。蒼蒼在鬢，斸古雪於峨嵋；脈脈有情，聽淋鈴於劍閣。於是移綿州之席，則嚴武留賓；吹鳳嶺之笙，則王喬倒舄。亭公負弩，驛吏占星。爭迎諭蜀之相如，共拜入關之李叟。公乃酌玄流於春澗，瘞封豕於秋林。槃鬻焚而煙墨香，庋縣祭而山川助。一梟破鏡，八頌占風。

九河出沒於毫端，五嶺盤旋於腕下。境無虛接，必纂入於文樞；景不空描，盡雕搜於意匠。摩挲銅狄，感歲月之滄桑；緬睇巫山，寫荒唐之雲雨。鐫姓名於崖上，恍如委宛千言；攜西海於袖中，不僅韓陵片石。復命天子，慶大禮之成；付詩史官，賡小雅之作。編西使集八卷。孔子稱誦詩三百，使於四方，先生有焉。

僕也三月過秦，曾爲賈誼；一麾入蜀，未作唐蒙。恨狹路之不逢，羨我鞭之先著。同聽鈞天之樂，而師曠獨按其笙簫；共遊福地之春，而張華能誌其風物。豈無玉笛，讓淸角之聲悲；亦有珠林，遜夜光之照遠。夔關詠古，愈欽杜甫之豪；灞上還軍，終愧桓溫之劣。少行千里，譬如自偃旌旗；朗讀百篇，悔不早焚筆硯。

繡餘吟序

繡餘吟者，女弟雲扶所作也。占歸妹之爻，生逢第四；學玉臺之體，才竟無雙。早喪靈椿，裁嫛婗而學語；來依棠棣，遂婉僤以南征。弭節桂林之巔，揚舲洞庭之渚。萬重山翠，寫入雙蛾；九曲明珠，穿成一笑。珮瑱而浣，答子貢之三挑；敷衽而陳，笑丁娘之十索。機絕絲絕，針可稱神；俳歌綴歌，詩將入聖。繡餘之吟，有自來矣。

爾乃珠簾落葉，鏡檻啼鶯；銀蒜風涼，冰荷燈小。或懷兄楚戍，或送姊夔關。思若流波，含烟墨其何託；心如結轖，假宮商以代宣。探蠹簡而粉落雲牋，寫蠶眠而痕留釵股。結響則女牀鸞咽，揚華而織室星飛。使戴尺五皂紗，定呼飛將；倘設十重步障，足解長圍。可謂掃眉之才人，不櫛之進士也已。

更喜留車無恙，反馬初來。姬姞耦新，藁砧憐重。三商却扇，磨寶鏡以試秦嘉；五日采藍，詠盤中而寄伯玉。紀事則姑恩有曲，發言則女史成箴。東廂夫壻，既媞媞以成行；魯國叔姬，每雙雙而俱至。豈非緣隨性善，福與慧兼者與！

所望集洗麗情，經通音義。澤髮懷順，傅粉道和。珠多而首飾有光，學積而心聲作采。此時香閣，助博議成書；他日蘭臺，爲阿兄續史。將見吾家詩事，六宮傳大拾之名；海內女宗，十哲配宣文之享。

送梅循齋總憲歸宛陵序

昔龍負禹圖，鳳鳴舜樂。終亦潛九淵，翔八表，冥神霧以遊，攬德輝而去，何哉？身不隱者道不全，用不藏者仁不顯也。是以祁奚請老，子房學仙。疏氏供帳於東都，廣德懸車於沛郡。莫不謝情軒冕，畢志烟蘿。僕爵深衣，陶玄浴素。若乃三休亭古，萬石風高。門無雜賓，家有令子。決獄二百，朝廷就之問春秋；封事一函，天下以爲眞御史。則我總憲梅循齋先生是也。

先生味道之華腴，執古之醇聽。張蒼治曆，算操夕桀之工；平子知天，手握銅輪之轉。傳學家衖，掞才天庭。奪東方學士之袍，騎西第將軍之馬。王沉見召，馳鋒車者五人；渠牟對君，數漏點者六刻。試之三輔，則桴鼓靜黃圖；耀其九能，則郊天供金版。戴胄平刑，不愧爽鳩之職；勝之按吏，更馳東海之軺。天子以爲有伯夷、史魚之風，使領五墨、三仍之首。聖無二道，毀靜輪而米賊敎衰；臣只一心，侍彤廷而神羊氣勇。卿於白起，尙惜官乎？朕於孔戡，知其賢矣。

公亦沾沾自喜，毣毣竭忠。心爲肺石之函，手如屈軼之草。周昌負氣，直壓蕭、曹；老瑀性剛，慣淩房、杜。方將軒翥帝載，麴蘗王風。而歐陽名重，後生之描畫已多；元忠肉甘，獵者之網羅無得。天子敬禮大臣，護持耆舊。允遂初志，特予原官。神武門前，許挂仙人之冠服；香山社日，敎添元老之鬢眉。然猶深惜蒲輪，眷留鳩杖。表爲人望，賜毛玠以屛風；遣問星文，伺承天之顏色。殷鐵臥疾，密勑往來；賀監乞湖，宸章餞送。行有本末，恩極初終。鳳闕排筵，都望潞公再起；江湖野服，誰知裴令三朝。

先生愛鍾阜之山，樂秦淮之水。跨沈嬰之小駟，乘王尼之露車。雲母自怡，金貂高庋。一颺一朏，謝莊以風月名兒；半郭半郊，庾詵以山池作宅。黃花香淡，知諫草之都焚；綠墅客稀，惟怪松之滿坐。今復辭白下，返宣州，式里閭，展兆域。木葉未脱，秋水已波。散盡賜金，故里之枌榆拱矣；摩挲老物，兒時之釣弋依然。傾耳幔亭，人間曲好；回頭營室，上界官多。雖韋孟乍歸，尚夢面爭王室；而文宗既隱，定知車避城門。枚得接繡衣，初冠緇布。識郎君於東閣，通書七年；忝比隣於南邦，班荆朝夕。送格天之勳舊，作平地之神仙。晝錦堂開，慚無健筆；宵征人去，聊助清風。

李紅亭詩序

夫才者情之發，才盛則情深；風者韻之傳，風高則韻遠。故悱惻芬芳，屈子爲之祖；葩華莽布，建安暢其流。苟非弁雅之才，難語希聲之妙。則有紅亭主人者，雁門著姓，爲宇文大呼藥之官；柱下精苗，居建武小長安之地。兒時觀卜，便已別著；長歲横經，更能奪席。醉六十日，賦五千言。久已集號烟花，文成玉海矣。

爾乃賣田十雙，入竹萬个。千夫爲吏，一命來南。慕白學先生，作黄車使者。以衞風之狄濫，學吳語之妖淫。宰我過朝歌，聆音欲駐；子思搖銀珮，奇服自夸。于焉忍俊不禁，棄位而姣。徐吾有妹，子南超乘而來；阿君無夫，陳遵奪門而入。投幘以還太守，銜杯而勸三騶。殘殘乎迷漁父於花叢，埋蕭綱於酒庫焉。然而人呼公子，天性都豪；地住中州，宮商最正。唱洛陽之小海，自記家鄉；偷大內之霓裳，繩其祖武。每至青溪晚雨，琴河曉霜。怯夜幡高，司晨鳥語。未嘗不憑欄而飛筆，擘錦以横箋也！

更有奇女目成，癡人相惜。記泉臺之夢，帷幕來奔；築藁氏之臺，盟公割臂。神君既憐去病，小吏肯讓蘭芝。衷甸揚徽，竟招搖而過市；法冠先引，常稱婗以同車。綺陌花飛，迎來吉耦；風窗月墮，吟出雙聲。紙醉金迷，三百六日之光陰如夢；笙清簧煖，二十五郎之歌管相隨。無王事之獨賢，且人生之行樂。宜乎一州斗大，作司馬以無期；三十鬑然，抱羅敷而自足也。

尤可異者，與余無撫塵之交，而蒙君有良知之賞。陸機師事，只有張華；唐衢服膺，除非白傅。延之設問，希鮑昭於片詞；何遜著書，強休文之再讀。徵言識五，雅奏登三。感此心知，奉貽藥石。

今夫遠而有光者，美人之飾；進而彌上者，學士之才。君子不重則不威，修詞不誠則不立。徽之悔過，多嫌小碎篇章；孝綽陳書，深戒繁華流蕩。所以七子歌詩，獨識高厚；五君作詠，不取王戎者，何哉？良以行者文之本也，廉者德之輿也。脢胋者以無檢而宏曠，佞兌者以有忮爲憀牙。春秋譏毛伯求金，左氏貶蔡侯失位。解父狄淫以遭赧，安丘傅揜而奪侯。凡彼虞箴，皆堪殷鑒。而況狂泉難飲，當此日之時艱；古瑟空操，問知音之誰在乎？

嗟乎！性自少成，須至通而自然有節；人誰無過，晉於姪而能悟何妨？僕願紅亭抱德煬和，去風卽雅。梗其有理，祓飾厥躬。守士之特招，執古之醇聽。以人意相存偶，使物情無疵瑕。將見三盈三虛，無礙孔門之客；再仕再化，寧知伯玉之非。窺日牖中，不愧北人學問；繡絲海內，豈徒庶子春華！

岳水軒詩序

夫高軒多簿領之勞，處士少江山之助。天下之文章，其惟幕府乎！是以鄒、枚游客，珥筆梁園；應、劉才人，從軍鄴下。靡不序行役，紀星雲，奮藻含章，揚華振采。然兩戒者，天之奧府也；百年者，壽之大齊也。身拘魁父之丘，何以盧牟六合；目窘蹄涔之水，亦難揮綽三雍。要惟口數青曾，尻窮玄圃者，方能三駕以控齊、梁，七縱而擒風月哉。

水軒先生，金佗後裔，鐵券家風。遠跡崇情，深中篤行。幼不好弄，三步知方；長更橫經，九變復貫。凡師春箴書，奇賅陣法，九據玄理，六甾陰陽；金布令甲之文，夕桀重差之算；鑄凝化聲之術，含光宵練之鋒：俱能游戲人間，環流手上。於是西雍戾止，東閣欽遲。招隱者羔雁成羣，問政者干旌四至。關吏爭迎上客，諸侯齊拜下風。先生濡迹匡時，測交擇主。爲常何作奏，帝問賓王；爲寄奴草函，人推齡石。陰德及物，自覺耳鳴；淸談干雲，聽猶齒擊。適楚國則書載一乘，見哀公而文成七篇。此固經世韜鈐，別爲一集者也。

若夫分箋擊鉢，對酒當歌。悠揚四始之風，祖述三唐之法。則先生之詩，有非凡所及者。何也？夫孔子西行，不入秦地；樂毅東伐，未下齊城。卞彬以青溪爲鴻溝，陶侃棄郗城而遠戍。陳京賦北都不就，弘景志沙苑未詳。四海大矣，九州遙矣。方聞之士，遠到爲難。先生乃孟入西州，檀來洛下。五攀漢柳，兩馱越裝。別魯叟而遇齊兒，厭燕南而來趙北。望海則浮天無岸，窮河則括地成圖。過劍閣，嘆劉禪爲庸才；登廣武，笑沛公爲豎子。甚至呼延外地，甌脫窮邊。中周、虎落之烽，繞霸、羊頭之險。凡裴秀所編圖，賈耽所繪布，靡不馳驅煙墨，號召宮商。宜其壯采精思，加人一等也。

然而一身道長，八口星孤。彗策筍將，牛目常埋雨雪；鬢飄蓬葆，馬頭何處家鄉？海上娵禺，蠻府參軍之恨；表中春菀，江東作奏之愁。賓館久而醴酒淸，汕幕舊而蓮花落。殘燈冷炙，曉角淸笳。孤憤獨居，深懷誰告！而況髮容難待，烏兔先馳。一林之松菊將荒，半世之鍾期已盡。貧憐徵在，繡被存無；晩抱舒祺，楹書讀否？雙輪欲仕，則饔飧誰供；百歲幾何，而勞薪未息。此又金壺傾汁，未足寫此蕭騷；紫水漚縑，難以形其豪宕者矣。

更可異者，當永恆齋宮保之領王師而西也，以先生智同崔浩，廉比道生，奏與一銜，俾隨九伐。天子憐其老故未許也。亡何遮住玉關，廣利竟非生入；牽連草索，馬援不是榮歸。幾乎玉石俱焚，池魚共禍。而卒之塞翁馬失，合浦珠還。慟哭劉虞，尙有將軍殘客；飄零樓護，還作城南禿翁。此非天之所以報施善人，乃即天之所以護持詩史也。

今年先生六十有八矣，落日已過，回風可悲。有情於身後之名，加意於曩時之作。特交小子，嚴切編摩。欲表孤花，先芟枝葉；將彈白雪，細按徽絃。燒仙丹於劫後焚餘，鑄神劍而千辟萬灌。收回舊刻，重付新雕。庶幾字字華星，行行寶唾。四十年之珠玉，照耀人間；千萬里之風花，紛披紙上。

陳古漁詩概序

夫奏刀之伎神，而桑林之舞合；步瑟之絃妙，而瓠梁之韻流。苟循聲以觀於樂，足以辨風矣；隱色以考於古，足以弁雅矣。若夫冰瀆無界，妃豨亂呼。稗以凋鏤，而味硯散肆筦之分；赫其夸毗，而忘重敏經迭之辨。必致精疎殊會，通閡乖方。綴學之士，豈其然歟！

陳子古漁名毅，字直方，江寧人也。白望蜚聲，青箱積學。執禮器，隨孔子以西行；捧香爐，駐神人於白下。負雞次之典，浮螺女之江。檄奇相之神，責穆王之璺。將蒲作筆；擿錦成篇。如鼓琴然，期鳴賡修營，而不侈號鍾濫脅；如協律然，務奮末廣賁，而不矜駕辨勞商。於是烟墨受召，金絲引和。其格閎易以戌削，其聲淸揚而遠聞。高僧乞劉䫇爲師，元子望嘉賓入幕。則有轉運盧雅雨先生，飛耳審音，傾衿作禮。以爲出石所以旌處士，谷風所以應騶牙。乃孑孑揚旌，戔戔束帛。其時蕪城稱富媼之地，禺莢爲稇載之鄉。三百六日，駢牢而墆鬻者如麻；七十二鑽，烟視而媚行者成市。陳子偏笑同一吷，豈彼三招。不唱檀來，小人爲母；恥居盧後，君子固窮。慶復西遊，但作北都之賦；元平入幕，大失宣武之歡。白眼睨之，黃鵠舉矣。

誰知楚幕未營，趙旗已拔。雲堂說法，終非天竺之宮商；齋鴿留賓，反拒儒童之菩薩。人相媒但，路入迷陽。卞賦枯魚，趙吟窮鳥。爾乃淮陰水闊，韓王留乞食之臺；皐橋月明，梁鴻失傭書之所。辛壬婦至，庚癸山空。公房身老於壻鄉，太眞裾牽於子舍。不逢狗監，姑作牛醫。從羌博士以無聊，爲里祭酒而自得。然而軒光寵好，難治枵腹之疴；上池水淸，莫解高吟之渴。元父信九州之窮地，樊衢鳴一鳥而誰聽！

則又有制府尹望山相公，採奇律於歸昌，耀中黃於耳目。焚山求阮瑀，圖影召姜肱。人以爲東閣一開，溟池再奮矣。不料當其未面也，紅紗籠壁，錢王誦羅隱之詩；及其入謁也，如意帖箋，李相掩香山之卷。蓋見其骨鼻汚膺之狀貌，昌披了鳥之冠巾。扈載淸寒，宰相似難造命；朝霞貧薄，山人祗可耕烟。遂致吐握未終，而吹噓已畢；車茵欲汚，而行馬先施。兩暴龍門，空驚蕉鹿。若陳子者，寧怪其感同抱玉，痛甚絶絃，不銜歡伯之觴，但哭憤王之廟乎？

嗟乎！身無五技，將羯羊種米於何方；命有三科，具粱卯梯黄而誰卜？通天臺迥，難與投箋；廣桑山遥，從何問孔？且人驚上公之殘客，誰敢測交；而君抱高世之英聲，更難詭遇。詩窮至此，僕請狂言。

今夫曉壺、伴侶，乃陽五之淫詞；得寶、胡騰，亦開元之俳調。何以一聲河滿，歌遍六宫；十首秦吟，名傳四裔。碑書修福，錫持正以千縑；霞賦丹城，賞桓公之二婢。潭峻，寺人也，而呈元稹之詩；常何，武將也，而上賓王之奏。任氏則因詩免役，子仙則得句停刀。他若金粉名倡，綠林豪客，新羅、黑水，行賈雜林。默啜問張鷟之姓名；吐谷供子昇之文集。莫不目澄虚鑒，鼻嗅狠荒。賞才子爲良知，極欽遲於副墨。將今擬古，如夏思春。汝自生遲，公非可惱。所望敬勖光采，愛護波濤。秋駕學成，冬心永抱。九天風雪，後來之清角音悲；萬里桐花，將老之鳳凰聲脆。雉掩不得，更順其風；劍氣已青，重加之鍛。將見雅可安身，苦能養氣。娵娃珍髢，寧索賴於蠻方；姹女清吟，或召歌於上帝。蒼天與直，登方干身後之科；文章有神，設柳耆生前之位。此日滕王之序庾信，下筆欣然；他時馬融之語康成，吾道南矣。

王郎曲序 為溫皆山吏部作

王郎者，茂苑靈狸，揚州舊鶴。小袖禿襟之漢制，闌龍華羽之南音。流激楚於陽阿，聲希下里；散天花於小海，人滿浮橋。則有皆山吏部，太眞姓溫，樊川第五。愛吹玉尺，小謫人間；命入金星，能知音樂。王褒乞洞簫之謚，高琳是浮磬之精。一顧城傾，三生石老。琅琊刻其佩印，晼青錫以佳名。數闋新歌，換中書而莫惜；一條牙笏，立簾外以晏如。留仙則雪夜掃門，顧曲則金貂換酒。湔裙解帶，代繫箜篌；轉字催腔，親持舂牘。

惟時琴堂小謝，北郭蒙莊，假相風之竿，測愛河之水。陽爲薄怒，瑤光作誓之謠；詐入飛章，沙吒劫姬之說。於是奚恤阿阿以謝，張步負負而悲。宋公閉門，泣而目腫；巫臣閒信，竊而思逃。情之所鍾，僕有感矣。夫用比疎者刷以膠靑，飾圭璋者加之判白。以茲妙伎，得遇淸卿。釵挂臣衣，花驚郎目。豈非珠澄濁水，鳳集阿房之盛事也哉？

然而十年協律，不爲聾俗所知；三峽流泉，翻以回撾見賞。屠門琴在，非秦倡莫解其音；茍草花香，惟夏姬能留其色。縱有彊環照骨，水尺調鐘者，亦復未採遺珠，失之交臂。一自神劍識於風胡，人才升於吏部，然後蘆中得月，裙下生雲。來則黍谷春回，去則歌場燭暗。衞多壯嬖，鬚眉且假先生；齊有盲人，耳順亦呼娘子。由來知己，強半前緣。是以平津忤旨，過六十而寵榮；范悌盛名，失九重之目色。孫臏棄妓，專寵齊宮；翁須曳縑，稱尊漢殿。或仳倠倚檻，而良士目之；或哀駘弄姿，而羣粲歸之。或以舞轉西曹，或因歌封王爵。風花舛午，才命升沉。借此三思，達觀一切。

嗟乎！厭都梁而燒皂莢，別有聞根；嗜螺蠃而簡太牢，得毋口過！目亡虛鑒，認符拔作祥麟；耳失兜玄，誤歸昌爲謚隘。豈非是者常是，是有時而不行；非者常非，非有時而必用也乎？然而國君好艾，難尋息土之人；賢者過情，甘受妖夫之曳。幸臣半擇，上應星辰；胡姐戲倡，名傳文學。甚至何晏愛婦人之服，妹喜戴男子之冠。任谷，丈夫也，而以脂夜有身；景公，諸侯也，而許羽人抱背。張彫武因師愛貌，得列儒林；辛德源與友通衾，卒成名宦。誰爲雄伯，同上雌亭？此又戲引卮言，堪爲乾笑者矣。

今者右軍爲樂，非兒輩所知；宮體編成，須徐陵作序。主人六首，和客百章。刻劃爲絲，淋漓斑管。裝成貝册，儼同梵夾之書；各唱回波，寫入深情之帖。

小倉山房外集卷三

尹公七旬生辰授文華殿大學士序

夫三公爲保傅之官，非高年則不能副望；七十是從心之日，許坐論而愈覺雍容。是以尚父受璜，皤皤黃髮；叔孫奕禿，秩秩大猷。龍翻九鼎之系，試鈞石之能勝也；瓦斜太廟之風，苦陰陽之未燮也。其才難，燧人刻矩以奚覓；其任稱，羲和浴日而彌光。乃若朝扶玉杖，爲君王賜燕而來；帝取金甌，作臣子稱觴之用。則我望山相公，古罕聞焉。

公旄車望族，桴鼓聲名。觀書石渠，生花旌節。南滇西陝，化洽行春；東部西曹，風澄坐嘯。陶士行八州兼督，偏江左之功深；唐休璟萬里在胸，尤河湟之路熟。雖出入三省，綸扉久許其參知；奈遲却十年，蒼生欲問而不敢。今年公七旬生辰，奉詔先期赴闕。時則靑旂引道，翠柳扶輪。一路香焚，齊獻紫霞介壽；九重天笑，早開黃閣迎公。丹禁宣麻，堂封受饌。進張蒼爲計相，兼可引年；取劉瑑之曆書，不須擇日。詔補文華殿大學士。百官賀於道，黎幹減騶；四夷聞其名，契丹拱手。公到先人批勅處，記少年珥筆時，得毋有延年避位之思，劉向重來之感乎？

四月八日，天子賜壽筵於第，王公以下，奉勅躋堂。是日也，朱轂塵宵，華觴錦晝，當晏温之曹敍，頒少内之㚅醍。聽遷哲之鳴笳，張祭遵之御蓋。撤來仙樂，簫韶傳閬苑之音；捧出蟠桃，帝子拭金莖之露。三貂故吏，數亥字添籌；八座門生，赴午橋沃爵。雖蓬萊仙雜，難從散錄徵名；而高密兒多，正可分班應客。在昔王導之鼓吹十部，李穆之象笏百人。史册所夸，方斯蔑矣。

且夫祝公之相者，公論也；望公之來者，私情也。倘温嶠内召，罷領丹陽；寇恂還朝，遠辭河内。公歸太促，民借難禁。天子知之，命仍督兩江，南巡後入閣。俾作霖雨，將洒道以迓鑾輿；如彼重星，且含光而照吳越。念長途之溽暑，衣賜吹綸；將比德於瓊瑶，篋頒瑞玉。都梁十合，賞黄花晚節之香；如意一枝，表魚水同心之樂。

枚空山耳冷，傳盛事者如麻；得信心開，覩中台之晚耀。自憐小謫，非瑶池與燕之人；且喜升堂，是絲竹傳經之客。猶記祝公大董，遠拕小舟；觴我黄樓，同吟紅藥。貞期可卜，驚逝者之如斯；鑑睨自甄，信後來之居上。所願璣鏡百職，陳揆五行。生物協后土之功，稽古應同天之號。飲九乾之湛露，勝服丹砂；覆萬國以卿雲，都無夭札。將見黄銀帶重，靈壽杖高。跨汪氏之龍魚，薄陵陽之丹溜。羅侯城下，百歲尚擁千旄；楊氏門中，四裔俱爲太尉。

孫小玫簪花圖序

姑蘇采蓮女子有孫小玫焉。牽舟作屋，家傳榜枻之歌；以水爲家，偷照龍宮之鏡。黃玉志鼻，金訶貼胸。彄環明指骨之淸，瓊葉補眉痕之缺。凡細君琴學，茂猗楷書；盧媚娘之經繡法華，張靜婉之箏彈銀甲：靡不手擽成竹，思若流波。於是名聲大噪於人，色態出乎其類。夷光過則金錢滿市，蓮香出而蜂蝶爭隨。初七下九，三挑迷蕩子之魂；楚尾吳頭，兩槳費中人之產。洵廝波之光妓，洛浦之莊姝也已。

爾乃抽觴自愛，擁髻恆啼。黃蘗生春，早知心苦；紅蕖出水，偏惱泥汚。想解佩以誰投，每留花而不發。則有韓郎者，吳中之高才生也。橫塘借問，本是同鄉；泛宅相從，竟成吉耦。奔精照夜，含菱芡以俟風；驚女采薇，看文魚之響乘。解拋家之髻，戴奉聖之巾。自謂柳毅不歸，與龍同老；韓終既嫁，煉藥長生矣。亡何，生受妖夫之曳，占徽纆之爻。地市錢空，天牢星逼。先是，小玫嘗語生曰：「若人侈口蹶頤，過顱豕視，殆非佳士。夫子覺者也，盍遠之乎？」生初尤豫，至是方讋服焉。嗟乎！眼中有鐵，乃在娭光渺視之人；裙下生雲，竟爲別鳳離鸞之兆。蠶方瘞縮，繭豈同功；烏號流離，棲雛並翼。

於是小玫唖荆軻之耳中，履士會之足下。腰無一尺，淚有千行。置酒湖上，捧觴屬曰：

生也有涯，別如小死。君趣辦裝，妾敢不瑷請前乎？然而遊仙枕斷，記事珠存。他日補春餘之墜歡，尋邊撩之晚景。盼蕩子之長信，寄仙人之短書。絳蠟分明，應知此意。取琴鼓歸風送遠之章，拏舟竟別。當是時也，壺中紅淚，彈罷燈涼；江上青峯，曲終人去。目雖窮於楚澤，翩若驚鴻；腸方繞於吳門，恍如覆鹿。水波爲之於邑，飛鳥過而徘徊。韓亦無如何也。

今者長卿遊倦，駟馬人歸；崔護重來，桃花門鎖。念娟娟之此豸，似隔千年；盼粥粥之羣雌，竟無一可。錦裙尺六，記存笠澤書中；約指一雙，詩在繁欽集上。龍工可往，將褰裳以何從；桑姊焉歸，問遊鱗而不答。繫箜篌則繁霜入夢，驚響板而鸜鵒呼名。紂絕陰天，渺難跡矣。

幸而延壽畫成，崔徽圖在。蘭葉春風之帶，著紙如飛；苔花暮雨之鈿，淩波欲活。留墨淡矣，將同烏鰂之魚；執手奄然，頗似潛英之帳。望嫦娥於月裏，光雖遠而長圓；喚踏搖於屏風，人雖在而難下。

僕也泛彼柏舟，曾窺桃葉；驚張冬目，省識春風。序弦超匏爵之因緣，補玉壺紫英之小傳。所願輕霄再續，阿軟重逢。賣卜成都，便訪支機之石；吹簫吳市，仍呼瀨女之船。

尹似村公子詩集序

舉頭見日，長安爲公子之家；下馬傳書，江上遇梅花之使。擷千行珠字，有九畹蘭言。將編玉臺之詩，遠索徐陵之序。若曰陽文之姿，非秦鏡不能描也；祴夏之音，惟魯鼓爲能協也。臨淄交好，祇有楊修；劉尹生平，最思玄度。然則表性情之幽悰，寫煙墨之清光，舍我其誰，當仁不讓。

似村居士，今望山相國之嗣君也。榮公樂府，久歌第六之郎；孔鯉門庭，夙稟二南之訓。仲舒蘊藉，夷甫鮮明。目有青睛，腰横赤痣。腸浣西江之水，沙篆成文；夢餐一樹之花，芬芳滿齒。甲戌二月，相見於袁浦署中，蓋相公督理南河時也。通家誼重，一見心傾。對柳浪以題襟，映桃波而泛月。襄城君有手初握，荀文若餘香尚留。亡何，相公四督江南，似村朅來官舍。書聲隔竹，遙知文選之樓；帽影飄風，迎出樂賢之館。從此珠點夕露，金然曉光，早燕新鶯，斷霞殘雪。非留連於函丈，必宴賞於琴尊。而似村苦志耽吟，偷閒出稿。或片言欲下，而攬袂深謀；或一字未安，而剪鐙勸改。雖漏聲之雨急，猶才語之蟬聯。反脣則頹雲不飛，擊節而驚花亂下。可謂義心清尚，好學深思者矣。

雖然，鄧禹之兒十三，能明經者幾輩？安世之侯七代，乘朱輪者數人。相公玉樹連枝，麒麟接趾。非高寝爲郎之彥，即期門試弁之才。往往半面未終，一鞭遽別。惟似村生而羸弱，不能侍中；長更温文，好遊小學。端門覆試，表胄子之眞才；玉殿揮毫，取秀才之美號。於是子駿得隨父任，終日趨庭；汲公老臥淮陽，十年不召。江南花落，往往逢君；輞川月明，時時過我。雖風騷之道合，亦香火之緣深故也。

所恨潘、陸才華，竟遲科目；蕭、曹家世，頗患清貧。況復使相還朝，小侯歸第。未免幽窗雪滿，曲突煙希；紅休未封，綠車待幸。根同秋水，而羣花之得露先開；穴共丹山，而一鳳之淩霄獨緩。宜乎桓譚不樂，平子工愁。閒雲無出岫之心，倚竹有生寒之感。絃幺徽急，琴以鬱而彌悲；風定潮回，笛以孤而愈脆也。

嗟乎！萬里雲程，大器不妨晚就；百年歲月，浮生無奈情多。僕也五載手分，九回腸斷。欲買絲而相繡，悵倚玉以何年？每折疏麻，寄遐心於空谷；恍如殘夢，聽遙響於鈞天。聊借弁言，小申結轖。但願三徵接統，九服扶輪。龍泉鑄而青氣升，泰華立而高呼遠。此時采筆，占一門宮體之先；他日清風，繼三代芸香之後。

竹軒小集詩序

水軒居士，子猷愛竹，宋玉悲秋。封嘉樹以無聊，據槁梧而自得。則乃潄文石，召清流，露篠爲茵，風枝掃席。此中有鳴琴焉，可以移情；其下設象戲焉，可以坐隱。

惟時野王二老，竹林七賢。稱桑苧之翁，號猗玗之子。傅咸小語，宋玉大言。談橘叟之滄桑，紀羊珠之歲月。能餐柏葉，卽是仙人；雅摘蓮花，都稱博士。或銀鈎犯浪，或岸幘頹山；或唐弓楚弓，爭夸射鵠；或魯鼓薛鼓，各賭壺梟。調絃而竹粉墜風，布局而梧陰覆子。歌戚纂纂，依然歷下之賓；缶擊嗚嗚，何必邯鄲之婦？餐十七物，飲一經程。花落煎酥，瓜橫待戰。豈特湯官五熟，夸居方藥飫之書；手勢三分，鬭玉柱潛虬之令也哉？

更喜水近燈涼，秋深蟲急。霜花新下，芙蓉拒而更紅；山骨初呈，木葉脫而微瘦。輕波弄月，上下雙珠；長風起松，宮商一笛。此時星聚，身披三素之雲；他日圖成，影入九仙之鏡。不有篇什，曷追古風？請分沈約之詩牌，更倩長康之畫筆。紅霞一口，各吐風前；靑石三方，永鐫池上。

送尹太保從兩江入閣序

夫歲星周天，仍傍紫微之座；冬日可愛，終依黄道而歸。是以伯益作火正侯鼇，入輔夏室；太公爲東西大伯，老相周邦。古大臣抱格天之勳，佐塞晏之化者，未有不始於旬宣，終於坐論者也。然而儒稱遭際，佛重因緣。均此山河，疇是燭龍銜照之處；同爲草木，誰是孔陵手植之枝。分一葉之濃陰，數皆前定；受半生之陶鑄，事豈偶然？

今年秋，望山相公從兩江入閣。枚賦詩送行，而先爲之序曰：公之初來江南也，荀羨華年，八州兼督；姚崇應變，十事要君。戴白垂髫者，滿仲華車下；宛舌同聲者，談吉甫淸風。其時人但知公覆物之高明，而不知公成物之悠久也。爾乃牙璋四至，膏雨卅年。竹馬兒童，頭顱成雪；甘棠官舍，蔽芾參天。玄武湖波，成老臣湯沐之邑；紫金山色，當兒時釣弋之鄉。官未奉魚符，而望塵便服；民但聞騶唱，而捧轂先歡。公且盛美不居，與道大適。糠粃簿領，瀟灑烟霞。瓠子防秋，定黃河於掌上；崆峒迎駕，拔青山於地中。自本朝立國以來，駐江之久，艾物之豐，問有如公者乎？

說者謂一時景運，申公雖自開吳；萬里長城，廉頗豈徒用趙！是以三秦地險，六詔天遙。金川受降，元江奏凱。公何嘗不鑄烏蠻之柱，覘紅柳之營？而卒之陳湯有五日之成功，汲黯無十年之不召。或爽鳩之席未煖，而仍賦南征；或蠮螉之塞方行，而忽停北轍。來如明月，徹夜常圓；去似春風，隔年又到。此非淮水所能遮留，南人所敢久借者也。然則韋臯爲諸葛後身，故享西蜀擁旄之報；朱穆有冀州遺愛，故受東都畫像之榮。古人所言，信有徵矣。

至於枚之於公也，三年一盼，夢不到夫謻門；八表停雲，誰先容於細席？而乃識之於弱冠，揚之於王廷。目是銀河，別澄虛瞖；耳成荒市，不惑訑言。方睥睨未遑，而有詔命爲師傅；忽上淸小謫，而改官又隸蚌懷。今公孫之能，敎攝五縣；拜孔融之表，薦刺一州。雖難進格於停年，早退由於自畫。良苗不實，深負煙鋤；仙桂不高，有慚月斧。而不知游、夏之於孔氏，重文學不重官階也；籍、湜之於韓門，傳詞章不傳勳業也。陳留小吏，但數人才；東京學堂，偏尊下坐。假使枚尙頭簪白筆，腰綰銀黃，則繾綣從公，未必常依函丈；文書衙袖，亦難祖述風騷。今陶令辭官，而買山適逢麾下；潘安奉母，而抽身得傍晨昏。此豈枚所及心儀，公所曾控揣者乎？

於是曉衙官散，高春探鼓角之聲；野徑人來，落日照麻鞋之影。白雲入而朱簾捲，畫戟橫而彩筆飛。或花簇金鞍，覲來小住；或堂鏗玉佩，許拜夫人。或逆薪而爨，勉曾參之事親；或禖祝以求，盼商瞿之生子。月落而軍門未掩，知燈前尙有詩人；山遊而掾屬爭看，怪車後常攜隱者。哀絲豪竹，盡識彭宣；奧旨精文，定呼子愼。置醴則諸郎投轄，賡歌則騋馬傳箋。凡此雅遊，都成陳迹。試問西雍多振鷺，而何以偏賞閒鷗？桃李遍春官，而何以獨親小草？豈非廣桑山上，仲由尙有前生；釋梵殿前，法和原同香火之故哉？此枚所以撤席頻驚，而拈花頓悟者也。

茲者淸宵露湛，當藩侯秋請之期；遵渚鴻飛，是元聖東歸之日。公德車衈勿，初試沙隄；假板康娛，竟辭南國。慈雲覆久，風乍移而鳥雀皆驚；膜拜聲多，佛已過而香烟尚裊。攝山萬丈，難刊功德之碑；秋水一江，半是軍民之淚。枚老辭夏篆，不隨魯叟西行；采藷商芝，終出留侯門下。遙瞻東閣，便憶孫弘；怕過午橋，長懷裴令。涼州鳥翅，何時削脯吹來；牟首淸香，只有幽蘭宛在。公屢賜乾脯、素心蘭。雖負笈有從遊之禮，而顚毛皆垂白之年。驪歌聽唱於僕夫，秋駕絕塵於江上。倘或前緣未盡，定重逢問字之車，如其後會難知，督永立來生之雪。

瞻園小集詩序

山水以永趣也，詠歌以抒情也。生貴族者其性豪，甫弱冠者其氣逸。今日瞻園公子之宴，殆其人耶？瞻園者，中山王之故府，今方伯永公之官衙也。有平泉之富，梓澤之幽。公子春巖，品藻羣流，主張勝地。康樂心賞，最是良知；李翰文枯，便奏音樂。

時則靑春受謝，赤熛行權。雲可妒羅，風猶動絮。親書花葉，招三徑之幽人；妙選排當，助一堂之雅奏。靑山橫而簾捲，碧荷動而香生。攀崖呼鳥獸之門，臨水吐蛟魚之背。鹽形似虎，酒味稱龍。繁肴雨護世城中，珍怪耀安成席上。范致能雲霞作麯，鄭司農猩臙爲膏。乃召嚴春，試車子，吹比竹，動交竿。仙雨濕衣，都成酒氣；美人流目，欲鬭花光。

曲終而紅豆盈箱，舞罷而珍珠可掃。更有犂軒幻人，木熙侲子。蠅排舞隊，虱唱阿房。魚以名呼，鼠能口召。梯雲而上，出明月於懷中；覆手以藏，壓七星於甕下。有笙歌以韻之，則亭臺活矣；有雜伎以眩之，則風月新矣。

然而摯公莞爾，僕獨淒其。昔習鑿齒重到襄陽，賓僚換盡；曹吉利再來鄴下，涕淚潸然。僕如公子之年，早作瞻園之客。綠波照影，幾度琴尊；黃土摶人，萬重桑海。花曾識面，石盡題名。而今日以安仁之鬢毛，攀漢南之楊柳。驚聞絲竹，感極山河。嗟乎！過眼須臾，莫非陳迹；知音朋盡，總是前因。非序不足以傳蘭亭，非詩不可以豔金谷。郎主之音情頓挫，行矣難忘；諸公之妙手森羅，袖之可惜。請書生紙，免脫容刀。人賦角弓，僕為嚆矢。

俞楚江詩序

夫刻削者比屑，而班倕擅巧；謳謠者成俗，而射稽稱工。非其人則神為器滯，得其道則籟與天通。煩手淫聲，乖惻隱古詩之義；絕節高唱，在義心苦調之人。

楚江，山陰著姓，燕北寄公。賦幼年新月之章，如古人初日之對。其先人早異目視之。爾乃童牙五歲，離民母之懷；落索一飧，作君甥之寄。渭陽情薄，共相磬餘；荊樹心孤，誰爲衒恤？淳于齊贅，仗健婦持家；魏舒鄉居，爲里人管碓。烏方返哺，樹已搖風。呼阿子以不聞，嘆遺奴之何託？雖老子生於苦縣，鴟兒逼上愁臺，未足比此孤危，方斯僾悒。於是齋油素以遨遊，犯風霜之爪甲。或齊郊晉壘，乘遽登臨；或禹穴堯峯，操觚憑弔。每至雲中月墮，天外心歸。送雁秋風，聞鐘暮雨。遂乃驅使煙墨，蕭條眾芳。彈琴取絃外之聲，飲水辨江心之味。衍波精紙，書花葉以同清；密字眞珠，化仙霞而欲去。倘入鍾嶸之品，不在下中；即登表聖之門，自居高品。宜乎庶士傾心，萬流仰鏡。招隱者干旄孑孑，問字者束帛戔戔。樂令語言，全資潘岳；竇融章奏，半出班彪。實至名歸，猗歟卓矣！

先生方且輯錄其躬，遺蛇其貌。爲善有踐繩之迹，修業無息版之時。抄陸賈之方書，喝人必蔭；焚宋清之藥券，癰瘲必援。又何其懷淳邑之德，而抱殷勤之心哉？至於三倉、五雅之奇，雀籙、雞碑之辨，捨鳳分蟲之事，朱文綠字之章：尤能奏刀投削，潤古雕今。見蒼聖於葵牆，活冰斯於腕下。此又學者之古懷，風人之餘藝也。

今者當沈初明之暮年，爲徐孝穆之南返。賦工不賣，倘四壁之蕭然；詩好能飛，豈三公之可易？王尼露處，滄海橫流；管輅清談，總千山立。僕以雲霞之契，定杵臼之交。初接康成，一見而欽爲長者；再招祖約，深談而同入玄中。忘其才懸，勉爲喤引。庶幾咽庫孼官之唾，福慧俱來；韻宗少文之絃，遙山共震。

瞻園兩公子送行詩序

雲中笙好，方聽子晉之吹；海上琴孤，忽斷成連之曲。此師曠因之躅足，孟嘗倍欲沾襟者也。而況草玄問字，往來揚子之亭；捧席橫經，謦咳康成之側者乎？則有竹巖、鐵崖兩公子者，江寧方伯永公之嗣君也。公敷丹青之化，表淳邑之風。陰德耳鳴，屋漏不愧。旁人目論，後世其昌。生合浦之雙珠，比豐城之二劍。爲舒祺晚得，而少子加憐；因賈嘉不凡，而通書最廣。

公子懷文抱質，潤古雕今。十二月昭明錦帶之書，八千張崔約手鈔之紙。難爲其弟，儀、廙誰優？酷類其兄，機、雲並耀。荀卿五十始遊學，而公子萬里趨庭；酈炎十七作州書，而公子髫年奮筆。凡大行左右，河水東西；六詔雞關，五溪瘴雨，靡不遙山對酒，孤月題襟。加以乙乙竭思，賢賢易色。文選樓中，蘭臺客聚；江洪館上，銅鉢詩成。雖以賤子之不才，猶辱高軒之三顧。鹿銜書至，華陽十賚之文；水泛瓜涼，南皮三秋之宴。掞張德講，風扣鏞脣；處攄咫聞，花飛天口。窺其學海，不可量而知也；擬其情膠，不可剉而斷也。

不圖今年七月，方伯全家入都。孔璋行矣，抗手何時？洗馬愁乎，悲風四起。淄澠水合，而靈犀忽斷其流；蕳蕙香交，而長鑱遽分其種。秋草尙碧，關河已霜。蕭蕭馬鳴，滔滔江水。公子方且琴尊不御，玉札頻來。廣集鈔胥，錄余草稿。黄初金帛，購北海之文章；百濟樓船，索蕭雲之筆墨。人間知己，心上恩波。僕所以淚不知行，而腸爲九轉也。

其業師嚴頹堂秀才，傷吾道之欲東，感青藍之小別，賦詩七首，索和羣賢。悠揚彈素女之絲，悲愴極秦青之奏。嗟乎！騏驥彌雲，六閑雨泣；鳳皇振羽，百鳥啼烟。物且同情，人尤多感。然而公等齒猶未也，風無不聚之萍；僕則鬢已蕭然，樹有孤棲之雀。探懷中之珠字，送江上之瓊枝。高惠神交，難識夢中之路；張堪前輩，豈無見託之言。所望努力烟霄，羽儀皇國。他日車過三步，休忘喬太尉之生平；此時柳折一枝，共唱江文通之別賦。

尹文端公詩集序

夫無形者功德，有象者詩書；易泐者鼎鐘，不朽者竹素。是以八伯渺矣，而朱干、苓落之音傳；三象亡矣，而東山零雨之篇著。上有文思之后，下有文命之臣。凡以賡起皇風，軒鬙帝載，非偶然也。

我朝尹文端公以鉤河摘洛之才，贊堯釀舜薰之化。言敷彤管，早穆淸風；墨灑黄麻，便成甘雨。其功見於天下，其草焚於篋中。扆告訏謨，有國史在，非枚所敢知也。若夫四始源流，五際聲韻。心平愛矣，情在於斯。偷三接之光陰，廣資省覽；分九霄之謦咳，潤色風花。當其卷阿從遊，柏梁應制，淩雲賦而人主驚，老鳳鳴而百鳥息。對天揮筆，晝日成章。方知從古皐、夔，原稱才子；於今燕、許，尚有風人。他若擁旄憑弔之場，三邊盡歷；駐馬謳吟之地，五嶽平看。金石流其聲，江山壯其采。讀公詩者，疑其生知敏性，不假錘鑪者乎！而不知又非也。

公功高百辟，志在三餘。督八州而逌然，吟七字而自喜。其精思也，如其謀國；其巽入也，如其擾氓；其綿麗也，如其測交；其矜嚴也，如其弊吏。而且纂言則油素書之，愛士則傾衿禮之。故能宣揚八風，不差累黍；吞吐四瀆，兼納細流。行間消踏厲之心，言外得中和之氣。較彼經生，尚多孤詣；就論風雅，已壓羣公。近今以來，嘆觀止矣。

枚卅年隅坐，由也升堂；一旦山頹，吾將安仰！猶憶鼓角臨江之日，牙旗捲雪之天。張設肴烝，爲賞休文之二句；留連裙屐，蒙呼王儉之三公。點瑟方希，牙琴又奏。負牆請退，刻燭重添。軍門沉漏而不知，燕寢橫箋而忘倦。孔子曰：「好之者不如樂之者。」其公之謂乎！然而王筠喜押強韻，讓天下以先；楊綰戒不示人，懼知音之少。今者大星已隕，餘光尚耿於天；小子幸存，斯文敢墜於地！望九原之人遠，慮二雅之道淹。用是編集遺文，都爲八卷。雖問字玄亭，無復春風之座；而尋琴海上，依稀流水之聲。知我一生，報公千古。嗚呼！

熊蕉泉觀察詩集序

熊蕉泉先生，三生哲匠，一代淸才。當典謁之年，有成章之目。取壁經置座右，張霸饒爲；坐羊車入市中，王澄絕倒。映日則腸胃之文可見，臨風而哺啜之狀亦佳。年十五，舉京兆；年十九，補秋曹；年二十，軍機房行走。三摺以俟，雍容鳴玉之儀；七涓有隣，寮叟淸嚴之地。當盧烏蠋，飾盡內裁；圂帶鮫函，時從羽獵。九乾之法咫令咫，多所咨詢；一時之公望公才，隱然丰采。然而香煙朝罷，珠玉吟成。潤古雕今，含章奮藻。未嘗一日忘其所好也。

已而有湖北監司之命，六劍具在，雙旌啓行。應奉記七十四縣之囚，陸績賦八百餘人之粥。雍雍然萬物化焉，喁喁然四野歌焉。再權方伯，益扇仁風。膏雨布其恩，卿雲表其瑞。雖長沙地小，舞袖不能回旋；而襄陽壇高，牽羊已至四匝。帖荆日久，詛楚文來。爲采赤側之金，遂坐王庭之獄。解緺荆渚，拾翠瀟湘。片玦無聲，三年待放。

當是時也，漢女行歌於撤瑱，巴童隕涕於持靴。諸氓私阮略之碑，行路喂房謨之馬。先生罪經全雪，年正方剛。自然偪陽之懸，蘇而復上；秦宮之鏡，磨且益明矣。不料川方至而潮收，霜乍零而蘭瘁。機名佁蹶，拜闕難行；目喪清矑，瞻天何處。帶淵犄而後起，身豈斷菑；降北渚以愁生，花皆隱霧。婆娑生意，夭折天年。遽喪人琴，非關風燭。嗚呼！

先生爲司空之文孫，翰林之媚子。伯兄卿倍百邑，婦翁僮指千人。仙桂根高，明珠性耀。以故陳頤立宅，必容車馬旌旗；游楚出行，常帶琵琶箏笛。虹竿雉拂，地掃珍珠；月兔羊燈，光搖錦障。極寵柳嬌花之樂，遊華髮忉利之天。一旦火自崑炎，水流春去；收聲藏熱，飲藥呼醫。旁觀代覺淒荒，當局能無傒唈？而先生居幽若泰，履困如夷。家雖貧而道不貧，形雖病而神不病。王駘喪足，棄若土苴；師曠失明，倍精音樂。吹反潮之笛，閒倚雕闌；張却夜之㡟，高燒絳蠟。得句則呼兒代錄，扶僮而對酒當歌。鼓識回撾，峽內驚逢王應；面看薄醉，邳州生祭韓稜。此非乘彌戾之車，走和神之國者，而能如是乎？宜其婉雅之章，清思窈冥；緣情之作，流響紆回。雖茂先横珠，太沖散錦，不是過也。

枚與先生，渕交於佩觿之年，卽呼小友；卜隣於挂冠以後，並賦閒居。傷六代之風凋，喜兩人之道合。一則倉山横枕，四面烟蘿；一則桃葉當窗，終年簫鼓。每至錦雨冬歇，金雲夏鋪，齋罷八關，宴開三昧。及爾如貫，舉杯相於。得一味之佳，同修食譜；賞半花之豔，各走吟箋。虞松表成，鍾會代商五字；雲喬晏起，休文往伴終朝。飲中山玄石之觴，三年心醉；啜白傅防風之粥，七日口香。方期范縝寡交，舉足輒尋王亮；豈料荀郎年少，後事反託鍾君！非黃壤之埋公，實蒼天之孤我。嗚呼！曲盡當筵，人生一世；鶴來華表，少別千年。引號歸雲，誰續廣陵之散？箱餘紅豆，空存記事之珠。縱教美景良辰，依然宴集；未必虛堂幻影，再接平生。幸嗣子之不凡，取遺文而相付。杜陵衰淚，半落行間；宋玉招魂，如來紙上。慮應瑒之稿燼，敢玄晏之序遲！鋪敘宮勛，當作龍門之小傳；編排篇什，長留鳳鳥之希聲。

代渤海相公祭尹太保文

嗚呼！五緯移宮，天上有忽墮之星象；四時成歲，人間無不去之春風。矧乃九服英名，七旬遐壽。禹甸半懸其像，箕疇全集其身。已極哀榮，尚何僾唈！然而葬姬公於畢，明主沾襟；聞子產之喪，路人含玦。蓋惜卿雲之易散，傷冬日之難留故也。而況乎位繼蕭規，身經孔鑄者乎？

恭惟望山相公，嵩嶽分靈，玄黃毓粹。受風后之金法，調阿衡之玉鉉。鉛槧隨身，揚子銅車之歲；蘭臺簪筆，仲華衰服之年。踰越乘軺，霜清狴犴；豎河導牧，波靜龍堂。曾西讎夫剛戎，更南誠夫白賊。三貂華重，四扈推移。入作皋、蘇，出膺方、召。嵩陽毒地，郭公駐馬而風和；樂陵苦泉，房豹停車而味變。民人樂見，如月初生；風聲遐聽，未春先發。

其持節之最久者，則在西周分陝之邦，與禹貢揚州之域焉。是以長安三老，慣説音塵；揚子一江，幾成湯沐。事練則沉幾應智，亭毒無心；才優則閣手仰成，吁茶有道。淮南草木，知張萬福之威名；殿上車聲，識田千秋之恭謹。無人調鼎，有詔催公。當其赤舄之將行，頗覺蒼生之難別。自知衰矣，攬轡潸然。然而自公入閣以來，五嶽無塵，方趾圓顱共慶；六祈輟沴，別風淮雨俱消。夔拊龍言，雍容九陛；堯趨禹步，扶侍七年。分貢樹之香，同餐法酒；扈長楊之獵，尙挽強弓。方期恆仰中星，豈料離占仄日？威鳳竟翔於寥廓，虛舟長往乎夜川。

皇上南內輟朝，武宮去箭。錫衰一奠，竟勞帝子之尊；庸器千年，永入司勳之籍。耳聞者難禁曲踴，身受者應泣重泉。某故吏情深，典型人遠。一門兩代，半隸旌麾；二水三山，常陪文讌。身非王滿，得親公旦之徽言；才愧士行，竟坐劉弘之此席。尊前風月，宛若平生；鼎底鹽梅，又傳衣鉢。撫太尉親栽之柳，當襄陽墮淚之碑。託巫咸以招魂，折疏麻而寄奠。嗚呼！官羈南服，難駕素車白馬而來；腸斷西州，敢忘斗酒隻雞之誓！哀哉，尙享！

祭吳桓王廟文

余年十七，讀吳桓王傳，心感慕焉。後十年，宰江寧，過銅井廟，有美少年像，披王者袞旒，英氣奕奕。野人曰，是桓王也。余欷歔拜謁，奠少牢爲民祈福，而使祝讀文曰：

惟王值天地之睢剌，爲孤露之童牙。初亡姑蔑之旗，便射徒林之兕。先破虜將軍，玉璽方收，金棺遽掩。有功帝室，未享侯封。王收掛灌之遺兵，零星一旅；就渭陽之舅氏，涕淚千行。志在復讎，身先下士。神亭擲戟，立竿知太史之心；金鼓開城，解甲拜子魚之坐。嗚角以招部曲，戎衣而習春秋。則有公瑾同年，捨道南之宅；喬公淑女，聯吉偶之歡。自覺風流，私夸二壻；有誰旗鼓，敢闞三軍！江有霧以皆清，陣無堅而不破。待豪傑如一體，用降兵若故人。逐奉佛之笮融，功高明帝；誅妖言之于吉，識過茂陵。起家曲阿，收軍牛渚；廓清吳會，奄有江東。百姓以爲龍自天來，虎憑風至，勢必山傾地坼，井堙木刊矣。而乃衆見兜鍪，陳平冠玉；再瞻談笑，子晉神仙。三軍無雞犬之驚，千里有壺漿之獻。氣吞魏武，避猘兒之鋒；表奏漢皇，迎許田之駕。蓋不踰年，而大勳集矣。

不圖天意佳兵，三分已定；丹徒逐鹿，一矢相遺。劍出匣以沙埋，日升東而雲掩。天實爲之，非偶然也。夫漢家之火德方衰，妖讖之黃龍已死。王如創業，美矣君哉。然觀其絕公路之手書，宣昭大義；問劉繇之兒子，繾綣平生。雖神勇之非常，偏深情之若揭。就使請隧周室，謀鼎暉臺，必非操、莽之姦邪，終見高、光之磊落也。

而說者謂坐竟垂堂，勇忘重閉；未免粗同項羽，死類諸樊。不知伏弩軍門，亦傷劉季；深追銅馬，幾失蕭王。成敗論人，古今同慨。彼齊武王之沉鷙，晉悼公之雍容，俱未輕身，亦無永歲。抑又何也？

今者廟貌雖頽，風雲自在。端坐悒悒，郎君之神采珊然；秋草茫茫，討逆之旌旗可想。三吳士女，皆王之遺民；六代雲山，皆王之陳迹。守土官袁枚，幼讀史書，掩卷生慕；來瞻祠宇，霅涕沾襟。雖從隔代以執鞭，誤欲升堂而拜母。修下士天臺之表，寄將軍帳下之兒。願安泰厲之壇，永錫編氓之福。勿孤普濟，鑒此丹誠。嗚呼！千載論交，王識少年之令尹；九原若作，吾從總角之英雄。

公祭襄勤伯鄂公文

嗚呼！徹曉含芒，天星所以高上將；見危授命，人世所以重尸臣。乃有枉矢西流，赤烏夾日。班超之行萬里，韓弇之歿三邊。海內爲之搯膺，天子聞而郊弔。豈非犀軒直蓋，光爭鐘鼎之先；馬革殘屍，位列雲臺之上者哉？

恭惟虚亭尚書，殷代巫咸，姜家呂伋。華嶽削成於面目，雷精感應於胎生。受五運之金多，太阿立斷；得九秋之氣勁，止水無波。少步花磚，三淸受職；長持玉節，十部宣威。謝傅領丹陽者一年，陶公穆風聲於千里。天子受降伊里，命公出鎭呼韓。明知梨樹請盟，吐蕃難信；涇州獻簿，醜奴可疑。祇因王者推誠，聖人無外，故使甘、陳爲都護，將倚頗、牧如長城。公奉詔蹙行，誓心深入。戎裝別母，有淚無言；秋日從軍，多霜少露。蓋早已笑看金玦，長辭玉關矣。亡何豺狼起於轂下，烽煙莽若雲來。犬不左牽，機難御突。抱九地九天之智，莫可施爲；聽一甄兩甄之鳴，長圍漸逼。拳毆突厥，肘見骨而未休；旗偃雷門，血溺驂而尚戰。短拳困拔山之手，妖雲遮捧日之心。雖必死是期，不去敖曹鼓蓋；而大臣難辱，終抽光弼靴刀。嗚呼痛哉！

白草青燐，誰辨蔣侯之骨；歐旌冷翣，虚歸穆伯之喪。一柱西傾，九重天泣。驚聞鼙鼓，痛甚沙場。養孤兒於羽林，錫高堂以胎穀。刻木以像鮑信，碧葬風涼；臨池而痛彥昇，綠沉瓜墮。假使公竟維婁質子，牢籠賢王，封驃騎之狼胥，築韓公之中壘，轉不過策勳雙闕，磨崖一碑已耳。又安能氣肅三靈，而哀騰七萃也哉？今日者旐頭霄落，龍庭晝空，嗚鏑者銷聲，沸脣者讋伏。終軍被害，卒梟南越之頭；來歙雖亡，終取公孫之蜀。公之目可以瞑矣，公之心可以安矣！

某等曾依麾下，同沐清風。過細柳之軍營，尚思刁斗；望周南之茇舍，敢折甘棠！方期式像於淩煙，豈料招魂於絕域！雍容裘帶，涉想猶存；叱咤風雲，音塵不再。謹以牲牢之奠，聊申部曲之心。黍稷非馨，丹誠可鑒。所冀刀弓自動，即爲來享之徵；轂左歸來，莫作思鄉之夢。哀哉，尚享！

檄吳縣城隍神文

昔重獻上天，禁神人之雜處；夏王鑄鼎，除魑魅之不祥。故知沈有履竈有髻者，沴氣之偶乖也；楚人鬼越人禨者，弊俗之宜創也。蜃宜社之肉，祇以勸民；彀太陰之弓，原爲射厲。我國家齋宮澄肅，祀典清嚴。祆正官閒，女媧星耀。遏科車之故氣，照白日之幽嬪。稱天而誅，嶽瀆奉三章之法；惑衆者殺，軍民掃五厲之壇。凡夫蛇鬭赤祓，鼠說黃祥，宋無忌之兒妖，徐阿尼之貓鬼，靡不銷聲滅迹，輯羽藏鱗。豈有怪異丹朱，敢坋身以儀房女；悖同河伯，竟娶婦以長巫風。如汝吳縣隍神者，何其妄也！惟神血食金閶，卵翼士女；繩芟冢土，宰執殤宮。有殈胇之妖，當呼甲作食之；或蛙蟹之祟，當命方相擒之。乃玄妙觀旁女子沈阿雲，口稱神據，病人誒詒，半黠半癡，非因非想。戶橉不枕，遭蹴首之驚；姅變不祠，受妖夫之曳。花如著霧，但有啼痕；玉未成烟，漸無華色。三更吹雲，白蜺嬰拂之風；一夢行雲，紂絕陰天之所。爺娘擁髻以泣，徧請神方；戚鄰掩戶而驚，懼招鬼嘯。嘻，異矣！夫五行六氣之怪，聖人不言；四鄉九正之靈，明時効順。高高在上，寧非有道之天；虺虺其聲，豈是無雷之國。如何非類，遻爾相干。午乃淫威，肆其竊疾。棄位而姣，明禋非野合之場；不夫而婚，內土豈司幽之國！禁部民之娶，律有明刑；嚴左道之誅，法宜加等。或者繡衣乘傳，漢官尚有詐稱；焉知社鼠城狐，冥府不無假託。然而旣少聰明之察，終慚黍稷之馨。欲斬神叢，先焚祆廟。

下官偶來吳下，居此凶矜；怒髮植竿，雄心拔鞘。撫長劍兮擁幼艾，雅慕騷人；鋌猛氏而斮游梟，敢藏賦手！女父龍官，陽爲箠室之求，陰作鸞篦之奪。下官不忍拒也。哀渠窈窕，曉汝淫昏。彼美人兮，焉能事鬼；我丈夫也，不愧於天。焚斗檢之斜封，當酇都之露布。今日者兩行花燭，一色刀光。侲子催妝，桃殳撤帳。磬折以待，權爲西門豹之揶揄；磨厲以須，莫怪郭代公之鹵莽。

祭盧恭人文

嗚呼！同作寄公，悵通家之人少；遽傷嘉偶，驚少女之風多。月方耀夫織阿，星忽沉於織室。此鰥魚所以有常開之目，鄰舂所以有不相之聲也。而況德重金闈，受公宮之四教；

聲留彤管，歌靜女之三章者乎？

恭人本弘農著姓，生息土名區。娩孋蘊其容，莊姝表其度。旣懷文而抱質，亦習禮而明詩。我抱經學士，以最後之絃，作煎膠之續。初傳下逵，頓起讕言。或謂餘杭路遙，納幣何須出境；或謂藥砧日暮，生稊已屬枯楊。苟非玉女淸矑，寧免冰人眷舌！乃恭人耳聞嚴命，手戴香纓。慕楚國之先賢，欣然笠日；作盧家之少婦，不復疑年。蓋其神識超然，早已加人一等。及其嬪於學士也，曲號姑恩，獲婦如歌得寶；箴修女史，執鍼間以織紝。三滌三翻，概散修屧之器；一燈一卷，蘭熏粉澤之書。學士好直言，而恭人進伯宗之戒；學士偶入覲，而恭人爲裴澤之從。旣連襟以掎裳，亦雙心而一襪。曹大家所謂婦如影響焉得不賞者，其恭人之謂矣！

且夫黍離之什，伯奇野放之歌也；黑心之符，義方諷世之作也。從來後母，絕少慈雲。恭人撫暮雞之嫛婗，學鳲鳩之平一。爲兒髮鬌，治扢禿以無嫌；哺女淖糜，喚摩敦而共樂。忽殤文伯，痛甚敬姜。湯液扶持，冷霧淸霜之際；蟯瘕停結，搯膺洵涕之餘。不因異腹而損慈，翻以銜哀而致毀。其病也，乃其所以爲賢歟？兼之不侈姤下，旁求側室之婺媍；惟恐渫宗，勸續小郎之介婦。米鹽零雜，碩畫分明；妯娌歸依，齊聲延祝。此又善心爲窈，善容爲宨之明徵也已。

客秋，枚山妻以鄉里之親，遣女奴作私覿之請。蒙恭人賜之敷坐，接以和顏。雖欽遲未來，大享廢夫人之禮；而餘恩逮賤，小君有竹篋之將。嗚呼，人何淑也，僕有感焉！蓋聞媒以名通，大抵華年泮合；妻因夫貴，都夸興慶首行。是以高柔愛玩賢妻，有終焉之志；元相悲傷故劍，因晚景之榮。學士上苑探花，湘南持節。雖如春夢，已付輕雲。而恭人齒未三旬，歸才五載。假使慶鍾於後，天假之年，安知不膝繞珠胎，班高命婦！而乃乘龍於絳帳，埋玉於青溪。三日結褵，便製諸兒之文葆；一盤苜蓿，空勞親手之羹湯。病已劇而未使郎知，身將殯而始聞醫至。宜乎莊盆慣鼓，猶迴木石之腸；況復潘鬢將衰，忍制瓊瑰之淚！

然而福者丘里之欣，德者竹素之耀；數者偶然之遇，緣者無盡之稱。恭人丹心寸意，不炫睫前；遠迹崇情，頗期身後。故知花釵九樹，原非桓孟之光；青史千年，裁是姬姜之壽。玉棺易墜，金簡難湮。五時衣空，三生石在。學士又何必以無涯之情愛，悼不駐之光陰也哉？枚愧無一束之芻，上作萎餘之薦；敢奏九歌之曲，敬招瓊戶之魂。靈或有知，庶其來格。哀哉，尚享！

小倉山房外集卷四

上尹制府書

六月十四日，公鳴八騶，過五柳，度隥彴，相錙壇。將葺隨園之蓬茅，請鑾駕之臨幸。是日也，流水游龍，冠簪朋盍。鳥欲鳴而難囀，人含意以未申。今聞瓠子防秋，繡衣東指。凡諸悃素，宜早寫宣。

夫傾陽者，葵藿之誠；獻曝者，野人之禮。朱鷺晨飛於漢殿，元龜夜夢於宋王。樹且爭天，雲猶捧日。而況新辭墨綬，舊綰銀黃，一椽皆餼廩之餘，五畝亦大官所賜。豈有塞門引被，不觀河、洛之圖；洗耳投淵，遠拒崆峒之駕者哉？

然而愛有餘者，敬不足也；心雖摯者，事或乖也。夫十匠九柯之說，千門萬戶之奇。非張華所能詳，亦揚雄所未賦。猶以清陽玉葉，徒高八觚之基；銅冒金塗，未極九衢之變。故駕蒼龍而時邁，飛翠蓋以雲翔。若復降清蹕於瓜廬，屈重擱於圭竇；則天將倚杵，奧且生牂。金人捧劍而頭低，玉女投壺而窗礙。必致王商門小，雨沾從者之衣；叔子笑聞，人立胥閭而語。掌舍無貢庸之設，爻閭有穿漏之憂。此其不敢者一也。

說者謂周王德盛，蒿可爲宮；唐帝心淸，松生於牖。是以天子書雲蕭寺，聽雪靈巖，亦復井幹庸庩，宋廇陊剝。湆煬與坎埏不礙，嶆漯與平㸌無嫌。職此類推，則又傎矣。夫半椽三瓦，得目巧於空靑；開士苾蒭，難引繩夫臣子。臨民浣濯，戒在公羊；密石䃤諸，載於晉語。隨園者，考槃薖小，陋室銘傳。比王導之亭臺，官非師傅；學熊安之洒涾，人愧經神。張黼扆，則木屑難用爲庚牌；焚築𩨷，則草根將嗅於甲帳。雖三土爲堯，茅茨不翦；而重瞳是舜，部婁何觀？此其不敢者二也。

倘賜水衡之錢，領度支之費。亭公栽樹，扁長呈材。竹入司監，風歸令史。佻天以爲己力，勤民而將自封。恐剡溪立舍，戴逵不安；楊烈賜橋，阿稱薄福。果五丈旗複道周廬之所，高樹方明；豈十七步長阿連石之鄉，可賚處士。此其不敢者三也。

若令自修越時，私貢吳雲，庀此匏居，媚於朵殿。恐身少淸宮之費，家無潤屋之資。九仭臺高，難趨子午；三成土小，敢號昆侖？徒使孟室見尤，趙椽被誚。蔿艾之五旬有愆，射稽之四板空謳。此其不敢者四也。

夫黃籍白籍，各有都家；區土區廬，豈容墟戾？枚離禹航之地，叩鍾山之英，忘首丘之思，冒寄公之號。本非土斷，難告僕夫。雖孔愉在郡，卽會稽以爲家；盧㮄居官，愛靈昌而不返。稱周非客，受廛皆氓。然而淸問忽下於九乾，巧宧有同乎三窟。此其不敢者五也。

昔舂陵、沛邑之幸，本是雲龍；槐眉、丌壁之觀，無非仙跡。即或宴戴公之山下，訪杜相於樊川。大抵警蹕淸塵，早張旃艾；未必夭豚暮蒭，許直東廂。今者沐鶴溪深，毋婁俱在；桃源花老，雞犬相將。避則靈瑣誰司，留則重橑難伏。豈挹婁有九梯之穴，廣陵非六慎之門乎？且夫尊無二上，齒路馬者有誅；席設九重，過公廬者必式。苟降羲、軒之鑾輅，將見堯、舜於羹牆。剡棘會枝，都成皇樹；衆巋窮瀆，盡是帝丘。紅杏進而黃紬封，御香留而左扉闔。空抱李崧之宅券，將寄息夫之丘亭。此其不敢者六也。

且夫四千償樹，十萬買鄰。洗蕿同渠，灌花相助。鑿壁分一燈之火，綠楊爲兩家之春。久已洽彼比鄰，無人笑拙矣。倘復路布甬道，門開劇驂，剝小人之廬，弛文子之室；伐東鄰之棗樹，移南家之輓工。則燕雀驚棲，將歸咎於連牆之士；池魚波及，兼抱慚於乞火之家。未增景於邊撩，先樹怨於襟背。此其不敢者七也。

抑又聞之，鳬渚鶴洲，以小爲貴；雲巢瑞室，惟曲斯幽。倘加將作之經營，定用考工之儀式。九蓋皆繼，四維盡奓。樹蒴賓連，衢加甓裓。旣鎭其蘉，損一壑一丘之致；將懸以槷，改半郊半郭之風。必使地上布金，池中鋪錦。藻兼睨目，玉帶呈圖。有莊嚴界觀，無濠濮間想。此其不敢者八也。

或謂捨家奉佛，明僧紹且結緣焉；以宅易州，武陵王或僥倖焉。又何妨借終南之捷徑，獻白雁爲司城乎？不知枚刺草心殷，觹雲力薄。帶淵牆而後起，身若斷菑；冠蓬累以蹩蹙，形同欹顐。倘芰荷衣冷，見日先焦；竹笏風輕，朝天便墜。翻使蜘蛛讓隱，窗雞止談；山且移文，松將變色。是以抽蒲筆，寫蓬心，獻丘里之言，當華陽之表。柱州刑馬，頗迎三皇之車；谷口寒門，冀免萬靈之接。公謀參嘖室，職任咎單。畜君何尤，愛人以德。留蕭閒之草木，卽錫福於烟霞。不奪箕山，未必堯階之路窄；許扃石戶，彌彰禹甸之風清。

答王厚齋書

昔者由余入秦，弭節西極；樂毅遊燕，稅車金臺。之二子者，豈忍棄其鄉哉？誠狃於名而憂夫世也。別後狶膏棘軸，衡流方羊。耀靈促輪，蟾目瞪瞢。馳原隰之繡錯，睇巒巘之嶄絕。凡海王所以尊，地媪所以富，玉節所以走晉，金椎所以馳秦：亦旣覯止，低徊留之。方知刑馬之郊，有古皇之跡；負黍之壤，果隱士之居。古人文藻，必資遊覽。倘爲鄙儒，終慚都士。

僕學非賈誼，乃蒙吳公之薦；才劣孫弘，竟對明廷之策。猶不自諒，以爲庶幾排金門，進紫闥，彈庖犧之八索，調朱襄之五絃矣。爾乃強臺未上，弱水遽沉。知北有懷，圖南無力。側身徒赤壤，局影非朱門。梧丘哭而仲尼之車不停，范蠡吠而文種之旌不至。我獨何能無概然？已而遇薦主金公之憂，卷舌望星，若盧握手。或奉壺冰，或操量鼓。待其事竟，然後拂衣。寧可使兩箭貫耳，讓禮震以前驅；萬載叉胸，救范升而早退哉？

僕聞亭歷萎於炎夏，款冬華於嚴霜，窮通之靡定也；呂尚使老者奮，項橐使童兒矜，遲速之無常也。粵宛之天，難卜侯龜之兆；高墉之地，終占射隼之功。故匡衡對策不中，經義益明；蘇秦揣闔無功，飛鉗始學。僕雖摧折，亦無嗇焉。佝愗自苦，樕檖獨前。模繡範其身，蘭滫謹其湛。庶幾再奮溟池，重亨天衢。非觀書於太史，亦聽役於司徒耳。

若夫辭君王而爲鮑焦之遁，衣敝袴而爲買臣之歸。則擲楯無所，題橋有志；歸宋見靳，用趙何益。揆厥下情，實非所願。方今木葉臥地，天風隕霜。候雁宵征，秋河曉碧。先生蒸馮珧之膏，飫胥粱之酒，折招搖之桂，召狂屈之徒。唱古寡應，呼今誰聽！坐無車公，知必不爲樂也。嗟乎！朱絲未染，猶隕暘朱之涕；白髮搯指，時動曾參之懷。況復心旌風搖，芳訊雨絕。悶巾褐於旅巷，生絺謳於斥苦。涸魚噓沫，而後知同池之懽；越禽孤棲，而後知離羣之哀。夙欽德音，辱贈敢答。削札扃函，悢然何已。

與蔣苕生書

昔柯亭之竹，非呈響於蔡邕；鹿盧之劍，豈矜奇於秦女？乃過之者駐轡，佩之者超屏，何哉？美見者情生，氣求者聲應。人非矇瞍，覩夷光而運眸；地非聾俗，奏咸韶而傾耳。此鄭風所以歌緇衣，周易所以稱蘭臭也。若乃惠施測交而無從，屈平獨立而增歎。游魚欲出而瑟希，雍門思悲而琴寡。無所感之，誰爲應之？

客歲稅駕廣陵，見足下壁上詩，烟墨猶溼，素塵將掩。僕手拂口吟，色然心駭。紘歌應節，流水可以移情；同堂異鄉，停雲因而增慨。字尾書苕生二字。嘻，江上丈人，澤邊漁父，伊可懷也，彼何人哉？僕雖識高敏夢中之路，難抱張騫鑿空之想。縱有宜生切肺之義，更深孺悲無介之虞。於是殫深心於搜牢，極沖襟於遐訪。西朝執訊，虛位以待李巡；東海得書，榜道而求孫惠。愛而不見，於今三年。幸安亭公子，紆轡白下，道足下居洪都之地，爲舍人之官。其才藻耀，其人玉立。然後知足下國之良也，民之秀也。欽遲者方望若歲，而馳譽者久獱若雷。

雖然，九州大矣，人才衆矣。僕蟄伏江表，足下鳳鳴神都。僕知君，君寧知僕哉？豈意銅山之鐘，地隔而霜應；晨風之鳥，樹遠而聲交。鄗原渡海，方覓孫崧；北海有心，早知劉備。於是遠蒙矜寵，重寄篇什。開函香生，淩紙怪發。驪龍未遇，先投六寸之明珠；師曠方驚，更轉九天之淸角。識麟一趾，眸子自矜；藏鳳半毛，門庭可賀。所冀足下北行之日，鳴騶臨況，僕糞除敝廬，請吾子之須臾焉。昔者嵇康命駕，千里相思；玄度出都，一日九詣。心期既重，手握自殷。緬彼賢流，亶其然矣。足下與余，豈在古人之後乎！

與延綏將軍書

枚聞遭逢者運也，經略者才也。蛟龍乘三春而起蟄，虎豹臨九關而威生。齊有黔夫，燕人祭北門之鬼；趙有李牧，秦王罷東幷之勢。林父獲酆舒於北狄；萊子朝晏弱於東陽。莫不乘風雲，耀金石，隱敵國於壺外，鞏金湯兮千里。若夫攬九邊之控制，論八鎭之規模，防秋以全陝爲尊，入關以延綏爲要。產非西極，不號龍駒；人過陰山，都名壯士。角聲宵奏，延陀之妖霧驚飛；檄草朝成，西毒之黃龍氣盡。此則河湟惟唐休璟能知，而安西非郭代公不可者矣！

卓園將軍，浙西八俊，河鼓一星。戴豹皮之冠，纏虎尾於臂。堯廟蹋壁，橫行十尋；齊市長繩，曳馳三丈。天生躍穽，苦竹刺而如飛；黃回運刀，激水灑而不入。爲賊習膽，騎牛讀書。故能拔身銀槍，起家金穴。蛇矛丈八，擒靑犢以立功；浴鐵三千，鎭白門而擁節。

子陵臺畔，來侯霸之車聲；杜甫柴門，寬嚴公之禮數。容長孺爲揖客，喜韋叡是同鄉。

甲戌春二月朝天子於京師，日午捧而雲開，壺未投而天笑。舞羊侃之槊，樹折苑中；擊周寶之毬，勇聞殿上。遂製梁公之金字，賜萬徹以膜皮。一障乘邊，雙旌出塞。倥侗人武，試亞夫之治兵；青海天驕，服高皇之善將。此行也，東門介士，南國儒冠，老者頌鳴，少者齒擊。莫不指陣圖而思丞相，攀大樹以望將軍。僕獨不然，蓋有說矣。

夫虎飛食肉之奇，豹死留皮之語；尙屬武夫之佼佼，難語大雅之愔愔。惟念我國家休養百年，欽明四代。南至於濮鉛，北至於祝栗，西至於燕靡，東至於開梧：莫不候月歸琛，占風納贐。惟西戎一旅，屢折箠笞。小醜尙存，英雄爲之氣湧；匈奴未滅，男兒何以家爲！公之聞鐘壯心，投袂欲起也久矣。今者旄頭夜落，神雀朝飛。單于生內亂之憂，可汗有尊天之請。旗習歸順，烏願投明。貢牛羊，稱唐帝之畜生；獻燕支，作漢宮之顏色。而且雕厓來告國難，康居願作先驅。天子哀彼氈裘，受其楛矢。恢張黃籍，編隸烏丸。爰廣詡之議涼州，常通右臂；薄儈儒之拒悉怛，坐失生羌。將撤戊己之邊防，增庚戌之土斷；置燭龍之州邑，懷闒茸之人民。蓋渭橋謁而麟閣畫十一將，高昌滅而北方靖三十年。誠綏邊之盛事，柔遠之鴻業也。

所慮者，其來荒忽，非八柄所可維婁；其義羈縻，非九刑所能震懾。是以不樂水土，則頡利思歸；略失機宜，則梁安中變。贊普獻塞，終持銀鶻而奔；梨樹請盟，竟鑄金枷以待。羈留質子，彼何愛於匹夫；安設屯田，或且鞠爲奥草。雖依漢與依天等，而受降如受敵然。矧孟珙之室萬間，班超之國五十，豈無能稱操刺、賢號屠耆者？勢必滿月生心，推寅起事。等夜龍之射闕，學黄叔之違天。我已垂櫜，彼方鳴鏑。階將舞羽，寇且張弧。夫西域何足斁漢，而平準卒以成書；南蠻未必困唐，而徐州因之盜甲。然則魏徵憂國之謀，江統徙戎之論，誰鬬鐵牡，永靖銅駝：非所能知也，不敢不告也。

延綏北可控五戎，南可衛三輔。有蘆門、塞砦之險，有清邊、三族之戍。願公消禍於無形，練兵於不戰。先知爲哲，見小曰明。鄧訓馭燒當，恩如父子；高車畏陸俟，嚴若風霜。庶幾廷光拜城上而肅然，梅錄識豐州而不動。此策之上者也。不然，則六耦開弓，三鼙起戒。嫖姚之兵五道，孫武之智九天。焚老上之龍庭，掃淳維之甌脫。必使頭飛六角，面縛三門。服匿廬空，珍珠帳捲。然後鐫碑蔥嶺，挂弓扶桑，乃爲大丈夫之志業耳。昔者刑溏之地，動文命之威；棢鼓之歌，殺空桑而作。將軍其有意乎？

然而教民七年，先甲三日。避險尚遠，趨時貴近。銅柱嵩牆，都煩竿畫；琵琶蹴踘，盡是兵機。或未至金城，先圖方略；或經營玉壘，不設雍門。慮撓事而內結中涓，選精仗而自臨武庫。緩帶之時，畫虎尾春冰之館；援枹之際，有鋃衡鐵室之防。此又豪傑之肯觚，忠臣之葆就。蓋謀高然後陣定，主信然後權專。功雖成於臨時，道當裕於平日也。

僕身別熊羆，心依麀豕。蒼鷹當秋而先倦，老馬聞戰而不哮。至於繹歸義之三章，唱婆駝之數疊。鐃歌頌漢，江漢美周，則力有餘妍，心無他讓。早染毫素，勒待燕然之銘；若作馬曹，請設舊交之位。

與雨林似村兩公子書

昔東阿采庶子之春華，廬陵愛延之之淺薄。郭家駙馬，贈錦繡於李端；蕭氏書堂，寫丹青於到溉。非關公子，定愛才人；從古青琴，最憐同調。我望山宮保，仗節觀河，折笄訓子。孝緯門內，能詩者七十二人；崔約書中，手抄者八千餘紙。丹山氣厚，雛鳳爭飛；湘水波清，叢蘭並茂。一招隱者，三宿南牙。恭逢雨林、似村兩公子，車蓋初傾，絪馮並坐。當快合之孟夏，均貴賤於條風。珠耀雙丸，難分甲乙；玉森兩樹，共倚蒹葭。與祖約談，次日如失眠之客；聽裴綽語，終宵聞彈瑟之聲。天士去而地士來，世儒倦而文儒繼。寫長瑜之佳句，則手界烏絲；看太叔之彎弓，則箭穿楊葉。可以測交，可以樹善。又豈止梨名飣坐，酒號蘭生，極郎主之懽情，夸雅遊之盛事也乎？

亡何，鳧飛緱氏，鶴去遼城。叮嚀縞紵之投，惆悵河梁之別。嗟乎！鳥猶擇木，人貴知心。碌碌毛生，慕平原君之高義；愔愔丁牧，事東平王而不歸。僕豈忘情，遽吟別賦哉？所柰惟士無田，小人有母。桃花源好，非漁父之家庭；桂樹山空，剩淮王之雞犬。松風耳冷，聽官鼓以驚喧；蘿薜衣涼，對簪纓而覺野。倘復棲遲幕府，眷戀龍門，不爲百里之侯，轉作將軍之客。是失魯而以千社爲臣，辭卿而以萬鍾受祿。有乖出處，無解蚩傅。是以唖井情深，耕煙願切。圍雪散雪，歌申叔之離詞；大山、小山，別何家之兄弟。願言指水，深表僕心；未得銜泥，長巢君屋。繩牀一挂，知來者之人稀；雲水千重，恐夢中之路斷。幸而紫羅香在，雜佩聲留。何處雪泥，不印飛鴻之爪？有時烏鵲，能通銀漢之津。翠被鄂君，歡難抗手；黃衣慶忌，呼可傳書。明年菉水蓮開，倘想同舟於王子；他日郎君官貴，莫施行馬於門前。

上台觀察書

枚聞夏后上三嬪而得九辨，板板非上帝之心；周官操六計以馭羣才，休休乃用人之道。是以情在理先，聖人且以爲田矣；瑜不瑕掩，良工乃以覲玉矣。枚赤緊濫膺，丙丁趨走。深慮萊蕪不能闢，絲灼不能清，悼耄不能仁，強宗不能拔。故前者三肅崇階，五內震動。恐諸葛垂問，何祗之吏事不修；曹公共談，子揚之精神未藏。不意明公寬負子之責，入飛耳之談。怒枚剔嬲歌郎，抵觸金布。枚始而驚，繼而喜。驚者，驚公於東方未明之時，容光必照；喜者，喜枚於國風好色之外，餘罪無他。不敢抵攔，不求道地。但願陳其悃愫，請一考之詩書。

昔李西平，郡將也，而營妓自隨；白太傅，司馬也，而商婦度曲。頗踰規矩，難律官箴。乃其人皆功在山河，名香竹素。枚自涖官以來，未嘗一刻忘簡書，不肯一言枉訊刺。待至五花判畢，四郊雨甘。乃敢彈箏酒歌，掎裳月坐。愛鄂君而流連翠被，賦洛神而惆悵驚鴻。事有甚於畫眉，盜非同於掩耳。蓋以爲靖節閑情，何瑕白璧；東山女妓，即是蒼生。連犿無傷，小德出入可耳。不圖閨內之悍妻見赦，閫中之妬妾包容；而轉蒙大府搜牢，長官狙伺，噫，過矣！夫采蘭贈芍，不見削於宣尼；閉閣尊經，翻自附於新莽。余中請禁探花，而以贓敗；傅玄善言兒女，而以直聞。張翰有小史之詩，高風嶽峻；盧杞無侍兒之奉，醜迹風馳。杲卿忠臣，徵求花粉；輔國逆豎，靜學沙門。古來君子之非，賢於小人之是。布在方策，僂指難陳。枚所仰止高山，恥居下流者，蓋有在矣。

然明公必以兩廡相期，一流見待。謂破老亦傷盛德，脊婬何以齋心。則枚雖不迷復於此時，亦必味回於他日。若徒鋪張令甲，震耀風聞。捨簿領而詗陰私，談牀笫以爲恫喝。則蕭何律上，不禁笙歌；宓子堂前，豈無琴瑟？而況李元忠不以飲酒易僕射，徐騎省肯以歌曲換中書。人孰無情，士各有志。黃鵠舉矣，青天廓然。丈夫溺死何妨，而拘游哉？公幸毋以尋約之繩，因奇侅之士也。

慰蔣用菴侍御失火書

公子來，接手書。知先生名山副墨，已爲六丁所收；北闕巾車，更爲五酉所厄。嘻，其酷矣！僕不獲執鐸將瓶，作公孫之侍；又不能反風噀水，表郭憲之心。敬以殘客之巵言，博達人之莞爾。

蓋聞火也者，於水爲妃，無平不陂；在夏爲孝，其危乃光。是以梁燬涊圖，武帝以爲道高魔盛；魯焚宣榭，何休以爲黜杞新周。老物晉存，燈常青而不滅；霸圖吳就，壁雖赤以何妨！王敬則捧紗帽以呼，事須及熱；韓安國對田甲而笑，灰寧不然！先生以霜後之松筠，作焚餘之圭璧。紅羊劫小，白撰家空。幸草雖存，勞薪已盡。未免蕭丘性冷，炎上心孤。

然而浹日而遇七十二毒者，神農之嘗草也；鑄財而燒三十六爐者，冥司之懺除也。造化阨人，必極之於既往；相風測景，當覘乎其所將。玄冥、祝融，時相爲帝；桃笙、葵扇，事豈有常。子梱被賣於渠公，乘車食肉；墨子跌蹶於楚國，錦衣吹笙。海三凍於慕容之朝，山一飛於身毒之國。動將靜轉，晦與明通。肸蠁之機，由來久矣。而況火原號聖，烟亦稱祥。井絜郊天，庭燎華國。管氏祓爟而作相，衞侯名燬以興邦。豈非鼎彰調燮之功，離本文明之象哉？先生內學七緯，旁通三徵。千樹湜能，五神開教。淸談而熒惑退舍，鑄詞則蛟龍捧爐。謝玄之庋屐安松，必敎得所；諸葛之藩籬亭障，雅有精思。子玉賓朋，時夸過桀；楊愔袍袴，都是內裁。方將燿山甫之將明，展子培之穆行。鞭笞觟觽，捍護夔、龍。而乃眼熱牢盆，東壁有餘光之乞；爨生禺筴，西鄰非禴祭之時。遂致木燧乍鑽，而融風反逼；紅霞未嚼，而赤舌先燒。象無齒以身焚，魚在池而殃及。二卵之罰嚴矣，三錢之府閉矣。海內憐之，思舉旛以留賢；士林惜之，謀束緼以還婦。

誰知先生三世長者，深知服食之方；半生王門，未領烟霞之樂。一旦脫韝解紲，蔭暍迎涼；還桑梓若龍荒，笑伊呂爲筦庫。三千太學，請叔夜爲師；九萬巴箋，待羲之染翰。巡狩有典，半皆應劭文章；作奏雖工，不署馬周名姓。箏淸簧媄，撥絃愛火鳳之聲；炙鵠烝梟，享客鬬烰人之妙。幾幾乎龍叔方寸，日映皆空；許由一瓢，風吹不動矣。天以爲阮瑀不出，當焚山以求之；張昭不朝，當燒門以脅之。與其玄纁作聘，不如朱鳥催裝；與其國主持鞭，不若炎官張繖。於是司烜戒令，閼伯前驅。百蟲將軍，煥然烈澤；黃車使者，爛其盈門。絳雲起而捲霄，畢方飛而升屋。焚來諫草，都作赤章；取去易窗，將鐫碧落。寒山龍艷，爭彩筆之光芒；太乙青藜，搜庸成之册府。莽頭孔履，武庫存無？虹舸霓旌，安公來否？必使焦土無立錐之地，而後文星還小謫之天。譬如度尙焚營，兵裁前進；耿純燒舍，戰乃成功。蓋沉檀非爇則不香，鷹隼因驚而愈奮也。

當此之時，先生無心炊累，商丘出入烟中；抱德煬和，姚光高坐火上。亦曾憶及隨園燈宴，紙醉金迷，有个故人，鳶肩火色乎？所望收回餘燼，不諱熱中。樵卜楚焞，邛烘夏縵。法非東漢，罷官可入京師；壽祝南山，高爵應歌天保。皇上聖恩似海，燭照常寬；公卿知己如麻，楄杆必助。金天作頌，非王融其誰能；玉牒封山，得相如而輒賞。將見蒸出芝菌，收之桑榆。燃石冷而重温，蜀井窺而再燄。不必東煬齊竈，西祀盤庚，而早見鐵柱彈冠，鳳池還汝。

僕與先生，心期卅載，賦別三年。飲共燒蘭，痛分灼艾。乃趙佗有風鬨之信，謂李斯在逐客之中。不知僕雖禿炷之年，不畏赤熛之怒。突薪易徙，冰繭難焦。能與雞談，不嫌鵝傲。我以石季龍爲海鷗鳥，彼尊王延壽如魯靈光。射三發而皆遠許爲，劍再舞而不及劉季。亦猶沃焦山大，受海水以皆消；螢火丸空，當刀兵而悉度。早服飛霜之散，何勞撤屋之防。

先生來書，問季豹之生無，念西施之網末。則又不知暘谷將沉，趙無炊種；暉臺已碎，莊不傳薪。妖鳥空鳴，伯姬呼而不至；豔妻難煽，袄廟禱而無徵。宵明燭光，豈貧家之肯降；頹陽晚照，悵行樂之無期。惟有顏叔灰心，稱貞縮屋；高車生女，築臺配天而已。至於傳張翰之下金昌，累椒鳴之迎境上，則頗似熒臺搏影，丹穴尋聲。處處庾冰，人人元化。由欽遲之念切，致閃揄之惑深也。不然僕學幻有年，隱形無術。蘭陵非朝歌之地，何必回車；嵇呂雖千里之遙，尚將命駕。豈有麾左師之短策，過華臣之門而必奔；撤三輔之長裾，當季長之室而不入者哉？小舒結轖，折此疏廳。寫成父之賀書，替君解祟；當陸渾之高詠，一笑臨風。

與楊蓉裳兄弟書

粲粲門子，方深三年之思；釆釆蘭訊，頻有十行之寄。想足下昆季，藉枕圖史，自成馨逸；煙墨資其藥飫，玄儒養其惠心，起居康娛，故多勝也。承示詠懷、錢塘、金陵、姑蘇各二百韻，伯歌季舞，人據一邦；銀湧金鳴，光生五字。鴻文無範，鳳德有朋。盛矣哉！關西華族，其有河東薛氏之風乎！

夫竅啓者窘於篇，緤獵者嗇於典；讟喑者弱於氣，傻息者殫於力。多文爲富，邈古惟艱。而諸君極亭伯之紛醲，夸茂先之詳贍。鱗鱗雲起，華嶽峯分；郁郁香霏，博山鼎峙。足使楚豔奪席，漢侈讓坐，吳志削簡，越絕廢書。雖臧旻數三十六國，東王投千二百驍，未能抗子，良足啓予。然而寡者，衆之所歸也；約者，博之所極也。照乘有珠，何必谷量牛馬？啓關得鑰，奚須冶扇錘爐？成王冠，周公使祝雍爲祝詞曰：「達而勿多也。」陸機云：「夸目者尙奢，愜心者貴當。」劉勰云：「富於萬篇，貧於一字。」凡茲明訓，粲若列星。良以言少則理顯，詞費則耳聒。闊幅裁衣，何如擇布而割；雙雞供饍，不若取洎以餐。自類書成於皇覽，而三都、兩京鮮傳抄矣；風土記於孝侯，而郡志、方言咸旒贅矣。漢廷徐樂，只載一書；晉掾阮咸，僅傳三語。「君子多乎哉，不多也」！

諸君抱竹素之繁富，闢塤篪之唱於。當稚齒之英峙，對惠山之平慘。故宜棄膚扶髓，斂志詣微。孤寫神峯，窮追道岸。不必旆晉郊以示衆，詠秦碑而夸博也。願鄧將軍捐棄故技，更受要道，僕亦竊比於子桓焉。

且夫擲米成丹，是麻姑少年之戲；指心爲師，乃遵明老來之悟。才惟放也，而後收之不枯；氣惟雄也，而後攝之愈密。能取淡於濃，則淸泉皆沆瀣矣；果得平於險，則拳石亦華嵩矣。諸君研閱不休，必悔少作；縱橫旣倦，定入康衢。譬如芬芳滿林，賞心者不過一枝之秀；玄黃錯采，適體者乃在半襲之服。謝艾雖繁，詞不可芟；王濟雖略，人不能益。

此則學海之回瀾，文心之進境也已。傳不云乎：龍生九子，應龍好飛，蟲吻好望。今飛者健士，望者老夫。企予之私，聊寄一矣。二三君子，試味我言。

小倉山房外集卷五

代許方伯爲高太恭人徵詩啓

夫卬卬者椓娥之臺，奕奕者甘泉之畫。不率大戛，人仰徽章；昭明有融，門標綽楔。此固興門之母範，青史之女宗也。然而三心五噣，星小則光微；寡鶴單鳧，巢孤則室毁。安得如幾如式，有守有爲，如高母丁太恭人者乎？

恭人居齊女之門，爲吳娃之冠。椒花作頌，久著風華；金井徵行，從無亂步。贈公磐石先生，好麗有殷勤之意，待年當姅變之期。爲戴香纓，聘來夕室。助蘧氏之籩，誨師曹之琴。揚衡但笑于房，苛妎不聞于室。茗華刻玉，莫辨姬姜；銀鹿弄兒，儼如娣姒。此非行修于女公子之時，而誠格于君夫人之處者，其孰能與于斯乎？生觀察六年，贈公遽卒。

當是時也，枚皋依母，吳市萍浮；陸賈分家，越裝星散。二升鹽荚，愁吾子之餐多；千里靈輀，苦體夫之路遠。元昆娟孟，各自僢馳；餘子公行，半皆吕鉅。曾曾小子，八褶衣單；項項蕭辰，三隅煁冷。亡箸鬵而欲哭，坐蔞室以無言。古之人雖姜氏稱哀，盛姬姓痛，方茲煢獨，殆有同焉。恭人乃倚竹忘寒，茹荼耐苦。誹詘庭誥，葴敕楹書。道此子也才，可受折蔞之教；而無父何怙，空瞻槁木而趨。于是嚴細德之險微，延經師以程督。惡笄露紒、長捐耀首之華；象揥萑釵，時映麻衣之雪。煩擱私服，繅手三盆；經紀朝饔，川梁一筍。男錢女布，共鹽豉以經營；鄭絡秦籌，雜書聲而上下。卒能維婁侮甬，眞冷沖人。放仗塔邊，五百道小夫人之乳；武功爵上，一萬戶大呼藥之官。眞足告皇辟于九泉，慰威姑而一笑也已。

更可異者，谷永餘責，原有萬金；張博負人，竟無一報。在凡情必挾趙氏之孤，索秦城之璧；而恭人截髮置酒，敷衽陳詞。念先子之交情，燒下手之空券。遂使鄉傳市義，而馮驩稱高；人爭報恩，而宋淸轉富。可謂雌亭吹骯髒之風，女次洗金銀之氣者矣。觀察五命賜則，一麾出巡。駐馬洪都，褰帷白下。凡十部宣風之雅化，皆三遷訓子之貽謀。雖石養祠空，有淚尚彈孝水；而瀧岡阡表，無人不仰慈雲。

某官共南畿，姻聯家督。飫聞穆行，敢闕徽言！占鵷序以先行，喜鳳毛之蔚起。當年平視，識周家絡秀之賢；此日欽遲，拜魯國成風之廟。伏願方聞之士，弁雅之才，各振霜毫，大書金管。斫湘江舜竹，雲委千行；探龍威禹書，文成三筴。庶幾旃檀香遠，因風力之吹揚；玉女峯高，得奎光之照耀。補周官陰禮，憲于王宮；並張華女箴，垂爲內則。

謝金撫軍薦舉博學鴻詞啓

公奏：本朝鴻博，停五十七年；麋生袁枚，裁二十一歲。奇才應運，卓識冠時，臣所特薦，止此一人。枚聞命驚疑，心顏罔播。伏念非常之科，盛名難副；顧問之職，童子何知！昔王修表高柔於早歲，何點識丘遲於幼年。大抵獎借齒牙，策其上進；未必刻雕朽鈍，揚於王廷。我德山中丞，西州叔子，洛下吳公。金奏識徵，玉容領度。水朝東海，先退者定是蹄涔；星拱北辰，最近者莫如奎壁。趙文子舉七十餘家，豈徒管庫；崔祐甫除八百餘吏，不避親知。栽桃李而旁及葑非，取絲麻而不遺菅蒯。於蒼鳥羣飛之日，作一夔已足之章。在萬人如海之中，爲國士無雙之譽。

伏念枚，浙東之鄙人也。才識妃豨，學辨甄盎。徵驢數栗，未作州書；販鼠賣蛙，難逢都士。坐帝後七車而不敢，問山河兩戒以茫然。雖騶忌見淳于，偶然三問三答；而子晉對師曠，業已五稱五窮。當陸遜入幕之時，正耿弇北上之歲。南朝甲族，初入銓曹；東漢孝廉，裁過半世。就使十行俱下，誦亦無多；公然三策明廷，問將何對？愛費禕而許驂乘，蜀郡驚看；薦王暕而說華年，江東傾耳。定使彼都人士，爭傳賤子之姓名；滿殿侯王，來問徵君之甲子。欲辭似怯，將赴先慚。

枚又聞，君子之惠人也，公薦與私財不並；儒生之受惠也，感恩與知己難兼。是以顧榮舉士，便號南金；晏子脫驂，不共天祿。公乃長府資錢，監河貸粟；奴星衛道，計吏呼船。敞關張節度之旌旂，聚檐護行人之風露。鄭莊千里，不必齎糧；方朔一囊，無勞索米。豈非律吹過暖，楮刻失眞者乎？

茲者大子牆高，長安日遠。作充庭禮，陳於方物之前；署行義年，副以尙書之表。秋風匹馬，難攜三篋之書；方寸舊都，檢點五行之志。扇捉謝公之手，十萬當增；人非員俶之才，五千難嗣。枚惟有玉海尋涯，金天進頌。學書生紙，兔脫容刀。敢云劍掘豐城，一出而四方照耀；庶兔鶴牽遼祖，命舞而雙翅氍毹。公非殷翼之孫謀，致人於九天之上；我是巨鰲之戴負，重恩如五嶽之高。

擅責旗厮謝岱將軍啓

枚初離書舍，便領雷封。雖有愛民之心，未知事上之道。本月二十日，公麾下役張升徵李氏之租，囚周家之子。移宮換羽，意欲何爲；寧爵毋刁，志在恫喝。枚已得其情，略詰其故。而升罔知尺一，任意倘張。莫敖趾高，伯珪聲大。坐獄之鄉亭盡駭，殺青之金布安存？此枚所以不及上聞遽加杖決也。

然而承符手力，律雖不判尊卑；而臺使軍丁，罪合先爲上請。魏絳戮揚干之僕，六騶皆驚；秀實誅郭令之兵，一軍盡甲。乃蒙明公薄怒不形，覩過於黨。始懲破柱之風，俾識堂廉之分；繼赦如絃之直，以全傳棧之材。人謂枚先有不耐一官之意，而後動於刑；枚知公原有不屈一夫之心，而敢行其志。園丁芟主人之荆棘，方欲居功；子孫鞭祖父之家奴，自知小過。念前愆而莫贖，圖自新之有期。從此申公憲以報私恩，依然執法；而得下情以白執事，合緩須臾。庶在野免銅拔之歌，亦爲公肅銀刀之隊。

謝薦擢高郵刺史啓

枚五年曠職，四任專城。以李蔡之下中，任尹賞之煩劇。譬諸朽木，蒙大匠以包容；自笑駑駘，莝香萁而惕息。六月十一日，聞高郵州缺，以枚表薦。

伏念枚一級官階，九牛難挽；三刀吉夢，五夜無徵。遽加不次之遷，恐負孤終之責。況邗溝孔道，甓社災區；驛過如星，鴻飛滿野。弦高之牛十二，難犒行人；子罕之粟一鍾，待饁餓者。數江南赤緊之任，豈乏老成；用浙西佔畢之儒，恐乖人望。官雖遷而意怯，福驟至而驚多。在明公抱有造之心，輪困不棄；在末吏戴無顔之帢，傴僂升高。攬鏡照影，公然大夫；納手捫心，得無小過！倘薦禰之章，追之不及；則推袁之表，意實難安。

惟望明公賜以鏈鑪，寬其銜轡。頒侯君房之令甲，俾有遵循；置卓子康之官僚，助其不及。雖非製錦，初學裁縫；但願張弓，倍加矯厲。庶幾精文善法，荒辨無訛；送往事居，僨言不起。得下以盡當官之職，而上以報知己之恩。

上尹制府乞病啓

枚歷官有年，奉職無狀。蒙明公恩勤並至，薦擢交加。雖停年之資格難回，而知己之深恩未報。人雖草木，必不謝芳華於雨露之秋；水近樓臺，益當効涓滴於高深之世。不意本月三日故里書來，慈親臥病。枚違養之餘，已深踧踖；得信之後，愈覺驚疑。

伏念枚東浙之鄙人也。世守一經，家徒四壁。對此日琴堂之官燭，憶當年丙舍之書燈。授稚子之經，劃殘荻草；具先生之饌，撤盡環簪。餘膽罷舍，斷機尚在。未嘗不指隨心痛，目與雲飛。自蒙丹陛之恩，得奉板輿之樂。春暉寸草，養志八年。然而萱愛家鄉，種河陽而不茂；筍生冬日，覺梓里之尤甘。客秋之蓴菜香時，堂上之魚軿返矣。枚欲再行迎養，則衰年有恙，難涉關河；倘遠訊平安，則隅坐無人，誰調湯藥？在親闈喜少懼多之日，實人子難進易退之時。瞻望鄉關，何心簪笏！

夫人情於日暮頹唐之際，顧子孫侍側，而能益精神；儒生於方寸瞀亂之餘，雖星夜辦公，而必多叢脞。在朝廷無枚數百輩，未必遂少人才；在老母撫枚三十年，原爲承歡今日。情雖殷於報國，志已決於辭官。第養之一言，固須臾所難緩；而終之一字，非人子所忍言。且高堂之年齒未符，或恐事違成例；大府之遭逢難再，未免官愛江南。茲當五內焚如，忽爾三秋痁作。思歸無路，得疾爲名。

伏願明公念枚烏鳥情深，允其養親之素志；憐枚犬馬力薄，准以乞病之文書。實緣依戀晨昏，退而求息；非敢膏肓泉石，借此鳴高。得蒙籙揺有人，當即星馳就道。或老人見子，頓減沉疴；則故吏懷恩，還思努力。此日得歸膝下，皆仁人之曲體餔生；他年重謁軍門，如嬰兒之再投慈母。

歐、蘇非四六正宗也，爲公牒文字，正自不得不爾。

爲黃太保賀經略傅公平大金川啓

蓋聞射鵰無力，難彎青海之弓；洗甲有心，誰挽銀河之手！福不宏者，不足以成大事；量不遠者，不可以語武功。故韋皐度鐵嶺而南番降，馬隆到涼州而樹機破。叔敖甘寢秉羽，而郢人息兵；唐叔搏兕徒林，而太甲靖亂。大抵功因將立，臣爲主生。飛龍服皂於黃靈，赤文候日於堯屋。

恭惟經略忠勇公閣下，識窮兩戒，學通四夷。蕭何昴宿之精，傳說中闌之祠。皇上以金川不順，前帥無功。命亞夫代灞上之軍，假王導以安東之節。當是時，天子有憂邊之色，三軍無報捷之書。公以鄧禹之英年，抱終軍之逸氣。加柱天都部，領百保鮮卑。屨及窒皇，謂誓師之始；梟鳴牙上，卜取賊之功。爾乃躡烏角，過青岡，渡桃關，走天射。馬難容足，車不雙行。殷武伐荆蠻，誰能深入；岳侯討楊太，除是飛來。公造張綱之衝車，破公孫之鐵檻；製宣王之軟屐，曳朱泚之雲橋。誘彼馬人，搜其龍戶。一鼓作氣，三刻踰溝。其摧堅也，如籌氾畫塗；其奪寨也，如決流抑隙。我御未爲鵝鸛，彼軍將化蟲沙。人方疑荀罃之取偪陽，何其難；而魏舒之降鼓子，何其易也！不知黑龍噓氣，代公之草檄方成；飛鳶墮溪，伏波之毒淫難受。飲摩訶之地汁，拜井無靈；唼額上之弓絃，量沙自壯。而且九折叱王尊之馭，三更裹鄧艾之綿。奉走卒以爲師，誰能下士；射酒樽而不動，忠可忘身。肉非黃羊，不畏汝刺；金雖如粟，豈入我懷！非有動心忍性之功，其能有熙天耀日之烈乎？

正月初六日，金川酋詣大軍乞降。公稱詔書，許其不死。於是雪霽降旗之上，花迎銜璧之人。葉鑄多羅，手牽玉象。捧盤上表，織錦陳詩。公即洞開重門，雍容免冑，釋蔡州之牙卒，用孟獲之軍人。頃田不租，十妻不算，此秦王之誓言也；我無爾詐，爾無我虞，此宋公之盟約也。界銅柱以千年，定天山於三箭。玄旗返旆，白馬還朝。荀羨二十之年，威儀可想；蔡茂三公之服，士女爭看。解去兜鍪，重含雞舌。八戰八克，爲隴右所希聞；七縱七擒，實南夷所心服。昔劉方之征林邑，殺象享軍；萬歲之渡蜻蛉，仆碑應讖。以彼奇功，方斯蔑矣。

天子禮頒異數，恩錫非常。覆韋綬以蜀纈之袍，賜房喬以黃銀之帶。金釵阿杜，詔餉盤龍；寶劍椎成，署頒陳寵。水晶鹽好，分崔浩以同甘；鐘鼓聲希，探李晟之安否。某一官柴立，萬里梟趨。寫孫歆慶捷之書，慚無健筆；讀魏絳和戎之奏，如接英風。祝天上之貪狼，年年斂角；願將軍之大樹，歲歲開花。

謝蘇州趙太守啓

蓋聞月犯軒轅，帷簿徵於天象；宵攜衾枕，心喝動於星辰。歔欷何辜，遇人不淑。猶之胠沙思水，空泣鮫綃；祓火釁猳，難昇淨域。從來錄事都知之號，頗少回黃轉綠之期。若乃匽湢落英，仍登茵席；狠䑋裸國，忽被冠裳。律吹谷以成暄，絮沾泥而起舞。洵可稱爲生佛，喚作天公。

恭惟文山太守，弭節關中，班春吳下。千尋嶽峻，擎玉女之頭盆；九派江清，渡洛神之羅襪。我靜若鏡，賓至如歸。雖慶朔華堂，太守毫無目色；而維揚旅夜，相公深護才人。則有女號青琴，郎名白石。偶過長陵小市，迎來油壁香車。純毳其容，虔僨其性。含睇宜笑，淑質豔光。玉姤坐於帳中，花羞落於庭下。目作宴瑱飽矣，情如穆羽調矣。三宿空桑，法喜、維摩之戀；一枝華勝，紅綃、絳樹之緣。其能無天花染衣，黃玉志鼻也哉？

可奈犀難驅鳥，裙不留仙。拔宅心殷，拏雲力薄。藍橋忘乞漿之路，桃源迷再訪之津。遂乃髮墜黃鄉，釵飛白鳳；身單螢火，骨瘦香桃。金輪之咒無靈，玉指之環有淚。樓羅曆日，印龍子以無多；芳訊疏麻，託雁奴而莫寄。山河滿目，潘岳西征；蓴鱠呼舟，季鷹南返。

忽以微之之小住，爲阿軟之再逢。數華年則星已重周，藏團扇而字猶未滅。哀其窈窕，蠟視橫陳。儂已頹侵，守孔子閉房之記；卿須解脫，歌獨孤散雪之章。但願蓮出汚泥，珠澄濁水。桐成琴瑟，不負鳳鳥曾棲；劍躍龍津，何必司空自佩！

於是改鴛鴦之袵，爲鴆鳥之媒；易孝綽之名姝，作李波之小妹。適有戴若思者，吳之振奇人也。相對陰諧，絕忘緇蠹。遂乃甘爲眉匠，永結心衣。挽玉臂以敎封，勸鏡臺之早定。然而華嚴劫重，難轉風輪；秦獄寃深，誰搖酒樹！說三車之法，似有前因；許二月之弈，終需陰訟。遂乃輸情白牒，獻狀黃堂。太守下蕭監州之符，急如星火；作李元紘之判，重若南山。浴義女於甘淵，蘭澌始湛；放蒙雙於北海，涇渭永清。從此婦婦夫夫，雙心一林；朝朝暮暮，正夢嚴妝。書薛濤自製之箋，作庾亮媞子之案。取秦女望夫之石，刊阮公遺愛之碑。

賀尹太保側室張氏封一品夫人啓

昔戚侯命婦，祥徵太傅之家；魯國戚風，聘列小君之號。大抵升緣衣於翟茀，坐側室以魚軒。亦義非自今，而事隆往古矣。然而銀鐶早退，美珥誰探！宗人獻禮而無從，司馬欲筓而不敢。呼爲內子，杜佑招匹嫡之嫌；喚作尚書，王導僅私情之寵。豈有小星替月，親銜玉帝封章；錦瑟乘龍，傳作金堂佳話者乎？

我宮保大子，朱紘不偶，玉軫頻抛。兩江無怨曠之民，一室少相莊之色。有姬張氏，三商待漏，五夜抱衾。早朝則爇護宮袍，衙散而扶持湯沐。具百人之藁飫，絡秀延賓；采五廟之蘋蘩，季蘭尸祭。君姑道孝，民母稱賢。上天寶回文之頌，使公卿九奏以聞；寫安公德政之碑，在金石一人而已。

於是珠胎繞膝，玉樹盈庭。廣戚君女入靑宮，武昌侯兒通丹禁。固已推尊房老，權攝女君焉。然而吉人心小，沃盥依然；夫子官淸，織蒲如故。皇上引伏波爲外戚，呼宇文爲親家。以爲朕不正其名，何以平章吉禮；卿不咩其合，亦難燮理陰陽。況定子馳名，專房已久；樊英雖老，答拜何妨。

於是董振禮終，撣人勅下。命婺娯之采伴，列興慶之首行。當皇太后萬壽之辰，爲新夫人入朝之始。斯時也，紫極房帥，領隊嵩呼；瞀髻女官，聞鐘雲集。夫人六珈未備，假戚里以成妝；九拜初嫻，詣天臺而習禮。班方排乎羣玉，影忽下夫驚鴻。共指碩人，問是誰家命婦；知爲尹姞，尙疑續娶元妃。紫鑑初搖，便染香煙之氣；花鈿歸卸，猶沾湛露之光。蠶母傾衿，齋娘額手。較之姨封少室，侯號雌亭，餉阿杜以金釵，賜司徒以石窌，覺彼雖矜寵，此更恩榮。

昔公母徐太夫人，班亞宋子，位比叔隗。亦蒙先帝之恩，加褒衣之賜。一則母因子貴，一則爵以夫尊。兩代偏紘，雙彈高調。兌居坤位，婦繼姑恩。

枚久列宮牆，與聞絲竹。唱榮華之樂，記晝錦之堂。從此白髮彭宣，拜後堂而甘心屈膝；絳紗韋姆，將偕老而初學齊眉。祝西園老圃之花，晚秋香滿；壯世上朝雲之色，少女風高。

謝瞻園託大中丞賜牡丹啓

中丞金枝玉葉，堯韭舜華。黃菌誕雲，帝桑捧日。心如明月，不遺小草於胸中；氣作陽春，能速百花於天上。凡平泉之一水一石，皆會稽之遠體遠神。是以二柰霞分，三桃綺列。青寧苦竹，白馬甜榴。莫不瑞應金香，花生旌節。牡丹者，公所手植瞻園者也。絳幃初捲，黃蜂報與春知；國色將酣，青帝親爲裝束。映緋袍之色，帶露題箋；分燕寢之香，煎酥贈客。

茲者移三江甘雨，爲百粵慈雲。滿地落英，攀行旌而不得；一叢深色，拂畫檻以啼紅。公不忍爲節度之芟除，又不能作沉香之遠帶。未免留連光景，倚遍闌干。枚非平慮侍郎，學惜春御史。紫雲一朵，動杜牧之清狂；金帶十圍，想魏公之風度。願封嘉樹，永拜甘棠。敬以詩呈，拚將命乞。且喜移當春日，蝶隨香以偕來；但恐遷到貧家，花有知而必惱。

乃蒙明公，遠貽尺素，別搆雙株。如嫁叔姬，媵侍而旁兼列國；疑降王母，吹雲璈而廣集羣仙。敎伴高人，較勝唐宮之貶；許親文士，還同洛邑之花。枚求則得之，不負夢傳采筆；心乎愛矣，奚須雲想衣裳？愧曾子之湛蘭香，未詳鹿醢；笑武羅之種芍藥，夸說雲和。半分富貴之恩深，三嗅馨香而泣下。願爲麋鹿，銜瑤池壽木之華；看到子孫，當佛國菩提之樹。

爲雲華君翠袖圖徵詩啓

余與壽魚薛君，通家三代，題襟廿年。愛其藻繪飆發，逸情雲上。時呼阿戎與語，幾下孔融之拜。客秋小病姑蘇，薛君獵纓而至，曰：「比日思一閒寫，先生其有意乎？」余笑而從焉。

則有汝南碧玉，東海蘭芝，梳薄霧之鬟，披頹雲之髻。靡顏膩理，目騰光以流波；蜚襳垂髾，眉橫山而起黛。始則情疎笑淺，煙視媚行；繼乃承顏接詞，華言風語。吐如蘭之氣，序小謫之由。方知貴人未出甘陵，聃母先居苦縣。不覺爲之於邑也。

當其千金受聘，一車塵宵。伴茗華之玉，宿金絲之帳；戴石家之釵樣，披湘娥之翠裙。可謂花飛席上，珠墜懷中矣。亡何李錡家破，杜秋飄零；柳渾齒衰，琴客遠去。銀瓶落井，畫燭啼紅。楊枝無力以從風，蕉葉有心而捲雨。命之窮也，天竟如何！

薛君以帷幕之徵，作庚桑之宿。狹斜大道，幾住香車；小市長陵，別開娃館。三妻同濫，方共浴於靈公；二子沉河，懼誓言於施氏。於是與僮作約，守口如瓶；待姆下堂，闔扉以土。取晨星而作心抱，河上逍遙；傾海水以滴羅幃，盤中宛轉。印來粉爪，妝臺寶鏡之書；寫出丹青，露葉風枝之態。兩美既合，久假不歸。外婦私夫，厥風古矣。

論者謂堵狗孿生，茅鴟賦作。新特使故雄讓畔，寄猳與逃嫁同辜。未免蚩儜，貽譏莊士。不知苟違而道，卽媧皇煉石之心；怨偶曰仇，豈黃帝婚姻之意。是以嫦娥叛壻，許住月宮；太白竊妻，上通星象。嫗盈嫁叔，方見美於公羊；宋娣置犂，竟阻攻於孔子。女華比於元聖，棄暗投明；敝首昵於重瞳，因兄背父。明珠抵雀，不如拾而藏之者之積德深也；采鳳隨鴉，不如解而離之者之爲功大也。與其伴賣絹牙郎，芝焚蕙歎；孰若與披香博士，璧合珠聯！凡人間冒禮之嫌，或彼蒼補過之事乎？不然者，狗曲談經，𩛔生按律。必欲辱才人於廝養，屈燕婉以戚施。石苟能言，天將何對？昔女丸與少年苟合成仙，歌曰：盜道無私，有翅不飛。其雲華之謂矣。

薛君恐玉顏不再，嬌喘疑沉。命敬君秉筆，爲荆娘寫照。山花寶髻，都非倚市之妝；石竹羅衣，大有驚鴻之態。屬題綺語，遠寄倉山。疑是妝成，乍來鏡裏；恍聞珮響，如隔簾間。之子修容，干卿何事！癡人相惜，舍我其誰。爰以南嶽地仙之圖，爲眞眞作傳；更將河東紅淚之絹，代灼灼乞詩。

謝尹太保和詩啓

昔楊素官尊，酬唱有薛道衡數首；香山老去，往來只裴中令一人。是非吏隱爭名，青藍競色也。蓋大樂難於孤奏，偏絃不可獨張。支遁升堂，必使法虔侍講；崔延臨陣，先教僧起高歌。邈古以來，理固然矣。而況乎解髻傳珠，抽衣受寶者乎？

望山相公，進則憂國，退乃樂天。答賀雪之章，五版並入；極丹青之化，兩戒無塵。起予者商，蒙知言之選；約我以禮，加狂簡之裁。每奏玄霜，定酬白雪。手爲天馬，傳箋之驛遞常勞；思湧秋泉，籠壁之絳紗屢滿。靈非石鼓，待扣桐魚；律是黃鍾，偏應牛鐸。雖秦武闘孟賁之力，未免絕臏；而齊桓飾石壘之裝，頓增高價。

茲者平泉小葺，秋士偶來。方裏而圓缸，法淳于之謹內；高閈而廣廈，知腹擊之安民。通漏汋之泉，河流德水；樹賓連之木，館號翹才。而且廊覆路而晴雨宜人，壁改窗而卷舒由我。昭子雖郵亭必葺，王儉以公府爲家。方之古人，眞無慚德。

枚半椽半杙，庸乃知音；一壑一丘，見猶心喜。無令名而食于籍圃，感君子而詠及斯干。乃蒙響應霜鐘，字頒雲篆。奥旨內謐，精文外昭。同是燈光，而龍膏之燭照海；均爲匏奏，而麟皮之鼓郊天。且猶抗手雲中，希心物外。寒蟬飲水，仙人羡其無求；小鳥鳴春，老鳳聞而輒答。敢獻奇礓之石，補缺華林；請修寶墨之亭，永鐫公作。公索假山石，故及之。

謝慶侍郎贈灰鼠裘啓

僕聞火鼠出於窮郊，非太平不至；輕裘共於朋友，惟賢者爲能。侍郎奕世貂蟬，英年豹變。作防邊之都護，榷司市於甘松。洞中機宜，克宣威德。一言得體，三軍晏眠。南夷悅而賨布來，西域通而吉光獻。白狼射罷，紅爐酒濃。立天山雪中，狂歌無偶；想洛陽城下，僵臥有人。

乃以一領見貽，尺書偕至。黑比純灰之潔，輕同鶴氅而温。僕侯本陽虛，客非陰重。蟋蟀方鳴於牀下，鷫鸘忽來自雲中。問厚往之心，一毛拔否；辱先施之德，三英粲兮。從此立狐貉者而無慚，臥牛衣中而何泣。不憂不懼，輕冰小雪之天；半曳半披，古澗寒潭之釣。纊在身而非挾，谷吹律以常暄。負曹交九尺四之身，敢云副是腰腹；遵晏子三十年之訓，直將煖過今生。

代請熊滌齋先生重赴鹿鳴啓

蓋聞地轉風輪，九千里之河淸可俟；春回蕊榜，六十年之科第難逢。當京兆之秋闈，有中朝之人瑞。譬若長明燈古，偕聖火以齊明；顯慶輅存，先龍車而領路也。然考摭言於定保，徵雜錄於文昌。大都虎賁懷人，晨星嘆逝。劉叟則廠衣猶著，希羽或白首初來。未有鳴鹿聲中，重周花甲；金鼇背上，再領仙班者。

惟我滌齋先生，世守一經，門標六闕。蔡謨清流之望，賀循達禮之宗。重雲法會，戴會弁以接天顏；道藏蓬萊，乘竹馬而窺鴻寶。出入五省，經歷三臺。解組文園，休神家衖。無落地不飛之雛鳳，積笏盈牀；有乘風欲跨之龍魚，紅霞滿口。開尊里第，楊於陵看上下門生；冠冕人倫，夏太初如商周法物。

歲逢玉兔，榜發金風。當焚香撤幕之時，正賜宴簪花之日。未見之禮六，非叔向其誰知；升歌之曲三，須穆子之在坐。康成孫號小同，支干恰合；絳叟手書亥字，甲子何多！且喜貢舉侍郎，是通家之子姓；青宮太保，書晚字於名箋。阮秀儒林，丈人峯峻；李珙前輩，金字牌高。月輪之老桂重開，湯餅之殘牙更健。驚羡此翁矍鑠，皓齒龐眉；愈想當日風流，東塗西抹。黃花香晚，翻同桃李爭春；燒尾魚歸，定過龍門欲笑。倘有宮中故妓，還識公無？若看池上紅裙，久先某等。

伏願先生蒲輪早降，法酒同傾。細說開元，勝似白頭宮女；摩挲銅狄，爭看綠髮仙人。廷臣之仁廟詩箋，曾緣存否；孫僅之金花帖子，銜押依然。將見樂聞東塔，雲見南宮。鵠立銀袍，聞杖響而一齊回首；笙吹畫燭，勸公醉而三百行觴。他年玉筍班中，誰似先生福壽；明歲瓊林會上，再看老子婆娑。

募修成仁菴疏

成仁菴者，金陵南門外一寶剎也。鄰方景之祠，厥名有自；近雨花之畔，勝景無涯。余記洛陽之伽藍，發楚人之平府。知其靈光造久，宣榭災餘。金色消沉，空有祇園之號；化生震動，徒生雲殿之嗟。

鑑堂上人，小住有年，大修無力。悲禪堂之穿漏，佛頂星明；擷伽葉之飄零，經幢苔綠。無花可踏，來鹿女以難行；有樹將移，呼嶽神而不動。不得已而抱盂鉢，走天涯。膜手人間，自稱募者。將錢繫社，尚且稱神；徙鼎入齊，能無用衆！苟爲山於平地，一簣先施；則造塔於諸天，合尖有日。

伏願大宰官身，諸善男子，憐其苦行，結此勝緣。以六百萬贖魏徵之故居，勝一千緡造戴逵之新宅。或頒仁粟，量鼓獨操；或餽義漿，挈瓶無倦。分八功之水，流爲大川；合千燈之光，混成一色。庶幾法鼓將沉而更震，梵蓮已落而重開。自見九級臺成，豈慮百人飄裂！嗟乎！鑄凝有術，佛不如仙；大會無遮，儒能助墨。忍使華嚴富貴，空存十笏阿蘭；要非開士慈悲，誰助一流黃鐵。當仁不讓，諸君須捆載而來；有志未成，菩薩亦倚門而望。

小倉山房外集卷六

贈提督任勇烈公神道碑

山西出將，應運生祈父之才；巴蜀從軍，從古落大星之地。故知玉粲之瑟，其瑮猛也；沉檀之貴，其香焚也。苟推轂於凶門，必立懂于天下。乃若兩軍未憖，方交河曲之綏；三鼓不上，竟墓宜陽之郭。戭戭將軍，今得之勇烈公矣。

公姓任，名舉，字漢沖，大同人也。毅而能擾，剛而不黻。受風后之金法，作楊公之鐵星。年十七，應募爲兵。均服振振，勇可習也；戎容暨暨，望之威如。中雍正二年進士，選陝西柏林守備。征巴里坤有功，調寧夏都司。大傀異災，編氓殲焉。公散所稟假，墐其捐瘠；無穢虐士，高築哀丘。上游嘉之，擢固原遊擊。

會提督標同文耀等作亂，半夜豥狠，一軍跆藉。諸將伭伀者伏，僕遬者逃。公手持威械，馬束般緰，解刀授妻，登樓發鼜。越王圜土，閤門不辱之心；子反乘堙，扞衞侯遮之義。賊有攀垣上者，公斬而擲之。頭墮半空，膽落羣醜；寇來不上，我武維揚。追其奔逸，提兵巷戰。以五十健兒，當百千虓虎。立當前疾，呼彼下風。子產尸盜，成列而行；葉公赴難，免胄而進。卒能巖闢鐵牡，解散銀刀。城中被掠，哭聲殷天。公下令曰：「掠民財者，許昏夜投繳，過限者誅。」契箭一傳，革言三就。爭還趙璧，暗歸楚弓。當燒掇焚杆之餘，爲翔搶雲輣之取。雖地名回洛，刀號定秦，不是過也。

固原平，天子召見，曰：「爾才大可用，惜朕知之晚也。」命王常之位，與諸將離席；許摩訶之寢，置鴟尾養威。虎將名馳，龍光寵大。會金川苗反，天子詢以方略，即擢西鳳協副將，馳驛赴營，尋遷重慶總兵。當是時，總督張廣泗與經略訥親不相中也。公柴立無阿，危事不齒。陳運糧之累，作益兵之請。當事者銜之，命攻昔嶺，拔山而進。公望昔嶺險絕，惟迤南一溝可通苗卡。乃命別將佯言攻嶺，而身率精兵從僾道入。方誓蒼兕以渡河，忽輟雲梯而下宋。人非著翅，肉是飛仙。驚柴紹之壓龍，横行七跡；信敖曹之地虎，雄入九軍。奪取其卡，賊大懼，復築色兒力城，壘石而守。公分兵從木達、不多兩山攻之。烏櫳鳥絕，白羽疵飛。然離賊巢刮耳崖已三十里矣。公請以步步圍城法蹙之，不半月苗可亘平。經略不許，尅期命進。公明知遁甲孤虛，閉山有日；龍頭天竈，冒險無功。而業已卜戰龜焦，還營路斷。遂攀梁麗而上，果受飛礟之災。乃北向叩頭曰：「臣今以死報國矣。」薨年四十有六。嗚呼痛哉！

酸棗壇高，臧洪首歃；蝥弧旗拔，考叔先登。方期爨瓴蜻蛉，萬歲仆碑而進；豈料蒼梧南越，千秋一奮而亡。國有人焉，誰之咎也！然而公始則霽雲斷指，繼乃公孫洞胸。小白未僵，大黃猶射。又典韋臨危之戟，橫貫數人；衝張遼已出之圍，再呼殘卒。淺色黃衫，蓋棺之衣早備；玄纁新篋，歸元之面如生。可以謂之勇矣，可以謂之烈矣。

事聞，天子賜謚，加提督銜，祀昭忠廟，廕其子，卹其家。公之恩禮，世盡榮之；公之苦心，人未諒之。今夫將擊卑飛者，蒼鷹也；十步九計者，老將也。死綏者，節之小；活國者，忠之大；不偶者，命之隻；養威者，器之宏。以故或置兩驂於左拒；或帥七覆於敖前。罕羌易馴，營平違詔；邯鄲難下，武安不行。公雖氣湧如山，亦識垂堂有戒；肯捨不訾之身，作鹵莽之報哉？而無如二憾方構，十全無術。甘、淩鬬忿，盾舞難分；渾、濬爭功，風利不泊。哥舒受逼，慟哭出關；周處無援，孤軍殉節。古英雄之人，處亢屯之地，急繕其怒，授命如毛。成仁慷慨之場，不死無名之所。直以瞑目畢見天之志，茹劍有含飴之甘。豈徒沾沾然冀高、國於生前，卜鼓吹於死後而已耶？在易象曰：「困，君子以致命遂志。」勇烈公有焉。

初公以川兵恇怯，紀律不嚴，乃變其徽章，廣招梟俊，曲轅韥服，增羅闌狗附之防；扈帶鮫函，有火正壇丁之號。帶其斷，作三日之徇；傳其弓，作一軍之觀。故能九上九下，兵如刺蜚；三遂三郊，士無縮甲。及公之亡也，山河子弟，猶張呂氏之旗；百保鮮卑，空喂房公之馬。坡驚鳳落，地慘彭亡。覩黑䭾以夢將軍，騎赤牛而思都尉。其能無務面生哀，守陴盡哭也哉？

公重仁褒義，辭隆就窳。校尉高官，雖屯戊己；袁安故綬，不具丙丁。至於熟左氏相斫之書，通呂蒙囈語之易。執筆如上馬，磨盾即賦詩。則又藎臣之雅懷，介夫之餘事也。

長子承恩，年八歲，天子即召見，擢侍衛。次子承緒，亦補京口守備。以某年月日葬公於城東木坡寺之賜塋，三夫人祔焉。日中而窆，機合而封。玄甲負土，黃封讀祭。固知廬山九仞，難銘上將之功；石馬千年，尚作勤王之狀。

銘曰：人誰不死，鬼獨稱雄。一日碧血，千年白虹。任公挺生，熊姿豹狀。兩目眈眈，淩烟閣上。初掃鵾茗，長鯨息浪。再討駒支，崆峒劍傍。坎既入險，乾難用壯。克敵致果，輿尸歸葬。事聞於朝，璽書悽愴。司勳銘功，太常繪像。幣純四覡，銘旌三丈。聖主之恩，忠臣之樣。

御祭卞忠貞公墓紀恩碑記

乾隆十六年三月朔，天子南巡狩，至于攝山，命經筵講官、刑部侍郎錢陳羣以少牢祭晉故驃騎將軍卞公之墓。其裔孫某，屬江寧令袁枚紀事于碑。

枚謹按：忠臣不邀賞于異代而盡節，聖人不責報于幽壤而加恩。誠以節不可改，謂之忠；禮不可廢，謂之典。死有萬端，祇疆場之功大；祀有七典，惟忠孝之道光。昔東晉墤替，強藩驛騷。蘇子冠軍，歷陽跋扈。鼂錯發大難之端，而不知爲計；徐福抱先幾之智，而不用厥謀。遂致禍起徵書，變生肘腋。其時犬戎長狄，分裂中原；尺籍伍符，半招烏合。而且雷池一步，阻外諸侯之援；白門三重，撤小丹陽之戍。祝聃之矢漸逼，騶虞之幡不靈。凡覩白書空，自矜淸貴者，不能揮麈代戈，談玄曉賊。王茂弘標舉海內，不握子印之節；陶士行搖動義旗，幾失桓文之勳。

惟公身居亞國，志奉孱王。軍孤轉先，旗折更進。郤克中矢，援枹未停；荀偃生瘍，張目猶視。金鼓一震，背創盡裂。流玄黃之血，爲蒼生分痛；決養癰之患，爲國家隕身。童子何知，執干戈爲嬰鬼；母氏含笑，喜兒孫作國殤。朝中瓦石，生則常含；塚內空拳，死而猶握。海內痛之，朝野惜之。古有社稷臣，公之謂矣。然而神仙羽化，尚戀冠巾；烈士魂歸，常依弓劍。銅駝星散，誰知司馬之諸陵；宰樹霜淸，尚識將軍之古墓。

皇上思棟梁於前代，買馬骨於灰塵。特命大臣，刑牲讀祭。灑九乾之雨露，直達窮泉；感兩晉之衣冠，能無流涕！日月照幽光而愈大，旃檀隔千歲而彌馨。枚守土有年，思上彥昇之表；下馬肅拜，未奠何點之觴。見周武封比干，同爲舞蹈；喜漢廷祭楊震，不愧犧牲。

嗟乎！白骨一抔，增國內山川之色；黄封三錫，勵古今臣子之心。嗣孫某，世系嬋嫣，不比熊光哭墓；君恩烏奕，應同武子銘鐘。爰勒貞珉，式彰盛典；傳諸奕葉，鑒此哀榮。

重修于忠肅廟碑

在昔玉弩驚天之際，金甌墜地之辰，必有再造玄黄，重扶日月者，斷鼇足以奠三靈，挽銀河而清八表。是以少康纂統，仗有夏之靡臣；宣王中興，倚成周之方叔。不有君子，其能國乎！然而書于大常，祭於太烝者，國家報功之典也；畫入丹青，祀爲宗布者，後世褒忠之禮也。豈有建熙天耀日之勳，而弓藏東市；負紫嶽黄靈之望，而廟朽西湖。其何以塡撫神祇，光昭星斗！此我滋圃莊大中丞所以有重修于廟之舉也。

正統十四年，公爲兵部右侍郎。天子非穆王而征犬戎，聽朝恩之幸河內。賈驪山之禍，應豆田之謠。景泰加公尙書，總督軍務。當是時也，三邊烽火，光照甘泉；七萃蟲沙，煙消甌脫。中、息之北門不啓，瑯琊之南渡諠然。選仗則武庫甲稀，勤王則紙鳶信斷。哭連鸛鵒，難回野井之君；殿擊蒼鷹，反逼孱王之走。加以大風遺孽，麻起青丘；小醜營魂，驛騷碧海。也先以爲江上投鞭，早無建業；夢中伸脚，踏破長安矣。

公乃手揮日光，泣同天語。簫勺羣慝，張皇六師。辛毗牽已起之裾，郭憲斷將馳之靷。劉超妻子，徙入宮中；王衍車牛，獨賣都下。誅中行說以除其姦，焚洛口倉以絕其粟。九門列陣，持螯弧先登；八鎮開關，使老羆臥道。三郊三遂，旌旗爭荼火之光；五甲五兵，號令肅風雲之氣。而且口授韜略，耳聽羽書。百函飛馳，五版並入。龐思受命，及關而郡縣皆符；劉晏運糧，臨河而舟車悉備。贊皇易三十六節度，奉令貫行；桑公揮一十五將軍，寒毛惕伏。故能東靖孫恩，南殲嚴虎，西擒雕庫，北懾呼韓。其大旨以爲天下者，高皇帝之天下也；社稷爲重，君爲輕。惟戰止戰，澶淵所以盟契丹；喪君有君，田單所以守卽墨。苟立太子以絕秦謀，則趙王返矣；倘盟龍門以求齊變，則就魁乾隆初刻本作「龍人」。膞矣。公抱喬玄捐質之心，作羈拳不納之狀；借廝養詭詞之說，爲瑕甥拔舍之迎。不聞四論堅昆，五求回鶻，而果使暉臺鼎返，大曆鐘還。日乃再中，天成兩旦。父老伏地，重聽故主鑾音；鮮卑禁聲，迓山家兄皇帝。天生李晟，原爲唐室，非爲德宗也。

然而權舞雖聞於海內，勤勞不出于口中。乘馬三年，不知牝牡；瓜廬一室，儉若布衣。劉弘以至尊蒙塵，撤管絃絲竹；陶侃以暮年辭寵，上羽蓋旛旗。公之勳，子儀似之；公之讓，子房愧之。亡何，紫微動於中天，赤眚生於御座。壬人行險，乙夜貪功。妖似許龍，迎海西于吳郡；忠非伊尹，返太甲於桐宮。以有功之誅，飾無名之賞；以千奴之共膽，搖一柱之擎天。非叔申改立，則鄭伯焉歸；乃衛侯還宮，而元咺先殺。何必血流三丈，心趨百囘；而早已地起愁雲，天飛寃雪。及至樊豐敗露，遣祭謁西；虜馬臨江，方思道濟。嗚呼，晚矣！

說者謂北征非畋遊之比，迹類宋襄；太叔有竊位之心，事同扶概。而公但佐目夷守國，不勸叔武迎兄者，何耶？不知原繁不貳，乃拒厲公，忠之至也；蒙轂負書，不徇楚難，臣之則也。時平則先嫡長，世亂則先有功。英宗寵用中涓，形同欺魄；薰轑天下，雕琢大臣。縱無也先，宗社未必不亡也。景泰以元二之災年，際靖康之厄運。朝中魏、索，半已披猖；左右汪、黃，豈無交訌？而獨能假茂弘以安東之節，信伯紀爲端右之才。從善如轉圜，受諫如流水。禁門鎖鑰，鄺侯到而後開；空紙文書，蘇綽批而卽下。一則以刑餘爲周、召，一則以閫外付夷吾。一則以鞏固之金湯，擲同破甑；一則以孤危之朽索，馭定飛黃。苟高祖之有靈，問神器之誰屬？且夫乘楚車而蔡、許不書，謂之失位；受秦輅而夷吾返國，已辱先君。元聖西歸，苦讓忠王繼統；赤符受命，不憂成帝復生。英宗既曳青衣，雖乘黃屋。而乃齊侯似鼠，甘晝伏以宵行；衞國如棋，竟朝更而暮置。追憐媼相，忍斮尸臣。獨不念五國冰霜，棺歸朽木，六宮妃后，灰洒南風者，彼何人斯，獨非蒙塵之主耶？若公者，可謂德茂安劉，功參微管者矣。

說者謂景泰情私匕鬯，器改春坊。公竟無羽翼之扶，坐視愍懷之廢者，何耶？不知禹圖授啓，非夏后之德衰；宋禍傳殤，是公羊之論正。賢如東海，猶因廢母而降尊；孝似李班，終爲奪宗而受禍。他若玉玦手握，乞阿叔爲奴；金翅鳥飛，食小龍無算者，固無論矣。夫手挈江表而授之仲謀者，不過子紹封侯；豈坐鎮天樞而廟可中宗者，反使田榮奉市乎？公黃襬未著，青蒲何爭。

說者又謂，公有迎立襄王世子之謀，雖毛卵鉤鬚，事原烏有；而臚言風聽，謗豈無徵？不知大臣者，以安社稷爲容悅者也。國無奧主，且熏丹穴求君；朝有元良，當抱孟侯擁社。假使公見鼎湖之龍欲墮，大庭之璧未埋，竟欲遠奉晉安，近迎河邸，亦何嘗非社稷臣事，而況靡勝不露，軨獵無聲乎？

說者又謂，公身領九軍，夜司三鼜。何以尹亡環列，門失倉琅，使產、祿遽入北軍，亮、晦得窺星象？不知公能以中周虎落之威，隄防北虜；何難以摊鐸拱稽之衞，設警南宮。所以不爲者，射生五百，慮太上之馬驚；植璧三壇，禱元孫之病愈故也。不然以景帝之雄猜，而沙丘主父，探𪄲無聞；黔邸雍王，摘瓜未唱。生金免頒于姑孰，藥杵停擣于黃門。謂無人于穆公之側，而能如是乎？

又說者謂章、廖諸賢，以周昌擁衛之心，受子諒朝堂之杖。帝雖暴抗，公合維持。是則姬公蒙難，責君奭之模稜；先主西行，笑孔明之坐視。沃心匪易，騰口何難！嗟乎！非三代以下少完人，實一孔之儒多目論也。

吾浙西有伍相祠，東有岳王廟，皆公鄰也。枚以爲白馬銀濤，三吳竟沼；紅羊黑劫，二聖安歸？自有公，而後知魚水君臣，不須死諫；南朝天子，原可生還。使二公地下相逢，益當悲生江上之潮，而淚灑南枝之柏矣。我滋圃大中丞，章志貞教，肅禮明禋。易棟宇之摧頽，表神旗之舄奕。將刊玄石，遠命鯫生。嗚呼！與其築羃焚椒，奠四時之俎豆；曷若崇論宏議，掃萬古之蝣蝣。用是磨洗孤崖，增立表忠觀之碣；濡染大筆，竟書謝太傅之碑。

兵部左侍郎凌公神道碑

公諱如焕，字榆山，松江上海人也。生而羸弱，瘠若植鰭；長更矜莊，宴如覆杵。賦弈棋於七歲，辨螢盞之四聲。弱冠爲督學韓城張公所知。舉陸遜爲茂才，置班彪於幕府。文章傳世，風行誰闌；富貴逼人，日照難避。康熙乙未，登銀榜，入玉堂。聖祖命習國書，與修三朝國史。隄官槐構，譯槃木之聲歌；玄扈、翠嫣，紀循蜚之譜牒。公侍立不欹，隔爐獨對。答帝丘之問，辨冕旒之儀。凡朝廷有大典禮，大詔誥，必召而付焉。河圖四十六事，梁甫七十二封，俱能口吐神珠，胸藏册府。

雍正元年，遷侍講，督湖北學政。公古尺獨揣，靈犀孤照。楚國才拔，漢江風清。舉楊可鏡爲貢生，以其曾祖漣盡忠明代故也。辟陶潛之孫子，聽請無聞；拒李紳之私書，態臣不悦。有劾奏者，世宗特旨褒公，授楊吏部主政。周武封殷比干之後，晉侯賞舉郤缺之功。主聖臣賢，於斯爲盛。遷內閣學士，兼禮部侍郎。八翼風飛，九乾露沃。賜高馮以銅鏡，因其善鑒人才；歆思話以銀鍾，爲其心如金石。公無思不罩，有得必告。議歸州之水程，論河南之開墾。請增官渡，請賑流庸。制曰可。於是浪平三峽，勝塞沙囊；土定五施，不差圭撮。汲黯有開倉之便，王珙無按籍之征。十二年，以母憂去位。十三年，世宗晏駕，公風木方悲，龍髯遽泣。翔禽朝下，松柏爲之不春；旭日西沉，葵藿因而憔悴。蓋沈約之腰圍減瘦，玄謨之眉頭不伸，基於此矣。

乾隆元年，今天子卽位，遷兵部右侍郎，典試江西。其時浙之北新關壥人斂布，英蕩不通。公還朝劾奏，天子是之。建封入覲，除宫市之鴟張；蕭嶷愛民，平荆州之樢柗。四年，充會試總裁。枚，此科進士也。退之爲宣公所知，孫逖得顔卿而笑。馬首無噪，龍門獨高。六年，公以養親乞歸，奉旨給假，不必開缺，若需奉養，再行奏聞。虛左席以疇咨，假銀青爲晢約。一時中貴，半趨下風。供帳東都，送疏仲翁而隕涕；舉頭天外，望班景倩如登仙。長安之日雖遙，太行之雲已近。到家上書，乞恩解職。朝廷使候官如白鷺，翹望公來，先生以孝子爲慈烏，終身乳哺。於是觀樂欹崔郊之帽，廁牏浣石奮之裙。願作人兄，事親之日果永；身爲國老，居鄉之禮尤尊。然而聖意欽遲，天章屢降。寄上尊之酒，頒赤側之錢。華黍歌終，驚聞湛露；斑衣舞罷，捧到吹綸。承歡則三泖鯨波，上壽則萬釘寶帶。曾參祿厚，已看鐘鼎同甘；耿況年高，更曳金章侍疾。堂上百歲，車前八騶。畜君何尤，安親爲上。人倫之盛，海內榮之。

十二年，封公卽世。公當不毀之年，極懸壺之哭。風吹欲倒，溢米不餐。遂患脅痛，次年八月四日，竟以不起。享年六十有八。嗚呼痛哉！公初以匪莪之哀思，叩頭辭位；繼以尊靈之永蟄，咯血危身。能極生榮，更兼死孝。可謂賢矣！子應蘭，乾隆進士，扶櫬葬於先塋，禮也。

枚出大賢之門，熟長者之教。見公謙常傴身，儉不逼下。白圭無玷，赤紱有光。與裴綽談如聞古琹，共蘇瓊坐已入青雲。魏舒先行後言，人不知其去位；蕭嵩當寵辭祿，帝自解於厭卿。老子猶龍，不見雲中之尾；聖人如柱，能全物外之天。方擬玖陛乍辭，星冠重耀。而不謂月蝕東壁，鄴侯仙歸；雞逼酉年，謝公怛化。魏徵亡則朕失一鑑，奚斤老而誰說三朝！宜乎四野停春，九重撤樂。而況侯芭侍側，親傳揚子之書；子貢築場，手植孔陵之樹者乎？乃爲銘曰：

華蓋一嶽，文昌一星。扶我景運，揚於王廷。正色立朝，能無莠傾。親已高年，帝方大用。公乃瞿然，審所輕重。爲子者一，爲臣者衆。周暢手驚，黔婁心動。急叩丹墀，願歸家弄。天子曰俞，允汝南還。毋意毋必，惟汝父是觀。公拜稽首，臣不能離左右。父病難痊，職曠難久。願別簡賢臣，臣死不朽。嗚呼！父既委化，子亦考終。不屬不離，一年之中。風在位者，知所適從。人以爲孝，帝以爲忠。

東閣大學士蔣文恪公神道碑

昔軒轅撫運，而感大風；伊尹乘舟，而過日月。陶子生五歲而佐禹，金提建萬福以輔義。此皆名世應期，元良合德者也。是知天地泰交，山澤通氣；鹽梅桴鼓，神化丹青。蒼牙通靈昌之成，五期有數；赤伏表黃星之兆，一柱承穹。鑾琫嬰瓌，非漢唐之壞奠；雲師火正，本岳瀆之神祇。吾於座主蔣文恪公見其人矣。

公諱溥，字質甫，一字恆軒，大學士文肅公廷錫之長子也。翼九宗五正，代作尸臣；漢四姓小侯，爵歸門子。公生而泰表戴干，眉目如畫。入市疑璧，吹風欲仙。蒙彼縐絺，展金屛之四葉；佩其象揥，開銀函之九羊。十三歲，世宗召見，奇之。說文侯之命，識丁鴻不凡；誦傅說之言，嘆蘇夔有子。己酉，欽賜舉人，庚戌成進士，殿試時，上親擢爲第四，選入翰林。文肅公叩頭辭讓，上曰：「朕從未見爾子筆迹；暗中衡鑒，毋庸辭也。」以紅休之封，待綠車之幸。月昇東海，早掩星光；雲近太陽，自然金色。隨召入南書房行走。辨成王之舜冠，答平原之堯韭。釋顯節陵之册文，記乾德年之宮鏡。俱能學古有識，數典無訛。與文肅公先後侍直，談、遷共事，瓌、頲同僚。延年孝思，坐臥不當舊處；夏侯績學，纂修能繼前人。今上登極，累遷吏、刑兩部侍郎，公奏寬科比以廣擢遷，添司曹以免推諉。制曰：可。於是謝笑顏嗔，不呼平配；潘詞樂旨，即是刑書。出署湖南巡撫。五中統律，十部宣風。平八案以成人，操六誓而觀義。糴空倉穀，栽隙地桑。爐消耒子之錢，隄得搗流之法。乘蓽輅以開山，治同熊繹；入國門而免胄，人愛葉公。尋遷戶部尚書，軍機房行走。召義叔於南郊，爲咨亮采；使咎單爲圻父，將理陰陽。命協辦大學士，仍兼戶部尚書。

當是時也，鄭武公再世司徒，韋玄成一門宰相。壘車入殿，鈴鼓不張。非膜受彤弓，即詩懷鞶鑑。人以爲人主之恩至矣，人臣之榮極矣。而不知公出則扈蹕，乘夏縵以犯風霜；入則持籌，掌牢盆而算姟極。訏謨辰告，五夜覃思；排比天章，萬行勞目。靖共九賦，無恙羊之閒；賡唱三雍，有卷阿之奏。重恩壓己，所在心驚；大義滅親，更逢家難。雖蔡叔不咸，歐刀自有國法；而揚于既戮，跣行終竟心傷。以致齊丈悻盧，楊彪羸瘦。蓋實授東閣大學士之命再下，而公之病已深矣。

然皇上望公之速痊也，頒珍藥，召良醫，免償帑金，加公子槲侍講。張禹假歸，賜上尊胎瞉；王猛有恙，禱名山大川。兩降鑾輿，三加襚服。扶牀捧日，伏枕捫天。幾乎繫璧以窺呂蒙，加紼而封丙吉。問桓榮之病，侯王相率步行；安景仁之心，西州禁聞車響。飾終之禮，震古耀今；眷舊之情，隆天重地。亡何，馬肝之石不靈，東生之散無效。上覽公遺表，雪涕罷朝。命依前大學士蔣廷錫例，柩歸時，凡文武官在二十里內者，俱向靈前奠酒，一切卹典，悉從優渥。較之武宮聞訃而去簫，柳莊書邑以納棺；投緑沉之瓜，傷彥升之逝；發玄甲之卒，治去病之塋者，雖哀榮相似，而矜寵尤深。

公侍經筵者六，讀殿試卷者八，總裁會試者三，典試浙江、分校禮闈者各一。枚卽公己未分校進士也。嗚呼，痛哉！習鑿齒不遇桓公，則荆州老從事耳。宮牆已遠，難築室登夫子之場；桃李雖多，將執梃爲門生之長。親見公靖共六寀，遊戲三餘。彈指蘭闍，傾衿逢掖。八音濫耳，偏古樂之先知；五色精心，必黄中之獨辨。兼之風神元定，容止詳華；雅思淵含，清襟蘭郁。袁安不肯錮吏，張歐未嘗按人。渾、濬爭功，唐彬不至；鄧、吳受賞，賈復無言。顧雍侯封三日，而家人不知；曹參日飲亡何，而海內寧一。可謂八晐之聖相，三古之侯鼇也已。

說者疑公闊手仰成，視空署白，弊謀輔志，未有聞焉。不知房、杜無功，蕭、曹無政。問相公賢否，視天下安危。當今神雀來而遠夷賓，當康見而五穀熟。重黎氏絕天人之交，百神受職；應上公通雨暘之事，萬物丸蘭。舜琴裁鼓，黃河已清；湯陑未升，白環盡貢。皆主之聖也，卽公之功也。

又說者疑公室多傾覩，門有雜賓。王陽服飾鮮明，劉盱用財過濫。則又不知體大者迹疏，內詳者外略。千里之路，不可扶以繩；億兆之都，不能平以準。日月含蟲鳥之瑕，不妨麗天之景；江河藏魚龍之孽，方成潤物之功。蓋祿萬鍾，原爲德賞；鄉備百邑，不尙苛廉。以故陶士行僮指千人，大勳卓爾；杜黃裳賂遺萬貫，中興赫然。公以黃散之門風，視赤側如土芥。金花銀燭，羊公愛客之心；豪竹哀絲，謝傅中年之感。門張鵙尾，合表徽章，鬢映貂蟬，益增華采。蓋其高掌遠蹠，開國承家，原非苦節之貞，自有甘臨之吉也。而況綺羅雖盛，幾曳夏侯之衣；束紵無多，半質長沙之庫。身非債帥，逋券成行；時見焠人，停炊告急。所謂淸其本而華其末，豐其外而儉其中者，公之謂也。彼太尉之府若乞兒，東閣之餐惟脫粟者，其足當公一吷也哉。

公酷愛吟詩，別無他嗜。披一品服，坐九花虬。揮金管之毫，落雲藍之紙。逸情飆發，藻思泉流。往往天子頷頤，詞臣避席焉。薨時年五十四。初娶汪氏，再娶陳氏，三娶王氏，俱誥封夫人。子六人，長檪，官兵部侍郎；次賜棨，江安糧道；餘俱以官職世其家。以某月日葬虞山賜塋。嗚呼！公琴在望，誰爲復土之將軍；宰樹長青，我是種松之弟子。

銘曰：百辟論才，三公重器。器果恢宏，羣才驅使。大哉夫子，淵乎莫窺。地厚物載，海深水歸。贊堯光被，佐舜無爲。存神亹亹，成功巍巍。保合太和，率循大卞。翠鳳含綬，黃龍馭辨。福善來索，爛其盈門。金紫侍疾，賢子令孫。紅粟萬石，朱輪十人。已畢臣力，未盡君恩。哲人怛化，卿月雲藏。麾旌搖風，夷槊隕霜。祈連冢大，亳姑書亡。表茲玄石，永鎮黃腸。

六營公立兩江總督尹公去思碑

夫聖相道行，安民必用武；健兒性直，知感莫如兵。古之人庚念其軍帥者，或銘謝城之功，上郙閣之頌，建欒公之社，拜石相之祠。莫不夸鳧藻，奮鷹揚，在當時爲詠歌，傳後世爲聲響。況乎深識九變，妙察六術，義路霜肅，仁風澤宣；十年有積貯之糧，千里無拾遺之事，如今大學士望山尹公者，能不謳思哉？

公之督兩江也，以端右之才，敷塞晏之化。沉幾應智，濡跡匡時。常以活國爲首謀，撫軍爲餘事。丈人律重，君子營高。樹六枳以爲籬，飭三嚴而聽鼓。早已師不陵正，旅不逼師。七萃帖然，兩甄頵若矣。每至霜落演貙劉之禮，迹人有介麋之告。公則朱旗爛空，玄甲耀體。募偁騰客，招曳落河。罰必當鄆，賞無慮渴。訓之如子弟，敎之以詩書。辨鼙鐸而琅闐無訛，敎步伐而跿跔應節。爲鵝爲鸛，先偏後伍之彌縫；如火如荼，八陣六花之出沒。洸洸乎被廬之帥略，細柳之軍容焉。

雖然，可久者，賢人之德也；可大者，賢人之業也。土狹則草木不長，資淺則功德不茂。倘河東借寇，不過一年；僕射稱周，僅止三日。公亦不能蕭勺羣慝，張皇六師。爾乃開府卅年，持節四次。戎容暨暨，黃髮皤皤。鼙角吹鞭，半是軍門箕帚；奇材劍客，無非竹馬兒童。恩以樹而愈深，政以習而彌肅。故劍不必試蒲元，刀不必詢楊僕。揚威不必釁干櫓，識面不必去兜鍪。凡夫水犀陸隊，野戍村烽，革抉咬芮之防，弩父亭公之設。莫不網渠彌於有牆，塞墝确以夷庚。陣洗星芒，營空海霧。銅駝無恙，鐵牡常關。民之慶也，公之力也。

今年天子南巡，公念毛馬而頒，承華或缺。特奏廣廋人之額，備騎士之需。天子制曰：可。於是吳驂走練，增渠黃山子之材；楚騎追風，駃橫水明光之甲。使爆爍燦雲霞之色，旄頭耀儀仗之形。可謂石畫無方，羅縷悉貫者矣。九月初六日，補文華殿大學士入都。抗手六軍，雨泣熊羆之士；焚香九鎮，金鐫韜略之書。召蔡茂於荊州，襜帷望斷；登仲華爲太傅，部曲心孤。

某等或大父童孫，累世同依麾下；或三貂八座，起家半在轅間。每憶馮公，遙瞻大樹；感思子重，便望旌旗。爰紀五事於郭沖，書數行於孫綽。雖編堂垂範，明知非郭丹之心；而冒禁刊碑，終難忘阮略之德。乃爲頌曰：

穆穆尹相，克佐隆平。秉鞭作牧，久鎮金陵。能耀七德，以佐三曾。吁荼萬物，皐牢羣能。常羊之維，奉令貫行。陵水經地，威燀旁達。智可奪梟，勇常設爵。隊肅銀刀，歌騰鐵拔。組練三千，蛇矛丈八。罔敢籠東，而不操刺。神偉爲奕，厥勳隆隆。王鈇藏鍔，蕭梢斂鋒。聞公謦欬，玉燭消虹；受公平章，金甲春農。冒彤有慶，橫草無功。一朝枚卜，逖矣旌麾。登於九乾，匪我能私。凡我同袍，含甘吮滋。彼葭又茁，甘棠生枝。公歸不復，如之何勿思！

餘杭諸葛武侯廟碑

餘杭宋村有諸葛武侯廟。或曰：臺駘、實沉，屬晉室之占；江、漢、沮、漳，爲楚邦之望。武侯功在西川，廟留南國，何也？

余曰：子但知侯之有功於蜀，而不知侯之有德於吳乎？當夫本初兵敗，當塗愈張；劉袁身亡，長江無主。仲謀者，鄭爲夾國，趙本孱王。聞有曹兵，驚同秦聾。張昭計將乞食，文表志在迎降。惟侯遠降巾幗，笑揮羽扇；激昂事理，抨擊談鋒。借籌定覆楚之謀，蹈海拒帝秦之想。於是東風一面，焚盡餘皇；旗蓋三分，永成鼎足。蓋用吳以敵冀北者，公之所以忠於漢謀也；通蜀以保江東者，公之所以善爲吳計也。以爲漢賊在魏而不在吳，兩國宜和而不宜鬬。雖逆順之理應爾，亦堅瑕之勢昭然。

惜乎貉奴不遠，虎將自矜。子明靡蟄之雄，何知遠計；伯言目論之士，但貪近功。當雲長威震荊襄之時，正阿瞞議遷許下之日。不乘此連環犄角，電掃飆馳，分南北之兩朝，作東西之二帝；而乃鄙同索賁，知等挈瓶。婚姻生銅斗之仇，散博失梟棋之智。一則稱臣納質，爐火乞憐；一則暮氣忿兵，猇亭撓敗。何其悲也！

侯獨追懷大計，遠鑑前非。傳書則便許通和，踐祚而旋思報聘。念相脣齒，肯寄腹心。及至劍閣不支，陰平深入，絕不聞輕舟來救，驅南國之兵；卷甲疾趨，列西陵之火。視同舟爲胡越，等一室於鄉鄰者，豈不以劍閣既沉，庸與金陵之興廢；涪江雖斷，何關建業之重輕乎？然而王濬樓船，即用益州之衆；張華棋局，先收杜預之言。勢有類於滅虢取虞，事竟符於并韓弱魏。然後知公之經營梁、益，即所以聯絡武昌也；締造巴、渝，原勿異周旋吳會也。

假使天星不動，火井長明；食少無妨，鞠躬如故。則竭司馬囊底之智，難當木牛渭上之兵。不徒孫郎之宗社，未敢覬覦；而且魏武之山河，無暇篡奪矣。然則侯之廟，豈徒俎豆於吳邦；侯之功，兼可烝嘗於曹社。吳人思桓王之創業，感大帝之垂基。惜其孫子驕淫，君臣疏忽。而侯之良謀偉算，親仁善鄰，規模如是之宏也。是以歲時膢臘，霜露星河。倣欒公立社之文，作朱邑桐鄉之祭，亦天良之不容泯者。倘何疑哉！倘何疑哉！

余既爲釋立廟之故，而又爲迎神之曲，使歌以祀侯。其詞曰：

謂是侯廟兮，吾民喜；謂非侯廟兮，吾民悲。民亦何知侯之忠吳與忠漢兮，而但欲奉侯以爲歸。廟前兮有桑，童童兮蟠穹蒼；廟後兮有柏，參青天兮黛色。村之氓兮鑄銅鼓，村之巫兮巴渝舞。味淡泊兮陳稷黍，侯勿蜀思兮享此土。福我民兮萬萬古。

此吾鄉吳慶伯先生文也，勒石者嫌其過長，屬余倣鄭亞改義山序一品集故事。

莊西麓先生墓表

乾隆二十一年，莊西麓先生卒於江寧。其子經畬與機將葬，以墓表爲請。

枚謹按：先生諱柟榮，字西麓。其先由金壇徙毗陵。父令輿，官翰林，公其季嗣也。懂重三荆，行居四括。生而愉定，長更徇通。讀父書則每句呼諾，聞兄喚而隔牆整巾。太史愛其至性，命侍長安。花磚歸晚，手進烹雌；玉漏晨趨，門應題鳳。見長豫而輒喜，知阿恭之最眞。夫人楊氏來歸，生經畬而遽卒。公裁二十六歲。下感華元，上師楊秉。室無傾覗，庭有斷絃。竟使鏡檻罷春，繩牀臥雪。犢子愧朝飛之曲，伯奇絕野放之歌。已而太史假歸，公率經畬柔色以溫，無形而視。伏虞悰於戶外，湯藥聽呼；侍文若於膝前，起居扶杖。宮錦一襲，板輿廿年。孝致蒼烏，祭生福草。聞者羨海內人倫之盛，識者歎先生色養之難。俄而經畬舉於鄉，成進士。太史椿萱猶無恙也。撫范馨之硯，代有傳人；生苫越之兒，功歸名父。亡何太夫人奄逝，終七，太史捐館。公捂受襚衣，詩懷菹豆，四方覩禮，一口稱賢。

十年，經畬知建德縣事，調盱眙。公含飴裁暇，便問平反；背娍小閒，代稽荒政。卒能布麟趾之格，活鳧沒之民。大府於是轉平陵之薛恭，換鉅鹿之尹賞。公之教也。癸酉秋，經畬抱飲章之痛，雖非上測，已受平鐫。而公牛盲不驚，馬失更喜。

今年天子南巡，大府命經畬辦供張事，奏請復官。迎公於盱。盱之人飲水思源，登枝尋本，莫不縣僮布路，邑子刊碑。樹喬梓以當甘棠，進壺漿而佐秩膳。爲民作爹，封公居大父之行；似佛留韡，合郡有焚香之送。居白下兩月，疾終松三堂，年六十有九。嗚呼，痛哉！趙臺卿聲名方盛，所怙先亡；李日知封誥重來，高堂不見。服衰而登夏屋，遺命般然；經畬留差局守制。憑几而誦虞書，先靈聞否？宜乎垂髫戴白者，舉音過喪；贈祝題棺者，名流畢集。驢鳴江左，爭號武子之靈；山折武當，齊悼文公之阨。更可異者，經畬捧櫬蘇州，得信歸來，以六月二十七日解征驂；而公以六月二十八日昇淨域。訣猶生之面，於千里之遙；假半日之程，慰終天之恨。故能甚報國恩，葳條家事；考終協吉，怛化無違。以視歸父身還，空悲括髮；黔婁心動，裁得承衾者，直不可同年而語矣。

公友愛尤篤，常在官舍，嘆曰：「見吾昆季，如見先人。」於是劉基臥內，偕羣弟以晏眠；傅昭席中，尾衰兄而扶曳。紫芝哺姪，兩乳流潼；郗鑒撫孤，含飯滿口。雖穿漏之屋無多，寄公之席甫定。卽欲招士龍於日下，就嘉祐於岐州。宰樹將封，荆枝尙暖；塤篪未奏，薤露先聞。非愛結於心，義形於色者，其能與於斯乎？其行己也踐繩，其接人也用紲。攸然淵其志，皎然潔其衷。九宫賦其銳銀，三族欽其方格。故經畬綰綬十年，家無賸畜。借公瑾市南之宅，暫挂廞旌；受辟陽賻贈之餘，聊供溢米。此又淸白傳家之明驗也。

然而胸奓若海，意行似天。捧僎侑之康娛，策扶老以流憩。潘璋酒債，立滿門前；崔立書聲，驚聞松下。凡鄉里之殷兒、張丈，故人之桂子、椿兒，靡不轄投井中，屨交戶外。少時射策，專精儒書；晚課諸孫，親爲庭誥。楊遵彥之食，不許輕嘗；王方平之鞭，殊非易得。操之已甓，疾乃不斟。蓋含珠屬纊之將臨，猶鐸振鐘鳴而未已。可謂有覺德行，無忝貽謀者矣。

枚望丈人之行，未挹龐眉；聞長者之風，長傾飛耳。抽絲萬繭，偶得片端；挹水九河，初揚一勺。取楚國先賢之傳，刊化臺玄石之文。陽卜可貞，幽光不泐。

誥封奉政大夫江南左營遊擊署城守副將加三級孫公墓誌銘

公諱品，字鑑倫，號立之，浙之仁和東里人也。江東望族，本雲臺綴組之家；浙右人門，多天閣縹纓之客。公生而穎異，長更聰強。恥絳、灌無文，乃甘、陳學武。龍泉太阿，是王彥深之知己；清風明月，爲謝希逸之飲徒。凡郤縠詩書，軒轅營陣，許商算法，猿女劍篇，莫不心領玄關，手嫻道器。

雍正四年，宮保李敏達公總制浙江，見而奇之。舉陸遜於茂才，不勞三辟；拔子儀爲武舉，首冠一軍。愛其端右之才，爲置虛左之席。桓元子蓮花幕內，惟有郗超；房次律曳落河中，誰當劉秩！俄而李公調直隸總督，攜以北行。乾隆元年，補督標千總。公領銀刀，歌銅拔，手爲天馬，舌如電光。耿豪是丞相之肩，隰朋號夷吾之目。未免神鋒難犯，顏色未鋤；遂致赤舌燒城，青蠅集鼻。寵蘧遠者八人，譖田單者九子。蛇矛未折，魚服先囚。公自表赤心，擲梟盧而六子盡赤；再投銅匭，訴欽章而五版並馳。卒能開九棘之門，封三錢之府。玉焚不碎，金爍彌光。

後制府孫文定公慕其通明，命爲答教。公洪鐘待扣，嚆矢當弦。策類姚崇，分捕蝗爲十道；智同韓滉，勸負米於一囊。識荀變爲五百乘之才，拔卜商於十三行之後。擢楊村守備。水大鱗舒，風高翼展。籌研財用，位置無方略之差；甲胄弓刀，彩畫有文繡之色。十年，聖駕幸五臺山。公扈從梐枑，動中機宜；張設艾旃，不差尺寸。練兵則如荼如火，布陣則爲鸛爲鵝。天子有鴈門細柳之思，加火鐮大觽之賜。其年朱家峪口，米賊風聞；西蜀金川，妋徒草竊。公乃靖張嬰之亂於廣陵，運姚豹之糧於譙郡。楚獄無濫，卜袁氏之祚長；長社不驚，服張遼之才大。列一等功，加一級，遷督標左營都司。

十四年，天子南巡，兩江總督黄文襄公奏請來南。其時江淮草木，慕萬福之威名；白下樓船，奉士治之號令。公亦感奮五內，愛惜分陰。警枕不敧，吹鞭屢聽。執問事之杖，巡六合之城；候啓明之星，呼七萃之士。以公爲丁都護，能於席上横刀；以公爲陳元康，能於盾頭磨墨。以公爲太史子義，能以章奏達天；以公爲嚴尹安之，能以手板畫地。而且分甲乙而射丁侯之策，顔息志眉；呼庚癸而答申叔之求，子囊甚口。景陽植表，暗合風雲；唐邕唱名，不持文簿。果使皇人受穀，掌舍交懽；爻閭有光，壤奠無誤。文襄大悅，題署督標左營遊擊，攝城守營副將。賦一鼓鐵，張六鈞弓。法同徙木之嚴，慮比煉銅之遠。嗅溫簡輿之靴鼻，威振六軍；聞甘興霸之鈴聲，風淸一郡。

十九年，王師征伊里，公請於襄勤伯鄂公，願執琱戈，從征玉塞。公許之而未果也。伏波據鞍之際，每顧盼而自雄；東阿赴國之心，雖未行而已壯。二十年，天子再舉南巡之典，制軍尹太保以公本王篙之舊手，兼謝暇之時才。命乘餘皇，從巡瓠子。公出則單思，入則造膝。無事不咨於心，有策必成於手。伏蹉咯血，武侯抱疾以行；棄馬爭舟，慶忌短衣而往。忽遭陽侯之厄，遂覆周氏之汪。春秋四十有九。嗚呼，痛哉！

水鬬荆門，吳漢莫援於馬尾；風驚鄴下，杜畿竟溺於膠船。望磨訶之載沉載浮，斬蛟不起；求丑父而三入三出，援手何從！空歸襄老之尸，虞歌引路；盼斷將軍之樹，秋月飛霜。八月二日，公子成信扶柩歸於杭州，禮也。

公銳志功名，死勤王事。易人之所難，敢人之所畏。廉可以不知白撰，忍可以不寄青泥；智可以傴僂豪強，才可以皐牢天下。崔憓乍到，滿坐禁聲；太初發言，羣賓避位。眼中有鐵，常森武庫之兵；帶上無繩，自縛南山之虎。臥邏縩而作獠舞，擊舟楫而聽雞鳴。方擬八翼沖霄，一心捧日。而卒之雄才厄於天命，薦表格於停年。壽不越五旬，官不過三品。劉郟十步九計，而竟少成功；鄧颺四達八窗，而轉傷非命。三呼蒼兕，兩驂之游靡無蹤；一夢黃魔，九原之丈人不救。帝方倚用，天不假年。尹太保以爲許穆卒師，犇加侯禮；紹宗溺水，享配廟廷。請於朝，准陣亡之例，廕其嗣爲郎署之官。然則公之亡也，又豈止法孝直之卒，丞相悲哀；李將軍之亡，老幼流涕而已耶！以某年月日，葬於武林門外之西山。乃爲銘曰：

李家普濟，入粗入細；翁歸尹君，能武能文。奕奕我公，與二人同。如何不弔，滅頂嗟凶！豈龍工可往，未去衣裳；豈持衰不謹，劍躍龍堂！我申其故，溺人必笑。惟臣心之似水，故表明於蒼昊。

常德府知府張古香墓誌銘

夫禮樂之士敬容，仁義之賢貴際，說學之吏毋害，慕古之儒絕俗。四者非牟而難知，實驗之有遂。是以先王端本於庠序，非進士不使治民；聖人莞爾於絃歌，必讀書然後爲學。如吾友張古香者，誠其選矣。

公諱開士，字軼倫，浙之仁和人。五世擯儐，一門穆行。恭同機汜，夏日行陽；惠似黔敖，禮年施粥。此爲仁不富，世濟其美之效也。公生而孤露，幼有異徵。應劭懸弧，神光照社；虞延墮地，白氣升天。陸太夫人育而教之。以席爲門，編蒲作筆。澤四經而頌學，沿八案以披圖。忘失猪羣，有承宮之苦；不知馬足，有朱穆之專。索冥則腸胃欲流，詣微則霤霆不入。余常同寓帝里，見攬韋編。雖屆元辰，依舊申旦。不覺嘆曰：「溺苦於學，乃至是乎？」公方以家少通書，朋無都養。復假館於劉智海，借册於元行冲。將瓜鎮心，把卷升屋，不自覺其綿惙也。乾隆丙辰舉人，壬戌進士。無須覓覺，奪樊川之五名；高宴慈恩，步芳林之十哲。天子召見，授銅陵知縣。

銅陵者，江南凋麹之鄉，皖上梟離之地也。公解巾赴郡，露冕班春。土辨五施，杜松蚖蕃胥壑；山開九削，鬱樓陵爲無荒。文翁入都，常餽博士；何武到郡，先詣學宮。邑大災，公請賑於巡撫范公，范有難色。公袖印再拜，願乞骸骨。范驚許之。蕭育是杜陵男子，罷拂衣；汲黯非河内使臣，便宜從事。時簡親王總督兩江，聞之獎慰，奏調桐城。邑之人誓艾檐軨，壺漿祖道。崔戎離華，合郡持靴；楊君去繁，頻年犛粟。未足方斯遺愛，匹此謳思。

桐城盜張六韜誘某劫叔，轉誣爲魁。公超雪之。六韜臨刑悔曰：「毋若某之昧心以陷人也。」西市禮佛，囚就死以心甘；東海覆盆，民懽呼而天雨。不圖此日，重見高風。他若簝稻徽芒，鞭絲見鐵。屐田而起髦士，拔薤而弱強宗。都可編作州書，垂爲縣譜。大學士張文和公，桐人也。謂鄂相國曰：「吾鄉張明府，今之龔、黃，爲公門下得人賀矣。」調南陵，擢宿州知州。

時黃河灌城，黑蜧肆虐。竈居樹上，屋隱蘆中。公大餽國人，自程畚築。流甬廣汎舟之役，淖糜設續命之湯。鳳敕未頒，發棠已請；魚符乍下，振廩先空。舁疫者於公堂，蔭暍人於樹下。不顧上池藥貴，長府錢荒。有爲後慮者，公愀然曰：「苟活民，雖破吾家，吾之願也。」居亡何，天子發水衡百萬治河。公感激益奮，乃乘皮船，渡木罌，排梗湍，淪昳澮。王尊立水，三版不沉；史起穿渠，一鍤盡穫。至今鴻陂媚帝，蟹堁宜禾，竟障浮山，無堙息壤。公有力焉。

兩江總督宮傅高公兩薦公可太守。天子授常德府知府。詔甫下，而太夫人卒。公本純孝，至是毀哀。子春食旨不甘，曾無一溢；崔九風吹即倒，何待三年！終服葬親，竟以不起。年五十九。嗚呼，痛哉！

公以叔寶之神清，兼仲宣之體弱。幼而學也，鐵撾竹素，都爲咯血之由；壯而仕也，穀賊風蝗，盡是傷生之物。加以食無過菜，衣半穿空。精久消亡，年登大董。一旦蘭陔泣血，蓼儀廢書，其何以取目南離，收魂北極也哉！然而九重方召陽城，半途捐館；峴首未迎羊祜，何處刊碑！善人云亡，海內痛之。

子敬持秀出班行，潛躬昧道。有趙衰之文，少連之孝。以某月某日葬公於留下安樂山，禮也。大夫之墓樹欒，此日我思隨會；寢丘之旁立廟，他年人祀叔孫。

銘曰：我友古香，眞想在衿。少不拾遺，待人還金。義心淸尙，譽蜚士林。及腰銀艾，公然健者。能治六雄，以終五馬。山甫將明，諸葛奇雅。會賑姑孰，救民水火。移牧和州，公曰不可。命重在民，爵輕在我。屢持玉尺，平章人文。摔出明珠，光於天門。有弟槃槃，毋侗好逸。代公主進，不傷折閱。有壻愔愔，實惟我甥。先公怛化，公難爲情。傷哉死孝，當景收蘭。黃堂未居，白骨先寒。我爲立傳，再銘華表。倣彿劉寬，兩碑更好。

誥封奉政大夫丹陽縣知縣魏公墓誌銘

魏氏自元初從龍而南者，曰寒臘公，爲內府總管，賜姓魏氏。起家鄗縣，築室金渠。弱翁之裔初興，畢萬之宗遂大。傳至嗣多公，官虞衡司，與本朝相國文毅公爲同支昆弟。門標六闕，坐列三貂。爭鵰鶚而吼靈夔，鼓吹有曲；纂方書而序勳格，班劍傳家。再傳燕貽公，生三子，公其長嗣也。諱蒼珮，字長瑜。黃菌誕野，降生不凡；白虹燭天，自他有耀。年十七，補博士弟子，卽食廩餼。契班符之九赤，執東象之玉文。饌斥邪蒿，衣除缺衽。雍正五年，眞定太守童華薦公，世宗召見，發江南以知縣用。

初攝寶山，卽標異政。羔豚不飾，烏鈔無飢。泉隨邑宰爲甘鹹，蝗與督郵共來去。邑有藏眞珠爲奴竊者，捕急奴縊，前令繫主於獄。公曰：「珠不得，獄難定也。」乃僞買人，買珠於奴家，寃始雪。崇龜治獄，先辨屠刀；崔琰鞭絲，能看鐵屑。俱平嚴棘，共此神明。居官三月，遭父憂。當是時，天子絶告寧之典，朝官有墨絰之文。邑民借寇。援此牽衣；大吏留髡，爭爲上疏。公薄方進之奪情，慕薛修之終服。齊衰不脫，星見猶奔。服闋來江，知丹陽事。

時郡苦旱，多火災。公請天三日，甘雨自零；噀酒半巡，融風自息。任延至，而娶妻者二千戸；劉昆來，而學禮者五百人。前令某以贓敗，大府檄公鞫治。公以爲刑不上大夫也，爲具款之，盡得其實。俄而某訐於上曰：「是魏君之文致也。」一代閉恥門，反開怨府。鄭以救公而致怒，點乃好鶍而弗知。會與秉政者有嫌，竟以讞獄非法罷官。而某卒置丹書，難逃金布。公非嘸閃，乃爲訾之近名；彼自崖柴，終陷文而不活。雲成翻手，幻景須臾；日出當心，慈航已覆。

或勸公委蛇其道，冀復職者。公笑曰：「升沉命也，遇合時也。安有屈其身兼貶其道者哉？」孟敏破甑，墮而勿看；王晞熱官，思之爛熟。遂先期誓墓，決志歸田。其時睊公者褰帷，感公者繪像。盤中劃耳，爭鳴張軌之寃；鼓打紞如，難挽鄧侯之去。雖戴白垂髫，滿地皆依馮異；而千秋萬歲，何時再見張綱！古人乾時之戰，以敗爲勝；明夷之用，處困而亨。公之謂矣。

且夫不有合於人者，必有合於天；不有得於身者，必有得於子。故臧僖伯之家有後，亦欒武子之德在人。未十年，公第二子廷會，尹吳縣，刺海州。長子廷觀，官新淦，迎鑾輿，來金陵。四子廷夔，尹無錫。公乃一條帶水，朝東海而暮江南；四領斑衣，別中男而逢季子。作傳餐之陸賈，飲十日而未更；似問安之子儀，領諸孫而不識。雖薛家三鳳，爭長河東；謝氏一門，稱雄江左。未足方斯榮盛，擬此清華。

二十一年春，遊姑蘇，登惠山，還舟清淮，遂卒板浦。遺命勿設魂衣，勿營佛事。列晏嬰居賓位，自有神交；取堯典置棺中，卽爲殉物。嗚呼！公之德也，不稱其官；公之亡也，乃薨於路。或者迎辛公彥之車駕，偶下空中；築白香山之仙龕，原在海上乎？不然，而何以滕公四馬，過漆室以悲鳴；謝傅雙輪，望高城而不入也！年六十六。子廷觀等扶柩歸葬柏鄉，禮也。

公神采月和，起居簡儉。讀鹿鳴之詩，而兄弟不忍獨食；筮白賁之卦，而丘園常自幽探。忘賢而賢與心期，任性而性與道會。善評書畫，得卽贈人；能爲文章，成輒棄稿。戚里師之，友朋敬之，莫不見子將而變服，爲楊綰而減騶。諸子躬守義方，克稱遺愛。伏滔爲人作父，自問何如；王昶以默名兒，都遵此意。

枚情同分子，誼屬通家。贈我徽言，常書三筴；得公妄語，足賭一縑。往年獨拜牀前，早荷牛心之炙；今歲重逢吳下，便成金玦之傷。一束生芻，漬無酒氣；千尋玄石，淚寫碑文。以某年月日葬於某。

銘曰：如春風起，如方輪止。尾褫拯人，焦原仆己。公薄子產，不爲蠆尾；彼乃要離，蛛蟨之靡。暮天與直，后土與理。未竟其施，以遺其子。其子振振，蘭茁其芽。集於東南，分張齹牙。公來就養，含飴玩花。一朝委化，三萬緦麻。華表穹隆，龜趺辟邪。我書瓦屑，非爲公家；欲告後人，厲假不遐。彼陰德獲報，乃如是耶！

汪君楷亭墓誌銘

君諱孟翊，字楷亭，一字慵園，唐越國公後也。世居徽歙，五世祖某遷揚州。君有夷姤之至性，醇粹之妙德。三年嘻合，咳而能言；九歲知方，梗其有理。凡江總修心之賦，公叔崇厚之論，靡不學於古訓，祓飾厥躬。二十一歲，補博士弟子。當是時，君父與三公以介特之身，任禺莢之業。頻年綿惙，絲灼多訛。君屢試不第，笑曰：「賈山涉獵，不爲純儒。子貢廢舉，亦稱賢士。詭時審己，安親爲上。」遂乃祭數之儀終，轉勢之折閱。藉夙沙之餘術，得孔氏之雍容。與三公雙矑雖盲，八旬愈樂。家中列肆，伴鬻貨以承懽；堂上徵歌，率閔賓而上壽。門以內，忻忻如也。友于兩弟，穆若清風。仲海、季江，時閧娭宴；侮臧、甬獲，絶無讕言。而且分潒室以餘光，貸監河以仁粟。啜汁者麻集，待炊者鶴望。陽陵君論君子之富曰：惠人不假不責，食人不使不役。君庶幾焉。

乾隆二十二年，天子南巡，兩江總督尹文端公命君佐其族敬亭公辦治棲霞。君準考工之古經，權將作之大匠。揆星置槷，慮事量功。發調水之符，溪生白浪；運開山之劍，樹走青牛。頫壞剔而怪峯呈，長庲高而碧霎接。乘輿三至，君三供張。天子有文綺荷囊之賜，遠邇榮之。一時從官，傱傱捧手。君能昄分殊事，折罫測交。侊飯佐其壼飧，膚金供其行理。李元忠絹受一匹，必烹五牛；劉賓客日答千函，竟用斗麪。人尤感其義而服其豪也。

君娶余季父第四女爲繼室，伉儷甚篤。三十六年，妹以娩難亡，君神傷不已。烈火生牙，呼謈年餘，頰潰而卒。嗚呼，痛哉！君素無騰口之非，竟獲噬膚之慘。舌雖存而頤解，飲食若流；齒未綴而唇亡，含珠難殮。斯人斯疾，何罪何辜！此冉耕所以有芣苢之歌，伯符所以有撲鏡之憤也。余與君外託葭莩之戚，內懷金石之誼。筮日賓壻，曾幾何時；步爵嘗羞，爲歡未渫。猶記齊諧語怪，疑古寺之燈青；隋苑行春，驚大隄之花豔。白日如昨，黃罏已遙。事斷前期，天教後死。其能無子桑一慟、秦失三號也哉！

君卒年六十有二。初娶陳氏，繼袁氏。子庭萱，附貢生。女適張氏。以某年某月某日葬某。

銘曰：陰陽於人，如父使子；非理相加，順受而已。君以善人，而得惡疾。及吾無身，善惡如一。山耶樹耶？宰如者墓耶？我爲之銘，前定者數耶？

客吟先生墓誌銘

夫不朝海若，而滄浪之水清；不入鄧林，而會稽之竹美。豈非蒼麟玄豹，隱見自殊；則夫不題肩，羽毛互異哉？若乃定性於大湫之天，凝神於寂波之表。霞舉千里，冰襟一生。我客吟先生，殆其人歟！

先生姓汪名舸，字可舟，晚自號客吟居士，唐越國公後也。有小心精潔之素，篤行深中之雅。薛瑩四五之間，頗知自處；子野三十以後，不復詣人。與古爲徒，清臚若鏡。海內載虹橋之馬骨，持鳳尾之犧尊，踵門而請益者，如龍魚之趨大壑也。

乾隆十六年秋，見訪隨園。輔之入座，鋸屑欲飛；超宗見人，不衣自煖。相與辨題壁之新故，析玄儒之異同。酒獻三巡，禮終十反。猶未知其能詩也。已而一篇跳出，八風齊鳴。金絲引和，雲霞凋色。蓋嘗學禮淮陽，吹簫吳市，北擊燕筑，南探禹書。悠悠有感於山河，歷歷盡交於烟墨。秋竹積雪，春風搖波，未足比其遒峭也。

楚江觀察黃公相與有舊，強聘同行。先生食武昌之魚，折漢南之柳，較之他處，尤數數焉。人驚重客，爭挹音塵；吏敬參軍，來探喜怒。而先生履朱門如蓬戶，狎貴介如海鷗。譬之神羊遊行，不能羈也；雲罍供奉，烏可褻也！簿書笋束，游目如盲；騶唱雷喧，飄風過耳。避華堂之絲竹，偷聽漁歌；泛洞庭之水雲，自尋香草。可以想其志之潔，行之芳矣。

晚年歸里，值揚州有禺莢之變。歲司鳩羽，不無堋礐；家食緯蕭，動致顑頷。先生雖履道偶乖，而遇風知退。竹有低頭之葉，梅無仰面之花。謝氏青山，不少登高之賦；鄂君翠被，仍多緣情之作。三十五年除夕前一日，自邗江襆被而至，曰：「舸大不適，將游武昌。」余留先生畢正臘乃行，偶然不可。適楚飛湛盧之劍，風雲亦驚；彈琴去張翰之舟，家人不覺。瓊花之夢千里，湘妃之竇一牀。以九月九日，卒於武昌。年六十有九。嗚呼，痛哉！

才子不歸，空啼鸚鵡；騷人長往，半在瀟湘。雖古迹之傳聞，亦仳離之遭際。若先生則瀟灑日月，游戲人間，可以掩衡泌而鶉居，厭推車之蟬攫矣。而何以湯火居心，兩雪促駕，揚舲極浦，怛化頹年。遠尋墮淚之碑，自走招魂之處。豈其中有不能自克者耶？莫非命也？其奈公何！

先生娶熊氏。長子大枩、次子大宗，扶柩歸葬，請銘於余。余與先生久託知音，敢辭不敏！故知騎歸黃鶴，還假羽客之禽；宅掩青松，即是幽人之冢。

銘曰：以客吟，以客死。誰非客，君獨爾。客自去，吟自存。千萬春，知其人。

聽娘墓志

戊辰正月，予衙大府，泊胥江，宿主人唐靜涵家。集吳市之小星，作魯莊之大閱。招魚作媵，呼雉爲媒。於是羅襦門排，光妓階列。車如流水，爭來銜玉之妝；袨若交竿，絕少繁紗之臂。則有淸矑窺牖，綺語踦閭者。月乍入而室明，珠旁懸而星避。主人謂予曰：「此吾家侍婢方聽娘也。君以爲姝乎？則渠之目色袁絲，非一日矣。」夫擇木者鳥也，而木之擇鳥尤先；憶雲者泥也，而雲之憶泥更巧。"思飛獲羽，久經鴆鳥陰譖；出手得盧，何必神叢再博！古有遇披香之博士，識慘綠之少年者，殆其人耶？予聞而感焉。如端木之咏抽簪，漢皋之逢解珮也。

爾乃相招以文無，相貽以齒貝。丹心寸意，聽唱繁霜；碧海青天，誓同白水。馳而加鼠，當名夜度之娘；泛可同舟，卽送朝飛之雉。而無如事有難言者，何也？一江浪闊，女膽怔忪；五兩帆空，儒門淡泊。故雄尙在，施孝叔寧許儷亡；新特將行，東郭姜詎將孤入！夫阻之者伊戾讕語，力遏輕車；豔之者游皈生心，思攙中路。聽娘耆能決惑，水竟知歸。夫愛子南，詩憐李郢。有換羽移宮之術，八風皆平；無判妻別子之嫌，一波不起。一則心驚法喜，小行郎初入華鬘；一則身侍征西，大將軍眞爲田舍。性如和璧，觸手成温；香豈湘蘭，隔簾嫌遠。枕藏浮鬱，三生聯蹋臂之懽；樹得靈檀，百事慰從心之願。此固氤氳大使，坤扇能牽；亦由紅拂英雄，神光獨注故也。

自此以後，余解秣陵之組，還鷲嶺之山。走函谷之關，渡黃流之水。聰娘無車不共，有槳皆雙。沛茜宜醪，煩擱阿錫。羹調纖手，便是鸞漿；衣試神針，都成鴛牒。侍疾則眉愁滿鏡，言離而淚落連珠。或玲瓏歌金縷之詞，或嬌寵折琉璃之筆。愛園林之春早，笑折花來；閱夜讀之更深，怒攜燈去。合宅之花姑竹母，盡說柔儀；他鄉之龍媪雅娘，羣驚采伴。雙棲甌脫，飛沙破粉以彌妍；並坐餘皇，白浪湔裙而共拭。攜蔣家行三之妹，試華清第二之湯。沃雪雖消，凝脂尙在。

亡何，淸丘之社未毁，織室之星已災。巫舞宛丘，太姬無子；蟬鳴茂苑，齊女工愁。鄒風有房老之稱，雲容少天師之藥。好孕惡育，枚皐在而禖祝官亡；弔夢歌離，亢父召而靈妃步去。蓋至於陽虧靈宅，骨瘦香桃。聰娘亦自傷其終不起矣。然而更衣旣久，郎性深知；嬌喘雖沉，晨妝必肅。羹湯強進，慮生大婦之愁；簪珥分頒，預作諸姬之別。倩人寫貌，眉小缺而猶嗔；借女承衾，手猶扶而不捨。一枝紅葬，七夕霜飛。乾隆壬辰孟秋，卒於隨園，年四十九。嗚呼，痛哉！

韋皐老矣，今生未必重逢；紫玉奄然，往事何堪追憶。二十年前之夢雨，三千里外之啼痕。譬彼蠶眠，纏綿絲在；奈如月蝕，揳搔光沉。雖簉室春多，不少黃花續命；而巫山雲散，永無絳樹專房。不能王相寵亡，造釋梵天人之寺；且學代公葬妾，勒館陶仙子之銘。以某月日窆於倉山之西，與夫子同塋，降女君數武，禮也。所願仙雲一片，長遮弔鳳之山；黃土千年，燒作鴛鴦之瓦。

小倉山房外集卷七 補遺

代祝兩江節相渤海公七十壽序

蓋聞福者備也，爲大順之統名；壽者酬也，乃至德之協應。在昔金提、力牧之佐，雄陶、方回之臣，靡不班序顛毛，榮膺大耋者，何哉？良以麟鳴遊聖，鳳和歸昌。含玄甲之圖，應中黄之讖。中天景運，生其間者算自長；古帝耄期，際其盛者道自合。朝廷雨露，即臣子之丹砂也；宰輔精神，皆國家之元氣也。則有赤霄冒頂，素手擎天。蒼龍作東方之臣，汝鳩司北門之會。百神薦祉，備九德以宫陰陽；萬物棣通，先八荒而開壽域者，其惟我渤海相公乎？

公以旄車之世族，降河嶽之星精。繡補經橈，口成銘頌；履絇冠鉢，智極人天。泗水分符，海陽轉轂。遷知幽邑，再守榆林。既觀察於河西，遂提刑於山左。當是時也，任延年少，騎小駟以巡鄉；羊續官清，衣布袍而問俗。夜無桴鼓，合郡安眠；路見桑麻，使君便笑。但招竹馬，呼童子之迎；不事筍參，希長官之譽。公之志，桐鄉、渤海，皆可終身，若無慕乎三圭之爲重侯，九命之稱高爵也。

然而虞廷三載，已多明試之功；漢詔六條，自有課最之舉。臣如明月，既鍊魄於金門；帝有景風，自吹來於天上。遂乃戴雀弁，握牙璋，擢屏藩，兼少府。東織西織，進堯、舜之衣裳；寬鄉狹鄉，察楚、吳之田賦。理賑則澤鴻換色，款關則英蕩宣風。開府皖江，軍民有喜色而相告；宣防袁浦，蛟魚聽號令而知歸。著手成春，無思不服。天子視公如龍門之砥柱，故命爲制府而仍理河渠；信公爲南國之甘棠，故官拜平章而仍持旌節。蓋公之遭際有得之於天者焉，公之操修有信之於己者焉。

今夫日行黄道，豈免躔度之訛；星傍紫微，尚有縮離之忒。公乃半生赤紱，總是恩光；一路青雲，從無蹶跲。執江南之壞奠，不以珍怪爭長；顧北河之夫錢，翻以恢台見賞。同斷獄也，獨信皐、蘇；同薦人也，不疑蕭、葛。陳便宜之疏，朝乍上而夕行；除科比之條，奏未終而詔下。三山開府，猶攝篆於荆襄；一日登朝，便參謀於樞密。祝慈寧之萬壽，領袖班聯；賡柏梁之首章，矢音丹陛。長子唱鐃歌而返，畫像淩煙；少君歌鹿鳴而來，策名京兆。志寵則銘鐘未盡，紀勛則列笏難書。猗歟盛哉！古之名臣，未嘗有也。

然而公抱姬旦躹𨉗如畏之忱，屏魏其沾沾自喜之意。耳鳴陰德，坐薦謙衷。脱帶常以腰舟，過人不肯履影。刺閨判事，高柔常寢抱文書；欹枕傳聲，蘇綽必手兼朱墨。曾爲牧令，能鈲刹苛煩；肯采葑菲，自張施帖妥。置札、僑於賓位，辟召英賢；圖廉、藺於屏風，協和寅好。百僚禮絕，偏折節於儒生；一品集成，尚傾心於文史。四時無燕居之樂，終朝吹露冕之風。乘馬三年，不知牝牡；封侯數日，忘告妻孥。惟其秉負也誠，故其感應也速。不知者，以爲隔爐獨對，李鄴侯結主之緣深；其知者，以爲昏夜焚香，趙清獻格天之道大。

歲逢冬仲，壽屆古稀。天子以正月十二日爲公豫慶於京師，禮也。臣思述職，上計吏之封章；朕欲見卿，催鋒車於日下。爰調天臘，春滿梅花；節近上元，燈排火樹。卿雲與佛雲一色，文露與武露齊濃。帝席星明，大庖早具；湯丞官肅，上頓方酣。九曲明珠，穿盡褘衣之婦；萬釘寶帶，頒來侍御之臣。帽結紅絨，似黃人之捧日；裘飄狐腋，耐青女之飛霜。王會圖成，雖馬每牛俱賜；鈞天樂奏，晳陽儀伯同歌。依龍光者一月有奇，頌名世者五百餘歲。車回北闕，尚帶香煙；信到南邦，爭傳士女。以歲星之舊地，增卿月之新輝。嘉禾望氣以穟成，德水未霜而波靜。凡此編氓之福，皆由仁壽之徵。而公方且雪鬢不知，冰襟如故。料量民隱，謝絕筦絃。高侍中之聰強，几杖虛設；裴晉公之風貌，海鶴同清。當攬揆之時，赴巡河之役。在元老以爲稱觴事小，乘夏篆而四牡仍驅；在蒼生以爲愛日心長，過冬至而一陽始展。

某等行居子姓，身隸帲幪。逢申伯之生辰，祝魯侯之燕喜。未必邳州進酒，韓稜隔千里而有醉容；且喜祝史陳詞，范武受徽言而無慚色。敬張皇邸，聊當悝鐘。義不取諛，文皆從實。此日金鵝十二，橫陳畫錦之堂；他年銀管三千，再記杖朝之事。

陳涇南修禊詩序

夫芳晨不墜夫昔朝，今彥豈殊乎往哲。一丘一壑，或友或羣。如鐘含霜，如水受月。是以不學子晉，而事同洛濱之游；偶冀子桓，而興同漳川之賞。皆所以追緬藝林，步趨逸軌也。

涇南陳子以永和之賢，生上巳之日。陶玄浴素，樹善測交。探金虎之爻，志在幽履；讀蘭亭之序，心希古歡。遂乃仿鄭風，作祓禊，厭賓介，藉絪馮。揚觶若流，闌水使曲。同同之鳥，熒熒之花，高堂青龍之才，張堪白馬之譽，嚴助、聊蒼之學，孔、晁紫宙之篇，俱足抒寫景光，自成謦逸。流黃體素，伯喈因之作書；宵練朝虹，愷之摹而入畫。縱移山陰於茂苑，起晉賢於九原，啞其笑矣，又何加焉！

僕也於越鄙人，楚國殘客。偶傾衿於半面，遂圖形於九仙。命作荒言，書爲小引。明知風簫偶過，未諧雅奏之音；或者木柷先鳴，亦是同聲之曲。

金賢村太守詩序

賢村先生，東晉名流，西豪望族。夷吾澤四經之學，彥和標七觀而談。金心在中，早擅鴻儀之耀；銀手如斷，遂歌鹿鳴之章。以司民協孤終，以上計得課最。牽絲江左，傾蓋金陵；驟見子皮，抒心玄度。館人竊屨之事，能敎返璧山中；飽生換馬之談，遂肯踦閭燈下。除非賈至，許見璐英；直索紫雲，不嗔杜牧。此非聆音識曲，送抱推襟者，不能若是之好余也。

已而一麾出守，黃鶴樓高；萬里班春，夜郎國小。可憐焦土，新宮有不戒之虞；趣以飲章，故印竟攫拏而去。捨二千石，作六一翁。在他人必且五噫歌成，四愁交作矣。而先生逌然安雅，不廢嘯歌。清俸無多，但買仙眉瓊葉；歸雲有引，惟聞梵宇淸聲。雖季文子之三窮三通，蘧伯玉之再仕再化，欒大天士，張鎬地仙，不是過也。

於是飲星飯於霜潭，解慅嬰於壘渚。還洛浦，走蟂磯，寓秦淮，訪蔣徑。當七夕牽牛之夕，來諸姬墜馬之妝。聚楞嚴十種之仙，作丌跡八風之奏。時則天鋪潭底，月墜花間。雲可妬羅，風停吹霎。散靈妃之步，魚婢爭迎；撥火鳳之絃，雁奴驚起。或班排阿鶩，私說兒夫；或女寄提婆，乾呼阿嬭。或珠飛纓絡，舞出前溪；或裙繫箜篌，歌騰小海。以嚴春佐午子，使匏爵戲靈簫。雙珮響而宮徵出於簾間，千燈張而銀河落於樹上。先生則手拋紅豆，暗記樂章；耳聽回飆，遙知鼓節。兩室如一，公然張稷通家；大會無遮，何必王珉避面。迨至星沉玉李，而羣雌猶屠毘其間；乳罷金訶，而稚女尙嬰婗而笑。有是哉！此樂令人忘死，至今使我移情。可謂京洛之雅遊，夷門之大會也已。

可奈地隔燕吳，家分南北。孔璋行矣，公幹凄然。小別三年，空瞻繞朝之策；相思數字，忽來蘇武之書。長妾先亡，說少姜而於邑；道南無宅，借公瑾以羈棲。翠羽拾來，想華鈴驅環之舊影；青泥封寄，讀團雲散雪之新章。雖玄晏病風，已枯半體；而安仁感舊，尙富千言。爲金海之全編，索玉臺之小序。

嗟乎！言者心之聲也，心不醇粹則聲浮；文者情之著也，情不嬋嫣則文敝。少登臨之境者難豪，有殷勤之意者好麗。先生心波滙漢，情岳干霄。非制氏而記其鏗鏘；愛童蒙而拾其香草。能爲蠻語，巧奪舌人；好作音臣，時夸耳學。加以三吳弭節，百粤觀風。湘水濯其清襟，黔山催其險句。以披香之博士，兼文陣之雄師。倘入儒林，定非谿刻；就升天界，也入華鬘。賈生養空以遊，德機常活；龍叔背明而坐，方寸皆虛。故能六管揚風，三英耀彩。歌離弔夢，霜天聞淸角之聲；流景紆雲，煙壘掩明珠之色。鼓宮宮動，喝月月行。又何必飾混沌以蛾眉，假荒言爲前馬哉！

然而蘭本願詳所湛，曉鐘強半先鳴。劉勰高才，猶獻書於休文車下；東阿貴介，乃求序於仲卿夢中。況僕與先生笙磬同音，雲龍並駕。如驂從靳，以蚓投魚。香火因緣，喜靈山之有分；白頭期限，傷老物之無多。掎裳聯襟之遊，音塵不再；信後傳今之作，揚搉何辭！敢竭江淹將盡之才，大書巢父長留之卷。此日文章付我，勝託妻孥；他年泉路逢君，再同賡唱。

悔軒先生六十壽序

悔軒先生以仲冬之暢月，爲花甲之良辰。擯綏山之桃而勿採，庋靈飛之經而勿誦。乃肅袁枚而詔之曰：「明知壽言非古也，然而相觀局外，清臚瞭然；乞言山中，切人不媚。子寧視余之攙揆而嘿嘿禁聲乎？」伏思枚與先生雖吏隱之途分，實淄澠之味合。臚言風聽，側聞長者之徽音；奮筆纂思，頗記賢人之逸事。與其橫陳於胸臆，曷若布寫於屏風！謹拜手稽首而爲序曰：

才非官也，而才高則官自尊；德非年也，而德厚則年自劭。鄧禹但期文學，竟冠通侯；顏含不信蓍龜，偏登大耋。此非志願有限，休徵相逼以來；實由操執恢宏，造物因材而篤也。先生生而孤露，以席爲門；長卽橫經，將蒲作筆。煨嬾殘之芋，子舍籌燈；折慈母之萲，霜天課讀。蓋張華勵志之詩，江總修心之賦，基於此矣。

登賢書之籍，爲國子之師。擠嚅道眞，翼綷元化。攝子陽之五縣，走韋丹之八州。初澨三湘，再臨兩晉。斷絕尺一，禁止槃游。桴鼓無所發聲，澤民不敢灰僇。凡諸批牒，排比成書。枚受而讀之，不覺嘆曰：子產爲政，莫如猛也；魯莊察獄，必以情也。仁有所閡，則以術濟之；律有所窮，則以意通之。青霜紫電，常照徹於五聽之餘；崽子嫋孀，必安置於萬全之地。謝太傅稱陶公用法，恆得法外意；先生殆不愧家風者乎！古人勅郭丹之事，永署黃堂；頌侯霸之文，編爲令甲。良有以也。

擢守淮陰，旋還白下。送者持靴不去，迎者挾轂爭先。先生亦復攬轡沾襟，留詩賦別，所謂賢者使人不能忘己，而己亦不能自忘於人焉。

先是淮有實沈大湫之神，作沉竈產蛙之厄。先生平其斂陷，疏厥原防。出入波濤，扶持梟散。王尊立水，奪赤子於龍宮；索勵射潮，壓黃熊於寢外。卒使城留三板，炊滿千村。召對九重，漏下六刻。百辟動容，而覿敷奏；一人前席，以問生靈。遂蒙簡在之知，大有非常之用。

天子不欲置汲黯於遠也，故將赴淮陽而仍留近地；又恐用馮唐之遲也，故甫遷觀察而遽轉屏藩。一歲之中，章服屢換；半里之內，官舍三遷。人但見其雲路摶風，九萬里之扶搖太速；而不知其仁心及物，二十年之積累良多。先生方且不損不加，如愧如讓。早鋤其色，有晬其容。闔門績紡，敬姜自有家風；散髻斜簪，王儉依然儒者。所到處，一池之泉，古跡必復；一亭之月，舊景重新。短碣豐碑，皆典秩明禋之式；三廬五宿，有義漿仁粟之供。贈刀布以敎生徒，稅束薪而炙筆研。簿書勞畢，不廢賓筵；呵殿聲希，即聞吟詠。至於今，雖秩居二品，車擁八騶，而往往依戀桐鄉，好談京兆者，其故何哉？蓋道行於獨任，掣肘無人；效著於當年，終身慊意。古之君子，易地皆然。然而枚所怵耳而傾心者，猶不在是也。

今夫君子表微，陽譽不如陰德；哲人制行，襲義卽以重仁。自臯俊風高，而恢台之意少；亦莊逵路失，而趨進之道乖。先生薄錄上官，頗遺繩索；迷留下蔡，不諱風情。似若徐邈爲通，展禽非介矣。而孰知小可略而大不踰，外雖夷而中甚峻。毛仲客滿，不能致者惟宋璟一人；江斅牀移，所必遠者是僧眞諸輩。此非勇過夏育，行若伯夷者，而能若是哉！

枚空山老矣，一个陳人；野服蕭然，半廛與草。先生絕無介紹，早來雲外之車；略得公餘，便速幽人之駕。又牙琴之知遇，薛劍之遭逢也已。覆瓿文字，未識面而手已傳抄；造膝淸談，乍脫口而心先莫逆。此一園蕣竹，爭歌衞武之詩。家居東海瑯琊，仙山最近；署有淳熙古井，聖水常春。竊自比於鶴舞猿吟，敢私獻其匏宣瓦奏。公如黃菊，勉旃晚節之彌香；我亦蒼生，願祝慈雲之永覆。

謝渤海相公元旦賜鹿豕鵝鴨等物及福字啓

天晴元日，羣歌燮理之功；春滿軍門，敢忘起居之禮。歲逢甲午，律應東風。出臥雪之蓬廬，作向陽之草木。手板投衆官以後，吏隱途分；荷衣拜畫戟之前，山林人野。蒙相公温言婉下，異睨遙頒。橐倒囷傾，半是華堂之饌；色招香引，都非丘里之珍。視若嘉賓，賜之鳴鹿；憐其傲態，伴以蒼鵝。特豚饋食之牲，可以薦諸祖考；泛水呼名之鴨，兼堪寫入詩歌。鄰里叩門，爭看物來相府；妻孥動色，喧傳恩到貧家。

更有福字一箋，爲老母今秋九十之慶。枚伏思，福也者，求之在己，而降之自天者也。天子爲九重福主，錫之以與相公；相公爲一路福星，分之以與士女。雲藍紙好，光生柏葉之華；煙墨香濃，秀奪梅花之色。北堂懸而慈雲永護，白髮對而笑口常開。不特此也，公之愛士，人盡知之；公之用心，誰能及之！倘南衙筐篚，竟教使者頒來；則空谷煙雲，難作材官犒勞。公慮擾山中之白鶴，特交車後之蒼頭。如取如攜，宛然父子家人之意；式飲式食，剛在椒盤春酒之天。如此曲體人情，纖微必到；自見平章軍國，雨露皆周。物有盡而意無窮，年漸衰而恩難報。所有銜結之忱，理合肅啓佈謝、

爲章太宜人七秩徵詩啓

蓋聞甘泉畫象，金母爲昭；懷淸築臺，巴婦有耀。翠嬀、玄扈，肇始於提甍；彤管絳紗，夸稱於漢、晉。何承天夙承母教，夏侯氏尤明禮儀。皆所以觀地道之成，立女宗之式也。矧璇宫夜織，坐少廣者七十年；天妭朝遊，獲祥麟者三四代。豈可使雲仙彩仵，競奏靈璈；我輩儒林，反無法曲者乎？

恭惟章母黃太宜人，系原江夏，配適河間。年甫及笄，禮成合巹。勖帥以敬，循循帥氏之箴；參和爲仁，媞媞碩人之德。產寶家五桂，剩崔氏雙鴻。我封翁樸菴先生，二豎方災，三珠增痛。遽赴玉樓之召，竟貽漆室之憂。其時堂上尊章，俱無恙也。太宜人瑱環背撤，學嬰兒之事親；概散晨鐲，作季蘭之尸祭。外則漚菅栽漆，園林極土化之宜；內則設鍵安橫，門戶有金城之固。少儀訓子，機聲與夜課齊淸；吉禮嫁姑，束帛與儷皮不忒。爲先靈卜窀穸，禮備三虞；爲戚友饋壺飧，河潤九里。一門春滿，七族風和。崽子伶俜，受小郎臨終之託；彌甥孤露，從嫡嬬拔宅而歸。太宜人哺以膏饜，助其賁篔。卒使阿宜、阿買，都列官階；王悅、王錡，竟成宅相。此豈昔之分甕轢釜，別室銅盤者，所得媲其懿範也哉！

我淮樹太守，奉三遷之慈訓，宜十部之仁風。隴右、姑臧，屢知赤緊；京江、白下，再守黄圖。比清識而水鏡無光，吐赤誠而朝霞失色。平章荒政，開汲長孺之倉；協濟鄰封，貸秦穆公之粟。瀼貐小劫，拔出萑苻；懷磚巨豪，散歸畜牧。決獄則諸囚禮佛，一時之狴犴無寃；興氓則損俸延師，數郡之菁莪鬱起。以故李憲三生之祀，黄昌兩日之歌，業已大府傾衿，閭閻額手。而太宜人猶歉然其未足也。淮樹每遷一官，必申一戒；每平一獄，輒加一餐。定省之餘，詢何以報聖主；含飴之暇，計何以澤窮氓。受翟翟封章，而身服七升之布；居養堂丙舍，而廚捐五鼎之牲。輿臺悉庇於賢雲，侮甬都飲其德水。宜其壽隨年茂，慶與善俱。

以丁酉暮春，爲古稀華旦。時則花明瑞室，月在高櫜。鄒母當筵，依然綠鬢；崔邠側帽，親捧朱輪。仲海、季江，四世之孫曾玉立；前麟後鳳，百年之綽楔風高。古之人雖馮親上殿，荀母從官，象輿婉僤于西清，冠帔頻頒於北闕。迹其榮寵，何以加玆！

某等誼屬葭莩，情深丘里。目擊柔嘉之則，耳聞聖善之風。敢賛旃檀，代揚奇馥；願將閫範，略舉梗端。伏望當代之儒林丈人，文貞學士，不靳煙墨，各贈琳琅。或宣照於五聲，或宏鋪於七體。借文昌遠耀，增寶婺之星光；假書帶芬芳，寫蟠桃之花色。庶幾垂諸方策，即南唐女憲之書；播入管絃，續樂府壽人之曲。

郡文學呂君墓誌銘

君呂姓，名揚廷，字對宸，江蘇常州人也。生卽風神愉定，有顏淵度轂之仁，仲弓舍澤之智。白賁沃若，黃流瑟然。年十九，爲博士弟子。二十二，肄業成均。鄭綏爲儒，呻吟裘氏之地；仲舒好學，不窺廣川之園。凡十祺之變，三象之音，九據之章，七調之曲，靡不穿穴名理，淵通妙靈。

應南北鄉試不售，遂佐周君某爲政陽高。王壽焚書而舞，班超投筆以行。招我以弓，視道若尺。其時有火速軍餉應運會城者，路苦盤陊，人相愕眙。君勇任之。以三十須臾，行七百郵遞。驚虎墜澗，攀枝登崖。卒使龍節如期，魚符應刻。古之人雖子反乘堙，欒枝斲轂；卞莊子之怒目，於菟怯威；太史慈之通章，計吏奪氣：不是過也。

同里友吳啓文病於楡社署中，君從陽高馳馬視之。始而稱藥，義篤眞長；繼而扶輤，送歸元伯。或勸君應秋試者，君泫然曰：「科第命也，友朋義也。吾不以彼易此矣。」其篤行深中，皦皦類是。

君閒居有綢直之心，遇難無倉況之色。測交恥倚魁之行，樹善記昔席之言。蒙厖褫以拯人，阽燋原而跟止。以故丘里慕其風者，莫不證岑鼎於展禽，誓要言於虞寄。兄弟五人，杜欽以小官最著；學生一坐，庾乘以末位稱尊。傳曰上交下交，鋃手如斷。其君之謂歟！以乾隆四十三年卒。其子府學生星垣秀出班行，家傳綈袠。庶乎潘子之後有尼，夏侯之學傳建。連遘陳詞，乞予誌墓。予思夫平子南陽之德，深刻碑陰；康成北海之風，大書瓦屑。亦文人之職役，孝子之終事也。乃仿南朝宗氏墓碣，牒其世系、妻女年齒、葬所如左，而爲之銘曰：

星有光，夜方起；人有名，死未已。亢其宗，更有子。我銘幽，逝者喜。

世系

妻

女

年齒

葬所

孫淵如亡妻王孺人墓誌銘

孫薇省秀才，詩才俶詭，能爲昌谷、玉川家數，予愛偉之。今春二月，以其亡妻王孺人事狀及詩，索予銘幽。予讀其樂府諸篇，哀感頑豔，丁當淸逸。故知完山之鳥，無異吭之嗚；雲和之笙，有雙管之奏。宛其死矣，士也婆娑。彤管既淹，玄石斯耀。

謹按：孺人姓王名采薇，宜黃令光燮公女也。有夭紹之麗姿，愠愉之修美。天女九相，靈芸三絕。年十九，歸秀才。秀才故食貧者，賦感婚時以帛拜代香纓。孺人不概於心，能鋤其色。守成湯嫁妹之戒，捐夏禹修容之粉。調言笯巢和之器，治乾榛饋食之籩。威姑以下，愉愉如也。每至玉女沙涼，金蟲燈小，釵橫三鑠，髻妥半蟬。孺人焚荀濕之香，展排比之卷。或抽觴以啓顏，或論古而交讁。誦靈飛之篇目，王母心驚；成肇鑑之圖章，南海紙貴。秀才愛玩賢妻，有終焉之志。匪云嘉耦，直是吟朋。且其神識，尤異儕輩。常讀王章傳曰：「牛衣妻自賢，奈沮仲卿上書，終是恇怯女兒。」又對落英嘆曰：「人當如渠早謝，慮有憐者；何俟頹侵，才捨恆幹耶？」味其言，直以形骸爲桎梏，晝夜爲一致。采雲留影，曇花愛空。宜其拂衣行矣，便登女媧之丘；執手奄然，難挽靈妃之步。病成解㑊，態失嫶妍。卒年二十有四。

秀才開華鹼之故匣，見都膚之舊痕。哀思夕流，憒泉朝湧。遂乃詣宛若，請神君，執鬼中，玩仙牒。知孺人故是兜率宮掌書者。雖迹涉幽渺，莊士不言；然浴羲女於甘淵，奔純狐於月窟，乃自古記之。秀才鍾情語怪，以妄塞悲，當亦君子所不廢也。以某年某月某日葬某原。

銘曰：驚女鹿佑，楚客問天。緣何彼姝，以此名焉！宜其奄忽，離瑜復位；當景收蘭，臨華龍翠。愔愔孫楚，蟹行綦妃。歌離弔夢，有涕漣洏。榛娥臺高，玻瓈魂杳。定有青鸞，集此華表。

徐君禮珍墓誌銘

夫百卉具腓，而含芳之蘭先隕；朝陽方盛，而棲鳳之桐早凋。秀實難兼，才命兩舛，此哲人所以有沉牖之災，瞑臣所以有火色之嘆也。吾於亡友徐君有深恫焉。

君諱維行，字禮珍，一字芷泉。代爲著姓，家於浙中。遠祖諱嘉者，宋乾道間以侍御史出守平江，愛玩洞庭之幽，遂爲堂里之卜。二十傳至毓菴公，生四子，君其次也。執箕膺攜，卽已岐嶷；束髮受經，更加倜儻。本中生之小心精潔，慕莊周之抱德煬和。如切如磋，聞詩聞禮。睦三昆而旣翕，合七族以宣仁。或立文翁之堂，親炙筆研；或捨周瑜之宅，安宿賓朋。或共建宗祠，司屬役賦功之事；或首襄荒政，竭義漿仁粟之供。凡丘里所錯憚者，能以身先之；庸流所辟倪者，必以智決之。

長兄西圃，先與余交。招遊石公，小住君舍。如彼然明，一言稱善；遂爲伍舉，兩度班荆。當其作六日之留，通一家之好。時則露凝夜燭，風警晨烏。莱甲庖丁，終宵置具；仲霜季雪，排日娛賓。余心感焉，如鷲戴石。而君猶殷殷其未艾也。

次年，拕技硎之小艇，補春餘之墜歡。桑娣臨波，濟尼在坐。月白勝水，人嬌當花。至今王侍中之才語蟬嫣，孔北海之音情頓挫。余雖老矣，何敢忘諸！不圖龍華之會未終，香火之緣已盡。明淫入戾，夢厲生災。以庚子七月病篤，召其弟心梅屬曰：「修短數也，我無所恨。然頗貪沒世之名，必藉傳人之筆。汝其爲我持幣乞墓銘於簡齋先生乎？」語畢而逝，年三十有二。嗚呼，痛哉！

人之生也，輕同聚沫；人之死也，速甚驚飆。靑曾黄須之推移，鸐芮斯彌之變化。彭殤同盡，顏冉何悲！然而元相臨終，遺文盡交白傅；荀郞雖少，後事竟託鍾君。亦可謂神理之無差，交情之素定者矣！以某年月葬於某。余不能躬趨馬鬣，親薦溪毛。所冀名在月中，仍復闞侯之位；書留楹下，永昌晏子之家。

銘曰：咸池五車，氣通具區。降此淑靈，實生士夫。愔愔徐君，蹲循不爭。神出五寸，志入四行。可以測交，可以樹善。語笑未終，天風吹斷。楚鐸淪響，周鼎沉沙。衡星噴景，難掩光華。我欲攜劍，弔君之墓。不挂崆峒，挂君隴樹。

陳淑蘭女子詩序

蓋聞天章有七襄之製，知織女原近文昌；璇璣迴八角之文，羨閨秀能通河洛。倘但稱針博士，而竟乏思功；或喚作女大家，而徒知陰教。是則夜來善繡，大捨知書，不無遺憾矣。

若金陵女士陳淑蘭，則不然爾。其早辨四聲，工傳三絶。銀釭五夜，牙管一雙。薄華鈆爲辱金，借詩書作膏沐。拂來十指，春浮三月花光；寫入雙蛾，秀奪六朝山黛。當夫紡磚月墜，鏡檻風低；茗浮鮑氏之香，絮散謝家之雪。往往流連光景，陶寫風情。揮毫而玉釧徽鳴，舒紙而粉痕輕落。直可傲左芬於晉代，追三妹於劉家。

然而僕有感焉，尤有幸焉。從古星來天上，不患無才；仙謫人間，最愁失偶。倘或戚施枉配，茵溷空投；或扇棄秋風，或歌傷暮雨。是則心珠夜炳，不無淒緊之音；意蕊晨飛，頓少風華之色矣。而孰知所適鄧十郎者，亦白門之佳士也。詞標黃絹，曲譜烏絲。分涼作荀粲之憐，入室下樊英之拜。湘蘭一朵，常攜素手同看；園竹萬枝，能使全家盡綠。雞鳴窗而郎起，香沉水而妾歌。疊韻雙聲，吟聞戶外；唱予和女，曲在盤中。刻燭拈題，競賭八叉之韻；拔釵沽酒，爭爲一字之師。雖秦嘉之詠素琴，倘慚薄報；而高柔之服賢婦，敢不終身！眞可使蘇蕙羨其聲華，薛媛慕其福慧也已。

且又久著繡銘，慣裁花骨。不藉研神之記，自成手狎之文。字字生芒，泯盡險韻之迹；絲絲入扣，橫生彤管之輝。非白傅之什不吟，卿眞知己；惟士安之序是索，女亦門生。遺我一縑，繡詩兩首。作香閨之潤筆，求駢體之擅場。僕也霜雪盈頭，久傷才盡；珠璣滿目，又覺情生。製作垂簾，出入樂醬花之拂；加添闊幅，分明當錦緞之貽。報以數行，弁諸卷首。庶幾此日讀靈飛之篇目，王母驚心；他年獻南海之鑑聲，唐宮動色。

劉霞裳詩序

夫雲霞雕色，有踰畫工之巧；蘭蕙吐氣，能奪迷迭之芬。天所相者，人不能爭；中所無者，外不能鑠。是以杜驥早聰，勝於倘子之晚研也；高鳳溺苦，不如枚皐之夙悟也。梁簡文云：斯文未墜，必有英絕領袖之者。劉生霞裳，殆其人歟！

霞裳者，山陰劉念臺先生之五世孫也。產自清門，羊舌之族本大；生於息土，仲容之姣無雙。楊收四聲，早辨神口；陸雲十六，便舉茂才。秀出班行，獨師懷抱。以虔儇之逸性，當慘綠之少年。未免粉白修容，膠青刷鬢。瑤光奪壻，粥粥爭迎；顧協晚婚，綏綏求配。摩登攝去，將阿難戒體摩挲；裴讓測交，與孝基私情款狎。終日酕醄於酒肆，一船橫濫於秦淮。絕學捐書，遷蔺變飽。致禮法之士，飛言如雨，而霞裳逌然不顧也。以爲日月含蟲鳥之瑕，不妨麗天之景；圭璋無瑾瑜之匿，斯爲前席之珍。古之人忽細德之險徵，作風雲之奢闊。賈逵通健，借袴便行；元孚沉酣，負坻遽走。思話自纏腰鼓，征西好佩香囊。凡此儻蕩佁張，夫亦何傷於奇士乎！

則有賡餘主人，張三昧之燕，騎兩家之驛。招余目色，彼此心傾。問字則甘作侯芭，遊山則願爲禽夏。遂乃掎裳連襪，負笈從征。台宕訪春，匡廬觀瀑。星飯黃海，水嬉洞庭。聽仙奏於幔亭，候初曦於衡嶽。當是時也，江中潮起，似答吟聲；馬上花飛，欲催綺語。對奇峯而筆健，折芳草以情深。或弟子僎言，請更一字；或先生低首，爲賞數聯。道衡爲文，使顏籀掎摭；仲寶搖管，招彥昇酌商。取聰明智慧於陸眷口中，學柱指鈎絃於師襄手上。五年來，油油焉，翼翼焉，其聆音識曲，授色知心，雖莊惠濠梁，鍾牙流水，無以過也。

今年春，從二萬里而還，有三百篇之製。淸章雲委，藻思芊綿。振敏絃之逸曲，鏘經鍾之雅調。余勸其板而行之。霞裳瞪然，堅謝不敏。余曉之曰：「昔崔瞻舉世重其風流，致才華見沒，良可惜也。子以輕剽單慧之姿，加旭歷銳銀之學。余豈不知，似川方至，如日在東，方將奏遙響於鈞天，何必蜚英聲於早歲哉！然而休文遲暮，才遇王筠；元則門牆，最憐雕武。趁予夜燭，助爾晨燈。好東滔繩，同爲商榷。庶幾初荷出水，百卉斂華；雛鳳鳴霄，萬流傾耳。此日波瀾莫二，杜陵識所由來；他年秋夕諸篇，元相存爲少作。

贈儒林郎翰林院待詔厚齋項君暨姚安人合葬墓誌銘

君諱庭模，字啓東，號厚齋。祖寧菴公由徽遷杭，不受耿逆僞命，歿祀西湖。父文松公，州司馬，素襟淸尚，遠迹崇情。賦江總之修心，佩朱穆之崇厚。固知兆楊環之休，衍何籌之慶矣。君生而愉定，長更徇齊。蔡謨通明，人呼朗伯；君游倜儻，世號聖童。八歲時，父體不斟，私詣吳山神廟，祈以身代，病果得瘳。童子何知，至誠則動；玄穹雖遠，有聽斯卑。弱冠補弟子員。英聲揮綽，庶士傾風。見者以公輔期之。

先是，文松公達人之見，學陸賈出裝；愛子之心，爲薛包分產。君道節分易折，枝拔自傷。富在趣時，不在歲司鳩羽；金能自化，何必責收薛中！於是盡合許武所分，助以南申奮費，貿遷禺筴，布置牢盆。志入四行，神出五寸。遂振白圭之舊業，法孔氏之雍容焉。然而燕雀所賀，非鴻鵠所欣也；紈袴所甘，非志士所願也。君以爲華身不如華國，多積尤貴多文。懷西笑之心，作北征之賦。乃以家事交其兄端友公，而已則由鄉貢入太學。崔稜一到，舉坐禁聲；太初將臨，名流拂席。或賫刺走尋，或致書結納。犖以爲蔡公儒林之亞，賀生達禮之宗，非君莫屬焉。

庚午，舉順天鄉試，甲戌，補翰林院待詔。方領矩步，久著風規；玉府木天，更嫻掌故。以詩受知於愼郡王。東平辟士，特取吳良；梁孝延賓，最高枚叔。於此應觀翰音之登，慶茅茹之拔矣。不意蓬山路遠，風雪易侵；長安久居，金貂就耗。丙子春，以事罷歸。公業遊宦，田園半蕪；息夫丘亭，侯名空富。君以爲青蚨可去而復還，荆樹易凋而難茂。寬學繆彤之閉戶，不問馮諠之治裝。決意中興，空拳搏戰。漸看珠熟，不怯錢荒。會太夫人年衰臥病，君奉佛爲醫，因心制藥。上池飲而穀食安，晐華榮而蘭芽茁。逮至萱堂以壽終，而君年亦將老矣。

遂乃路遊東粤，論著桓寬。爲羣商籌出納之資，爲內府核盈虧之數。雖韓嬰精悍，公綽聰強，不是過也。已而還鄉訓子，顧己尋涯。啓樊重之居，大開瑞室；倣君卿之俠，招致清流。則有杭菫浦、吳西林、王沚堂、汪西灝諸君，大雅扶輪，升堂接踵。酒鎗宵擲，詩牒晨飛。旗鼓相當，珠璣亂灑。奉夏侯以四馬百人之食，但覺其豪；置春申於一梟五散之間，各行其樂。蘭臺諸彥，盡文陣雄師；金谷主人，爲騷壇領袖。余以己亥之春，掃墓聖湖，亦得送抱推襟，與分一席焉。王、楊盡逝，傷李嶠之獨存；羣、紀齊交，欣孔融之有幸。故鄉金蘭之簿，雲霞之交，微斯人其誰與歸！

君雖身在丘樊，而心存葵藿。道小草雖微，都知向日；羣峯在下，誰不尊天！以故陳咸思入都中，楊僕恥居關外。皇上南巡江浙，君兩祛高蹶，星夜迎鑾。湛露所濡，龍光必照。恭逢乾隆五十年正月四日皇上舉行千叟宴禮，君年逾花甲，應詔赴都。當是日也，萬春始華，千齡方旦；百神薦祉，五老來朝。散太極之飛泉，開八荒之壽域。君得與濟濟耆英，皤皤元老，屬戻其間。樂聽九韶，酒斟百末。鶴髮耀乎丹陛，鳩杖錯於彤庭。朵殿香烟，歸猶未散；天家頒賜，重不能勝。皇上賞文綺雕盤奇珍無算。欽定所呈詩册，入萬壽盛典。昔桓榮陳車服於庭前，夸示子弟；韓翃寫姓名於屏上，許作詩人。以古較今，於斯爲盛。

君疾惡如風，赴義若熱。蔭暍人於樹下，見善必先；回寒谷於律中，惟力是視。在衢州有孕婦不能踰嶺者，在京師有僕人不能遠娶者，君傾囊助之。劉翊舍其車馬，不告姓名；趙熹濟及婦人，同聲稱祝。君之陰德耳鳴，皆此類也。

委化之年，纔六十有八。遺命棺衾，悉從儉約，祗設伯夷之杅水，供茅君之虛位而已。嗚呼！君黽黽之思未終，槃槃之才乍展。崔駰巨儒，位終邑宰；管輅絕學，官止府丞。命之以存，數難強也。然而信義孚於人，忠誠格乎物。辨岑鼎者，必取信於展禽；作誓言者，多要盟於虞寄。采采蘭訊，置驛通賓；蛇蛇碩言，聆音識曲。今雖九原不作，五噫空歌。而聞風追溯者，誰不對酒而憶公榮，臨風而思玄度哉！

夫人姚氏，雲臺望族，東里名媛。凡浣石建之中衣，聯姜肱之大被，炊黔敖之粥，指子敬之囷，莫不贊自閨闈，助之簪珥。補班昭女誡，作顏氏家箴。有脊有倫，如幾如式。先君一年卒。子墉秀出班行，耽心聖籍。通五際微言，識六家要指。可謂潘氏之門有尼，夏侯之學傳建矣。以某年某月某日奉柩合葬於某原，禮也。嗚呼！武擔山上，任文公何日歸來；靈芝宮中，王平甫此時復位。

銘曰：文饒髫齡，號張曾子；君懷至性，孩提如此。賜不受命，商可言詩。蜚聲閬苑，金躍飆馳。富而能施，學如不及。盲禿傴尫，皆君所活。身雖逝矣，情倘蟬嫣。其纓禁綬，其容簡連。化臺裨窟，石秀土堅。定生福草，書帶芊芊。

贈中議大夫孝廉隱谷孫君暨范太淑人合葬墓表

夫熱中者務進，齋神者主守，慕古者絕俗，兼愛者喪我：四者殊轍，折中難焉。若不夷不惠，非仕非隱，清名尊於士林，厚澤沾乎鄉邑，所謂得天獨全，與道大適者，我隱谷孫君，眞其人也。

君諱宗濂，字栗忱，一字隱谷，杭州仁和人。幼而岐嶷，長多閎覽。少與兄宗溥，才名並馳。躍豐城兩劍，飛平輿二龍。兄既入翰林，官給諫，君亦登賢書，上春官，不第罷歸。

當是時，君以藺成射策之年，曼倩上書之歲，舉頭見日，呵氣生雲。孰不思三沐三熏，再接再厲。而君志在幽履，意薄軒朱。停計偕之車，占肥遯之卦。以爲四科尙鄙貨殖，三旌不換屠羊。貿遷所以厚生，推解可以樹善。何必戀此微名，效碌碌者蘇而復上哉？

於是陳揆五行，炊累萬物；因其壖鬻，立以駢牢。范蠡能謀，秋儲善算。蓋不數年而貪賈降心，研、桑側目矣。雖然，能聚而不能散者，倚魁之行也；能散而不知道者，刁墨之民也。君以爲萬善所先天倫之事，百年難得孝養之豐。於是廣鍾嶸之居，潔君魚之饌。仲江、季海，擁侍無方；北雁晨鳧，應念卽得。太夫人病亟，君戕體暗室，投冀有靈。讀禮三年，毀幾滅性。幸封翁之常健也，乃聚同志以博歡心，極宴嬉以永愛日。凡三儒五墨之客，雕龍炙轂之賓，及冠竹皮，帶櫑具，善格五，妙彈棋者，莫不掎裳連襪，酒賦琴歌，蓋所以養曾參之志而成孟公之名者，其在斯時乎！

且又義重嵩、衡，財輕築籜。骨肉粲而不殊，戚里待之舉火。乙亥歲大祲，出粟千石，饑民鳧藻，旱魃失威。大吏請旌於朝，君猶欿然於己。其友陳明府廷獻，遠官雲南，君代爲治裝，資其捧檄。旋以憂歸，貧不能償。君益自喜，謂成渠廉吏，不負鮑子之金；償我素心，速焚田文之券。疎戚吳某寄食於君，齒猶未也。而君爲營美櫬，曰：「使及其身親見之，安死後之心，豫凶何害；慰老人之志，引養彌長。」僕因之有感矣。

夫君子在上則美其政，在下則美其俗。其假人也，不德不責；其食人也，不使不役。是以周尊九藪，漢重八廚。子夏恥礫仁，齊桓畏宿義。散貲錢，郭霞因之稱英雄也；犒牛酒，樊宏所以頌盛德也。彼夫穴管之見，眠娗之流，高踞台衡，終歸隴斷。魚魚逐隊，躐躐稱廉。何曾有益蒼生，書勛彤管也哉？方知尊不在官，賢不需位。蕭育卑官，是杜陵男子；蘇純儒士，號三輔大人。君之謂矣。所嘆者，善人是富，生可無慚；造化無心，奪之偏速。君雖持粱刺肥，何嘗燒其爛蠡；靑芝赤箭，亦足保其谷神。乃精神淵箸，而體不能充；服散雜投，而藥終無效。疾深三縛，形敝五倉。竟以不起。嗚呼，痛哉！玄髮歸泉，垂髫扶柩。鄰春不相，薤露空歌。

說者求其故而不得，乃疑君爲善近名，拯民所阨，得毋萇叔違天而有咎，伍胥逆行而生災乎？余謂君逸情雲上，陰德耳鳴，生雖有涯，死而不朽。斯則壽之大者，又何必與玄鶴齊年，共靈椿爭歲耶？

夫人范氏，卽母太夫人姪也。鍾瑾母妻，李膺姑妹，兩重骨肉，一脈心情。洗手作羹，供張梡嶡；和衣侍疾，親滌楲牏。君旣歿，奉事封翁，扶笻林下，忘西河之傷；含飴花間，看諸孫之長。折葼立敎，拾芥成名。奉繡佛以淸齋，誦般若而終老。君之得成夙志，夫人與有力焉。

先是，君好廣置曹倉，精排鄴架。壽松堂中，有嫏嬛祕笈，伯山漆書。會朝廷開四庫館，令嗣仰曾獻二百餘種。天子嘉之。御題乾道志原本，還俾珍藏。賞佩文韻府全部，以彰寵眷。王氏兒賢，守江左青箱之學；班家恩重，賜內庭册府之書。倘非燕翼貽謀，安得龍光照耀？嗚呼榮哉！

君以覃恩，贈中議大夫。子三人，仰曾，鹽運司運同；傳曾，甲午舉人，候補中書；儀曾，國學生。孫某。以某年某月某日與夫人合葬於某。

小倉山房外集卷八　補遺

禮親王世子詩序

世子以天孫雲錦之才，兼淮南食時之敏。清襟蘭郁，逸藻雲飛。德無常師，詩兼衆體。或詠物則明珠九曲，上手能穿；弔古則夏鼎千年，聞聲欲起。或題畫，而烟景都生紙上；或懷人，而珠璣盡落風前。豈徒河間輟絃，且使東阿却步。所謂星分少海，定有奇光；籟洗銀河，自饒仙氣。福慧所鍾，非偶然矣！

乃復禮士親賢，撝謙請益。鈞天雅奏，空谷傳來。不棄衰偃，敎之加墨。枚久居物外，忽聞緱嶺之笙；翹企層霄，竟聽賓雲之曲。回環雒誦，齒頰生香。已爲老子之踞觚，敢不瞑臣之蹋足。蘿邊寵命，恭綴小言。以莛叩鐘，將蠡測海。此日觴開八秩，強作江郎才盡之文；何時夢入九重，來賦梁苑初升之月。

思元主人詩序

山中風好，天上書來。捧碧海之紅珠，珊瑚尚濕；解王孫之雜佩，漢璧猶温。大恩歷己以心驚，薰沐開函而下拜。方知主人爲高陽之鞠子，本帝禹之精苗。翠鳳棲桐，丹魚在藻。年裁弱冠，早登蕭氏文樓；思若流波，不數魏家典論。或慕唐宮進士，作賦千篇；或學魯國諸生，誦詩三百。詠物則絲絲入扣，歌風而飄飄淩雲。偶託巵言，以儒爲戲；時參妙諦，著手成春。無一言不深入玄中，無一字肯寄人籬下。溯天潢之派，波瀾自異人間；披帝女之桑，枝葉都非凡卉。所謂羲車五色，雲蓋千層；江漢水深，風雲天闊：未足方其映麗也。

更復飛耳審音，傾衿禮士。以謙虛爲坐薦，兼覽百家；奉走卒爲神師，不遠千里。憐長途之老馬，索弁語於空山。

伏念枚，轅固齒衰，僧虔筆禿。赴京兆鹿鳴之宴，尚待明年；試乾元鴻博之科，已周花甲。方掩扉以終老，忽大任之相加。有若五鳳樓成，修補命編茅之匠；九天樂奏，賡歌招擊壤之氓。其能無忍愧於顏，知難而退哉！

然而投瓊太重，結草無期。寵命既宣，堅辭更妄。此日聞呼必諾，敢逃聲於牙、曠門前；何時著翅飛來，得隅坐於鄒、枚席上。

陳檢討塡詞圖序

塡詞圖者，前輩其年先生遺像，其從孫望之中丞所摹刻也。先生太丘世德，岳珂原少保之孫；驚座家聲，蘇過是黨人之子。伯始少聞庭訓，元方早負時名。氣得春先，思爭花發。審韻則解呼雌霓，揮毫而慣賦雄風。浸淫百家，足抗班香宋豔；鎚爐五典，能兼樂旨潘詞。

恭逢我聖祖仁皇帝立賢無方，求才若渴。掩八紘而取俊，闢四門以達聰。特開博學之科，許入鴻文之館。先生彈冠拜命，簪筆登朝。折紅杏於瓊林，花皆富貴；聽鶯聲於上苑，鳥亦聰明。掞天而色煥雲霞，擲地而聲流金石。高文典册，九霄傳司馬之詞章；風語華言，舉世誦香山之樂府。未免國風好色，我輩鍾情。李翰文枯，便奏音樂；景文修史，旁列紅妝。或吟罷而卽令傳抄，或曲終而重爲按拍。流目送笑，有美一人；嚼徵含商，教其三弄。開第孝侯之里，遠山青入眉邊；浮家少伯之湖，春水綠湔裙色。傾耳當筵，樊素一串歌喉；費他記曲，韋娘幾升紅豆。墨磨卿手，釵掛臣冠。眞可謂風流人豪，自成馨逸者矣。

則有技擅虎頭，巧超周昉者，爲寫傾城顔色，兼傳名士風流。一則長鬣飄蕭，拈花微笑；一則雲鬟窈窕，對酒當歌。有晬其容，美矣麗矣；呼之欲活，是耶非耶？蘊藉衣帢，勝瀛洲十八士之畫；玲瓏指爪，宛霓裳第三疊之圖。

於是廣召名流，各加題品。傳諸好事，同作解人。霞駁錦摛，皆一榜登龍之彥；箏歌墨舞，聚三朝吐鳳之才。百斛珠璣，爭飛紙上；六朝金粉，半墜行間。豈非希世之丹青，傳家之墨寶也哉？

中丞本高陽之後，世有通侯；生通德之門，出而開府。當燕寢凝香之際，欲賦閒情；抱芬芳悱惻之懷，難忘祖德。集羣賢之佳什，遂甲比以成書；因後進之同科，乃郵筒而問序。

枚弱齡弄翰，卽慕蘭成；老去看花，常懷騎省。當聖主登幾之日，卽鯫生入洛之年。盛典再逢，公車被召。遲公五十七載，膺黃之恩詔重看；徵士百八十人，慘綠之少年得與。當時陳寔，渺矣晨星；此日袁宏，公然碩果。辱教弁首，卷中影照驚鴻；竊喜華顛，紙尾偏叨附驥。嗟乎！名流何限，審音不乏替人；詞客有靈，孔璋也應識我。指點吹簫仙子，揣量題帕神情。不憂才盡江淹，只恨生遲杜牧。欣團扇覩放翁之貌，老眼頻揩；似眉山題太白之眞，音塵若接。假使操絃度曲，恐難分絳樹之雙聲；若教駢體論文，喜早竊南豐之一瓣。

宮閨雜詠序

宮閨雜詠者，邵明府無恙先生所作也。先生劉輿才長，晏嬰身短。以潤古雕今之筆，寫芬芳悱惻之懷。遠結古歡，工爲才語。拾鉛華於彤管，遷次就班；散烟墨於香奩，無徵不信。上稽瓠史，旁及稗官。意蕊雲飛，但願佳人再得；葩華蓱布，能教逝者重生。妙手白描，隱隱呼之欲活；音塵若夢，姍姍怪其來遲。較王母之從仙，已過十倍；考劉向之列傳，更極千秋。尤奇者，褒牝雞爲樛木，儷玄妻於湘君。南子因拜聖傳名，啓母以生賢換局。哀其窈窕，輒神往而曲致纏綿；縱有過差，亦心憐而巧爲開脫。華言風語，寵柳驕花。萬古蛾眉，一齊膜拜。韓嬰曰和者好粉，有殷勤之意者好麗，其作者之心情乎；揚雄云綠衣三百，色如之何，其編排之人數乎？

一時目論者，動謂貴賤雜羼，貞淫奪位，蕉萃與姬姜並列，勾欄偕袞冕齊登。譬之蘇峻與唐堯，何堪對坐；法興詣江淪，定喚移床。未免擬人失倫，歌詩不類。不知宣聖采風，鄭、衞與周南相繼；武梁畫象，萊妻與曾母偕描。歡喜海中，人天同隊；虹霓屏上，姹女紛來。揆厥初生，都是媧皇苗裔；考其世系，誰非堯母門楣。五際宏開，八風並奏，此詩教之所以爲大也。

至若天女摩登，地祇富媪，如來之妻法喜，昴宿之耦梁清。太玄賦之清要承戈，眞誥篇之靈簫匏爵。娟娟此豸，全屬荒言；概用删除，具欽卓識。

頊蒙先生遣使，索我弁言。嗟哉！賜也賢乎，老夫衰矣！春蠶未死，剩有餘絲；蟾魄將沉，空留殘照。一旦深情帖下，士女圖來；恍若羅袖排門，翠笄窺牖。手披靈笈，儼金屋之裝成；目炫花牋，似仙裙之留住。因之望古遙集，忍俊不禁。雖國風之好已終，而見獵之心忽動。廣披竹素，再作搜牢；獻斁首嫗盈等六十人，合周天之數。以多爲貴，足張娘子大軍；美不勝收，盡黜虞初小說。凡北里志、妝樓記、情史、豔史等書，美人不下三千。恐師丹善忘，不無滄海遺珠；而束皙補亡，或者彼姝知我。

清娱閣合刻詩序

夫合璧必須雙耀，偏絃不可獨張。當天下有道之時，我紱子佩；喜家室和平之日，鼓瑟吹笙。典籍所傳，人風可愛。然而星名織女，不近文昌；鳥號鳴鸞，或隨啞鳳。盤中伯玉，後無嗣響之音；天壤王郎，轉有不平之歎。得毋兩美，不許齊眉。天豈無情，人偏有憾。乃余讀清娱閣合刻而有異焉。

合刻者，京江張舸齋居士與其室鮑茝香夫人所作也。一則江夏黄童，天資超絶；一則宋家若憲，質性靈明。未納幣而戚里稱才，已結縭而房中有曲。女兮窈窕，士也婆娑。或吐石含金，共作雙聲之奏；或鈎心鬭角，爭爲一字之師。拈毫則雙管雲飛，聯句而並頭花發。既切磋於枕上，遂偕老於詩中。眞可謂異曲同工，雙烟一氣者矣。

雖然，言者心之聲也，詞者意之表也。倘片時目反，則眉黛難描；六鑿情乖，則宮商不應。作者俱能含章司契，抱德煬和。夫憐而尉體分涼，婦淑而拔釵款客。親調美膳，人游護世城中；勸散義錢，名播金蘭簿上。當其茶烟濕鬢，梨雨催妝；邀月圍棋，折花射覆。皆詩中語。問字於掃眉才子，妻卽先生；徵文於坦腹郎君，卿眞吟伴。寄遠則裝棉恐後，當歌則得句爭先。亦詩中語。若非福與慧兼，才同情擅者，其能兩集編成，三公不易也哉？

僕桑榆之景暮矣，通家之誼久矣。初與步江居士，韓、孟聯交；繼與雅堂省郎，紀、羣作友。今歲再遊天台，弭節京口，又得見蔡氏文姬，劉家快壻。夔、牙並奏，孔翠羣翔。是有緣焉，何其幸也！更蒙推許，謬諉題詞。嗟乎！文通夢中之筆，久被郭璞追還；玉臺新詠之篇，敢不徐陵作序。

公祝奇麗川中丞五十壽序 代

葢聞兩戒山河，江左是歲星所照；百年上壽，五旬當受爵之初。況開府之邦，三吳勝地；神明之頌，萬口同聲。則凡身受陶鈞，耳親提命者，其敢不寫晝錦於屏風，奏雲璈於燕寢也哉！

恭惟麗川中丞閣下，雲在絳霄，靈鍾丹水。年裁弱冠，便簪上苑之花；官飲秋曹，屢擅祥刑之譽。內辭郎省，外作監司。褰帷則劍閣雲開，揚旆而桂林風暖。江南有福，扇仁風者將及十年；桴鼓不驚，持節鉞者又過三載。公之雄才大略，人盡知之；公之行事居心，伊誰諒之！

今夫聰明者，每失之刻；公正者，或流於迂；警敏者，待物少眞；幹辦者，操心多蹙。公則容光必照，何須察察爲明；著手成春，不肯沾沾自喜。愛惡必形于色，使百僚知所從違；成見不挂於懷，故方寸毫無適莫。案牘似秋來之葉，風掃皆空；吏胥踏冰上而行，心皆自怯。獄無小大，必與平章；官有賢聲，都膺特薦。憫東征運糧之卒，給賞棉衣；坐南衙淸德之堂，別張賓館。劉弘不設從事，而澄鑒如神；包公洞開重門，而關節不到。繫詞曰：「惟深也，故能通天下之志；惟幾也，故能成天下之務。」公之謂矣。

尤奇者，今秋黃河水決，高堰堤危。公駕一臨，而風伯回輪，蛟龍避道。適有雲南運銅數巨艦，沉入波中；頃刻金精變成銅墻，抵當風浪，得下芻茭。公乃捐俸以祀馮夷之神，撈銅而免滇員之累。亦可想見人天協應，福德兼隆之明效焉。且夫處脂膏而不潤，人笑君魚，入寶山而空回，誰爲王烈。牢盆有例，獵較何妨。公乃身署鹽官，心遊雪嶺。秋毫無染，半菽自甘。凡在旁觀，都嫌太過。直至淮西事發，而牛奇章簿上無名；都護賕聞，而宋廣平殿前獨對。然後知公之高掌遠蹠，燭照幾先，此豈中才以下所能企及者哉！

然而公猶慊慊然不自滿足也。大行不加，鑴本色書生之印；小善必錄，藏故人殘稿之詩。謂幕友侯枕漁遺稿，交隨園入詩話。屈八騶而病訣黃堂，聞風者皆爲泣下；謂馮太守。閔遺孤而時遺白鏹，感恩者直到泉臺。公待孫春臺撫軍遺孤最厚。庭誥傳家，義方垂訓。都下郎君之薪水，俱有章程；階前執事之紀綱，半通文墨。求賢若渴，布衣皆與平交；觀過知仁，相士都從格外。裘輕帶緩，苛禮全除；風語華言，拈花微笑。諸葛君之張廬設竈，盡是經綸；謝征西之置展裁裙，總教得所。至於取沐鶴溪邊之箭，射必穿楊；製風輪海外之燈，光能奪月。拈一韻而風人擱筆，餽一藥而貞疾恆瘳。此又名臣游藝之餘情，菩薩神通之末節也已。

今者嶽降台星，値趙衰可愛之冬日；籌添海屋，折王會曾賦之梅花。公有和高啓梅詩九首。某等身隸幷幪，銜參鈴閣。或遠離千里，批牒常頒；或近侍崇轅，光風時接。見王丞相而人人意滿，對樂彥輔而個個神清。池中欲舞神魚，境內皆生福草。分大賢之仁壽，活全省之蒼生。恐傾東海之觴，難效麥丘之祝。敬陳皇邸，當作悝鑪。讖不取諛，事皆從實。此日立言立功立德，儘書十二金鵝；他年杖鄉杖國杖朝，再付三千銀管。

恩賜世襲雲騎尉羅漢門縣丞陳君墓誌銘

當鐵雨金風之處，獨標碧血爲國殤；以哦松射鴨之官，忽作鬼雄於海島。人斯忠矣，典亦隆焉！

公陳姓，諱聖傳，浙之山陰人。曾祖理，慕蘇桓公號大人，有何比干之陰德。官廣西司獄，因寄籍焉。祖廷綸，官按察使；父齊襄，官江西廣饒九江道。公幼而徇通，長尤愶定。以乾隆壬午舉人，得鹽場大使，候補福建，兩充同考官。助朱衣之點，莫濫齊竽；拔毛穎之錐，共推秦鑑。秩滿，例轉知縣，忤上官意，調補順昌丞。仁風不墜，中牟競說魯恭；鸞鳳偶棲，蒲亭頗聞仇覽。中丞徐公，命權長樂縣事。年餘，仍調臺灣丞，駐劄羅漢門。檻可觀魚，方靖鯨波於碧海；篇懷寶劍，竟招殺氣於蠻疆。蓋不數月而林逆之難作焉。時乾隆五十一年十月也。

公奉委守斗六門。斗六門者，臺北要區，賊攻甚力。公以枳棘一枝，固藩籬於絕域；赤棒二挺，撻戈戟於千山。契箭傳呼，革言三就。葉公免胄，民見面而心安；子產成列，盜聞風而氣奪。我心匪石，衆志成城。十一月朔，賊大至，豺牙宓厲，雪刃如林。虺毒潛吹，黑雲壓地。公本書生慷慨，作名士指揮。挺丈八之矛，鳴兩甄之鼓。惠施力小，操表綴以臨城；韋子才高，變徽章而誘敵。怒喝則雲中鴈落，橫揮而刀上毛生。激以義聲，空拳皆爲明鏑；置之死地，烏合盡作鷹揚。蓋寇來而却走者數矣。

無如短袖難舞，危條易風。以井堙木刊之餘，當蟻聚蜂屯之衆。紙鳶信絕，銅馬跔張。正月二十一日，賊又至。公自知衆寡不敵，乃鳩村民百餘，分爲兩翼，以便夾攻。雖一個宜僚，足當五百；而孤身楊僕，難召千夫。矢射營中，王霸焉能安坐；瘡生壺口，馬援不冀生歸。振臂而瘡病雖興，歃血而鼓聲忽死。或勸公退，公叱曰：「吾祖父世受國恩，此我報恩死義時也。」與僕顧景馳二騎直入賊營，大呼我縣丞陳某，特來諭汝降也。賊怒橫加矢石，遂遇害於溝仔背莊。公死時，距王師平臺又十閱月矣。

嗟乎！公之節，人盡知之；公之心，或未諒之。當夫矢盡道窮，勢孤援絕；棄城而走，誰能遠責張巡；赴敵而亡，亦足追風周處。而乃頭可斷而氣尚雄，口將閉而聲更厲。不肯伀㦗塞責，尚思操刺成功。當時文紀入張嬰之壘，昌黎伏廷湊之軍。皆以捐命妖巢，收功虎穴。使蛾賊稍爲天誘，狗奴不復崖柴，則醜類無迷復之凶，神聖有包荒之量。不勞天兵於萬里，全安海國之羣生。公之功不世出矣。無如事合前人，而成敗異也；氣吞小醜，而聲勢孤也。叱馭聲高，初效霽雲斷指；致身事畢，終爲溫序銜鬚。嗚呼，痛哉！

公嘗遊會稽山，遇道士，授一古鏡，曰：「爾生平事業，可於此鑒之。」後官閩中，嘗對鏡嗟吁。及渡海，謂家人曰：「吾明年其死於難乎！」家人駭問，終不明言。是則張悌不去軍中，前期早定；郭璞自知死日，正命爲難。春秋五十有九。

賊平，事聞，天子賜葬祭，世襲雲騎尉。村人張啓感公生能愛民，死能盡節，爲石函斂公首，加碣標識。故事後得歸元焉。嗚呼！千里歸來，杲卿之髮尚動；一靈不泯，先軫之面如生。元配邵氏，繼配祝氏，例封宜人。子廣潤，以某年月日葬某。

銘曰：茫茫海外，歎歎陳公。原圖保障，遽起兵戎。倜然神勇，絕不怔忪。鳴鞭集衆，投筆彎弓。徽風大隧，射隼高墉。先庚未備，後甲誰從。以死報國，含笑從容。惜哉著述，散失波中。賴有聖恩，恤典優隆。千秋綽楔，鑒此孤忠。

重修錢武肅王廟記 代杭州李太守作

乾隆五十七年，亨特承乏紹興，敬修東府錢武肅王廟，將王子孫文穆、忠懿諸王像配。我聖朝敕封賜祭諸大典，都已詳載矣。今年守杭州，是王發祥之地，而祠廟頹侵，日光穿漏，尤非所以宣國恩慰民望也。謹葺治宏整，而爲文以記曰：

惟王抱囊括八荒之志，退守方隅；以保障兩越之功，恩留桑梓。金虎嘯而風飆動，玉虹起而雲霧消。州領十三，世傳一百。子南夫也，楚國君哉。然當其時，十日並出，不見太陽；八王興兵，誰爲共主！外多銅馬、大槍之寇；內有貫高、蒯徹之謀。王雖崛起臨安，收功宣、歙，而車無兩廣，田少一成。其何以整頓山河，創垂基業也哉！迹其始末，有不可及者七焉。

王除夕鼓琴，戒酣長夜；深宮易帳，費省青緗。警枕橫陳，耳觸銅丸之響；包山板築，身甘運甓之勞。能作詩歌，斥爲餘事；善畫墨竹，不以示人。知天步之艱難，勉耄期之不倦。其勤儉有如此者。

王神勇超羣，當機立斷。或入海而擒徐約，或捲袖以斬漢宏；或假八百以誅黃巢，或擁兩藩而備行密。弓張強弩，江潮避威；文祭靈山，海神借地。絕域之蠻王受册，羅平之妖鳥藏聲。至今百會亭高，奇謀可想；三峯石立，羅剎猶驚。其雄略有如此者。

王館號招賢，殿名握髮。四方之士，連袂來歸；一技之能，芻蕘必采。沈崧誇兩度月宮之到，羅隱比千年河水之淸。胡岳面有銀光，驚呼奇士；何逢陣留戰馬，悲憶將軍。較之鑿齒依桓宣武於襄陽，管寧投公孫度於海外，事相仿也，禮更隆焉。其用賢有如此者。

王除苛解嬈，捍災恤患。纔頒春服，又與冬衣；旣建石塘，還加竹簍。田撈葑草，通水利於五湖；風送珠船，富南琛於四鎭。聞謠諫，而魚租遽捐於使宅；祀蟲天，而飛蝗盡墜於江中。禱寶石之山，祝羅城之水。以老夫之灌灌，作赤子之扶扶。世方蹀血，以事干戈；我且閉關，而修鬣織。漢番君惟効忠於主，徐偃王不忍鬬其民。其惠下有如此者。

王蓋世英雄，依然本色；少年負販，不惱揶揄。拜老嫗於車前，聽喚婆留富貴；唱吳音於酒所，教聽內苑宮商。石鏡重看，王者之冕旒眞矣；金尊分散，滿村之父老醺然。厚待故人，那有夥涉沉沉之歎；矜憐妃子，笑唱花開緩緩之歌。樹披錦以生花，劍倚天而吐氣。其豪宕有如此者。

王生有紅光，空聞甲馬。幼能指羣兒爲隊伍，老猶決勝負如神明。練樓船則甲滿五千，畜海馬則廐盈三萬。假使大人虎變，尙父鷹揚。誓蒼兕以定中原，按黃圖而取天下。作翼漢尊周之舉，必梟雄斬勒而還。上可繼創業之少康，下可作專征之西伯。而王乃守老聃之知足，學子產之惠人。不塡西湖，以待眞主；偶得國璽，便獻中朝。雖風雲進取，非無庾亮之才；而根本深謀，自愛桓沖之計。稱臣納貢，虛而與之委蛇；近交遠攻，坐以觀其成敗。惟承順得四境之安，乃專斷行一王之制。其識量有如此者。

王家有賢嗣，門無雜賓。孔晬孔愉，聞詩聞禮。衛靑三子，襁褓皆侯；神慶一牀，象笏皆滿。夢絲繩之圍宅，兆徵奕世簪纓；張燈山以對門，尤見天家恩寵。魯無篡弑，故稱秉禮之邦；周有遺民，尙愛甘棠之樹。以小事大，本子輿氏之名言；納土如歸，得忠懿王之繼志。較之南唐兩姓，便唱檀來；西蜀十年，遽呼孟入。馬氏之衆駒棧鬬，歸家之九龍帳空。

判若天淵，誰爲姸醜。其家法有如此者。

嗟乎！五朝泡影，國祚幾時；十國沙蟲，音塵若夢。惟王壽享喬松，名高渤海。石床奉佛，銀鹿弄孫。天寶紀元，而當時不以爲僭；雞豚徵稅，而至今猶諒其心。三節還鄉，而恩綸大沛；，二龍避道，而晚節彌謙。玉帶名馬，所好存焉；鐵券金章，榮施極矣。然而漢帝還鄉，魂猶戀沛；留侯封爵，心尚思韓。王生於臨水里之鄉，廟在表忠觀之側。謹以某月某日興工，以某月某日告竣。較會稽棟梁，尤加肸飾。嗚呼！丹青式煥，何如鸞手之寫生；衮冕端臨，倘覩龍神之不睡。讀蘇子瞻之文，倘嫌其簡；覽皮光業之碣，又苦其繁。乃爲銘曰：

唐帝祚終，大王風起。武肅桓桓，天人來矣。日角殊形，星衡異體。有能有爲，知己知彼。能斷不過，得當便止。地建勛州，河開德水。鐵亦知時，鼓能記里。孛淨斗牛，田生仙米。河東竇融，西涼張軌。一樣忠純，九重恩禮。才大志小，終身歡喜。寵極五朝，澤流千禩。聖主南巡，遣官致祭。刲衈奉牲，壇非泰厲。昭示來茲，安行仁義。世世子孫，銜恩罔替。

甌北集　　[清]趙翼著　李學穎、曹光甫校點
惜抱軒詩文集　　[清]姚鼐著　劉季高標校
兩當軒集　　[清]黄景仁著　李國章校點
惲敬集　　[清]惲敬著　萬陸、謝珊珊、林振岳標校　林振岳集評
茗柯文編　　[清]張惠言著　黄立新校點
瓶水齋詩集　　[清]舒位著　曹光甫點校
龔自珍全集　　[清]龔自珍著　王佩諍校點
龔自珍詩集編年校注　　[清]龔自珍著　劉逸生、周錫䪖校注
水雲樓詩詞箋注　　[清]蔣春霖著　劉勇剛箋注
人境廬詩草箋注　　[清]黄遵憲著　錢仲聯箋注
嶺雲海日樓詩鈔　　[清]丘逢甲著　丘鑄昌標點

牧齋初學集詩注彙校	[清]錢謙益著　[清]錢曾箋注 卿朝暉輯校
李玉戲曲集	[清]李玉著 陳古虞、陳多、馬聖貴點校
吴梅村全集	[清]吴偉業著　李學穎集評標校
歸莊集	[清]歸莊著
顧亭林詩集彙注	[清]顧炎武著　王蘧常輯注 吴丕績標校
安雅堂全集	[清]宋琬著　馬祖熙標校
吴嘉紀詩箋校	[清]吴嘉紀著　楊積慶箋校
陳維崧集	[清]陳維崧著　陳振鵬標點 李學穎校補
屈大均詩詞編年校箋	[清]屈大均著　陳永正等校箋
秋笳集	[清]吴兆騫撰　麻守中校點
漁洋精華録集釋	[清]王士禛著 李毓芙、牟通、李茂肅整理
聊齋志異會校會注會評本	[清]蒲松齡著　張友鶴輯校
敬業堂詩集	[清]查慎行著　周劭標點
納蘭詞箋注	[清]納蘭性德著　張草紉箋注
方苞集	[清]方苞著　劉季高校點
樊榭山房集	[清]厲鶚著　[清]董兆熊注 陳九思標校
劉大櫆集	[清]劉大櫆著　吴孟復標點
儒林外史彙校彙評	[清]吴敬梓著　李漢秋輯校
小倉山房詩文集	[清]袁枚著　周本淳標校
忠雅堂集校箋	[清]蔣士銓著　邵海清校 李夢生箋

高青丘集　　[明]高啓著　[清]金檀注
徐澄宇、沈北宗校點
唐寅集　　[明]唐寅著　周道振、張月尊輯校
文徵明集(增訂本)　　[明]文徵明著　周道振輯校
震川先生集　　[明]歸有光著　周本淳校點
海浮山堂詞稿　　[明]馮惟敏著
凌景埏、謝伯陽標校
滄溟先生集　　[明]李攀龍著　包敬第標校
梁辰魚集　　[明]梁辰魚著　吴書蔭編集校點
沈璟集　　[明]沈璟著　徐朔方輯校
湯顯祖詩文集　　[明]湯顯祖著　徐朔方箋校
湯顯祖戲曲集　　[明]湯顯祖著　錢南揚校點
白蘇齋類集　　[明]袁宗道著　錢伯城校點
袁宏道集箋校　　[明]袁宏道著　錢伯城箋校
珂雪齋集　　[明]袁中道著　錢伯城點校
隱秀軒集　　[明]鍾惺著　李先耕、崔重慶標校
譚元春集　　[明]譚元春著　陳杏珍標校
張岱詩文集(增訂本)　　[明]張岱著　夏咸淳輯校
陳子龍詩集　　[明]陳子龍著
施蟄存、馬祖熙標校
夏完淳集箋校(修訂本)　　[明]夏完淳著　白堅箋校
牧齋初學集　　[清]錢謙益著　[清]錢曾箋注
錢仲聯標校
牧齋有學集　　[清]錢謙益著　[清]錢曾箋注
錢仲聯標校
牧齋雜著　　[清]錢謙益著　[清]錢曾箋注
錢仲聯標校

東坡詞傅幹注校證　　［宋］蘇軾著　［宋］傅幹注　劉尚榮校證

欒城集　　［宋］蘇轍著　曾棗莊、馬德富校點

山谷詩集注　　［宋］黄庭堅著　［宋］任淵、史容、史季温注　黄寶華點校

山谷詩注續補　　［宋］黄庭堅著　陳永正、何澤棠注

山谷詞校注　　［宋］黄庭堅著　馬興榮、祝振玉校注

淮海集箋注　　［宋］秦觀撰　徐培均箋注

淮海居士長短句箋注　　［宋］秦觀著　徐培均箋注

清真集箋注　　［宋］周邦彦著　羅忼烈箋注

石林詞箋注　　［宋］葉夢得著　蔣哲倫箋注

樵歌校注　　［宋］朱敦儒著　鄧子勉校注

李清照集箋注（修訂本）　　［宋］李清照著　徐培均箋注

陳與義集校箋　　［宋］陳與義著　白敦仁校箋

蘆川詞箋注　　［宋］張元幹著　曹濟平箋注

劍南詩稿校注　　［宋］陸游著　錢仲聯校注

放翁詞編年箋注（增訂本）　　［宋］陸游著　夏承燾、吴熊和箋注　陶然訂補

范石湖集　　［宋］范成大撰　富壽蓀標校

于湖居士文集　　［宋］張孝祥著　徐鵬校點

稼軒詞編年箋注（定本）　　［宋］辛棄疾撰　鄧廣銘箋注

辛棄疾詞校箋　　［宋］辛棄疾著　吴企明校箋

姜白石詞編年箋校　　［宋］姜夔著　夏承燾箋校

後村詞箋注　　［宋］劉克莊著　錢仲聯箋注

雁門集　　［元］薩都拉著　殷孟倫、朱廣祁校點

揭傒斯全集　　［元］揭傒斯著　李夢生標校

三家評注李長吉歌詩	[唐]李賀著　[清]王琦等評注
樊川文集	[唐]杜牧著　陳允吉校點
樊川詩集注	[唐]杜牧著　[清]馮集梧注
温飛卿詩集箋注	[唐]温庭筠著　[清]曾益等箋注
玉谿生詩集箋注	[唐]李商隱著　[清]馮浩箋注 蔣凡校點
樊南文集	[唐]李商隱著　[清]馮浩詳注 錢振倫、錢振常箋注
皮子文藪	[唐]皮日休著　蕭滌非、鄭慶篤整理
鄭谷詩集箋注	[唐]鄭谷著 嚴壽澂、黄明、趙昌平箋注
韋莊集箋注	[五代]韋莊著　聶安福箋注
李璟李煜詞校注	[南唐]李璟、李煜著　詹安泰校注
張先集編年校注	[宋]張先著　吴熊和、沈松勤校注
二晏詞箋注	[宋]晏殊、晏幾道著　張草紉箋注
乐章集校箋	[宋]柳永著　陶然、姚逸超校箋
梅堯臣集編年校注	[宋]梅堯臣著　朱東潤編年校注
歐陽修詩文集校箋	[宋]歐陽修著　洪本健校箋
歐陽修詞校注	[宋]歐陽修著　胡可先、徐邁校注
蘇舜欽集	[宋]蘇舜欽著　沈文倬校點
嘉祐集箋注	[宋]蘇洵著　曾棗莊、金成禮箋注
王荆文公詩箋注	[宋]王安石著　[宋]李壁箋注 高克勤點校
王令集	[宋]王令著　沈文倬校點
蘇軾詩集合注	[宋]蘇軾著　[清]馮應榴注 黄任軻、朱懷春校點
東坡樂府箋	[宋]蘇軾著　[清]朱孝臧編年 龍榆生校箋

玉臺新咏彙校	吴冠文、談蓓芳、章培恒彙校
王梵志詩集校注(增訂本)	[唐]王梵志著　項楚校注
盧照鄰集箋注	[唐]盧照鄰著　祝尚書箋注
駱臨海集箋注	[唐]駱賓王著　[清]陳熙晉箋注
王子安集注	[唐]王勃著　[清]蔣清翊注
陳子昂集(修訂本)	[唐]陳子昂撰　徐鵬校點
孟浩然詩集箋注(增訂本)	[唐]孟浩然著　佟培基箋注
王右丞集箋注	[唐]王維著　[清]趙殿成箋注
李白集校注	[唐]李白著　瞿蜕園、朱金城校注
高適集校注(修訂本)	[唐]高適著　孫欽善校注
杜詩趙次公先後解輯校	[唐]杜甫著　[宋]趙次公注 林繼中輯校
杜詩鏡銓	[唐]杜甫著　[清]楊倫箋注
錢注杜詩	[唐]杜甫著　[清]錢謙益箋注
杜甫集校注	[唐]杜甫著　謝思煒校注
岑參集校注	[唐]岑參著　陳鐵民、侯忠義校注
戴叔倫詩集校注	[唐]戴叔倫著　蔣寅校注
韋應物集校注(增訂本)	[唐]韋應物著　陶敏、王友勝校注
權德輿詩文集	[唐]權德輿撰　郭廣偉校點
韓昌黎詩繫年集釋	[唐]韓愈著　錢仲聯集釋
韓昌黎文集校注	[唐]韓愈著　馬其昶校注 馬茂元整理
劉禹錫集箋證	[唐]劉禹錫著　瞿蜕園箋證
白居易集箋校	[唐]白居易著　朱金城箋校
柳宗元詩箋釋	[唐]柳宗元著　王國安箋釋
柳河東集	[唐]柳宗元著　[宋]廖瑩中輯注
元稹集校注	[唐]元稹著　周相録校注
[illegible]集新校	[唐]賈島著　李嘉言新校

《中國古典文學叢書》已出書目

詩經今注	高亨注
楚辭今注	湯炳正、李大明、李誠、熊良智注
司馬相如集校注	[漢]司馬相如著　金國永校注
揚雄集校注	[漢]揚雄著　張震澤校注
張衡詩文集校注	[漢]張衡著　張震澤校注
阮籍集	[魏]阮籍著　李志鈞等校點
陸機集校箋	[晉]陸機著　楊明校箋
陶淵明集校箋(修訂本)	[晉]陶潛著　龔斌校箋
世説新語箋疏(修訂本)	[南朝宋]劉義慶撰　余嘉錫箋疏　周祖謨等整理
世説新語校釋	[南朝宋]劉義慶撰　[南朝梁]劉孝標注　龔斌校釋
鮑參軍集注	[南朝宋]鮑照著　錢仲聯增補集説校
謝宣城集校注	[南朝齊]謝朓著　曹融南校注集説
江文通集校注	[南朝梁]江淹著　丁福林、楊勝朋校注
文心雕龍義證	[南朝梁]劉勰著　詹鍈義證
詩品集注(增訂本)	[梁]鍾嶸著　曹旭集注
文選	[梁]蕭統編　[唐]李善注
蕭繹集校注	[南朝梁]蕭繹著　陳志平、熊清元校注